DROEMER ★

HAZEL FROST

LAST SHOT

THRILLER

Quellenangaben:
Pulp Fiction. Regisseur: Quentin Tarrantino, 1994.
Mario Vargas Llosa.
Léon – Der Profi. Regisseur: Luc Besson, 1995.
»Natürlich haben wir im Rahmen des Völkerrechts gehandelt.«
Ein Interview von Thomas Roth mit Wladimir Putin.
tagesschau.de. ARD-aktuell, 2008.
Fjodor Dostojewski, Schuld und Sühne. Aufbau Verlag: Berlin, 1983.
Fjodor Dostojewski, Die Brüder Karamasow. dtv: München, 1998.

Besuchen Sie uns im Internet:
www.droemer.de

Originalausgabe Juli 2019
Droemer Taschenbuch
© 2019 Droemer Verlag
Ein Imprint der Verlagsgruppe
Droemer Knaur GmbH & Co. KG, München
Alle Rechte vorbehalten. Das Werk darf – auch teilweise – nur mit
Genehmigung des Verlags wiedergegeben werden.
Redaktion: Ilse Wagner
Covergestaltung: NETWORK! Werbeagentur, München
Coverabbildung: plainpicture / Cultura / Massimo Zen;
Shutterstock / Jarhe Photography
Satz: Adobe InDesign im Verlag
Druck und Bindung: CPI books GmbH, Leck
ISBN 978-3-426-30642-0

2 4 5 3 1

Für Lino

»Auch wenn es dein Ego erschüttert, aber das ist nicht das erste Mal, dass ich eine Knarre vor der Nase habe.«
Pulp Fiction

Nur ein Idiot könnte total glücklich sein.
Mario Vargas Llosa

PROLOG

Manche Tage sind schicksalhaft. Andere sind verregnet. Wieder andere sind beides zugleich.

Es regnete. Auf dem Boden kriechend, floh sie vor mir. Den gebrochenen rechten Arm zog sie nach wie ein überflüssiges Anhängsel. In dem nassen Dreck hinterließ sie eine Schleifspur. Sie machte nur geringe Fortschritte. Langsam folgte ich ihr. Die Austrittswunde auf der Rückseite ihres rechten Oberschenkels war groß und ausgefranst. Ein Geschoss mit »Mannstopp-Wirkung«. Früher wusste ich über solche Ausdrücke nicht Bescheid. Aber seitdem ich sie kannte, hatte sich so einiges geändert. Jetzt waren wir wieder hier. An dem Ort, wo alles anfing. Die Waffe hielt ich immer noch in der Hand. Angeekelt starrte ich sie an. Früher hätte ich sie weggeworfen. Aber jetzt wusste ich es besser: Ich steckte sie ein. In meiner Tasche raschelten die Plastikverpackungen. Die Verbände und die Glock waren Blutgeschwister. Ursache und Wirkung: Das traurige Ergebnis bewegte sich immer noch weg von mir. Verkrampft, mühsam.

Die gute Nachricht für sie war, dass sie nur wenig Blut verlor. Es vermischte sich mit dem braunen Wasser in den Pfützen, reicherte vielleicht den Eisengehalt an. Die schlechte Nachricht war, dass sie nicht weit kommen würde. Im Zweifelsfall würde ich sie daran hindern. Sie keuchte, robbte schief von mir weg. Aus den Zentimetern wurden Millimeter. Ihre Jeans: ein einziger fleckiger Fetzen. Auf dem Rücken ihrer schwarzen Lederjacke glitzerten winzige, transparente Perlen. Ich trat neben sie, beugte mich zu ihr hinab. Die Tropfen liefen mir in die Augen. Sie würde nicht sehen, dass ich weinte.

Die schwarzen Haare klebten ihr am Kopf. Der Regen, das Zwielicht verliehen ihnen einen fast überirdischen Glanz. Vorsichtig griff ich nach ihrem linken Arm. Sie leistete keinen Widerstand mehr. Hatte den Kampf aufgegeben. Alles an ihr war weich und nachgiebig. Als ich sie behutsam umdrehte, stöhnte sie. Der Schmerz verzerrte ihr Gesicht. Ich strich ihr ein paar Strähnen aus der Stirn. Die Berührung meiner Finger öffneten ihr die Augen. Sie wollte lächeln, aber es gelang ihr nicht.

»Du. Hilfst du mir?« In ihrer Stimme gab es mehr Hoffnung, als ich ertragen konnte. Es war ein Kraftakt, aber ich schüttelte den Kopf.

Für einen Moment lang sahen wir uns einfach nur an. Meine Hände wollten sie streicheln, aber ich zwang sie zur Untätigkeit.

Wenn Menschen so schwer verletzt sind, dass sie Hilfe brauchen, hat das nichts Heroisches mehr. Da ist nur noch nackte Angst, Verzweiflung, Resignation. Ein Unfall hinterlässt die Opfer beschämt. Weil sie andere brauchen, weil man sie anstarrt, weil sie nicht mehr Herr ihrer selbst sind. Das hier war kein Unfall, aber das Ergebnis war vergleichbar. Ich musste es wissen. Ich war ein Experte für Kontrollverluste. Ich hatte einen Beruf daraus gemacht. Gelegentlich war ich der Herr der Kontrolle.

»Lässt du mich sterben?« Ihre Lippen zitterten.

Ich schüttelte den Kopf.

Ein enttäuschter Ausdruck erschien in ihren Augen.

Ich griff nach ihrer gesunden Hand, tastete nach dem Puls. Mein Zeige- und Mittelfinger auf ihrer Haut. Sie war kalt. Kälte, die nicht nur von außen kam. Es erinnerte mich an unsere erste Berührung.

Ich fing an zu zählen.

»Hilf mir!«

Zu leben? Oder zu sterben? Eine einzige Grauzone, und ich hatte mich entschieden. Ich schüttelte den Kopf.

»Bitte.« Sie hatte noch nie zuvor »bitte« gesagt. Es jetzt zu hören ließ mich erschaudern. Ich hatte immer gewollt, geträumt, dass sie mich um etwas bitten würde. Heute war es zu spät. Warum sprach sie noch mit mir? Ich konnte mich so nicht konzentrieren.

»*Bitte?*« Ihr Fragezeichen vermischte sich mit den Tränen, die ihr aus den Augen liefen. Sie hatte erst ein Mal vorher geweint. Und ich musste erkennen, dass man Tränen sehr wohl von Regentropfen unterscheiden kann. Ohne Unterlass fielen sie auf ihr schönes Gesicht. Ihr perfektes, sonst so unbewegliches Gesicht. Warme und kalte Rinnsale liefen an ihren Wangen hinab in durchsichtigen Schlieren. Ihr Puls wurde schwächer. Das nächste »Bitte« hatte keinen Ton mehr. Nur noch eine lautlose Bewegung der immer heller werdenden Lippen. Sie war zu kraftlos zum Sprechen.

Ich fühlte eine leichte Nervosität. Ich wollte nicht zu viel riskieren. Noch zeigte sie keinerlei Anzeichen eines Schocks. Es galt, den richtigen Moment abzupassen. In meinem Kopf sandte ich die Botschaft aus: Lass los! Lass endlich los. Aber eine Frau wie sie würde es mir nicht leicht machen. Vom ersten Moment unseres Zusammentreffens an war nichts leicht gewesen. Die Blutzirkulation war nur noch ein schwaches Pochen unter ihrer Haut in großen Intervallen. Ihre Augenlider zuckten. Lass los! Sie wurde bewusstlos, so wie der Abend in die Nacht übergeht. Langsam, ein sanftes Gleiten. Ich beugte mich ganz nah zu ihr hinunter, horchte an ihrem leicht geöffneten Mund, an ihrer Nase. Sie atmete noch. Ihr Duft wurde von dem der nassen Erde überlagert.

»Ich liebe dich.« Meine Stimme klang erstickt. Aber ich wollte das Richtige tun.

Ich drehte ihren Kopf zur Seite. Aus meiner Tasche holte ich die Verbände heraus, riss die erste Verpackung auf. Ihr rechtes Bein winkelte ich an. Die weiße Gaze wickelte ich um ihren Oberschenkel. Nur langsam breitete sich darauf ein rötlicher Schimmer aus. Ihren rechten Arm fixierte ich mit weiteren Bahnen. Alle anderen Verletzungen würden warten müssen.

Dann schob ich meine Arme unter sie und hievte uns gemeinsam hoch. Der Regen machte uns schwer. Der Regen, das Leben und unser Schicksal. Ich fühlte mich hilflos und lahm, aber ich musste stark sein. Das hier war das Ende. Unser Ende. Ich würde sie einliefern. Danach würde ich sie ausliefern.

Mathilda: »Ist das Leben immer so hart oder nur, wenn man ein Kind ist?«
Léon: »Es wird immer so sein.«
Léon der Profi

JETZT

1.

Dima hasste Autofahrten. Die Enge, in der er zur Bewegungslosigkeit verdammt war. Manchmal für Stunden. Sein Vater, Youri, hatte auf dieser Fahrt bestanden. Und Dima fügte sich. Weil er seinen Vater liebte. Mehr als alles andere. Endlose Stunden verharrte er auf dem Rücksitz, obwohl er sich gern bewegte. Lieber lief, sprang, sich überschlug. Parcours. Er war ein Naturtalent, schnell, wendig, ausdauernd und kraftvoll. Auch die schwierigsten Sprünge gelangen ihm. Hindernisse zu überwinden war sein Element. Still zu sitzen, empfand Dima als qualvoll. Sie hatten Berlin verlassen, Leipzig noch im Dunkeln passiert und nach einer Pause München angesteuert. Hinter München hatte Dima das Interesse und den Überblick verloren. Sie waren in ländliche, dann in bergige Regionen vorgedrungen. Noch einmal las Dima das Wort »Schliersee« auf einem Schild. Das Gewässer schien unruhig, weil der Regen darauf prasselte. Nebelschwaden waberten durch jedes Tal. Die Landschaft wurde einsam, das Wetter schlechter. Bis Youri auf einem Parkplatz hielt. Irgendwo im Nirgendwo.

»Ich muss mal.« Das waren die letzten Worte, die Dima zu seinem Vater sagte.

Mit einer leichten Geste hatte dieser ihn weggewunken. »Beeil dich.«

Er sprach kaum, ermüdet von der langen Fahrt. Lale lächelte ihm zu, Mathilda war an ihrer Seite eingeschlafen. Dima stieg aus und blickte sich kurz um. Entschied sich, nicht zu den Bäumen hinüberzulaufen. Er brauchte Luft, rannte über den winzigen Parkplatz und schlug sich in die Büsche. Und weil die Luft ihn belebte und der Regen ihn erfrischte, übersprang er seitlich einen Zaun, überquerte eine Weide im Zickzack, erklomm zwei Felsen mit Hocksprüngen. Die Landschaft geizte nicht mit Abwechslung. Sie forderte ihn heraus. Er musste sich bereits deutlich vom Wagen entfernt haben, als er sich ermahnte, zurückzukehren. Sein drängendes Bedürfnis verflüchtigte sich durch die Bewegung. Er schalt sich für den unangekündigten, langen Ausflug und rannte zurück.

Dima:

Dimas Leben bis zu diesem Zeitpunkt war schnell zusammengefasst: Glück mit leichten Abstrichen. Er war der heiß ersehnte Prinz, der auf Händen getragen wurde, das jüngste Kind. Er war jung, klug, er sah gut aus. Kaum Körperfett, jede Menge Muskeln und Sehnen verteilten sich auf einen Meter zweiundachtzig. Er war schlank, seine Gesichtszüge ebenmäßig, sein Mund sinnlich, fast zu schön für einen Mann. Er trug sein blondes Haar lang und fasste es meistens zu einem Pferdeschwanz zusammen. Dima wurde in Russland geboren. Er war ein Jahr alt, als seine Familie nach Deutschland emigrierte. In Berlin lebte es sich gut. Für Dima war Deutschland sein Heimatland. Dimas Vater liebte ihn abgöttisch. Seine Mutter kannte Dima nicht. Sie verschwand früh aus seinem Leben oder tauchte nie spürbar darin auf. Er besaß keine, wirklich keine Erinnerung an sie. Eine Mutter hatte ihm nie etwas bedeutet, bis andere in der Schule davon sprachen, bis Mütter seine Freunde abholten, bis sie ihre Söhne vor der Schule küssten, obwohl diese sich peinlich berührt abwandten. Dima war die »Idee einer Mutter« fremd. Was ihm vertraut war, waren Frauen. Viele. Dima nannte sie nicht Frauen, weil sein Vater sie nicht so nannte. Er nannte sie

Nutten, weil sein Vater sie so nannte. Dimas Zuhause war ein Puff. Seine Schwestern nannten es Club, sein Vater nannte es Bordell.

Dima mochte Superhelden wie fast jeder Junge in seinem Alter. Jeder bewunderte Superman, aber er verehrte den abgründigen Spawn. Den grausamen, einsamen, untoten Spawn, der, um seine Frau aus dem Jenseits wiedersehen zu können, ein entstelltes, enthäutetes Äußeres in Kauf nahm, der sich mit dem Fürsten der Hölle anlegte, der ein lebendiges, feuerrotes Kostüm besaß. Dimas lebendiges Kostüm war sein Körper. Genauso, wie Spawns roter Umhang intelligenter wurde und ein Eigenleben entwickelte, wurde Dimas Körper leistungsstärker. Er war es, der Superkräfte besaß. Seit er denken konnte, bewegte er sich gern. Es gab keinen Winkel im Haus seines Vaters, den er nicht erkundet hätte. Ob hoch oder tief, ob nah oder fern, Dimas Entdeckerlust kannte keine Grenzen. Wenn seine Schwester Ayla einem bärtigen Freier den Schwanz lutschte, Lale ihm dabei mit der flachen Rechten auf den Hintern schlug und mit der anderen Hand im Haar wühlte, lag Dima oben auf dem Kleiderschrank, um sich kein Geräusch entgehen zu lassen. Leise verließ er sein Versteck mit einem gewagten, abgefederten Sprung. Manchmal schaute ihn seine Schwester tadelnd an. Das männliche Glied hatte sie noch im Mund. Dima kroch auf Fingerspitzen und Zehen zum Ausgang, verließ das Zimmer mit einem Hechtsprung und rollte sich auf dem Teppich im Flur ab. Das leise Klacken der sich schließenden Tür hörten seine Schwestern nur, weil sie wussten, dass es geschah. Sein Ziel bestand darin, möglichst unauffällig und elegant in allen Lebenslagen den Ort zu wechseln. Überall zu sein und doch unsichtbar. Wie ein Tier, eine Katze, wie ein Luchs. Dima bewegte sich ruhig und elegant, wenn er ein Ziel vor Augen sah, mit explosiver Geschwindigkeit. Hindernisse überquerte er geschmeidig, leichtfüßig.

Wenn es ihm im Puff langweilig wurde, wechselte er nach draußen, wo er jeden Stein, jede Stufe, jeden Baumstamm, jede Barriere als Herausforderung betrachtete, die es zu überwinden galt. Dima trainierte Liegestütze und Klimmzüge, beid- und einhändig. Auf seiner Bauchmuskulatur konnte man Ziegel zerschlagen, auch wenn das noch nie jemand probiert hatte. Seine Leistungen in der Schule waren gut bis befriedigend. Er hatte Zeit, viel Zeit und den Wunsch nach einer wahren Heldenaufgabe. Dima war Spawn, allein der Grund zu leben fehlte ihm. Spawn hatte Wanda. Aber Dima hatte niemanden. Liebe zu einer Frau, was war das? Er erfuhr es mit achtzehn. Es war seine erste Liebe und seine letzte. Alles, was danach kam, war ein Abklatsch, ein schaler Nachgeschmack auf seine erste Faszination. Sie tauchte plötzlich auf, völlig unerwartet. Dima konnte der Tatsache nichts entgegensetzen, dass seine erste große Liebe nichts mit Spawns Wanda gemein hatte. Wanda war groß, feminin und atemberaubend schön. Aber seine Angebetete war all das nicht. Sie war klein, dunkel und hart. Sie bedurfte keiner Hilfe. Sie brauchte niemanden. Schon gar nicht Dima. Sie duldete Dima als Einzige nicht in ihrem Zimmer. Es gelang ihm nie, sich an ihr vorbeizuschleichen, sie heimlich zu beobachten, wie er es bei den anderen tat. Wenn sie ihn erwischte, wie er es dennoch versuchte, warf sie ihn mitten im Akt mit einer entschiedenen Geste still und fast nebensächlich hinaus. Nichts entging ihr. Alle Nutten warnten Dima vor ihr, aber nicht das Verbot machte sie für ihn interessant, sondern dass er sie wie ein verschlossenes Kästchen öffnen wollte. Weil sie ihn als Mann nicht zu bemerken schien, beging er einen halbherzigen Selbstmordversuch. Vielleicht musste er auf die andere Seite wechseln, so wie Spawn, bevor seine Angebetete ihn erhören würde. Wenigstens war sie es, die ihn im Badezimmer fand. Dima musste sich im Nachhinein eingestehen, dass er einen Hilferuf aussandte und nicht mehr. Einen Hilferuf an sie. Noch während sie seine rechte Pulsader zudrückte – die Linke hatte er verfehlt – und sein Blut über ihre Hände floss, kanzelte sie ihn mit »Idiot« ab. Immerhin ignorierte sie ihn danach nicht mehr. Und so brachte sie ihn, Dima, eine Woche später schließlich zum ersten Mal zum Höhepunkt. Aus reiner Gnade. Noch trug er die weißen Bandagen an seinen Handgelenken. Sie tat es, wie jemand ein Mittagessen zubereitet: routiniert, pragmatisch, emotionslos. Und gerade das faszinierte Dima mehr als alles andere. Danach ging sie. Sie verlangte keine Gegenleistung, und als Dima diese Gegenleistung endlich erbrachte – ohne ihre konkrete Anleitung wäre es ihm gar nicht möglich gewesen –, nahm sie seinen Liebesdienst gleichgültig hin, seufzte ein wenig, schrie kaum, wischte sich mit seiner Unterhose den Samen von ihrem Bauch, zog sich an und verließ das Zimmer. Dima konnte nicht vergessen, wie sich ihre Hüftknochen berührten, seine und ihre. Diese Härte und das Weiche daran, das erschütterte ihn bis ins Mark. Dima wusste, dass sie trotz ihrer Vereinigung unglücklich war, wenn er auch den Grund dafür nicht kannte. Er machte es sich zu seiner Aufgabe, sie zu erobern, ihr Unglück zu mildern. Schob wie Sisyphos den Felsbrocken den Berg hinauf, um ihn Mal für Mal wieder hinunterrollen zu sehen. Er arbeitete sich viele Jahre lang daran ab, bis sie verschwand. Plötzlich, schlagartig, schmerzhaft wie ein

Unfall, bei dem man eine Gliedmaße verlor. Dima suchte sie, aber er fand keine Spur von ihr. Sie zu treffen machte Dima nicht glücklich, aber es gab seinem Leben einen Sinn. Dass sie ihn einfach verließ, das war seine erste Begegnung mit dem Unglück.

Sie hinterließ ihn ratlos, einsam, verwirrt. Jetzt war sie nur ein fernes Verlangen in Dimas Brust; er wurde über dem Kummer erwachsen und fühlte sich seitdem seltsam vom Leben entfremdet. Dima hatte noch nie gearbeitet, keinen Beruf erlernt. Mitte zwanzig hatte er einen halb fertigen, fantastischen Roman verfasst, zwei großformatige abstrakte Bilder gemalt, Bekannten bei ihren künstlerischen oder handwerklichen Projekten geholfen; er spielte leidlich Gitarre, traf sich mit Freunden zum Parcours an öffentlichen Plätzen. Es mangelte ihm nie an Beschäftigung. Er besaß alles: Eine Familie, die ihn liebte, genug Geld, das sein Vater wie selbstverständlich zur Verfügung stellte, um sich alle Wünsche zu erfüllen, Kraft und die Zuversicht der Jungen, aber das, was ihm immer fehlen würde, war *sie*. Dima hatte fast alles, aber er ahnte bereits, dass er fast nichts besaß.

Er stoppte in vollem Lauf. Etwas stimmte nicht. Er erkannte es schon von Weitem. War der Himmel über ihm eine Mischung aus Grau und Dunkelgrau, zog sich nun in seiner Brust etwas Finsteres zusammen. Dima dachte nur an seinen Vater, der ihn aufgezogen, geliebt hatte, ihm nie einen Wunsch abschlug. Wenn er Dima ansah, blitzte Stolz in seinen Augen auf. Jetzt sah Dima nichts mehr in den Augen seines Vaters. Völlig inhaltslos starrten sie auf die fein zersplitterte Windschutzscheibe. Es war dieser leere Ausdruck, der ihn mehr verstörte als das exakte, kleine Loch in der Stirn seines Vaters. Ein dünner Faden Blut zeichnete einen geraden Strich an dessen Nasenwurzel hinab. Der Regen, der immer noch auf das Auto prasselte, wirkte wie ein Weichzeichner, der so gar nicht zur Situation passte. Das Wasser perlte an der seitlichen Fensterscheibe ab. Mit dem Handrücken wischte Dima mechanisch hin und her. Innen klebten feine rote Tropfen. Außen Bewegung, Leben, innen Ruhe, Tod. Dimas Kleidung war durchnässt, seine Haare klebten ihm an der Stirn. Das Wasser lief ihm in den Kragen. Er bemerkte es nicht. Nur widerstrebend löste er seinen Blick von Youri, seinem Vater. Dima beugte sich nach vorn, näherte sein Gesicht bis auf wenige Zentimeter dem Glas. Er konnte sich nicht dazu bringen, die Fahrertür zu öffnen. Er wollte es, aber er vermochte es nicht. Etwas hielt ihn davon ab. Auf dem Beifahrersitz saß seine Schwester Ayla. Ihr Gesichtsausdruck war das exakte Gegenstück zu dem seines Vaters. Sie trug das gleiche Mal auf der Stirn. In der Heimat ihres Vaters, Aserbaidschan, hätte es ein Henna-Kreis sein können, nur einen Zentimeter nach oben verrutscht.

Dima wischte sich das Wasser aus dem Gesicht. Die Autotür hinter seinem Vater stand offen. Es war ein Sog: Dimas Füße bewegten sich wie von selbst. Seine Schritte machten auf dem nassen Untergrund unnatürlich laut schmatzende Geräusche, als er die Motorhaube umrundete und die Fahrerseite passierte. Der Sitz hinter dem seines Vaters war leer. Wo war Mathilda? Dima beugte sich in den Wagen hinein, und für einen Augenblick hoffte er auf ein Wunder. Durch das Dach abgeschirmt, trafen die Regentropfen nicht sein Gesicht. Die gegenüberliegende Fensterscheibe fehlte. Glasstückchen hatten Lales Körper besprenkelt. Sie war ebenfalls tot. Ihr Kopf ruhte schief auf der Kopfstütze. Ihr Leib schien sich durch die unnatürliche Lage verdoppelt zu haben. Ihre weiten Kleider bedeckten Polster und Fußraum wie die Ballonseide eines Fallschirms. Die Arme hingen leblos an ihr hinab. Dima erinnerten sie an die Tentakel eines toten Tintenfischs am Strand. Blut sammelte sich auf dem Sitz, es leuchtete an der Kopflehne, auf Lales Hinterkopf. Dima wusste mit unverrückbarer Gewissheit, dass er auf Lales Stirn wie bei ihrer Zwillingsschwester ein Einschussloch finden würde.

Er erhob sich, starrte für einen Moment in den bleigrauen Himmel hinauf. Sein Vater, seine Zwillingsschwestern: tot. Und er, Dima, war am Leben. Warum? Und wo war Mathilda? Das Begreifen kam plötzlich. Die Gewissheit, allein zu sein – neben ihm ein Grab aus Metall, nur Tod –, übermannte ihn. Und Dima bemerkte, wie seine Blase endlich nachgab. Wie der heiße Urin an seinen Beinen hinablief, in seine Schuhe eindrang. Wie er in die Knie ging, weil ihn nichts mehr aufrecht hielt. Wie er zu Boden sank, sein Kopf hart auf die Karosserie aufschlug, wie er zur Seite kippte und neben dem Reifen zu liegen kam. Wie der Regen weiter auf sein Gesicht fiel und er dennoch nichts davon spürte, wie der Geruch nach Gummi, Erde und Feuchtigkeit ihn ummantelte wie eine feste Substanz. Wie er darauf wartete, ohnmächtig zu werden, sich aufzulösen, zu verschwinden von diesem Platz, von dieser Erde. Wie nichts davon passierte. Wie jeder Atemzug schmerzte, die Kälte langsam an ihm hinaufkroch. Wie seine rechte Hand nach dem nassen Dreck griff, in dem sein Gesicht lag, wie seine Finger krampften und er sich nach einer Ewigkeit erhob. Erheben musste. Und schwankend davonging. Es war Dimas zweite Begegnung mit dem Unglück.

2.

Wenn du jemanden ficken willst, fick ihn richtig! Heute war der Tag, und sie kannte die Stunde. In ihrem Leben gab es keine fließenden Übergänge mehr. Nur noch harte Konturen. Sie zog ihre Kapuze tiefer ins Gesicht. Das Wetter passte zum Anlass. Es passte zu ihrem Leben. Es war *ihr* Wetter: Regen. Schon seit Stunden, ohne Unterlass. Sie war sich sicher, dass er kommen würde. Natürlich zu früh, um die Gegebenheiten zu überprüfen. Und er würde seine Familie mitbringen. Obwohl er Berlin nicht gern verließ. Sie sah die Örtlichkeiten ganz klar vor sich: den Parkplatz, ein Teil geschottert, der andere Teil nicht mehr als ein aufgeweichter Acker. Den Zaun, das Feld, die Straße, die hier eine scharfe Kurve machte. Selbst wenn jemand vorbeikam, würde er den Parkplatz schnell passieren. In dieser einsamen Gegend ohnehin ein unglaublicher Zufall. Wer kam schon diesen Berg herauf? Die Wanderzeit war vorbei, die Kühe ins Tal getrieben. Hier gab es nichts mehr, was den Weg hinauf lohnte. Außer diesem Treffen, auf das Youri nicht verzichten würde. Nicht verzichten konnte oder wollte.

November forderte dafür einen Gefallen ein, und er war ihr ohne Zögern bewilligt worden. November vernahm Dezembers Stimme durch das Telefon.

Diese flüsterte: »Die Ware ist gerade angekommen.« Dann ertönte nur noch das Besetztzeichen. Dezember legte auf, und November ahnte bereits, warum: Dezember hatte Angst.

November wusste, dass Youri erst zwei Tage später mit einem Anruf rechnete. Diese Verzögerung würde sie zu ihrem Vorteil nutzen.

Beim zweiten Telefonat war Youris Stimme ihr noch immer ganz vertraut.

»Marokko«, sagte sie ins Telefon. Über dem Hörer lag ein Taschentuch. Er würde ihre Stimme nicht erkennen.

»Galina«, antwortete er mit einem leichten Zögern.

Und sie nannte ihm Ort und Zeit. Er würde die weite Reise nicht mögen. »Diesmal kommst du nicht allein. Bring deine Töchter mit! Und deinen Sohn. Nur sie. Es ist sehr wichtig«, befahl sie ihm.

»Warum?«

Doch sie antwortete nicht; sie legte einfach auf. Ohne Dezember, die sie einst so hasste, wäre ihr all das hier versagt geblieben. November musste sich eingestehen, dass nichts im Leben ohne Konsequenzen blieb.

November:

November kannte sich mit diversen Dingen gut aus: unter anderem mit Schusswaffen, Männern und mit Zigaretten. Sie konnte nicht kochen, nicht weinen oder länger als unbedingt notwendig in einem Bett liegen. Sie trug Männerunterwäsche, hatte auf ihrer linken Körperhälfte einige unansehnliche Narben und eine Aversion gegen Fellatio. Sie besaß gegen zahlreiche andere Dinge eine Abneigung (Orangen, Bärte, Temperaturen über dreißig Grad), was sie jedoch noch nie daran gehindert hatte, all dies gelegentlich zu akzeptieren. Sie hätte gern einen bestimmten Menschen gekannt: ihren Vater. Sie hatte nur einen einzigen Menschen in ihrem Leben geliebt: ihre Mutter. Durch einen unglücklichen Zufall hatte ihre Mutter die falschen Menschen kennengelernt, die falschen Entscheidungen getroffen und die falschen Drogen genommen. Sie war zu früh gestorben, was gut für sie selbst, aber unendlich schrecklich für ihre Tochter war. Das Ausmaß des Schreckens begriff diese erst spät, andeutungsweise jedoch schon in anderer Form, als sie mit zwölf Jahren zum ersten Mal Herrenbesuch bekam. Damals trug sie noch einen anderen Namen, und die Männer um sie herum sprachen Russisch. Später sprachen die Männer Deutsch oder die universelle Sprache Geschlechtsverkehr. November sprach gut Russisch, akkurates, wenn auch nicht akzentfreies Deutsch; sie sprach fließend Geschlechtsverkehr. Ein Freier hatte ihr als vorzeitiges Hochzeitsgeschenk eine alte Makarow vermacht. November erschoss ihn zum Dank damit. Die Sache wurde als Unfall eingestuft. Keiner der Beteiligten benötigte Aufmerksamkeit. Für eine Verurteilung war November noch zu jung. Das enttäuschte sie. An ihrem Leben änderte sich nichts. Sie würde noch zahlreiche Waffen, darunter zwei Heckler & Koch, eine Steyer, eine Mauser und eine Glock, besitzen und diese gut kennen und beherrschen lernen. Die spärliche Freizeit zwischen den Ficks vertrieb sie sich mit heimlichen Schussübungen auf leere Flaschen und Dosen im Wald und damit, ihren Zuhälter zu hassen. Mit harten, düsteren Trash-Metall-Platten und Dostojewski. *Die Brüder Karamasow,* ein altes, zerfleddertes Taschenbuch-Exemplar mit kaum lesbarer Widmung auf der ersten Seite, war die einzige ernst zu nehmende Hinterlassenschaft ihrer Mutter. November kannte es auswendig, auf Russisch und Deutsch. Sie übersetzte es sich selbst, sagte sich Passagen im Kopf auf, wenn sie einem geschwätzigen Rentner die Eier leckte, wenn ein dicker Schalterbeamter sie von hinten nahm, wenn ein nervöser Friseur nur reden wollte. Sie hatte nicht das Gefühl, etwas anderes lesen, kennen oder verstehen zu müssen.

November traf eine Entscheidung. Sie war ein konsequenter Mensch. Sie würde ein paar Leben beenden. Wovon November hingegen nichts ahnen konnte: Überraschenderweise sollte sie mindestens ein Leben retten. Sie würde entgegen ihrer Gewohnheit beim Orgasmus laut schreien, eine Frau küssen und den Süden Deutschlands kennenlernen. November konnte es nicht gefallen, aber sie würde jemanden um Hilfe bitten müssen.
Nach dem Tod ihrer Mutter kannte November nur sich selbst, sie mochte nur sich selbst. Es lag ihr nichts daran, Gutes zu tun. Jemand sollte sie im Stich lassen. Es würde sie nicht überraschen.

Sie stellte gleichmütig fest, dass sie Youri schon so lange hasste, dass es sie fast mit Langeweile erfüllte. Sie hatte gelernt, nicht mehr zu viel darüber nachzudenken. Nur gelegentlich ereilten sie noch die Ausläufer ihrer Erinnerung. So, wie die letzten Wellen einer großen Erschütterung der Wasseroberfläche am Seeufer mit einem leisen Plätschern ankamen. Für sie war es eine Frage der Entscheidung. Der Klarheit. Der Bestimmung. Sie fürchtete nichts mehr. Alles, was sie einmal gefürchtet hatte, war ihr bereits passiert. Erstaunlicherweise war sie nicht nur immer noch am Leben, sondern sogar besser als je zuvor. Es machte sie nicht zufriedener. Mit Gleichmut verfolgte sie ihr Ziel.
Sie vernahm das Geräusch eines sich nähernden Wagens, zog sich noch mehr an den Rand der kleinen Schonung zurück. Durch ihre schwarze Kleidung würde sie an diesem grauen Tag gut zwischen den Bäumen verborgen sein. In ihrer Tasche tastete sie nach der Glock. Eine gute Waffe. Fast ein Freund. Nur ihr, der Pistole, konnte die ständige Feuchtigkeit zusetzen. Aber die Waffe war zuverlässig. Warum sollte sie heute versagen? Man konnte alles planen,

aber jede wichtige Situation verlangte ein Mindestmaß an Vertrauen. Und Glück.

Der schwarze Porsche Cayenne bog auf den Parkplatz ein. Ein Berliner Kennzeichen. Sie verzog den Mund zu einem Lächeln. Es gab keinen Zweifel: Er war wirklich gekommen, deutlich vor der Zeit. Die Reifen knirschten über den Schotter, hielten dann auf dem erdigen Teil des Platzes an. Hier hatte man einen guten Blick über das Feld, die Straße. Aber das würde ihm auch nichts mehr nutzen. Er wähnte sich in Sicherheit. Eine Tür öffnete sich kurz. Ein Junge sprang heraus und rannte über das Feld. Sie erkannte ihn, und es entsprach nicht ihrem Plan, dass er sich vom Auto entfernte. Aber sie hatte gelernt, die Dinge so zu nehmen, wie sie sich präsentierten, und das war selten ideal. Sie sah seine Gestalt über das Feld verschwinden, dann ging sie zielsicher und ruhig auf das Auto zu und waltete ihres Amtes: Ankläger, Richter und Exekutor vereint in einer Person, nur einen klaren Gedanken im Kopf: *Wenn du jemanden ficken willst, dann fick ihn richtig!*

Sie entsicherte die Glock und hielt sie mit beiden Händen nach unten gerichtet. Sie passierte den Wagen von hinten nach vorn, geduckt, richtete sich vor der Motorhaube auf und schoss. Einmal, tock!, richtete den Lauf ein paar Zentimeter weiter nach links aus, noch ein Schuss, tock! Sie sah sein Gesicht und ihr Gesicht. Den Ausdruck darauf nahm sie nicht wahr. Sie schoss gut, sie zielte präzise, weil alles andere undenkbar war. Sie ging nach links, vier lange Schritte, erblickte durch die leicht getönte hintere Seitenscheibe zwei weit aufgerissene Augen, zielte dazwischen und ein wenig darüber, drückte ab. Zeitgleich mit ihrem Schuss splitterte die Scheibe, zerriss etwas das Leder ihrer Jacke. Ein stechender Schmerz brannte sich in ihren linken Oberarm. Kurz sah sie in das ihr bekannte Gesicht, bis es nach hinten wegsackte. Ruhig umrundete sie den Kofferraum des Wagens, öffnete die hintere Tür. Im Inneren herrschte Stille, Lale oder Ayla – so genau konnte man das nie sagen – lag auf dem Rücksitz ausgestreckt. Sonst nichts, niemand. Die andere Schwester lehnte wie angenagelt vorn an der Kopfstütze. Auch Youri rührte sich nicht mehr. Er hatte in Berlin sterben wollen. Jetzt tat er seinen letzten Atemzug hier am Ende der Welt auf diesem Berg. Sogar seinen letzten Wunsch hatte sie ihm verwehrt. Sie behielt die Glock im Anschlag, begab sich an Youris Fahrertür, beugte sich nach vorn, bis ihr Gesicht fast die Scheibe berührte, und genoss für einen langen Moment Youris leeren Gesichtsausdruck. Leise flüsterte sie die Worte: »Dem Hund einen hündischen Tod!«

Danach steckte sie die Waffe ein. Entspannte ihre Arme, verbarg ihre Hände in den Taschen. Nur ein paar Minuten waren vergangen. Noch etwas fehlte, und sie würde es sich holen.

Es war kaum zu glauben, aber das Geräusch klang eindeutig: Ein weiterer Wagen näherte sich. Der Motor dröhnte. Sie kannte sich nicht gut aus, doch hätte sie es nicht besser gewusst, hätte sie geglaubt, es müsse sich um einen alten Pkw handeln. Geduckt lief sie auf die kleine Lichtung am Rande des Parkplatzes zu. Ihre Mitfahrgelegenheit kam gerade an. Nur wusste diese nichts davon. Waren alle wichtigen Entwicklungen in ihrem Leben bis auf Youris Tod zu früh geschehen – der Verlust ihres Vaters, ihre Schwangerschaft, der Tod ihrer Mutter –, setzte sich heute das Motto fort: Auch er kam zu früh. Sie wartete geduldig, weil die Umstände nie ideal waren, und ungeduldig, weil noch einer von ihnen lebte.

3.

Ich wollte mal richtig die Sau rauslassen. Für meine Verhältnisse. Also behielt ich den Wagen einfach nach der Inspektion und befand mich auf dem Weg zum Ferienhaus meiner Eltern. Ich fuhr über Miesbach und Schliersee, bog dann ab nach Bayrischzell. Hier führte die Straße tiefer in die Berge. Immer, wenn man dachte, es ginge nicht mehr weiter, kam doch noch ein Weg, ein Pfad. Der Sprinter röhrte im dritten Gang. Ich würde ihn am Feldweg zum Haus meiner Eltern im Wald stehen lassen. Nicht, dass der Wagen irgendjemanden gestört hätte. Auch wenn er auffällig wie eine rosa Kuh aussah.

Aber kaum jemand kam hier herauf. Nicht um diese Jahreszeit. Der Sommer war längst vorbei, und die Wintersaison hatte noch nicht begonnen. Meine Eltern weilten gerade in Casablanca, und meine Geschwister zog es nicht mehr in die Berge. Ich kam mir vor wie ein Ökoschwein. Das war das Letzte, was ich sein wollte. Aber mit dem Fahrrad hier heraufzufahren war sogar mir eine Nummer zu selbstlos und groß. Ich brauchte ein paar Tage Ruhe und Einsamkeit, auch wenn meine Eltern mal wieder ein Riesendrama darum gemacht hätten. Aber sie wussten nichts von diesem Ausflug, und dabei sollte es auch bleiben. Ich hatte mein Insulinbesteck eingepackt und nicht die Absicht, vor der Zeit abzudanken. Auch wenn sich mein Leben momentan beschissen anfühlte. Und daran war ausnahmsweise nicht der Zucker schuld.

Corinnes Mails wurden zunehmend emotionsloser, waren sie es doch schon vorher in einem gewissen Ausmaß gewesen. Ich konnte mir kaum noch etwas vormachen. Ich war in eine Frau verliebt, die meine Existenz nur am Rande wahrnahm. Aber ich war hilf- und machtlos. Hatte sich zufällig eine liebenswerte, humorvolle oder mitfühlende Zeile in unsere Korrespondenz verirrt, war ich Corinne wieder mit Haut und Haar verfallen. Sie wirkte so perfekt. Dieses Aufblitzen von Menschlichkeit bei ihr ließ mich vermuten, dass noch ganze Welten in ihr versteckt sein mussten, die es zu entdecken galt. In realistischen Augenblicken wusste ich allerdings mit erschreckender Klarheit, dass ich einseitig und unglücklich verliebt war. Und dass sich daran in naher oder ferner Zukunft voraussichtlich nichts ändern würde. Corinne spielte mit mir. Sie nahm meine Zuneigung zu ihr überhaupt nicht wahr. Dennoch gab es keine Minute, keine Sekunde, in welcher ich nicht an sie dachte. An das, was sie geschrieben oder gesagt hatte. Wenn ich nachts einsam im Bett lag, verlangend und unbefriedigt, erregte mich allein der Gedanke an ihre Präsenz. Jedes erdachte Szenario bereicherte meine sexuellen Handlungen, die ich an mir selbst vornahm. Corinne hatte mich abhängig gemacht. Oder ich mich von ihr.

In der Kurve schaltete ich einen Gang runter. Den schwarzen Wagen hätte ich fast übersehen, so übermächtig hatte sich Corinne in meinem Gehirn, in meiner Wahrnehmung festgesetzt. Aber dann bremste ich doch und beugte mich zum Beifahrersitz hinüber. Eine Tür des schwarzen Wagens stand offen. Es regnete in Strömen. Alles in allem wirkte die Situation mehr als seltsam. Also fuhr ich langsam zurück und lenkte den Sprinter auf den Parkplatz.

Ich bin Rettungssanitäter. Und wenn ich irgendetwas Gutes über mich zu sagen weiß, dann ist es, dass ich Menschen gern helfe. Vielleicht benötigte jemand meine Dienste. Deshalb stieg ich aus. Und ja: Jemand brauchte mich. Aber es war nicht das, womit ich gerechnet hatte.

4.

Ich hatte noch keine drei Schritte auf den schwarzen Geländewagen zu gemacht, als eine kleine, dunkle Person auf mich zukam. Aus dem Augenwinkel sah ich, dass auf dem Rücksitz des Porsches eine Gestalt lag. Die Person, die immer näher kam, war eine Frau, durchnässt und klein. Sie trug eine graue Kapuze, eine schwarze Lederjacke und hielt tatsächlich eine Waffe in der Hand. *Fuck!*, dachte ich und verspürte einen Moment lang ein intensives Fluchtbedürfnis. Oder handelte es sich vielleicht nur um ein Spielzeug, mit dem sie auf mich zielte? In meinem Kopf suchte ich krampfhaft nach Erklärungen, aber hier war etwas ganz und gar nicht richtig, und das spürte ich. Sollte ich wegrennen oder bleiben? Ich war ausgestiegen, um zu helfen. Das war mein Job, meine Berufung. Ich durfte jetzt nicht schwach werden.

»Hau ab!«

Ihre Waffe hatte sie auf meinen Körper gerichtet. Ihre Augen wirkten absolut ausdruckslos. Ich nahm einen Akzent wahr. Sie hatte nicht »hau ab!«, sondern »chau ab!«, gesagt. Ihre Stimme klang tief und rau.

»Gleich«, antwortete ich. Damit drehte ich mich von ihr weg und beugte mich in die offene Tür des Porsches. Ich war nervös. Ich zitterte.

»Steig wieder in deinen Wagen ein!«

Ich versuchte, sie einfach zu ignorieren. Aber hier auf dem Rücksitz gab es für mich nichts mehr zu tun. Ich tastete nach dem Puls am Hals der jungen Frau. Nichts. Nur kalte Haut.

Was soll ich sagen? Tote machen mich nicht froh, aber sie schockieren mich auch nicht. Ich habe schon so viele

Zeitgenossen sterben sehen. Schrecklich waren schreiende, stöhnende Menschen oder solche, die – so wie jetzt – mit einer Waffe auf mich zielten. Ich erhob mich und ging zur Fahrertür.

»Hey! Lass das. Die sind alle tot.« Woher wollte sie das wissen? Ihre Stimme kam mir jetzt ganz leise vor. Ein Befehl, der eigentlich eine Drohung war.

Ich öffnete die Fahrertür.

Der Schuss ließ mich zusammenzucken. Erde spritzte neben meinen Füßen auf. Das Geräusch war erstaunlich leise. Es glich eher einem »Plopp«. Nur der Querschläger hinterließ einen pfeifenden Hall wie die Raketen bei einem Silvester-Feuerwerk. Ich hatte meinen Körper fast nicht mehr unter Kontrolle, als ich kaum hörbar antwortete: »Gleich.«

Der Mann auf dem Vordersitz hatte mitten in der Stirn ein akkurates Loch, keinen Puls. Bei seiner Beifahrerin sparte ich mir die Prüfung. Ich benahm mich damit zwar nicht professionell, aber sie sah genauso tot aus wie die anderen. Unter der Haut ihres Halses pulsierte nichts. Ihr Gesicht wirkte wie aus Wachs modelliert, der Körper hing völlig spannungslos im Gurt. Die Augen standen offen, starrten leer. Für einen Moment verwirrte mich die Tatsache, dass die Beifahrerin genau die gleiche Frisur, sogar die gleiche Kleidung wie die junge Frau auf dem Rücksitz trug. Sie wirkte wie ein Duplikat.

Wackelig auf den Beinen und am ganzen Körper zitternd, richtete ich mich auf. Ich wagte kaum, mich zu ihr umzudrehen. »Die sind alle tot«, stammelte ich.

»Sag ich doch.« Sie hatte es bereits gewusst.

»Okay. Jetzt gehe ich wieder.« Ich versuchte zu lächeln. Der Versuch misslang. Meine Füße bewegten sich nicht.

Ich steckte fest, obwohl ich wegwollte.

Finster starrte sie mich über den Lauf ihrer Waffe hinweg an. Dann zeigte sie mit einer Hand zwischen meine Beine. »Du hast da einen Fleck.«

Sie hatte recht. Ich war kein Held. »Ich habe eine Scheißangst vor dir!«, versuchte ich zu erklären. Nur mit Mühe gelang es mir, nicht in die Hose zu pinkeln. Stress war ich gewohnt, aber nicht *diese* Art von Stress.

Mit dem Lauf ihrer Waffe wies sie zur Rückseite des Wagens hin. Es gab niemanden mehr zu retten. Mein Mut schrumpfte zu bloßer Gehorsamkeit. Ich folgte ihrem Wink.

»Mach auf!«

Ich drückte das Schloss, aber der Kofferraum öffnete sich nicht.

Ihre Hand gebot mir Einhalt. Sie winkte mich ein paar Schritte zur Seite. Ich blieb stehen. Sie gab zwei präzise Schüsse auf das Kofferraumschloss ab. Plopp, plopp. Was war das? Ein Schalldämpfer? Ohne mich aus den Augen zu lassen, hob sie mit dem Ellbogen die Klappe an. Mit einem kurzen Blick erfasste sie die Lage, wechselte die Waffe in ihre linke Hand, um mit der anderen eine schwarze Reisetasche aus dem Kofferraum zu ziehen. Erst jetzt sah ich, dass Blut über ihre Finger lief. Unser Treffen hatte kaum länger als fünf Minuten gedauert, aber es kam mir vor wie eine Ewigkeit.

»Los!« Ihre Waffe zeigte mir den Weg. Sie dirigierte mich zu meinem Wagen. »Halt!«

Fragend sah ich sie an.

»Geh erst mal pinkeln!«

»Wo?«, fragte ich sie, als habe ich alle Fähigkeiten zum selbstständigen Denken bereits vor langer Zeit verloren.

Sie zuckte mit den Schultern. »Da!«

Und weil sie immer noch diese echte Knarre in der Hand

hielt, drehte ich mich einfach um, öffnete dankbar den Reißverschluss meiner Hose und versuchte, an den Hinterreifen des Sprinters zu pinkeln. Aber es passierte nichts. Die Aufregung. Ich war es nicht gewohnt, unter Waffengewalt Wasser zu lassen. Es kam mir in den Sinn, dass es mir vergleichsweise wenig ausmachte, einer gefährlichen, fremden Frau meinen nackten Hintern zu zeigen. Mit einem lauten »Ratsch!« zog ich den Reißverschluss zu. »Ich kann das so einfach nicht.« Dann drehte ich mich um, nicht erleichtert, aber froh, immer noch am Leben zu sein, und wartete auf den nächsten Befehl.

»Einsteigen. Fahren!«

Sie kannte nur Kommandos. Und mir blieb nicht viel anderes übrig, als ihr zu folgen. Sie stieg auf der Beifahrerseite ein und stopfte die Tasche in den Fußraum. Ich rieb mir mit dem Ärmel über das nasse Gesicht. Als die Scheibenwischer die ersten Streifen durch die Fluten von Regenwasser zogen, startete ich den Motor. »Wohin?«, fragte ich sie.

»Wo wolltest du hin?« Sie war nicht dumm. Von jemandem, der vielleicht gerade drei Menschen ermordet hatte, war nicht weniger zu erwarten.

»Nur einen Ausflug machen«, antwortete ich ausweichend.

»WO wolltest du hin?« Das »hin« klang scharf.

»Zum Ferienhaus meiner Eltern.«

»Dann fahr jetzt endlich, Arschloch!«

Ich legte den Rückwärtsgang ein und fuhr an. Immer noch betrachtete sie mich. Ihre Augen waren genauso schwarz wie ihr Haar. Ihre Haut schien leuchtend und klar, ihr Gesicht fast weiß. Keine Regung konnte ich darin erkennen.

»Was?«, fragte ich sie. Es machte mir Angst, dass sie

mich anstarrte. Noch brauchte sie mich, aber was würde danach kommen?

»Netter Arsch«, antwortete sie. Sie sah nach vorn. Die Pistole lag auf ihrem Knie.

5.

»Das ist ein Schwimmbadausweis.«

Der kleine, dunkle Mann mit den großen Augen und den langen Wimpern drehte das laminierte Stück Papier erstaunt herum, als sehe er es zum ersten Mal. Kamilla Rosenstock stellte nüchtern fest, dass der Ausweis im Vergleich zu ihr selbst wasserabweisend war.

»Oh«, äußerte der kleine, attraktive Mann. Er war kurz vor dreiundzwanzig Uhr noch hier aufgetaucht. In einem klapprigen Auto, das einer Sardinenbüchse glich. Auf der Straße gab es bereits kaum mehr ein Durchkommen. Der Parkplatz war völlig zugestellt: Polizei, Feuerwehr, Gerichtsmedizin, das volle Programm. Nur der Notarzt zog unverrichteter Dinge wieder ab. Der Regen ruinierte so ziemlich jede Spur. Wetter und Leben waren gelegentlich eine Zumutung. Jetzt stand der kleine Mann vor ihr und starrte sie durchdringend an. Umständlich holte er seinen Geldbeutel hervor, steckte den Ausweis weg, nicht ohne einen anderen aus der sichtlich großen Auswahl an Karten und Dokumenten hervorzuholen.

»Hören Sie. Das ist eine Ermittlung, und ich habe jetzt wirklich keine Zeit.« Weil diese Ermittlung eine höchst unklare Sache war. Diffizil. Ein Auftragsmord – wahrscheinlich – in Verbindung mit dem organisierten Verbrechen. Man vermutete internationale Zusammenhänge – vielleicht –, weshalb nach dem LKA das BKA eingeschaltet worden war. Die Augen halb zusammengekniffen, hielt sie den neuen Ausweis von sich weg, den er ihr reichte. »Nein.« Sie schüttelte den Kopf. Irgendeine Payback-Karte. Der Typ würde sie noch in den Wahnsinn treiben. Aber hier ging es zu wie auf einem Bazar, der Platz wurde mitten in der Nacht von zwei Lichtwagen hell erleuchtet, überall blitzten Blaulichter auf, hier Absperrband, dort ein provisorisch aufgebautes Zelt und kein unbeschäftigter Kollege in Sicht, der jetzt an ihrer Stelle diesen penetranten Menschen abwimmeln könnte. Es war spät, ihre Frisur durch den Regen bereits ruiniert. Ihre Schuhsohlen hatten sich im Matsch festgesaugt. Wahrscheinlich stellte sich eine Reinigung der italienischen Markenware als unmöglich heraus.

Ein anderer Ausweis, jetzt grün und aus Papier, was sie zwang, sich weit nach vorn zu beugen. »Horst Horst?!?« Sie benötigte sicher noch keine Brille. Lächerlich. Die Lichtverhältnisse waren einfach schlecht.

Der gut aussehende kleine Mann nickte. Nur widerstrebend überließ er ihr den Ausweis – für einen Moment zogen sie beide dran –, dann gab sein Besitzer nach. Nun erkannte sie kurzsichtig den offiziellen Stempel einer Polizeibehörde und dass der Mann vierundfünfzig Jahre alt war. Mit Anerkennung musste sie feststellen, dass er sich gut gehalten hatte. Sein Haar war dicht und schwarz, seine Gesichtszüge weich und neutral. Er hätte für Anfang vierzig durchgehen können. Nur sein Name klang wie eine alberne Erfindung. »Das ist meine Ermittlung, mein Fall.« Es war ein spektakulärer Fall, und sie würde ihn nicht an einen gut aussehenden, dahergelaufenen Mittfünfziger abtreten, den sie noch nicht einmal richtig kannte. Falls er das nicht akzeptierte, sollte er sie richtig kennenlernen.

Kamilla:

Kamilla Rosenstock war fünfundvierzig Jahre alt. Ihre Nachbarn munkelten, sie sei zu gut aussehend, um klug zu sein, und zu klug, um gut auszusehen. Sie hatte ein

Mal Pot geraucht, eine Abneigung gegen Vorhäute und war ein Mal vergewaltigt worden. Sie trug keine Spitzenunterwäsche, keinen Ehering, besaß keine Payback-Karte, schmutzige Fingernägel ekelten sie. Ihre beste Freundin hatte sie schon häufig schmachtend angesehen: »Wenn ich nur so gut aussähe wie du.« Aus ihrem Mund klang es wie ein Versprechen. Im echten Leben empfand Kamilla es als eine Zumutung. Kamillas Freundin war im Gegensatz zu ihr klein, rundlich, mit unreiner Haut und flacher Brust. Sie trug Röcke, die die Kürze ihrer Beine unvorteilhaft betonten, und zu lange Strickjacken. Aber sie wusste Kamillas Stilbewusstsein zu schätzen und erkannte ihre Schönheit neidlos an. Sie war die Einzige, die Kamilla nie Vorwürfe machte. Nicht offen und nicht insgeheim. Selbst Kamilla machte sich ständig Vorwürfe wegen ihres guten Aussehens. Gutes Aussehen war keineswegs Geschmackssache, es war in Kamillas Augen ein Fluch. Schon in der Schule hatten ihre Klassenkameradinnen mit Neid auf ihre gut entwickelten Brüste gestarrt, die Jungen mit fast tierischem Verlangen. Kein BH konnte verbergen, dass da Großes heranwuchs. Kamillas Körper war schlank und hochgewachsen genug, dass sie in der Fußgängerzone mit vierzehn Jahren angesprochen worden war, ob sie nicht für eine Agentur modeln wolle. Kamilla hatte scheu den Kopf geschüttelt und schnell das Weite gesucht. Nicht einmal ihrer Mutter hatte sie von dem Angebot erzählt. Bis heute schämte sie sich für ihre blonden langen Haare. Sie hatte sich ebenfalls dafür geschämt, als sie kurz und rot waren. Kein Schnitt und keine Farbe konnten darüber hinwegtäuschen, dass es dichte, schöne Haare waren. Den Mut zu einer Glatze besaß sie nie. Sie mochte ihre langen Beine nicht und machte sich jahrelang in Gegenwart anderer Menschen klein. Das führte sowohl zu Haltungsschäden als auch dazu, dass sie hässliche weite Kleidung trug und ihre Essgewohnheiten änderte. Weniger zu essen erbrachte jedoch nicht das gewünschte Ergebnis – einen Wachstumsstopp. Kamilla wurde größer und schöner. Unaufhaltsam. Die Männer betrachteten sie wie ein Rudel Wölfe das Reh. Kamillas Flucht vor sich selbst und den anderen bestand in dem regelmäßigen Besuch der örtlichen Schwabinger Stadtteil-Bibliothek. Sie saß dort allein. Sie las alles, sie las viel, und sie las es genau. Altersbeschränkungen hielten sie von keiner Lektüre ab. Ihr Selbstbewusstsein wurde besser, ihre Augen wurden schlechter. Es war der nette, vollschlanke Junge mit der Hornbrille am Schalter mit dem Verlängerungsstempel, der sie hinter den Mülltonnen am Mitarbeitereingang vergewaltigte. Er kannte alle Titel. Kamilla besuchte fortan eine andere Bibliothek. Ihren Eltern erzählte sie nichts davon. Sie machte mit etwas Abstand zu dem Erlebnis ihre Erfahrungen mit One-Night-Stands. Keiner ihrer Partner interessierte sich für Philosophie oder theoretische Physik. Kamilla interessierte sich nicht mehr für Sex. Sie wollte sich nur unterhalten. Aus purem Trotz schrieb sie sich weder für ein Kommunikationsstudium noch für Philosophie oder Betriebswirtschaftslehre ein, sondern entschied sich für eine Laufbahn bei der Polizei. Ihr Visus lag knapp über den dienstlichen Mindestanforderungen. Selbstverteidigung, einfarbige Uniformen, verbeamtete Autorität; all das erschien ihr attraktiv. Nachdem sie die Prüfung mit Bravour gemeistert hatte, schlug sie eine Karriere im mittleren Dienst ein. Etwas Unspektakuläreres konnte sie sich nicht vorstellen. Bei einer BKA-Fortbildung zur Daktyloskopie, dem Verfahren zur Auswertung von Fingerabdrücken, lernte sie den Mann kennen, der Vater ihrer vier Kinder wurde, ein Faible für teure Importwagen und wenig Ehrgefühl besaß. Aber er hatte eine beschnittene Vorhaut, einen unterhaltsamen Humor und saubere Fingernägel. Für Kamilla war das mehr, als sie erwarten konnte. Kamilla wollte keine Nachkommen. Aber er produzierte mit ihr ein Kind nach dem anderen. Sie redete sich die exponentielle Fortpflanzung schön: Viele Kinder waren gut, weil sie nicht zu einer großen, gut aussehenden Blondine passten.

An einem Samstagnachmittag beschloss sie, mit ihrem Äußeren offensiv umzugehen. Sie ging fortan besonders aufrecht, trug, wann immer es keine Uniformpflicht gab, extrem feminine, teure Kleidung, die ihre Maße – 85, 65, 90 – unterstrich. Sie schminkte sich, betonte mit Schwarz ihre mandelförmigen Augen, legte Lippenstift in Nude-Tönen auf. Sie zitierte freimütig Hegel und Wittgenstein, wann immer sich die Möglichkeit bot, formulierte nur noch mit einer gewissen Arroganz und genoss den Umstand, dass sie ihre Mitmenschen nun auf der Distanz hielt, die ihr Sicherheit und Deckung bot. Kamilla wollte nicht gut aussehen, wollte nicht schlau sein oder für eine dieser Eigenschaften bemerkt werden, aber wenn es nicht zu vermeiden war, wollte sie sich wenigstens dahinter verstecken. Kamilla lebte getrennt, war überarbeitet und dauermüde. Weil sie von panischer Angst vor den Wechseljahren geplagt wurde, zog sie sich ständig zu dünn an, damit sie Hitzewallungen auf jeden Fall von ganz normalem Schwitzen unterscheiden konnte. In seltenen ruhigen Momenten fühlte sie sich leicht depressiv. Aber Kamilla hatte sich daran gewöhnt, sah in ihrer Karriere die Flucht nach vorn, vielleicht auch einfach nur eine Beschäftigung, die sie vom Nachdenken abhielt, und wusste, dass sie jede Minute – und sei sie auch noch so anstrengend – vor den Wechseljahren intensiv erleben musste.

Er schüttelte den Kopf: »Mein Fall. Gott sei es geklagt. Es tut mir leid.« Das Bedauern des kleinen, attraktiven Mannes klang echt.

Kamilla fühlte sich veranlasst, Klarheit zu schaffen: »Sie könnten diesen Fall gern haben, glauben Sie mir. Er ist brutal und verwirrend. Er bereitet mir jetzt schon Kopfzerbrechen. Aber leider sind Sie zu spät dran, und wie Sie wissen, bestraft solche wie Sie das Leben. Bitte gehen Sie und kommen Sie nicht wieder!«

»Sprechen Sie mit meinem Chef!«

Kamilla Rosenstock holte ein Mal tief Luft und lächelte mit allem Charme, zu dem sie fähig war. »Das werde ich gern tun. Morgen oder übermorgen, Herr …« Nochmals versuchte sie, die auf dem Ausweis eingeprägten, schwarzen Schreibmaschinenbuchstaben mit zusammengekniffenen Augen zu lesen. »Horst Horst.«

»Wie der Fotograf.«

Fragend sah sie ihn an. »Horst Horst. Wirklich?«

Er nickte emphatisch.

»Das tut mir leid. Bitte gehen Sie! Sie stören meine Kreise, Herr Horst! Horst«, murmelte sie.

Aber er heftete sich an ihre Fersen, hantierte umständlich mit seinem Geldbeutel herum und machte keinerlei Anstalten, von diesem Parkplatz zu verschwinden.

Kamilla Rosenstock tippte mit dem ausgestreckten Zeigefinger auf seinen klatschnassen Trenchcoat und bemühte sich um Festigkeit. »Ich habe hier drei Leichen, und falls Sie nicht dazugehören wollen, dann suchen Sie jetzt das Weite!«

Er schaute sie einfach nur aus diesen großen, dunklen Augen an, klimperte mit den Wimpern und sagte: »Okay.«

»Gut.« Kamilla wollte sich noch ein letztes Mal das Szenario ansehen, bevor der Bestatter die Leichen abtransportieren würde. Sie seufzte. »Warum stehen Sie dann immer noch hier herum?«

»Sprechen Sie mit meinem Chef!«

Kamilla seufzte erneut. »Sie sind ein anstrengender Mensch.«

Entschuldigend zuckte er mit den Schultern.

»Okay«, lenkte sie ein. »Das ist mein Fall. Sie können dabei sein. Mit gebührendem Abstand. Bleiben Sie zurück, fassen Sie nichts an! Tun Sie so, als seien Sie nicht anwesend.«

Er nickte, und noch während Kamilla erleichtert ausatmete, ging er schnurstracks an ihr vorbei, schlüpfte im Vorbeigehen in Gummihandschuhe, die er aus seinen Taschen zog, unterquerte das Absperrband – sie selbst steckte noch mit einem Absatz in einem Erdloch fest –, winkte den Kollegen zu, als habe er sein Leben lang nichts anderes getan, als fremde Tatorte zu inspizieren, hörte nicht auf ihr »Halt« und ihr »Jetzt warten Sie doch!«, öffnete die Fahrertür des Cayennes und beugte sich über die erste Leiche.

Kamilla Rosenstock war so wütend, dass sie nach ihrer Waffe griff und bereit war, den vierten Mord an diesem Ort zu begehen.

6.

Mein Handy klingelte. Der erste Gedanke war: Corinne! Mit einem Mal fühlte ich mich so voller Sehnsucht, dass ich wider besseres Wissen erwartete, Corinne würde sich in einem engen, schwarzen Catsuit vor dem Wagen materialisieren, um mich zu retten. Normalerweise trug sie Kostüme, gerade geschnitten. Sie bevorzugte Jil Sander.

»Nein.«

Ich zog meine Hand wieder aus der Jacke zurück. Die Pistole lag zwar noch auf ihrem Knie, aber ein paar steile Falten hatten sich bereits auf der Stirn der kleinen, dunkelhaarigen Frau eingegraben, als ich nach dem Handy griff. Noch ein paarmal ertönte der Klingelton, dann wurde es noch stiller im Wagen als zuvor.

»Ich muss da rangehen.«

»Nein.«

»Doch. Wirklich.« Klang ich verzweifelt?

Durchdringend sah sie mich an, dann streckte sie ihre offene linke Hand aus. Das Blut sah jetzt getrocknet aus.

»Was?« Ich versuchte wenigstens, mich doof zu stellen.

»Dein Handy.« Scharf, als wolle sie das Wort im Hals zersägen. Schwer zu sagen, was mit mir geschah. Ich war mindestens doppelt so groß wie sie, nicht schlecht gebaut, vielleicht etwas zu dick. Es beeindruckte sie schlicht und ergreifend nicht. Ich stellte nicht mal im Entferntesten eine Bedrohung für sie dar. Das wusste sie, das wusste ich. Dass ich bald meinen Zuckerspiegel checken musste, um nicht bewusstlos vor ihr zusammenzuklappen, machte die Situation nicht besser. Irgendetwas sagte mir, dass sie das auch nicht berühren würde. Sie wirkte, als hätte sie vor nichts und niemandem Angst. Als würde sie wie ferngesteuert durchs Leben gehen und alles eliminieren, was sich ihr in den Weg stellte, was sie störte, was ihr nutzlos erschien. Falls sie wirklich eine Killerin war, erfüllte sie die beruflichen Voraussetzungen. Aber was wusste ich schon? Ich kannte sie gerade mal ein paar Minuten. Ihre blutverschmierte Hand war immer noch da, ihr düsterer Blick auch, und so zog ich mein Handy aus der Tasche, um es ihr zu übergeben. Ihre Haut war kalt und ich nicht der Mann, der ich gern gewesen wäre. Mit ein paar schnellen Handgriffen scrollte sie durch meine letzten Anrufe, schaute zu mir herüber. Dann lehnte sie sich an die Beifahrertür und schnüffelte weiter in meinem Handy herum. Und ich fuhr und fuhr, Meter und Meter, Kurve um Kurve.

Sie steckte mein Handy in ihre Tasche. Offensichtlich hatte sie genug gesehen. Wir waren fast da.

»Du bist ein Idiot.«

Ich hatte dem nichts hinzuzufügen. Fast nichts. »Ich will mein Handy zurück.«

Verächtlich sah sie mich an.

»Bitte?« Ich besaß nicht mal den Mumm, es als Aufforderung zu formulieren.

Sie zeigte mir nicht den Vogel, aber das war es wohl, was ihr Gesichtsausdruck signalisierte.

»Wegen Corinne?«

Ich konnte mich nicht erinnern, wann ich das letzte Mal vor einer Frau errötete. Jetzt passierte genau das.

»Eine sinnlose Sache.« Sie sagte es mit der Selbstverständlichkeit religiöser Fanatiker.

»Woher willst du das bitte schön wissen?«

Sie sah mich an, als hätte sie die Frage schon vor Lichtjahren beantwortet und ich nur genau meinen Einsatz verpasst.

»Das geht dich rein gar nichts an«, sagte ich mit Verzögerung. Corinne war eine Göttin, und diese kalte Frau neben mir nur ein gewalttätiger Zwerg.

»Versager.« Eine Feststellung.

Wann war ich das letzte Mal innerhalb so kurzer Zeit so vielfältig und gnadenlos beleidigt worden? Ich bremste, manövrierte den Wagen in den Wald hinein. »Wir sind da.«

Da war sie wieder. Die Pistole. Sie sprach eine eindeutige Sprache: Steig aus. Geh vor. Die kleine, nasse Frau gab sich wortkarg und präzise. Ihre Waffe war wie sie.

# 7.

»Sie sind Geschichte!« Kamilla Rosenstock redete auf den Trenchcoat des kleinen Mannes ein wie auf eine beigefarbene Wand. »Ich lasse Sie festnehmen!«

Der Trenchcoat bewegte sich. Der dunkle Kopf seines Besitzers tauchte aus dem Wagen wieder auf. »Es tut mir leid.« Klimper, klimper. Seine Wimpern waren wie ein dunkler Vorhang, den er nach Belieben lüpfte. Hatte er sich gerade etwa entschuldigt?

»Es tut mir wirklich leid.«

Kamilla Rosenstock holte Luft, hielt dann inne. Es war nicht von der Hand zu weisen, dass sie Männer mochte, die sich entschuldigten. Ihr Ex-Mann hatte das definitiv zu selten getan. Es gab so unzählig viele Dinge, für die Kamilla Rosenstocks Ex-Mann sich hätte entschuldigen müssen – unter anderem für die vier nicht geplanten Kinder, seine außerehelichen Eskapaden, den nicht im Budget befindlichen Aston Martin –, er hätte vermutlich mehrere Jahre dafür gebraucht. Doch wenn sie anfing, darüber nachzudenken, überschwemmten sie wieder Panik und Hysterie. Nicht jetzt. Nicht hier. Am besten niemals mehr. Sie ging nicht mehr zurück. Kamilla Rosenstock sammelte sich und zwang ihre Gedanken weg von dem, was sie zu ersticken drohte. Sie blinzelte. »Wie bitte?«

»Fällt Ihnen etwas auf?«

Wollte er jetzt etwas mit ihr beruflich erörtern? Kamilla Rosenstock war noch nicht bereit zu Zugeständnissen. Nicht mal ein Mann, der sich entschuldigen konnte, würde da eine Ausnahme machen.

Auffordernd sah Kamilla ihn an, denn ihr fiel nichts ein, was sie hätte sagen können.

Seine schmale Hand wies auf den Rücksitz, dann auf die Fensterscheibe. »Glas innen, Glas außen.«

Was sollte das werden? Ein dadaistischer Exkurs?

»Was sehen Sie?«, wiederholte er seine Frage.

Kamilla Rosenstock seufzte und schweifte in Gedanken wieder ab. Sie wollte das nicht, hatte man ihr doch gesagt, diese gedanklichen Kreise seien die Zeichen einer Depression. Aber es wurde immer später, und ihre Mutter hatte die dumme Angewohnheit, nachts aufrecht auf dem Sofa sitzend auf sie zu warten. Dass sie die Kinder betreute, wenn Kamilla arbeitsbedingt dazu nicht in der Lage war, hatte ihre Mutter bereits in den Stand eines Erzengels erhoben. Das nächtliche Warten auf die einzige erwachsene Tochter setzte Kamilla mehr zu, als sie sich eingestehen wollte. Kamillas Vater, der deutlich jünger als ihre Mutter war, schlief dann bereits. Er war erschöpft von seiner Arbeit als Vollzugsbeamter in der JVA Stadelheim. Er war im Vergleich zu Kamillas Mutter immer erschöpft. Müde. In ihrem Leben hatte Kamilla ihn wie einen Schatten wahrgenommen. Er kam und ging leise, seine Präsenz war unauffällig, er sprach nicht viel. Oft fragte sich Kamilla, ob er sie überhaupt bemerkte. Als Tochter, als Frau, als Mensch. Kamillas Mutter hingegen war ein Geschenk Gottes. Sie war so gut, dass Kamilla unwillkürlich beschlossen hatte, all das nicht zu sein. Dieser Platz war besetzt, die Goldmedaille vergeben und Kamilla bereit, sich in der erstbesten Nische – in diesem Fall arbeitswütige Beamtin des BKA in leitender Position – niederzulassen. Noch immer sah der kleine Mann sie aus seinen fast hypnotischen Augen fragend an. Er schien im Vergleich zu ihr alle Zeit der Welt zu haben.

»Nun. Ich sehe drei professionell ausgeführte Kopfschüsse«, antwortete sie ruhig. »Keine Frage. Ein Spezialist.«

Der kleine Mann nickte. Er zeigte auf den Platz hinter dem Wagen. »Haben Sie dort eine Kugel gefunden?«

»Warum?«, fragte Kamilla.

»Glas innen, Glas außen.«

Kamilla breitete die Hände aus. Innen, außen. Das hier entwickelte sich zu einer absurden Theatervorstellung. Sie verstand zwar, was er damit implizierte, aber sie würde es ihm nicht zeigen. Wenn er die Fakten wie sie interpretierte, bewies er damit Kompetenz. Jemanden mit Kompetenz konnte sie nicht brauchen, nicht ausgerechnet heute und hier. Dass er in einem Moment, da sie um ihren Platz kämpfen musste, in ihre Tätigkeit hineinfunkte, verwirrte sie. Warum ausgerechnet jetzt? Warum ausgerechnet er? Dies war ihr Job. Keiner sollte das bezweifeln, denn Zweifel an ihr und ihren Fähigkeiten gab es bereits genug.

»Sie haben bei der Frau auf dem Rücksitz keine Waffe sichergestellt?«

Noch hatten sie die Leichen nicht bewegt. »Nein. Noch nicht.«

Der kleine Mann schüttelte den Kopf. »Etwas stimmt hier nicht.«

Kamilla vermochte dem Offensichtlichen nichts entgegenzusetzen.

»Die Frau auf dem Rücksitz hat geschossen.«

Glas innen, Glas außen. Das war der Grund dafür. Er sah die Fakten und interpretierte schnell und zutreffend.

»Wir brauchen die Waffe«, stellte er fest.

»Wir?!« Noch wusste sie nicht, woher der kleine Mann überhaupt kam. Sie rätselte, wer ihn hierhergeschickt haben mochte.

»Darf ich?«

Kamilla Rosenstock machte ihm widerstrebend Platz. Horst Horst legte eine besonnene Zielstrebigkeit an den

Tag, die sie wider Willen beruhigend fand. Vielleicht gab sie auch einfach nur ihrer Müdigkeit nach. Jetzt umrundete Horst Horst den Porsche, öffnete die Tür mit dem zersplitterten Fenster. Glasreste rieselten zu Boden. Sie beide starrten auf die tote Frau auf dem Rücksitz.

»Ich spüre etwas.«

Vielleicht täuschte sie sich doch in ihm, denn um Gefühle ging es in ihrem Beruf nicht allzu oft.

»Sehen Sie das, was ich sehe?«

Vielleicht verschwinde ich lieber unauffällig, dachte Kamilla. Und dann: *Nein.* Offerierte er eine verdrehte Variante des beliebten Kinderspiels? Dennoch kniff sie die Augen zusammen und folgte seinem Fingerzeig.

»O mein Gott! Da.«

Kamilla schüttelte den Kopf. Frau, Kleidung, Haare, Sitzpolster, Blut. Ein Standbild. Es hatte sich keine neue Wahrnehmung bei ihr eingestellt.

Von der Seite bemerkte Horst Horst: »Sie könnten wirklich eine Brille brauchen.«

Kamilla fiel das Sprechen schwer. Sie ertrug es nur schlecht, dass er alles kommentierte, dass er sich einmischte und mit ihr umging, als ob er sie schon Jahre kannte. Das Thema Brille war tabu.

Und dann, bevor sie zu einer scharfen Replik ansetzen konnte, sah er sich argwöhnisch um und ergänzte leise: »Es saßen mehr als drei Menschen im Auto. Und einer davon ist noch hier.«

8.

Horst Horst hatte einen Auftrag oder genauer: zwei. Einen Auftrag, den er sich selbst erteilt hatte – vor Jahren schon –, und einen, der ihn beruflich band. Jedes Mal, wenn er einen Tatort betrat, hoffte er, dass sich diese Aufträge decken würden. Der berufliche und der private. Weil die Verwicklung in ein Verbrechen ihn mit Erleichterung erfüllen würde, während das Nichtwissen, das Suchen ihn mehr quälte, als er es erklären konnte. Er suchte seit Jahren schon ohne Unterlass. Über zwanzig Jahre war es her. Und jetzt, da er im strömenden Regen im Dunkeln vor diesem Wagen stand, in dem die Leichen lagen, den erdigen Geruch des feuchten Bodens in der Nase spürte, in diesem Moment, in dem Hoffnung und die Erfüllung seines Wunsches fast unmöglich schienen, beschlich ihn das Gefühl, dass er am Ende seiner Reise angekommen sein könnte, unerwartet und überraschend wie so oft im Leben. Gerade hier, an diesem gottverlassenen Ort, auf diesem Berg. Ausgerechnet neben dieser Frau, der Kollegin, die gar nicht hier sein sollte, die ihn mit ihrer Präsenz verwirrte. Von der er so viel gehört hatte, bevor er nach München kam, und die ihm beeindruckender erschien als alle Schilderungen, die ihr vorauseilten. Auf ihn wirkte sie in diesem Moment erstaunlich klar. Wie es mittlerweile um sie stand, das tat ihm leid, weshalb er es nicht fertigbrachte, sie zurückzuweisen oder abholen zu lassen. Den Ärger und die Diskussionen ahnte er voraus. Er als der Neue durfte sich keine Blöße geben. Aber er hatte gelernt, sich Zeit zu lassen, nicht sofort auf die Ereignisse zu reagieren, denn er wollte keine Fehler machen oder wenn, dann nur solche, die Schlimmeres verhinderten.

Er sah sich um und suchte nach demjenigen, den er noch hier vermutete. Wenn er bewaffnet war, gaben sie alle gerade eine gute Zielscheibe ab. Doch Horst vermutete, dass er schon lange geflüchtet war. Zu viele Menschen befanden sich mittlerweile auf dem Platz. Zu viel Zeit war bereits vergangen.

Horst Horst:

Horst Horst hatte seinen Namen gehasst, verachtet und verleugnet. Er tauchte dennoch immer wieder auf. Er wurde wegen seines Namens belächelt, geprügelt und bespuckt. Keiner interessierte sich für das berühmte Vorbild, Horst P. Horst, der nachweislich als einer der bedeutendsten Modefotografen des zwanzigsten Jahrhunderts galt. Horst Horst, gebürtig in Berlin-Wannsee, war kein starkes Kind. Nicht groß. Er besaß ein sanftes Gemüt, das er von seinem Vater geerbt hatte. Er kam nie auf die Idee, seinen Eltern wegen dieser Namensuntat zu zürnen. Und so wischte er die Spucke ab, steckte die Prügel ein, bis die Schläger sich verausgabt hatten und ihn nur noch ignorierten. Selbst über einen albernen Namen konnte man nicht unendlich lange lachen. Wenn Horst Horst auch Schwierigkeiten mit dem gleichen Geschlecht hatte, kam er doch gut bei den Mädchen an. Sie mochten ihn. Sein Name störte sie nicht. Er war ruhig, freundlich, hübsch und wirkte nicht bedrohlich. Horst wurde früh geküsst, was ihm gefiel. Die neugierigen Mädchen erwählten bewusst ihn für das erste Mal. Er behandelte sie sanft und gut. Wenn sie sich wildere, gefährlichere Kerle suchten, versuchte er, nicht gekränkt zu sein. Die Schulzeit ging vorbei. Horst wuchs heran. Unauffällig, unaufhaltsam, doch er blieb klein. Horsts

Mutter wünschte sich für ihren Sohn eine vernünftige Arbeit: zum Beispiel eine Ausbildung bei einer Bank. Einen sicheren Job bei der Stadt Berlin legte sie ihm nahe. Horst bewarb sich dort und, weil er die geforderte Mindestgröße exakt erfüllte, heimlich bei der Polizei. Zum Leidwesen seiner Mutter hatte weder die Stadt Berlin noch die Sparkasse Interesse an den Fähigkeiten ihres Sohnes. Aber die Polizei wollte ihn. Horst war es recht, und er absolvierte seine Ausbildung mit der gleichen Sorgfalt, mit der er auch in der Schule seine Hausaufgaben gemacht oder in der Kirche den Altarraum vorbereitet hatte. Horst Horst betätigte sich seit Jahren als Helfer des Küsters der katholischen Gemeinde. Er mochte Kirchen, die Ruhe des Ortes. Manchmal lauschte er an den Beichtstühlen, wenn er den welken Blumenschmuck entsorgte.

Horsts Mutter sehnte sich nach einer Schwiegertochter. Auffällig häufig sprach sie von Enkeln. Also bemühte sich Horst um Kontakt zu Frauen.

Er lernte Edita auf der Wache kennen. Ihr Mann hatte sich gerade im Wohnzimmer erschossen, zwei Kinder hingen an ihrem Rock. Völlig verstört tauchte sie im nächtlichen Neonlicht seines Büros auf. Warum sie nicht den Notruf verständigt hatte, konnte sie nicht erklären. Ein Fluchtinstinkt hatte sie gepackt. Horst nahm ihre wirren Worte zu Protokoll, zwei Monate später traf er sie das erste Mal allein. Er zog die zwei Kinder mit ihr auf, bis sie auf die weiterführende Schule gingen. Dann betrog ihn Edita mit dem Englischlehrer der jüngeren der beiden Töchter. Horst zog aus.

Astrid war Kroatin, trug das Haar streng gescheitelt und litt an einem Drogenproblem. Horst sammelte sie am Anhalter Bahnhof auf, als sie fast bewusstlos am Boden lag. Er umsorgte sie, brachte sie in eine Entzugsklinik und mietete, nachdem sie entlassen worden war, mit ihr eine kleine Wohnung an. Astrid jedoch vermisste das Leben auf der Straße. Als Horst sie zum wiederholten Mal von irgendeiner U-Bahn-Haltestelle nach Hause bringen wollte, bat sie ihn, nicht wiederzukommen. Horst wartete noch zehn Tage auf sie, bis er den Mietvertrag kündigte und in ein möbliertes Zimmer zog. Wohl wissend, dass er selbst an einem christlich motivierten Helfersyndrom litt, ließ er sich bei einer Razzia noch auf Maja ein. Maja hatte mehr Probleme als alle Frauen in Horsts Leben zuvor. Aber sie war zart, jung und besaß die schönsten Augen, in welchen Horst sich je verlor. Horst wusste, dass er nie eine Konkurrenz für die anderen Männer in Majas Leben sein konnte. Er bezahlte für jeden Körperkontakt. Er tat es gern. Weil Maja Horst liebte und wegen des Heroins gelegentlich die Einnahme der Pille vergaß, zeugte sie mit ihm ein Kind. Nach der Geburt war Maja gereizt, verwirrt und schlecht gelaunt. Sie wollte nie Mutter sein. Es gab Ärger mit dem Zuhälter, und Ärger mit den Freiern gab es auch. Zwei Tage bevor Horst Maja und ihr Kind zu sich holen wollte, verschwanden sie. Horst bemühte alle polizeilichen Methoden, aber keine zeitige Erfolg. Horst wollte niemandem mehr helfen. Das Leben hatte ihn kuriert. Aber Maja und ihr Kind, sie wollten ihm nicht aus dem Kopf, aus dem Herzen heraus. Er hatte eine Frau, ein Kind und kannte es nicht einmal. Seine Mutter hatte eine Enkelin und wusste nichts davon. In jeder Frau, in jedem Kind, das Horst traf, vermutete er seine Lieben. Nie hörte er auf, nach ihnen zu suchen. Er war sich keiner Schuld bewusst. Nicht nur der Glaube gebot es ihm, dass er sie suchen und finden musste.

9.

Es kann nicht wahr sein. Es ist nicht wahr. Wenn es wahr ist, überlebe ich das nicht. Dimas Gedanken verselbstständigten sich. Er konnte nichts gegen die Flut der Zweifel tun. Sie überschwemmte ihn, zog ihn hinab. Er musste sich irren. Was er gesehen hatte, konnte nicht geschehen sein. Sein Leben wäre zu Ende, ohne dass er gestorben war. Was für einen Sinn könnte es dann noch geben? Dima hielt inne, mitten im Wald. Regen. Immer nur Regen. Sein Körper und seine Knochen kalt. Die Kleidungshülle um ihn herum nur ein nasser, schwerer Sack. Als setzte das Leben alles daran, ihn zu Boden zu reißen, zu Fall zu bringen. Er war seit Ewigkeiten bergab gestolpert, ins Tal. Es zog ihn hinab, weg von diesem Berg des Unheils. Gleichzeitig zog ihn etwas wieder hinauf. Er hatte ein fast unstillbares Bedürfnis, sich nochmals zu vergewissern. Dass er sich die Hinrichtung seiner Familie nicht nur eingebildet hatte. Wenn ihn die Unsicherheit anhalten ließ, tastete er nach der Waffe in seiner Tasche. Es war eine Tatsache, dass er vor der Abreise keine besessen hatte. Er wusste, dass sein Vater gelegentlich eine Pistole trug. Er hatte immer geahnt, dass er sie auch benutzte. Dass er nun den kalten Stahl spürte, ließ ihn weiterwanken. Er hatte die Pistole seiner Schwester an sich genommen. Eben noch lag sie in ihrer leblosen Hand. Ein letztes Andenken. Das alles war wirklich passiert.

Zunächst lief er auf die Straße. Aber dann erschien ihm der Weg zu lang. Er kürzte die Serpentinen ab, stieg über die Leitplanke, überwand Geröll, Büsche und Gräser, um wieder auf die Straße zu treffen. Mit einem Wagen rechnete er nicht. Sie waren auf dem Weg nach oben nur wenigen

Autos begegnet. Sie. Er, sein Vater, seine Schwestern und Mathilda. Wo war Mathilda? Er hatte sie nicht gefunden. War sie tot wie die anderen oder verschleppt? Er war allein. Etwas in seiner Brust erdrückte ihn schier, dehnte sich aus und verhinderte jeden Atemzug. Zum ersten Mal in seinem Leben fand er beim Laufen keinen Rhythmus. Das, was er am liebsten tat, fiel ihm jetzt schwer. Hatte er Hindernisse früher spielend überwunden, verausgabte er sich nun auf gerader Strecke. Als habe er sein Talent verloren, als überwältigte ihn die unbelebte Welt. Wurzeln hielten ihn fest. Steine legten sich ihm absichtlich in den Weg. Er rutschte, strauchelte und fiel. Manchmal fing er sich gerade noch mit den Händen ab. Die Risse und Abschürfungen spürte er kaum. Als er die nächste Leitplanke sah – nur eine von vielen in der endlosen Abfolge –, stützte er sich auf. Er knickte ein, wollte sich nicht mehr rühren. Konnte die Einsamkeit, die Leere nicht mehr ertragen.

Als er seinen Kopf wieder hob, sah er, dass vor ihm ein Wagen gehalten hatte. Jemand stieg aus. Etwas wie Hoffnung wollte sich in Dima ausbreiten. Endlich wurde ihm geholfen. Er spürte ein kurzes Aufflackern von Dankbarkeit. Dennoch war er so erschöpft, dass ihm alles gleich erschien. Eintönig, grau. Jemand sprach ihn an. Dima musste sich bemühen, etwas zu erkennen. Es war eine Frau, die ihre Hand auf seinen Arm legte. Sie trug einen tiefschwarzen Lidstrich, Lippenstift in einem grellen Rot, eine zerrupfte Hochfrisur und ein Hundehalsband mit silbernen Nieten. Netzstrümpfe spannten über ihren breiten Oberschenkeln. Die sparsame Restbekleidung war ebenfalls schwarz, eng und der Außentemperatur kaum angemessen.

Dima hatte noch nicht viel von der Welt gesehen, aber er erkannte eine Nutte, wenn er sie sah. Sie war ihm vertraut wie sein eigener Körper. Das war keine Verkleidung, kein Gothik-Fummel. So wie sie ihn ansah – ihre Augenlider schienen sich kaum zu heben –, breit anlächelte und berührte, das kannte er aus seinem eigenen Zuhause. So wurden die Freier angesehen, wenn sie sich entschieden hatten. Der Himmel musste ihm diese Frau des horizontalen Gewerbes geschickt haben. Er hatte sein gesamtes Leben mit Nutten verbracht.

»Komm! Steig ein.« Es klang wie eine Einladung zu etwas höchst Intimem. Der Tonfall sandte Dima Informationen auf einer ganz eigenen Frequenz.

Sie nahm Dima an der Hand und führte ihn zu einer der hinteren Türen. Jemand rutschte zur Seite, Dima setzte sich, die Nutte schlug die Tür zu und stieg auf der Beifahrerseite ein. Der Wagen fuhr an, Dima wollte nur schlafen, loslassen. Aber er bemühte sich und sah sich um.

Neben ihm saß ein Typ mit fettigen, langen Haaren. Länger noch als Dimas eigene. Dima war stolz auf sein Haar. Es war blond, dicht, lang und gelockt. Er trug es meistens zu einem Pferdeschwanz zusammengebunden. Die Haare seines Sitznachbarn waren dünn, ungekämmt, schmutzig. Er entblößte das, was von seinen Zähnen noch übrig geblieben war – vielleicht der Gegenentwurf zu einem Lächeln –, und starrte Dima mit stark vergrößerten Pupillen an. Sein Blick hatte etwas Vages, als könne er sich nicht recht zwischen Boshaftigkeit und Grausamkeit entscheiden. Er hatte einen altmodischen Colt auf Dima gerichtet und schien nach den richtigen Worten zu suchen. Als er sie endlich gefunden hatte, klang seine Stimme hoch und schrill: »Willkommen. Da bist du ja. Und jetzt zieh dich aus, du süßer, kleiner Hengst!«

10.

Wir standen mitten im Zimmer. Die Luft war kalt und klamm. Ihre Tasche hatte sie abgestellt. Ich fand sie plötzlich weniger bedrohlich, wollte aber nicht denselben Fehler machen wie so viele Mordopfer und meinen Gegner unterschätzen.

Das Haus meiner Eltern sah schlicht aus. Wenn man bedachte, dass sie mehr Geld auf dem Konto hatten, als für irgendeines ihrer Kinder gesund sein konnte, zeigten sie sich hier bescheiden. Ich hatte an diesem Ort die schönsten Tage meiner Kindheit verbracht. Es handelte sich um ein schiefes Holzhaus, das nur mit seinen rotweißen Fensterrahmen prahlte. Es bestand aus drei Zimmern, einem spartanischen Bad und einem Holz- und Geräteschuppen. Ich mochte den kleinen Garten, den ich gelegentlich bewirtschaftete. Den Wildwuchs bekam ich jedoch nie in den Griff. Die Kreisläufe der Natur beruhigten mich. Nachhaltigkeit bedeutete mir viel.

Konzentriert schaute sie sich um. Wir waren komplett durchnässt, und ich fror. Draußen würde es bald dunkel sein. Sie bedeutete mir mit einer Handbewegung, ein Feuer im Ofen zu machen. Sie inspizierte jeden Raum. Ohne ein weiteres Wort setzte sie sich auf das Ende der Eckbank und sah mir zu. Mit einer fließenden Handbewegung zog sie sich die Kapuze vom Kopf.

Es gab hier nicht viel mehr als ein Sofa, einen rohen Holztisch mit Bank und Stühlen sowie eine Küchenzeile. Erst vor einigen Jahren hatte mein Vater ein Warmwassersystem installieren lassen. Früher hatten wir beim Waschen immer geschrien. Das Quellwasser eignete sich dafür, Körperteile schockzugefrieren.

Sie sah auf die Uhr, wirkte nachdenklich. Dann zog sie die Waffe aus ihrer Tasche. Unwillkürlich hielt ich inne, um sie zu beobachten. Sie schraubte ein Rohr vorn vom Lauf ab, dann – ritsch, ratsch – löste sie das Magazin. Sie nahm die Waffe auseinander und überprüfte sie. Sorgsam und genau. Patronen klickten aus dem Magazin.

»Was ist das für ein ...«

»Kaliber?«, ergänzte sie für mich.

Ich nickte. Hauptsache, sie sagte etwas.

»Neun-Millimeter-Vollmantelgeschoss.«

»Aha.« Ich hatte keine Ahnung, wovon sie sprach.

»Gute Mannstopp-Wirkung.« Bedeutsam schaute sie mich an.

Mannstopp-Wirkung. Ich hatte den Begriff noch nie zuvor gehört, aber jeder Idiot konnte sich zusammenreimen, was er bedeutete. Diese Frau war unheimlich. Meine Hände suchten in der Feuerstelle blind nach Spänen. Kurz hielt ich inne, weil mich ein Schauder überlief. Sie warf mir einen scharfen Blick zu, weshalb ich mich schnell wieder an die Arbeit machte. Hatte sie diese drei Menschen tatsächlich umgebracht? Die Überlegung an sich war ignorant. Die lebendige Antwort auf meine Frage saß direkt vor mir. Ich zündete das Papier an, und als die ersten Flammen am Holz hochzüngelten, fing ich plötzlich an zu zittern. Im Kopf war ich souverän, hatte jeden lockeren Spruch schon gedacht, gesagt, nur, um mir wenigstens eine Illusion von Überlegenheit zu bewahren. Tatsächlich hatte ich Angst. Jetzt wieder, unmittelbar. Genauso wie vorhin, als sie mir ohne Vorwarnung vor die Füße geschossen hatte.

»Was?« Ihre Frage klang scharf und abgehackt.

Ich hatte noch nicht einmal etwas gesagt. Ich konnte ihr nicht mehr antworten, wusste nicht mehr, wie. Mein Mund war trocken. In meiner Jackentasche suchte ich mit fahrigen Fingern nach dem Insulinset. Sie beobachtete jede meiner Bewegungen. Aber sie sagte nichts. Auf dem Boden öffnete ich das Kästchen, weil es mir sonst entglitten wäre. Ich entnahm mein Blutzuckermessgerät, und legte einen Teststreifen ein, was mir fast nicht mehr gelingen wollte. Dann stach ich mir mit der Lanzette in den linken Ringfinger und las das Ergebnis ab. Es war allerhöchste Zeit, und ich konnte selbst nicht mehr sagen, ob meine Psyche nach Beruhigung oder mein Blutspiegel nach Zucker schrie. Aus meiner Hosentasche fischte ich ein Päckchen Traubenzucker und packte es fahrig aus. Das Täfelchen zerfiel auf meiner Zunge. Nach Stress kam unweigerlich Unterzuckerung. Oft bemerkte ich es zu spät. Mühevoll packte ich meine Hausapotheke zusammen. Dann lehnte ich mich an die Wand. Atmete und wartete, bis das innere Zittern nachließ. Ich dachte nichts Heldenhaftes, nichts Lustiges mehr. Es schien absurd, meinen Blutzuckerspiegel auszutarieren, wenn diese stille, harte Frau mich jeden Augenblick abknallen konnte. Aber im Moment war sie friedlich und ich erschöpft. Und am Leben. Das fühlte sich gut an. Einfach so.

»Wie heißt du?«, fragte ich sie.

Ihre Augen verengten sich. Sie schwieg minutenlang, klopfte mit den Fingern einen unregelmäßigen Takt. Wieder sah sie auf die Uhr. Das Feuer entfaltete sich und mit ihm die Wärme. Sie begann, die Waffe wieder zusammenzubauen, füllte das Magazin und schob es ein. Der Schalldämpfer wanderte zurück in ihre Jacke, die sie auszog. »November«, sagte sie. Die Pistole steckte sie in den Hosenbund.

Mein Kopf arbeitete langsam. Es war gerade mal Oktober. »November? Wie der Monat?«

Sie zog ihre Kapuzenjacke aus. Das Shirt klebte ihr in

feuchten Falten am Leib. Ein Ärmel war zerrissen, darauf dunkle Flecken.

Sie wollte nicht wissen, wie ich hieß. Diese Erkenntnis zeigte mir meinen Platz in unserer Zweckgemeinschaft. Jetzt zog sie ihr schwarzes Shirt über den Kopf. Darunter war sie nackt. Ich hatte Piercings erwartet. Oder Tätowierungen. Schwarz, zahlreich, vielleicht eine Serifenschrift, die finstere, englische Botschaften verkündete. Doch als ich zu ihr aufschaute, war davon nichts zu sehen. Ihre Haut leuchtete weiß und rein, fast durchsichtig. Ihre Brustwarzen waren von der Kälte erigiert, die Brüste winzig. Ich konnte die Rippen darunter erkennen. Über dem Hosenbund standen neben der Waffe ihre Hüftknochen hervor. Sie war mager, kein Gramm Fett. Ihre Bauchmuskulatur wirkte wie die eines professionellen Turmspringers definiert. Kreisrunde Narben bedeckten einen Arm. Der Anblick erschreckte mich, weil ich ihn gut kannte: Jemand hatte seine Zigaretten auf ihrer Haut ausgedrückt. Am anderen Arm hatte sie einen Riss, der jetzt wieder blutete. Auf ihrer hellen Haut leuchtete das Rot. Es schien ihr nichts auszumachen, dass sie halb nackt vor mir stand. An mir vorbei ging sie zum Waschbecken. Ich erhob mich. Aus dem Augenwinkel beobachtete sie meine Bewegung. Es entging ihr nichts.

Unter dem Wasserstrahl wusch sie sich das Blut vom Arm.

»Lass mich das mal sehen!«

Ihre rechte Hand griff nach der Waffe, aber sie sagte nichts, als ich die Wunde untersuchte.

»Soll ich das nähen?« Wie immer rechnete ich mit einem Nein. Oder mit ihrem Schweigen. Oder mit einer ätzenden Replik.

Sie betrachtete ihren Arm, als würde sie die Situation

einschätzen. Zeit und Nutzen abwägen, bis sie zu einem Ergebnis kam.

»Okay«, antwortete sie.

»Ich muss die Sachen dazu aus dem Wagen holen.« Natürlich dachte ich an etwas anderes.

»Okay«, sagte sie gedehnt. »Aber beeil dich. Wir haben nicht viel Zeit.«

»Warum?«

Verächtlich schnaubte sie. Falls sie einen Plan hatte, behielt sie ihn für sich.

Ich zog meine Schuhe an. Sie imitierte jede meiner Bewegungen. Und folgte mir tatsächlich in den Regen hinaus. Gelegentlich drehte ich mich um. Ihr nackter Oberkörper schien so weiß, als würde sie von innen leuchten. Sie bewegte sich durch die Tropfen, durch die Kälte, als spürte sie nichts. Keine meiner Bewegungen im Rettungswagen entgingen ihr. Natürlich konnte ich so keinen Notruf über das Funkgerät absenden. Was hatte ich mir nur gedacht? Als ich die Türen zuschlug, bemerkte ich, dass sie eine Gänsehaut hatte. Eine Reaktion, die sie für einen Moment menschlich machte.

Wir betraten das Haus, schlossen die Tür. Wir setzten uns an den Tisch. Ich traf die nötigen Vorbereitungen. Als ich den ersten Stich mit der halbrunden Nadel machte, beschleunigte sich nicht einmal ihr Atem. Beim Nähen verzog sie keine Miene. »Beeil dich!«, sagte sie. Ihre Haut war eiskalt und ihr Arm muskulös und fest. Der weiße Verband wirkte an ihr wie eine Kapitänsbinde.

»Ich heiße Laser.«

Skeptisch sah sie mich an. »Was?«

Ich kannte die Nachfragen. »Laser, so wie die Laserkanone.« Bisher fand ich die Erklärung gut. Jetzt schien sie plötzlich total fehl am Platz zu sein.

»Was ist das für ein bescheuerter Name?«
»Auch nicht viel schlechter als November, oder?«
»Warum Laser?«
»Meine Eltern waren Hippies. Meine Schwester heißt Apple und mein Bruder Pax.«

Sie schüttelte den Kopf, als hätte sie jede Hoffnung für mich aufgegeben.

»November. Klingt wie ein Künstlername.«

Sie zuckte mit den Schultern, als könne sie nichts weniger berühren, als habe sie mit Kunst noch nie viel am Hut gehabt. November. Wahrscheinlich hieß sie gar nicht so.

Aus dem Schrank holte ich ihr ein Hemd meines Vaters. Als sie die Ärmel hochgekrempelt und die Knöpfe geschlossen hatte, strich sie sich über den Arm. Ernst schaute sie mich an. »Gute Arbeit, Loser!«

11.

»Was?!« Kamilla sah sich um. »Was meinen Sie damit?«

Horst Horst legte den Zeigefinger an die Lippen, legte den Kopf schief, schaute nach oben.

Kamilla lauschte. Diese Morde waren jetzt mehrere Stunden her. Was erwartete er? Einen Nachhall der Schüsse zu hören? Den Ruf der Gänse, die nach Süden zogen? Stimmen aus dem All, die ihm den Mörder verrieten? Dieser Mann war nicht normal. Aber in seiner Verrücktheit überzeugte er.

Zeit musste vergangen sein, denn jetzt beugte er sich vor und nestelte an der Kleidung der toten Frau auf dem Rücksitz herum.

Schwach äußerte Kamilla: »Herr Horst. Sie haben kein Recht, nicht das geringste, hier irgendetwas anzutasten, geschweige denn …« Der Anblick verschlug ihr den Atem.

Horst Horst hatte das wallende Gewand der Leiche zurückgeschlagen. Sie hatte mit allem gerechnet. Mit weiteren Scherben, mit einer Waffe, mit Blut, Müll oder einem rosa Schweinchen. Aber nicht damit:

Unten im Fußraum des Wagens lag ein Kind. Es kauerte in fötaler Haltung auf engstem Raum. Horst Horst war zurückgetreten. Sie beide starrten auf den kleinen Leib.

»Lebt sie noch?« Unwillkürlich flüsterte Kamilla. Vorsichtig berührte sie mit den Fingerspitzen die Beine des Kindes. Und tatsächlich: Die geschlossenen Augenlider bewegten sich.

»Hallo, du.«

Dunkle, feine Haare, Locken, klein und wild, ein helles Kindergesicht. Ein Mädchen. Vielleicht sechs Jahre alt. Es öffnete die Augen, drehte den Kopf, sah zu ihnen auf. Es entfaltete sich, löste die Umarmung seiner Knie, streckte sich. Die dünnen Beine ragten jetzt aus dem Auto heraus. Auf ihrem rosafarbenen Pullover prangte mittig ein silberner Stern. Kamilla reichte ihr die Hand. Aber das Mädchen schüttelte den Kopf und schaute an ihr vorbei. Horst Horst stand schräg hinter ihr. Sah das Kind ihn an? Kamilla drehte den Kopf.

Horst Horst lächelte. Es war ein winziges Lächeln. Kaum sichtbar. Mehr ein feiner Zug kleiner Fältchen um die Mundwinkel herum. Da war etwas in seinen Augen, ein Glanz, ein Stolz, ein Glück, das sie vorher noch nicht wahrgenommen hatte. Das Mädchen streckte seine Hand aus, nach ihm. Und Horst Horst ergriff sie und zog das Kind aus dem Wagen heraus. Es schmiegte sich an ihn. Er nahm es hoch, hielt es fest. Es legte ihm die Arme um den Hals, seinen Kopf in seine Halsbeuge. Horst Horst hatte die Augen geschlossen und verharrte regungslos. Kamilla starrte ihn einfach nur an. Bewusst schloss sie ihren Mund.

Nach einer halben Ewigkeit schlug Horst die Augen wieder auf. Er sagte nur: »Mein Fall!«

12.

Der Colt zeigte auf seinen nackten Schwanz. Er war nachlässig und dennoch wie eine Verhörlampe direkt auf ihn gerichtet. Dima hatte seine Hose und seine Unterhose auf die Knöchel geschoben. Die klamme Haut seines Hinterteils haftete am Sitz. Der Klebstoff bestand aus Angstschweiß. Mit einem Mal war er hellwach. Neonwach. So wach, wie noch nie zuvor in seinem Leben. Kurz vor dem Durchknallen der letzten Sicherung.

»Sehr hübsch«, formulierte die Nutte auf dem Beifahrersitz überdeutlich mit einem breiten Lächeln. Die Form ihrer Lippen bei dem Laut »ü« in hübsch ließ Dima ahnen, was ihr Mund mit seiner Männlichkeit anrichten konnte. Er hatte bisher nur eine Nutte getroffen, die ihm Angst machte. Dass er ausgerechnet heute der zweiten begegnen würde, das erschien ihm gleichbedeutend damit, an einem Tag zweimal überfahren zu werden. Er hatte nicht glauben wollen, dass diese finstere Frau ihm etwas Böses wollte. Die Nutten seiner Kindheit, sie waren seine Mütter, seine Schwestern, Spielkameradinnen und Schutzengel gewesen. Bis auf eine.

Der Colt schwenkte hin und her. Er hatte aufwendige Verzierungen am Lauf, unter dem Abzug. Als hätte ein Silberschmied sich an dem Objekt verausgabt. Der Griff bestand aus Holz. Eine sehnige Hand hielt ihn. Das hagere Gesicht dahinter öffnete den Mund: »Der kleine Penner stinkt.«

Der knochige Mann mit den fettigen Haaren hatte recht. Es schien in Dimas augenblicklicher Lage ultimativer Erniedrigung keinen Unterschied zu machen. Dima hatte seine Jacke anbehalten. Er wusste, dass es bei der Aufforderung, seine Kleidung abzulegen, nicht um seinen Oberkörper gegangen war. Es handelte sich um ein Wissen aus grauer Vorzeit, als man seine Feinde noch kennen und fürchten musste. Dima fürchtete sich. Deshalb gehorchte er.

Der Wagen, in dem er saß, war geräumig. Helle Ledersitze, die mit breitem Fadenstich in gleichmäßigen Intervallen zu Polstern unterteilt waren. Ein amerikanisches Modell. Jede Kurve, die sie nahmen, versetzte die Karosserie in gefährliches Schwanken. Die Fahrt bergab glich eher einer Segelpartie bei Windstärke acht und stürmischer See. Dima hatte keine Ahnung, wer fuhr. Selbst der Rückspiegel zeigte kein Gesicht. Ihm war schlecht. Sein Blick zuckte zwischen dem Skelett und der Nutte hin und her. Mehr schien weder ratsam noch machbar zu sein. Wer waren diese drei Typen? Fast erschien es, als hätten sie ihn erwartet. Was wollten sie von ihm? Dima schauderte. Als der Dürre sich die Lippen leckte – seine Zunge narbig, feist, überzogen mit einem weißen Belag –, reagierte Dimas Magen augenblicklich. Der Inhalt verließ seinen Mund schwallartig wie nach einer durchzechten Nacht. Dima vermochte sich noch ein wenig zur Mitte zu drehen. Er übergab sich auf den Rücksitz, den Fußraum, den Vordersitz und auf den Dürren. Der säuerliche Geruch verdauter Nahrung breitete sich aus. Bis auf das stöhnende Geräusch, das den Untiefen seines Magens entwich, war es nun ganz still. Die Nutte hatte mit dem Lachen aufgehört. Ein ungläubiger Ausdruck trat auf ihr Gesicht. Der Dürre grinste noch, aber seine Züge schienen einfach erstarrt zu sein. Ein unmenschlicher Laut entrang sich seinem schmalen Mund, die Nutte schrie: »Tu es nicht, Slick!«

13.

Slick wunderte sich noch über das, was gerade geschehen war. Er suchte nach dem Grund. Das Denken fiel ihm schon seit so vielen Jahren schwer, weshalb er es generell vermied. Doch jetzt sog er den säuerlichen Geruch ein und konnte nicht verhindern, dass ihm der Gestank missfiel. Slick mochte Körperflüssigkeiten nicht. Bis auf eine. Weil sie geruchlos war. Wenn irgendein, irgendein, irgend…, wenn sich einer vor Angst in die Hosen machte, nur weil Slick ihn bedrohte, störte Slick das sehr, es beleidigte ihn unmittelbar, entfachte einen Hass in ihm, sodass er lieber reagierte, um dem Ganzen ein Ende zu bereiten. Denn etwas zu erklären, das erschien ihm zu kompliziert. Es veränderte nicht die Situation. Jemand hatte sich vollgepisst, hatte gekotzt, und nun musste er es sehen, riechen, aushalten. Was sollte er schon dazu sagen? Der Schaden war bereits getan. Und so stach Slick zu, oder er schoss, einmal, zweimal, und wenn es nötig war, leerte er das gesamte Magazin. Von allen Körperflüssigkeiten war ihm Blut die liebste. Er mochte die Farbe und die Tatsache, dass Blut zunächst nicht übel roch. Immer wenn sich die rote Flüssigkeit ausbreitete, auf dem Boden, an der Wand, auf dem Körper und um ihn herum, trat eine Stille ein, die Slick als wohltuend empfand. Slick mochte die Ruhe nach dem Sturm mehr als alles andere. Mehr als Betty, mehr als seinen Colt, mehr als das … weiße Pulver, mehr als die weißen Pillen, die jedes Denken überflüssig machten und auch für Stille sorgten. *Das ist es,* dachte Slick. Ruhig sollte es sein. Doch dieser Gestank, der von dem kleinen Wichser ausging, war laut. Lauter als alles, was Slick ertragen wollte oder konnte. Nun kam die Wut.

Sie kam mit Macht wie die Flut, und Slick wehrte sich nicht, denn die Wut schaltete jeden Gedanken einfach aus.

Slick:

Slick trug früher den Namen Manfred Dunst. Er war ein guter Junge, der von seinem Vater nach dem Tod der Mutter im Kindbett liebevoll aufgezogen worden war. Manfred hatte ein ruhiges, nachdenkliches Wesen. Akribisch fertigte er Modellbausätze an. In Deutsch war er gut, in Mathematik hochbegabt, wie seine überdurchschnittlich guten Noten vermuten ließen. Er war sportlich und seit Jahren in der Kirche engagiert. Er leitete Jugendfreizeiten und trainierte die Jüngsten des Fuhlsbütteler Leichtathletikklubs. Sein Vater war stolz auf ihn. Manfred war groß, durchtrainiert und so klug, dass er eine aussichtsreiche Zukunft vor sich sah. Er schloss die Schule mit einem Abiturdurchschnitt von 1,0 ab und begann ein Jurastudium an der Fakultät für Rechtswissenschaft der Uni Hamburg. Im dritten Semester lernte er Sonja Bose kennen, eine kräftige Blondine aus gutem Hause mit vollen Lippen, die das Jurastudium nur aufgrund zahlreicher Wartesemester beginnen konnte. Sie litt unter Paranoia und Prüfungsangst, die sie mit Valium kontrollierte. Aus Solidarität nahm Manfred die Tabletten mit ihr ein. Die Auswirkungen auf seinen gesunden Körper waren enorm. Er wurde ruhig und antriebslos, besuchte nur noch sporadisch Seminare. Seine Noten verschlechterten sich. Zusammen probierten sie abwechselnd Prozac und Valium aus. Der Jo-Jo-Effekt sorgte für ein Drunter oder Drüber; ein Dazwischen existierte nicht. Sonjas Mutter, die an einer bipolaren Störung litt, versorgte ihre Tochter unwissentlich weiter

mit pharmazeutischen Produkten. Sonja machte ihren Abschluss, Manfred nicht. Als Sonja Manfred verließ, blieben ihm nur noch die Medikamente, bis auch der Nachschub versiegte. Manfred brach das Studium ab und unterrichtete seinen Vater nicht davon. Dieser zahlte weiter für seine laufenden Kosten und finanzierte damit den Konsum. Doch Manfred brauchte mehr. Medikamente und Geld. Deshalb pflanzte er im Badezimmer Hanf an und vertickte auf dem Campus Marihuana, schwarzen Afghanen und braunen Maroc an seine Kommilitonen. Als er das erste Mal als Dealer bei der Polizei aktenkundig wurde, drehte sein Vater ihm den Geldhahn zu. Manfred traute sich nicht, zu ihm nach Hause zurückzukehren. Vier Monate später fand er sich ohne finanziellen Rückhalt auf der Straße wieder. Er klaute und wurde vor Gericht verwarnt. Sein Vater saß in der Verhandlung und weinte. Manfred beraubte eine Bank und saß ein. Sein Vater brachte sich an einem Dienstagabend um. Manfred, clean, erfuhr davon und verdrängte es im Rausch. Er arbeitete saisonal als Gerüst- und Messebauer. Ein Kollege schwärzte ihn bei seinem Chef an: Er habe sich in der Mittagspause einen Schuss gesetzt. Manfred tötete ihn zwei Jahre später im Delirium mit vierzig Messerstichen. Sich an den Verrat seines Kollegen zu erinnern war die letzte Langzeitleistung, die sein Gedächtnis noch erbrachte. Die Polizei fand ihn neben der Leiche, er lachte und war über und über mit Blut beschmiert. Es war ein Blutbad, das er angerichtet und genommen hatte. In der Untersuchungshaft erhielt er daraufhin den schlüpfrigen Namen, den er zeitlebens behielt: Slick.
Bevor Slick Betty kennenlernte, hatte er drei abgebrochene Drogenentzüge hinter sich, dazu zehn Jahre in

verschiedenen Justizvollzugsanstalten im Raum Hamburg: Fuhlsbüttel, Billwerder und Glasmoor. Er hatte sich von leichter Beschaffungskriminalität zu Raub und Totschlag hinaufgearbeitet. Mit dem Drogenkonsum hatte er ähnliche Erfahrungen gemacht. Die Amphetamin-Abhängigkeit war einer handfesten Heroinsucht gewichen. Das Methadonprogramm hatte er viermal verlassen und wieder aufgenommen, bis er dem Opioid nicht mehr widerstehen konnte. Eine Überdosis Heroin hatte er knapp überlebt, Kokain und Crack waren nur Stationen auf dem Weg zu Crystal Meth. Das Crystal hatte ihn schlagartig altern lassen und die letzten ihm noch verbliebenen Gehirnzellen zersetzt. Slick hatte den Wohnort mehrmals gewechselt und jeden Job gemacht, mit dem Geld zu verdienen war. Die Betäubungsmittel waren kostspielig und, nicht nur deshalb, ruinös. Slick verbrachte seine freie Zeit damit, seinen Drogenkonsum exakt den Gegebenheiten anzupassen, akribisch wie beim Modellbau seinerzeit. Er bevorzugte mittlerweile verschiedene Cocktails, Pillen und Pulver. Wie ein langjähriger Alkoholiker fühlte er sich nur noch im Rausch normal. Down oder gar »cold turkey« war er unzurechnungsfähig und so voller Schmerzen, dass er entweder sterben oder morden wollte. Da sein astronomischer Konsum nicht legal zu finanzieren war, hatte er in Betty seinen rettenden Engel gefunden. Sie saß an der Quelle und stellte alles zur Verfügung, wonach sein Herz begehrte. Dafür tat Slick alles für Betty. Er fand sie wunderschön. Sein Gehirn gaukelte ihm in den besten Zuständen vor, Betty sei schlank und blond und milde wie ein Sommermorgen. Betty war die Mutter, die er nie gehabt hatte. Sie sorgte für ihn. Betty war das Beste, was Slick seit Ewigkeiten passiert war.

Der Colt richtete sich in Slicks Hand auf wie eine Kobra im Korb. Dima wollte etwas sagen, denken. Er hatte für diesen Tag genug davon getan. Es gelang ihm nicht. Der erste Schuss schlug über ihm ein. Der Dürre wedelte mit der Waffe, noch ein Schuss. Diesmal ging die Scheibe neben Dima zu Bruch. Dima drehte sich, duckte sich, so gut er konnte. Aber das war nicht die Matrix und Dima nicht Keanu Reeves. Es brachte seinen Kopf nur näher zu dem Dürren hin. Der Abstand zu dem Schützen war so gering, dass er ihn treffen musste. Das Leben ließ Dima keine Zeit für eine körperliche Korrektur. Der Schüsse vieler. Neben ihm, um ihn herum. Dima sah das Mündungsfeuer nicht; seine Hände bedeckten seine Augen, sein Gesicht. Er in Bewegung, intuitiv. Der Knall: einer und doch so viele. Die Lautstärke: unmenschlich. Der Wagen schlingerte, ruckelte, rockte, bis er schließlich zum Stehen kam. Dima konnte dem Ende ein Mal entrinnen. Jetzt war er ein toter Mann.

14.

»Corinne?«

Sie nahm mein Handy aus ihrer Jackentasche und betrachtete desinteressiert das Display. Zwei kurze Bewegungen ihrer Finger, ihre Augäpfel huschten von links nach rechts. Ich war mir sicher, dass sie die Textnachricht las. Privatsphäre war offensichtlich ein Fremdwort für sie.

»Wo ist dein Ladegerät?«

»Ich habe keines dabei«, log ich wenig überzeugend.

»Wo?!«

Also gab ich es ihr. »Was hat sie geschrieben?« Ich musste das wissen. Vielleicht hing mein kurzes Leben davon ab.

»Wer? Corinne?« So, wie sie es sagte, klang es höhnisch.

»War sie es?«

»Vergiss sie!«

Es war unglaublich, wie selbstverständlich sie das verlangte.

»Warum? Und was geht dich das überhaupt an?«

Sie zuckte mit den Schultern, suchte nach einer Steckdose.

»Du kennst sie gar nicht. Was weißt du überhaupt von ihr und von mir?«

»Vergiss sie!«

Es war zum Verrücktwerden. Ein Gespräch mit ihr gestaltete sich ähnlich, wie in einer Callcenter-Warteschleife festzuhängen. »Hör mal. Nimm den Wagen! Du kannst fahren, wohin du willst.«

Sie schüttelte den Kopf. »Nein. Noch nicht.«

»Warum nicht?« Sie konnte fliehen, und ich hatte keine Möglichkeit, ihr zu folgen.

»Nein.«

»Bin ich jetzt deine Geisel, oder was?!«
»Von mir aus.«
»Von mir aus?! *Von mir aus?!* Wer bist du überhaupt? Und was willst du von mir?« Meine Stimme war kurz vor dem Überschnappen. Sie sah einfach nur weg. Ich führte Selbstgespräche. Im Wagen hatte ich hinter dem Sitz eine Tüte mit Einkäufen verstaut. Natürlich hatte ich ihr nichts davon gesagt. Ich wollte ihr hier oben nicht noch die Grundlage für einen längeren Aufenthalt liefern. Auch wenn ich den Gedanken nicht loswurde, dass es ihr darum nicht ging. Lieber sollte das Zeug im Wagen verrotten. Hungrig war ich trotzdem, und ich vermutete, dass etwas Essbares auch ihre Stimmung heben würde. Hatte sie überhaupt Stimmungen?

Ich öffnete eine Dose Ravioli aus der eisernen Reserve und erwärmte sie auf dem Gasherd. November saß am Tisch und beobachtete mich. Als ich mich im Schlafzimmer aus den nassen Sachen schälte und mich umzog, stellte sie sich an die Tür. Sie sah weg und gleichzeitig hin. Ich wusste, dass ihrem abgewandten Blick nichts entging, auch meine überflüssigen Pfunde nicht. Ich zog das Hemd aus der Hose, griff nach meinem Insulinbesteck und setzte mir mit dem Pen vier Einheiten neben den Bauchnabel, drei Fingerbreit. Ich wusste, dass sie auf die blauen Flecke starrte. Sie gehörten zu meiner Standardausstattung. Man konnte das ein Leben lang machen und dennoch immer wieder ein Blutgefäß erwischen.

»Was hast du?«, fragte sie.
»Ich bin zuckerkrank«, antwortete ich.
»Und das da?«
»Ist Insulin. Baut meinen Blutzucker ab.«
Die Badezimmertür blieb offen, als ich pinkelte. Sie ging kein Risiko ein, gab mir keine Gelegenheit, allein zu sein.

Mein Hinterteil kannte sie bereits. Wir waren binnen kürzester Zeit mit dem Körper des anderen sehr vertraut geworden.

Unsere nasse Kleidung trocknete am Feuer. Wie zwei alte Bekannte, die eine heftige Zwistigkeit zu verarbeiten hatten, saßen wir mürrisch und schweigend mit nackten Beinen am Tisch und löffelten die Teigtaschen in uns hinein. Sie aß langsam und bewusst. Die Stille und Wärme sorgten dafür, dass ich mir Gedanken machte. Ob sie mich auch umbringen würde? Ob sie mich im Schlaf erschießen würde, damit es kurz und schmerzlos wäre? Wie wir überhaupt die Nacht verbringen würden? Wie ich flüchten könnte und wann?

»Vergiss es!«

Ihre Lieblingsfloskel. Sie konnte offensichtlich meine Gedanken lesen. Eine praktische Technik, wenn man als Killer länger als einen Tag überleben wollte.

Sie zeigte auf das Sofa. »Du schläfst da! Ruh dich aus! Wir haben nicht viel Zeit.«

Wofür? Warum? Und warum wir? Ich war todmüde. Innerlich hatte ich aufgegeben. Diskussionen mit ihr erwiesen sich ohnehin frei von jedem Sinn. Ich spülte lustlos und schlampig das Geschirr ab. Wer wusste schon, ob ich jemals wieder eine Verwendung für diesen Teller oder dieses Glas haben würde. Ich dachte an Corinne und dass ich immer an die falschen Frauen geriet. Vermutlich hätte ich geheult, wenn ich nicht zu erschöpft gewesen wäre. Ich stopfte mir zwei Kissen unter den Kopf, damit sie mich wenigstens damit nicht ersticken konnte, und deckte mich zu. Vielleicht wäre ich direkt in den Tiefschlaf gefallen, hätte mich nicht noch eine Frage gequält. »Warum hast du das getan?«

»Was?«

Ich verdrehte die Augen. »Drei Menschen umgebracht.« Nicht, dass ich mit einer Antwort rechnete.

Nach einer Ewigkeit – ich hatte die Augen bereits geschlossen und hoffte, sie sei eingenickt – hörte ich ihre raue, klare Stimme.

»Weil sie es verdient hatten.«

»Wieso? Was haben sie getan? Niemand hat so etwas verdient.«

»Das geht dich einen Scheißdreck an!«

»Wirst du mich auch abknallen?« Womit wäre mir geholfen gewesen? Mit der Wahrheit oder einer Lüge, einem Ja oder einem Nein? Was sollte sie schon sagen?

Ihre Antwort war kurz und trocken: »Kommt darauf an, ob du es auch verdienst.«

15.

»Sie wären ein Unmensch.«

»Wäre ich nicht. Ich würde mich nur korrekt verhalten.« Er sah sie lange an. Dieser Augenaufschlag. Hatten sich seine Wimpern in der Zwischenzeit verlängert? Vielleicht waren sie durch den Regen gewachsen. »Es wäre gottlos.«

Gottlos? Dieser Mann führte einen Gott an, den es nachweislich nicht gab. Lächerlich und ihrem Intellekt nicht angemessen.

»Ich weiß, dass Sie das nicht übers Herz bringen werden.«

Ein neuer Trick, diesmal ein menschlicher. Er verhielt sich wendig wie ein Fisch. »Woher wollen Sie wissen, was ich übers Herz bringe und was nicht?«

»Bitte.« Ihre Frage blieb unbeantwortet. Wie ein Friedensangebot reichte er ihr die Thermoskanne. Der Duft von Kaffee verbreitete sich wie eine olfaktorische Aufputsch-Droge im Inneren des Wagens. Ein winziges Auto. Kamillas Kopf berührte fast die Decke. Dankbar nahm sie den altmodischen Plastikbehälter entgegen, goss sich eine Becherkappe voll ein. »Was ist das überhaupt für ein Auto?«

Horst sah sich um, als müsse er sich selbst noch einmal vergewissern. »Ein Lada.«

Kamilla versuchte, ihr Gesicht nicht skeptisch zu verziehen. Es war zwar eng, aber trocken. Für einen Polizisten wirkte das Auto fast unanständig ordentlich. Keine Papierreste, alte Pappbecher oder zerknüllte Parkscheine auf dem Boden. Auch nichts noch Schlimmeres wie gebrauchte Kondome oder entsprechende Damenwäsche. Kamilla hatte schon viele dieser Hinterlassenschaften gesehen. Aber sie wollte jetzt nicht an ihren Ex-Mann denken.

»Hier, mein Schatz.«

Das Kind sah sie aus großen Augen dankbar an. Sie saßen zu dritt auf der Rückbank, das Mädchen in der Mitte. Das Kind war in eine Decke gehüllt und hatte bereits einen Apfel aus Kamillas Handtasche verdrückt, ebenso eine halbe Packung Hustenbonbons. Die Pfefferminzdrops hielt Kamilla als Mutter von vier Kindern noch zurück. Sie wusste, was wilde Essensmischungen in einem kleinen Magen anrichten konnten, wenn sie gleich in Serpentinen bergabfahren würden. Jetzt reichte sie dem Mädchen noch einen abgeknickten Müsli-Riegel. Der Inhalt ihrer Handtasche schien selbst ihr unerschöpflich. Irgendeines ihrer Kinder hatte immer Hunger, genauso wie sie selbst. Das Mädchen nahm den Riegel und riss die Verpackung auf. Sie aß das pappige Granulat genauso sorgfältig wie vorher das Butterbrot aus Horsts Frühstücksdose, die angebrochene Tüte mit Salzbrezeln und die runzelige, kleine Mandarine, die Horst ihr nach dem Abschälen jedes auch noch so kleinen weißen Häutchens gegeben hatte. Eine Wasserflasche war zu drei Vierteln leer. Dieses kleine Mädchen hatte zwar lange nichts mehr gegessen, aber nichtsdestotrotz erstaunliche Aufnahmekapazitäten.

Über das kauende Kind hinweg äußerte Horst: »Sie haben selbst Kinder. Sie können das nicht wollen.«

Woher wollte er das nun wieder wissen? Dieser Mann war eine Plage. Wahrscheinlich riet er nur gut.

»Ich kenne Sie noch nicht einmal.« Selbst das war in Kamillas Augen noch stark untertrieben.

»Sie wissen, dass es das Beste für sie wäre.«

»Das Beste wäre es, das Jugendamt einzuschalten.«

»Tun Sie das. Morgen. Gegen Mittag. Es war eine lange Nacht.«

Abschätzig sah Kamilla Horst an. Dieser Mann hatte ihren gesamten Arbeitsablauf völlig verdreht. Jetzt erfand er für Kamilla Halbwahrheiten und wollte das Kind bei sich behalten. Wie ein störrischer Hund stemmte er sich gegen die Leine. Fremde Menschen, ein Heim: Horst tat das alles ab als Misskalkulation, als Grausamkeit. Sogar Gott hatte er zitiert. Kamilla wandte ein, dass er, Horst, auch ein Fremder für das Kind sei. Horst hatte daraufhin völlig unzulässig das Mädchen gefragt: »Bei wem möchtest du jetzt bleiben?«

Es überlegte keine Sekunde und zeigte auf ihn. Immerhin lächelte Horst nicht selbstgefällig.

»Sie könnten selbst der M-Ö-R-D-E-R sein.« Kamilla buchstabierte das Wort. Es war zu Hause eine beliebte Technik, wenn sie mit den Großen etwas kommunizieren wollte, was die kleineren Geschwister nicht verstehen sollten.

»Ich bin aber nicht der M-Ö-R-D-E-R«, antwortete er, als sei das die größte Selbstverständlichkeit der Welt. »Meinen Sie, das Kind würde in diesem Fall bei mir sein wollen?«

»Wenn es sich unter Druck gesetzt fühlt, vielleicht schon.«

Horst winkte ab. »Sie hat keine Angst vor mir. Außerdem unterschätzen Sie sie.« Er zeigte auf das Kind. Was wollte er damit sagen? Dass dieses schweigsame Mädchen buchstabieren konnte? Es war vielleicht gerade mal sechs Jahre alt und hatte noch kein Wort gesagt. Es aß still, schien sie zu ignorieren und widmete ihrer Unterhaltung keinerlei Aufmerksamkeit.

»Das würde jeder halbwegs vernünftige M-Ö-R-D-E-R behaupten. Keine halbwegs vernünftige Polizistin würde sich davon überzeugen lassen.«

»Ich könnte *Sie* verdächtigen, Frau …«

Erst jetzt fiel Kamilla auf, dass sie sich noch nicht bei Horst vorgestellt hatte. Sie verkehrte mit ihm bereits wie mit einem unbequemen, alten Freund.

»Kamilla Rosenstock.«

»Ich könnte Sie verdächtigen, Kamilla. Ein sehr schöner Name, übrigens.«

Nannte er sie gerade etwa bei ihrem Vornamen? Machte er ihr im Ausgleich für seine Unverschämtheit auch noch Komplimente? »Das wäre absurd.«

»Deshalb tue ich es nicht.«

Kamilla seufzte. Die Scheiben waren von innen beschlagen. Die Luft klamm und kühl. Insgesamt jedoch eine hundertprozentige Verbesserung im Vergleich zu den Wetterverhältnissen draußen. »Vielleicht kann sie uns erzählen, was da geschehen ist.«

»Noch ein Grund mehr, dass sie in unserer Nähe bleiben sollte.«

»Woher wussten Sie das?«

»Was?« Horst sah Kamilla fragend von der Seite an. Das Mädchen hatte sich, ein Apfelstück in der Hand haltend, an seine Schulter gelehnt. Es hatte noch kein Wort gesprochen. Sie wussten nicht einmal, wie es hieß. Seine Augen waren geschlossen.

»Dass dieses Kind immer noch im Auto war.«

Horst runzelte die Stirn. Dann schien er zu begreifen. »Oh. Ich wusste es nicht.«

»Was?! Sie sagten, mehr als drei Menschen hätten im Auto gesessen. Sie sagten, einer davon sei noch hier.« Kamilla erwischte sich dabei, wie sie seinen exakten Wortlaut wiedergab. Dieser Mann drang unerlaubt in ihren Kopf ein.

»Ach, das. Nein. Ich meinte nicht das Kind, sondern einen anderen Mitfahrer.«

Kamilla glaubte nicht recht zu hören.

»Es gab noch einen fünften Insassen. Ich bin mir nicht ganz sicher, aber vermutlich ist er flüchtig, bewaffnet und gefährlich.«

16.

»Du blöder Crack-Junkie! Du Vollidiot! Du bist so dämlich, ich könnte dir eine reinhauen. Wie man nur so beschissen doof sein kann!« Betty kriegte sich kaum noch ein.

Dima sammelte Glasscherben von seinem Schwanz. Ein paar hartnäckige Splitter hatten sich in einer Falte seines Hodensacks abgesetzt. Mit zitternden Fingern pickte er nach den spitzen Stücken.

»Ich bin fast taub, du Arschloch. Was hast du genommen, du Loser? Ich schwöre, dass jedes Kind besser treffen kann als du. Sechs Schüsse! Hau ab, Slick! Verpiss dich, du irrer Wichser!«

Slick starrte immer noch auf den Colt. Mit einer Mischung aus Ungläubigkeit und Verwirrung. All diese Schüsse. Niemand war tot. »Tut mir echt leid, Betty.«

Betty:

Bettina Schmidt trug die braunen, glatten Haare zu Zöpfen geflochten. In einem Dorf, vierzig Kilometer von Kaiserslautern entfernt, war das Mitte der Sechziger Mode, und Frisuren bedeuteten Bettinas Mutter viel. Ihr Kind hatte nicht jeden Tag eine frische Unterhose an, aber makellos geflochtene Haare. Darin bestand das Zugeständnis, das Bettinas Mutter an ihre Umwelt machte. Ansonsten war Bettina ihr herzlich egal. Sie hatte genug mit ihrem derzeitigen Freund, seit Jahren Bettinas Stiefvater, zu tun. Von fünf Uhr morgens bis zwölf Uhr mittags ging er einer geregelten Beschäftigung in einem Lagerhaus nach. Danach schlief er, bis er am Abend Hunger bekam und Durst – jede Menge Durst, großen Durst – und je nach Grad der Alkoholisierung Bettinas Mutter schlug. Bettina hatte er auch ein paarmal verdroschen, aber sie zerkratzte ihm das Gesicht, sodass er sich ab dann nur noch an ihrer Mutter abreagierte. Bettina sah sich das an, bis sie vierzehn Jahre alt war, dann zog sie aus und beschloss, ihre Mutter auf Unterhalt zu verklagen. Das Zöpfeflechten verbat sie sich mit elf Jahren. Mit zwölf hatte sie eine Glatze, sich mit dem ortsansässigen Tätowierer angefreundet und ihn entgegen allen gesetzlichen Altersbeschränkungen dazu überredet, ihr eine Rose auf die linke Pobacke zu stechen. Mit dreizehn machte er ihr das erste Bauchnabelpiercing, mit vierzehn half er ihr, das erste Mal abzutreiben, mit vierzehneinhalb das zweite Mal. Mit fünfzehn konnte Bettina selbst gut mit Verhütungsmitteln umgehen, genauso wie mit einer Kanüle und der Tätowiermaschine. Sie übte an sich selbst und an ihrem Freund, dem Tätowierer. Es finanzierte ihre monatlichen Aufwendungen, bis die Gerichte ihre Eltern zu regelmäßigen Unterhaltszahlungen verurteilten. Mit sechzehn nannte Bettina sich nur noch Betty, und mit achtzehn holte sie ihr Abitur auf der Abendschule nach. Ihre Eltern hatten die Unterhaltszahlungen bei Bettys Volljährigkeit eingestellt. Nebenher arbeitete sie in Kaiserslautern in einem SM-Studio. Ohne Zögern hatte sie in sich die Domina erkannt. Jetzt flocht sie sich wieder Zöpfe. Sie war beliebt, überzeugend und hart. Manchmal zweifelten ihre Freier daran, ob sie jemals wieder atmen oder aus der strammen Bondage entlassen werden würden. Betty spielte mit dem Atemreflex ihrer Kunden. Sie mochte die Spannung, und ihre Kunden mochten es auch. Mit zweiundzwanzig übernahm sie das Studio, nachdem die Besitzerin einem plötzlichen

Erstickungstod erlegen war. Ein anaphylaktischer Schock verursachte das Ableben, was sich mit den Berichten von einer möglichen Latexallergie deckte. Erben gab es nicht. Der Laden lief gut, und er lief zur Erleichterung der Angestellten und Kunden weiter – dank Betty. Mit dreißig hatte Betty zu viel Geld. Sie langweilte sich und beschloss, ihrem Stiefvater nachträglich eine Lehre zu erteilen. Er war der erste Kunde, der tatsächlich unter der Gummimaske erstickte. Davor genoss er es, sich wie ein Hund an der Leine durch den Club führen zu lassen. Freiwillig markierte er an der Kellertreppe. Nicht ganz freiwillig leckte er Wasser aus der Kloschüssel, denn Betty war ein böses Frauchen. Erst als er mit der Leine an das Kreuz des hauseigenen Dungeons gefesselt war, gab sich seine Stieftochter ihm zu erkennen. Sein Schreien hatte niemand gehört. Ein Toter in einem SM-Studio machte sich nicht gut. Betty musste den Laden schließen und wurde kurz danach wegen Totschlags angeklagt. Zu viele Menschen waren in ihrem Umfeld schon erstickt. Ihr Anwalt, ein ehemaliger Kunde, konnte für sie mildernde Umstände geltend machen, weshalb sie nur drei Jahre in der Justizvollzugsanstalt Kaiserslautern abzusitzen hatte. Die Zeit nutzte sie, um hinter den Mauern einen gut gehenden Handel mit Zigaretten und weichen Drogen zu etablieren. Die Vorherrschaft im Frauentrakt hatte sie gegenüber Irina Dobratsch – Mord – und Katrin Saal – Raub – mit roher Gewalt in einer Messerstecherei behauptet. Als sie mit Mitte dreißig entlassen wurde, hatte sie genug Geld, um ein neues Bordell in ihrem alten Wohnort aufzumachen. Irina Dobratsch und Katrin Saal wurden nach ihrer Entlassung Teil des Personals in dem bunt beleuchteten Haus an der Durchgangsstraße. Aufgrund der einschlägigen Erfahrungen der bei ihr anschaffenden Frauen nannte Betty ihr Bordell »Den Schwedischen Club«. Die Frauen arbeiteten gern für sie. Betty war furchteinflößender als jeder Zuhälter, aber sie war fair und zahlte gut. Betty begann wieder, sich zu langweilen. Sie vermisste einen Freund, einen Mann, mit dem sie ihr Leben teilen konnte. Sie fing an, unmäßig viel zu essen, saß zu viel vor dem Fernseher, vernachlässigte die Körperpflege. Nach einigen Monaten brachte sie hundertdreißig Kilo auf die Waage. Weil sie nicht wieder aus Langeweile jemanden umbringen wollte und das Fernsehprogramm zunehmend als Beleidigung empfand, beschloss Betty auf der Höhe ihres geschäftlichen Ruhms, ihren Aufgabenradius zu erweitern. Sie wurde Teilhaberin eines Inkasso-Unternehmens sowie eines Drogen- und Schutzgeld-Erpresserrings in Kaiserslautern. Für eine Stadt mit hunderttausend Einwohnern lief das Geschäft der Schuldeneintreiber gut. Es war auf den Straßenzug genau aufgeteilt. Bei einem ungezwungenen Treffen der Teilhaber des Inkasso-Unternehmens in einer Pizzeria lernte Betty Slick kennen, der für den Ring gelegentlich Gelder eintrieb. Er hatte keinen Wohnsitz, nur ein Auto, und arbeitete auch überregional. Slick war drauf, er war so allein wie Betty und hatte keine Angst, verletzt zu werden. Es war Liebe auf den ersten Blick. Slick war dürr, und Betty war fett. Slick war nicht ganz dicht und Betty ausgebuffter als alle Männer am Tisch. Slick fürchtete Betty nicht. Betty gefiel das. Slick irritierte Bettys Dominanz nicht. Wenn Betty ihn fickte, lachte er. Wenn Betty ihn schlug, weinte er. Slick war der Mann, von dem Betty immer geträumt hatte: Er war ihr hörig. Um zu sehen, was passieren würde, schenkte sie ihm einen silbernen Colt. Slick freute sich über das Geschenk. Er war wie ein Kind, nur bewaffnet. Und so erlebte Betty zu einem Zeitpunkt, als alle Frauen um sie herum in den Wechseljahren steckten, zusätzlich zu ihrem geschäftlichen Erfolg auch noch privates Glück.

»Es tut dir leid?! *Es tut dir leid?!* Mann, Slick. Du bist so voll mit Crystal, du bist so überkokst, so drauf und drüber, dass du nicht mal mehr ein Eis von 'nem Sandkuchen unterscheiden kannst. Das ist 'ne Scheißknarre und kein Kinderspielzeug! Ach, was sag ich?! In deiner Hand wird sogar 'ne Kettensäge zum Butterbrotmesser.« Betty hatte ihre Hände in den Sitz gekrallt, ihr hochrotes Gesicht verzog sich zu den verschiedensten Grimassen. Spucke verließ ihren Mund bei jedem Wort, besprühte den Rückraum. Es schien jederzeit möglich, dass sie den direkten Weg auf den Rücksitz nehmen würde, nur um Slick besser anschreien zu können. Lediglich ihre Körperfülle hinderte sie an gymnastischen Einlagen. Strähnen hatten sich aus ihrer Frisur gelöst. Ihr Lippenstift war verschmiert. Falls sie einen Gurt getragen hatte, hatte sie ihn mittlerweile gelöst.

Auf Slicks Gesicht schlich sich ein Grinsen. In seinen Augen funkelte etwas. »Mann, war das laut.« Slicks Zeigefinger bog sich noch ein-, zweimal um den Abzug. Der Revolver machte »klick, klick«. Dabei blieb es. Die Trommel schien leer zu sein.

Betty hieb mit den Fäusten auf den Beifahrersitz ein. »Laut? Slick, du Gehirnlose Amöbe. Du hast fast unser Häschen erschossen. Unsere Beute für den heutigen Tag. Unsere Verbindung zu dem Geld. Unser Abendessen, unser Dessert. Bist du jetzt komplett durchgeknallt?! Nicht, dass das irgendwie noch möglich wäre. Aber du, du dämliches Stück Scheiße, hattest wieder mal einen lockeren Finger.«

Slick senkte den Blick. »Du solltest mir diese alten Geschichten nicht immer vorhalten. Es verletzt mich.«

»Es verletzt dich? Gute Neuigkeiten für dich, Slick: Beim nächsten Mal werde ich dich umnieten, wenn du noch ein einziges Mal auf mein Essen schießt. Könnte gut sein, dass dich *das* verletzt.«

Dima versuchte zu verstehen. Er versuchte, den beißenden Geruch nach Schießpulver zu ignorieren, der sogar noch den seines Erbrochenen überlagerte, genauso wie die Tatsache, dass es von draußen auf ihn regnete – die Scheibe war weg, Nieselregen legte sich wie ein Dunstfilm über ihn –, dass die Türverkleidung ruiniert war, so wie das Sitzpolster neben ihm, aus dem die Füllung herausquoll wie aus einem abgespielten Teddybären, dass er noch am Leben war, dass er immer noch halb nackt hier saß, zwischen einer wütenden Nutte, die Betty hieß, einem total durchgeknallten Typen namens Slick und einem noch unbekannten Fahrer, dessen Bekanntschaft Dima lieber nicht zu machen wünschte. Seine Mitreisenden schienen ihn fast vergessen zu haben, so konzentriert waren sie auf Aktion und Versagen. Sein persönliches Glück. Also zog er seine Hose wieder hinauf und schloss den Reißverschluss. Einige Glasstückchen ritzten seine Haut. Es fühlte sich dennoch viel besser an als die Nahtoderfahrung, die er gerade gemacht hatte. Der Wagen stand schräg auf der Straße, der Motor tuckerte, keiner stieg aus, die Nutte schrie, Slick führte intensive, stumme Zwiegespräche mit dem Colt – lautlos bewegte er die Lippen –, und Dima erinnerte sich plötzlich, dass er nicht unbewaffnet war.

Bettys Spuckeregen versiegte, als Dima die Waffe auf sie richtete. Slick befand sich offensichtlich in einem anderen zeitlichen Kontinuum, weil er immer noch grinste, und

Dima überraschte sich selbst, als er mit klarer, sicherer Stimme formulierte: »Ich will dein Handy, Fotze!«

Betty machte einen Lidschlag. Dima erkannte, wie es hinter ihrer Stirn arbeitete. Es war kühl im Wagen geworden, und Dima sah keinen Grund, weitere Rücksichten zu nehmen. Slick zuckte kaum zusammen, als Dimas erster Schuss auch die Fensterscheibe hinter ihm zerbersten ließ.

»Fuck!«, äußerte Betty.

Slicks Grinsen war auf dem Rückmarsch. »Gib ihm das Handy, Betty!«

Einen Augenblick später reichte Betty Dima ihr Telefon. Es war rosa und hatte kleine weiße Katzen auf der Schutzschale. Dima wählte die Nummer. Er beschrieb den Parkplatz, den Weg, so gut er sich erinnern konnte, er erwähnte die Kopfschüsse und bat um Hilfe. Danach legte er auf.

Die Nutte und Slick lauschten schweigend. Beide starrten ihn an. Dima steckte das Handy ein. Dima hatte das Bedürfnis, nachzudenken. Aber ein Pistolenlauf zeigte vom Vordersitz aus auf ihn. Hatte hier wirklich jeder eine Knarre? Welcher Überfluss. Dima erfüllte die Erkenntnis mit Trauer. Aber er empfand es nach diesem Tag als sein Recht und seine Pflicht, weiterzuleben, also beugte er sich zur Seite, zielte mittig auf die Kopfstütze und schoss.

Betty schrie wieder. Slick wartete noch auf seinen Einsatz, und auf der Windschutzscheibe war plötzlich Blut zu sehen. Auf der Innenseite lief es träge Richtung Armaturenbrett. Blutspitzer befanden sich auf Bettys Gesicht und an der Decke des Wagens. Dima hatte zum zweiten Mal geschossen und zum ersten Mal getötet. Er wusste nicht, wen, aber er wusste wenigstens, warum.

17.

Ich schreckte hoch. Mein Atem ging stoßweise. Ich versuchte, die unangenehmen Eindrücke mit malerischen Bildern zu vertreiben. »Ist schön hier, oder?« Meine Stimme, schläfrig und träge. Ich klang wie ein stolzer Hausbesitzer. Nichts hier gehörte mir.

Sie sah kurz auf. Mit einem abschätzigen Blick. »Kein Mensch. Natur. Die gute Luft.« Ich fand das wirklich schön. Es war vielleicht nicht der richtige Moment für Urlaubsgefühle.

»Ich sag dir was: Lieber wäre ich tot, als hier zu sein. Im Gefängnis muss es schöner sein. Es ist einfach nur ein beschissen abgelegener Ort, ein altes Haus.«

Die Verachtung, die aus diesen Sätzen sprach, hätte mich wütend machen sollen. Aber ich war zu müde, schlapp. Ihre kalte Wut war wie ein Stoppschild für jeden gut gemeinten menschlichen Annäherungsversuch.

»Was machst du da?«

»Wonach sieht es aus?«

Es war mir schon aufgefallen: Sie hatte einen Akzent, aber sie beherrschte Satzbau und Grammatik makellos. Etwas hatte mich aus dem Schlaf aufgeschreckt. Das Gefühl einer Kugel, die in meiner Brust steckte, musste etwas mit meinem Traum und weniger mit der Realität zu tun haben. Mein Körper schien intakt. Das Feuer knisterte schwach im Ofen. Die Glut war kaum noch sichtbar. Regen und Wind rüttelten an den Wänden und am Dach. Die Decke lag auf dem Boden. Ich schwitzte, gleichzeitig fröstelte ich. Mühsam unterdrückte ich das Bedürfnis, nach der Uhrzeit zu sehen. Es war mitten in der Nacht. Genauere Kenntnisse hätten mich nur deprimiert. Jede Stunde als Gefangener im Haus meiner Eltern war eine Stunde zu viel. Das November-Mädchen saß immer noch am Tisch und bearbeitete mein Handy. Selbst in dieser Situation der Desorientierung spürte ich für einen Moment dem angenehmen Gefühl nach, noch am Leben zu sein.

»Wem schreibst du?«

Sie unterbrach ihre Tätigkeit, um mir einen langen Blick zuzuwerfen.

Die Erkenntnis kam langsam. Etwas in ihren Augen erklärte es mir. »Du schreibst nicht an Corinne?« Das konnte nicht sein. Sie würde es nicht wagen.

Ungestört tippte sie weiter. Dann hielt sie plötzlich inne. »Was du nicht verstehst«, erklärte sie leise und deutlich, »was du nicht verstehen willst, ist, dass diese Frau dich nur benutzt. Du bist ein Nichts für sie. Ein Mülleimer, im besten Fall.«

Ich fühlte mich wie geohrfeigt. Was hatte ich ihr nur getan? Würde sie mich jetzt mit Worten vernichten, bevor sie mich erschoss? »Woher willst du das wissen?«, stotterte ich hilflos.

»Ich unterhalte mich mit deiner Freundin.«

»Du machst *was?*«

Sie zuckte mit den Schultern.

Was war das für ein Überfall? Ich stammelte etwas, stotterte noch mehr.

»Mach dich locker! Ich tue das für dich.«

Ich musste noch schlafen, träumen. Das hier konnte nicht wirklich passieren. »Du machst mich fertig. Du ruinierst mich. Warum tust du das? Ich kapiere es nicht.«

»Du kapierst so einiges nicht. Und jetzt leg dich wieder hin!«

Mir fiel nichts Schlaues mehr ein. Die dummen Dinge hatte ich bereits gesagt. Ich zog die Decke vom Boden hoch und wickelte mich ein. Um einiges erschöpfter als zuvor, ließ ich mich zurücksinken. Ich war am Tiefpunkt angelangt, hier auf diesem Berg. Ich verfluchte zum ersten Mal, dass wir hier oben überhaupt ein Netz hatten. Meine Entführerin unterhielt sich mit meiner Freundin. Meine Killerin quatschte mit Corinne. Es war unfassbar, dass ausgerechnet mir das passieren musste.

Sie hatte nie viele Worte gemacht. Aber jetzt sprach sie wieder. Als sei ihr auch in Sachen Demütigung an einer guten Arbeit gelegen.

»Wenn ich hiermit fertig bin, hast du wenigstens eine Chance. Nicht, dass ich das für gut halten würde. Aber das, was ich hier lesen musste, war einfach zu erbärmlich.«

Mein Lachen hörte sich hysterisch an.

Ich hatte mich hartnäckig gegen den Schlaf gewehrt. In meinem Kopf kreisten die Gedanken in Endlosschleife. Mittlerweile hatte ich mich in eine Art Rage hineingegrübelt: Ich war größer und schwerer als sie. Sie hätte mich schon längst erschießen können, hätte sie ein ernsthaftes Interesse daran gehabt. Ich würde mich nicht länger erniedrigen lassen. Ich war größer und schwerer als sie. Sie hätte mich schon längst erschießen können … Die Gedankenkreise entwickelten eine fatale Eigendynamik. Meine Augen waren geschlossen. Ich bemühte mich um einen tiefen Atemrhythmus. Diesmal würde sie mich nicht überrumpeln. Ich wollte hier weg. Weg von ihr. Von ihrer Waffe, von ihrem harten Körper, ihrer Schweigsamkeit, von ihrer Art, mein Leben zu manipulieren. Zunächst lief sie in der Hütte hin und her, als halte sie sich warm. Als wolle sie wach bleiben, bereit und immer auf dem Sprung. Mein Handy verriet ihr wohl nicht genug, denn sie scheuchte mich nicht auf. Auch sie war nur ein Mensch: Sie musste irgendwann mal schlafen.

Leise bewegte ich mich unter meiner Decke. Als ich den Kopf drehte, sah ich, dass ihre Augen tatsächlich geschlossen waren. Sie saß wieder am Tisch, ihr Kopf lehnte an der Wand, der Mund war leicht geöffnet. Neben ihrer schlaffen Hand auf dem Tisch ruhte die Pistole. Es gab für mich genau zwei Möglichkeiten: Entweder ohne Hose das Weite zu suchen. Aber das Knarren der Tür würde sie sofort warnen und wecken. Ich wäre ein toter oder schwer verletzter Mann, bevor ich die Türschwelle überschritten hätte. Oder ich musste die Pistole in meinen Besitz bringen. Diese Möglichkeit verlangte mir mehr Mut ab, als ich zu haben glaubte. Ich fürchtete das November-Mädchen auch unbewaffnet, aber mit einer Pistole würde ich in den Besitz der Macht gelangen. Mein schneller Tod wäre damit aufgeschoben. Ich ließ die Decke leise zu Boden gleiten und wandte den Blick nicht von ihr ab. Sie saß da, ruhig und entspannt. Ich glaubte, ihren leisen Atem zu hören. Schritt für Schritt näherte ich mich ihr. Jeden Moment rechnete ich damit, dass sie die Augen aufschlagen würde. Wie würde ich mich erklären? Hatte ich mich auf dem Weg zum Klo verlaufen? Ich radierte jeden weiteren Gedanken aus meinem Kopf aus, weil mein Herz vor Aufregung zu zerspringen drohte. Nur das hier zählte. Die Waffe, meine Hose, raus! Der Holzboden erwies sich als gnädig: Kein Knarzen verriet meine Bewegungen. Langsam streckte ich die Hand nach der Pistole aus. Ich beugte mich vor, machte mich lang, nur noch Millimeter von dem schwarzen Material entfernt. Ihre Hand lag ruhig auf dem Tisch. Ich fühlte mich mit einem Mal ganz sicher.

Ich war mir sicher, das Metall an meinen Fingerspitzen zu spüren. Einen Moment später explodierte etwas in meinem Gesicht. Ich fand mich auf dem Boden wieder, stöhnend und gekrümmt. Als ich die Augen öffnen konnte, waren meine Hände rot. Meine Nase schien in meinem Gehirn zu stecken. Der stechende Schmerz machte mich fast blind. Sie hatte mir die Waffe ins Gesicht geschlagen, wie ich mit Verzögerung verstand. Ihre Reaktionsschnelligkeit raubte mir den Atem. Mein Blut pulsierte aus mir hinaus. Durch den roten Nebel hindurch vernahm ich ihre Stimme, ruhig, gelassen.

»Tu das nicht noch einmal!« Sie warf mir ein Geschirrtuch zu, das ich auf mein Gesicht presste. Langsam rappelte ich mich auf. Da saß sie schon wieder an ihrem Platz, als wäre nichts geschehen. Die Waffe ruhte auf dem Tisch. Ihre Hand weiß und regungslos daneben. Ein Stillleben.

»Du bist ein Idiot! Ich sage es nur noch ein Mal: Leg dich hin und bleib liegen!«

Obwohl ich mich gerade noch auf dem Boden gewunden hatte, fiel ich erst jetzt ins Bodenlose.

18.

»Straßensperren?«

»Natürlich.«

»Fahndung?«

»Noch nicht. Nach wem sollten wir fahnden?«

Horst biss sich auf die Unterlippe. »Ein Mann, bewaffnet, gefährlich?«

»Ihre übersinnlichen Fähigkeiten in allen Ehren, Herr Horst, aber wenn es diesen Mann tatsächlich geben sollte – und nur am Rande möchte ich darauf hinweisen, dass Sie noch keinerlei nachvollziehbare Gründe für seine Existenz angeführt haben, und das Gleiche gilt übrigens für Ihren Gott –, ist er mittlerweile über alle Berge.«

»Er hatte kein Fahrzeug.«

»Was wollen Sie damit sagen? Dass er zu Fuß diesen Berg hinunterstieg?«

»Vielleicht wollte er den Berg hinauf.«

»Oh, bitte! Auf diesem Berg gibt es nichts. Glauben Sie mir.« Kamilla wischte Horsts Einwand mit der Hand einfach weg. »Auch bergab wäre er zu Fuß Stunden unterwegs.«

»Gut für uns. Er könnte allerdings eine Mitfahrgelegenheit gefunden haben.«

»Mit wem? Hier ist es einsamer als in einer Sommerjackentasche.«

»Es gibt immer jemanden.«

Kamilla dachte nach. »Vielleicht mit dem Zeugen.«

»Mit welchem Zeugen?«

»Es ging ein Notruf ein, der uns alarmierte. Sonst hätte vermutlich bis jetzt kein Mensch etwas von den Morden bemerkt.«

Horst sah nachdenklich aus, runzelte die Stirn. »Das war kein Zeuge. Es war der fünfte Mitfahrer.«

Der Regen prasselte immer noch auf die Karosserie herab. Kamilla fragte sich, ob Horst mit Gott Zwiegespräche führte. Er schien alles zu wissen. Oder zu behaupten, dass er es tat. Kamilla saß auf dem Beifahrersitz des Ladas und Horst hinter dem Steuer. Das Kind lag ausgestreckt auf dem Rücksitz und schlief fest. Sie unterhielten sich im Flüsterton. Aber jetzt schien es Kamilla nur recht und billig, die Stimme zu erheben. »Sie, Herr Horst, und Ihre felsenfesten Überzeugungen treiben mich noch in den Wahnsinn.«

»Das möchte ich nicht.«

»Gut für Sie. Sie haben jetzt folgende Möglichkeit, und ich betone, dass es nur eine ist: Sie erklären mir, warum es diesen fünften Mann geben sollte. Für dessen Existenz wir bisher keinen Anhaltspunkt gefunden haben. Ansonsten werden ich und das Mädchen dieses Auto postwendend verlassen und Sie ebenfalls.« Kamilla hatte sich verzettelt. »Also nicht Sie mit uns, sondern wir Sie und Ihr Auto. Verlassen.«

Horst sah sie einfach nur an und nickte. »Gut. Sie wollen also eine Erklärung für den fünften Mann?«

»Halten Sie das etwa für witzig?«

»Keinesfalls, Kamilla.«

Er benutzte ihren Vornamen mit einer Vertraulichkeit, die ihr den Wind aus den Segeln nahm.

»Zunächst: Es muss sich nicht zwangsläufig um einen Mann handeln. Aber ich glaube, dass wir da richtigliegen.«

Wir?!, dachte Kamilla erschöpft. *Schon wieder wir!* Aber ein »wir« durfte es nicht geben.

»Erstens: Die Gurtschnalle, Rücksitz hinter dem Fahrer. Nachlässig und in Eile geöffnet. Hing auf halber Höhe des

Gurtes. Wenn ein Gurt länger nicht benutzt wird, rutscht die Schnalle während der Fahrt wieder nach unten. Selbst bei den neuesten und straffesten Modellen. Sehr interessant. Beobachten Sie das Phänomen! Jemand hatte also noch kurz vorher diesen Gurt angelegt, bevor das Auto zum Stillstand kam. Zweitens: Blätter im Fußraum. Frisch, intakter Stiel, noch nicht vertrocknet. Buche, wenn mich nicht alles täuscht, vom selbigen Tag. Solche Blätter bleiben bei Regen an den Sohlen haften. Sie lösten sich auf den Fußmatten ab. Passt zum Wetter. Passt zur Jahreszeit, passt zum fünften Mann. Fragen Sie Ihre Techniker!«

»Soso. Buche.« Kamilla suchte nach Worten. »Sie könnten sich aber auch irren, und wir suchen nach einer Frau.« Es war ihr daran gelegen, wenigstens einen Schwachpunkt an seiner Theorie zu finden.

»Wäre möglich, ist aber unwahrscheinlich.«

»Warum?«

»Mitfahrersymmetrie.«

»Mitfahrer-was?«

»Zwei Männer, zwei Frauen, ein Mädchen, das macht mehr Sinn.«

»Aha.«

»Vielleicht eine Familie.«

Tatsächlich beschäftigte Kamilla gerade diese Überlegung am meisten. Wenigstens in diesem Punkt war sie Horst voraus. Man hatte die Leichen mittlerweile abtransportiert. Davor waren Körper und Wagen durchsucht worden. Die Frauen schienen die Töchter des Fahrers zu sein. Sie besaßen Pässe, die Familiennamen korrespondierten ebenfalls. Russische Staatsbürger mit unbefristeter Aufenthaltserlaubnis. Vielleicht bestätigte sich hier der Anfangsverdacht einer internationalen Verwicklung. Alle Namen würden überprüft werden. Russische Staatsbürger mit Wohnsitz in Berlin im Zusammenhang mit dem organisierten Verbrechen? Kamilla war kein Freund voreiliger Schlussfolgerungen, aber die Annahme allein schien nicht absurd. Die Frauen waren tatsächlich ein Zwillingspaar. Für das Kind hatten sie kein Ausweisdokument gefunden. Für einen fünften Insassen ebenfalls nicht. Horsts Familientheorie war keineswegs aus der Luft gegriffen. Aber warum löschte jemand eine komplette Familie aus? Suchten sie nach der Mutter oder nach dem Sohn? Kamilla wandte sich um. Das Kind schlief fest. Wann würde es sprechen? Würde es Licht in diese Angelegenheit bringen? Es wurde Zeit für eine Fahndung nach einem Unbekannten.

»Nach zwei Unbekannten.«

»Wie bitte?«

»Wir sollten nach zwei Unbekannten fahnden.«

Da war es wieder, das Wort »wir«. Aber warum zwei? Und wie konnte es sein, dass er ständig ihre Gedanken las?

»Möglich, dass der fünfte Mann der Mörder war. Aber wahrscheinlicher ist es, dass es noch einen sechsten Mann gab.«

Kamilla öffnete den obersten Knopf ihrer Bluse. Sie hatte das dringende Bedürfnis, sich Luft zu verschaffen. »Herr Horst.« Nur mühsam beherrschte sie ihre Stimme. »Zuerst waren es vier, dann fünf. Jetzt sprechen sie von sechs?!«

»Nicht ganz. Es waren schon immer drei Tote plus ein Mörder. Ein Mord ist eine unbeständige Masse. Ständig in Bewegung. Es gibt neue Entwicklungen. Wir begreifen sie. Solange das passiert, ist alles gut. Ihr Einsatz!«

»Womit?«

»Der sechste Mann. Nicht unbedingt ein Mann.«

»Unser Mörder ist also eine Frau?«

»Warum nicht?«

19.

Dima stieg aus. Glassplitter rieselten zu Boden. Sie knirschten unter seinen Füßen. Er atmete tief ein. Legte den Kopf in den Nacken. Feiner Sprühregen traf sein Gesicht. Bettys Geschrei existierte nur noch als ein gedimmtes Geräusch im Hintergrund. Dima betrachtete die schwarze Waffe in seiner Hand. Ein seltsames Objekt.

Die Tarot-Zwillinge hatten es gesagt: Dein Leben wird sich ändern. Der Turm. Dima sah sich um, erblickte die Straße, die sich nach oben wand, erblickte das schwarze Band, das sich ins Tal drehte, erblickte den Berg, hart, schroff, das Grün, dunkel, zart, lebendig, und beschloss, an diesem Wendepunkt in seinem Leben die Tarot-Zwillinge anzurufen.

Die Tarot-Zwillinge:

Keine hatte die andere vorlassen wollen. Das mussten sie nicht. Sie kamen gemeinsam in diese Welt.
»Unmöglich!«, schrie ihre Mutter und keuchte.
»Unmöglich!«, stellte der Arzt, die Arme verschränkt, fest.
»Unmöglich!«, stieß die Hebamme hervor, noch mit den Händen in der Vagina.
Aber es war möglich, und deshalb kamen sie zusammen auf die Welt. Die Mutter brüllte, als ihr Damm bis an den Anus riss, der Arzt bekam den Mund nicht mehr zu, und die Hebamme fing zum ersten Mal in ihrem Leben zwei Kinder gleichzeitig auf.
»Ein Wunder!«, erklärte der Arzt.
»Eine Katastrophe!«, stöhnte die Mutter.

»Eine Pracht!«, säuselte die Hebamme.
Und all das war es ohne Zweifel.
Zwei Mädchen, so schön und perfekt, wie nur Neugeborene es sein können. Fertig und ganz ohne Schmiere. Ihre Haut leuchtete hell und makellos. Ihr Haar war voll und rot. Zwillinge aus einem Ei. Sie waren gleich, sie blieben es.
Bis auf kleine Unterschiede: Catrin hatte ein rotes Feuermal an der linken Schulter, Kirsten rechts. Catrin konnte die Zunge rollen, Kirsten nicht. Catrin war gut gelaunt, ein Sonnenschein. Kirsten weinte oft.
»Nicht normal«, urteilten die meisten. »Zu gut, um wahr zu sein«, äußerten die anderen. Wenn Kirsten sich meldete, gab Catrin die Antwort. Wenn Catrin eine Idee hatte, führte Kirsten sie aus. Wenn Kirsten weinte, kannte Catrin den Grund.
Ihre Mutter weigerte sich, ihnen gleiche Kleidung anzuziehen. Die Mädchen erpressten es. Sie konnten gemeinsam sehr überzeugend sein.
Die Nachbarin ahnte es: »Die Zwillinge sind nicht normal.«
Der Großvater wusste es: »Zwillinge sind nie normal.«
Eine Staubsaugervertreterin legte der Mutter für die Zwillinge die Karten: »Sie haben Macht, und sie werden diese nutzen.« Die Mutter nickte, so, wie sie es immer tat, und machte sich darauf keinen Reim.
Catrin und Kirsten wuchsen heran. Niemand konnte sie trennen. In der Schule, im Bus, im Park saßen sie nebeneinander. Ihre roten Haare konnte man schon von Weitem sehen. Sie machten die Jungen verrückt, ließen aber keinen an sich heran. Ihre Noten waren glänzend. Sie wollten studieren: Catrin vergleichende Kulturwissenschaften, Kirsten Theoretische Physik. Sie schlossen ihr

Studium in kürzester Zeit ab. *Magna cum laude* krönte ihre Dissertationen. Keine konnte ihnen das Wasser reichen. Sie waren schön, klug, und sie waren es gleich zweimal.

Aber sie langweilten sich, fühlten sich von der Wissenschaft enttäuscht. Es fehlte ihnen das menschliche Element.

»Wir brauchen einen Freund«, sagte Catrin.

»Einer reicht«, bekräftigte Kirsten, denn sie teilten gern. Er hieß Wolfgang, war Anwärter auf den Lehrstuhl für Hochenergiephysik und für seine Mitmenschen bis zu diesem Tage blind. Catrin lud ihn zum Essen ein, Kirsten kam dazu und brachte Ouzo mit. Wolfgang war konzentriert und im Umgang mit Alkohol noch unerfahren. Binnen einer Stunde fühlte er sich betrunken und benahm sich wehrlos wie ein Kind. Catrin zog ihn aus, Kirsten rieb sich an ihm. Sie nahmen ihn von hinten und von vorn. Wolfgang fühlte sich wie besinnungslos und verlor nach dem Orgasmus für einen Moment das Bewusstsein, vielleicht auch den Verstand. Sein Leben vor dem Nacktkontakt mit den Zwillingen erschien ihm sinnlos und fad. Fortan traf er sich regelmäßig mit ihnen. Die Zwillinge mochten ihn und brachten ihn abwechselnd zum Höhepunkt. Er selbst tat sein Möglichstes für sie. Aber ihre Geschicklichkeit übertraf alles, was er zu vollbringen imstande war. Wolfgang wurde dünner und schwächer. Selbst wenn er nur neben ihnen schlief, fühlte er sich erschöpft und ausgelaugt. Als hätte er bereits mehrfach ejakuliert. Die Zwillinge streichelten und liebkosten ihn, bis er die Augen verdrehte. Einmal hauchte er: »Ihr seid geheimnisvoll wie Katzen.«

Und Kirsten sagte: »Ich bin Kitty.«

Und Catrin sagte: »Ich bin Cat.«

Und Wolfgang konnte nicht anders: Ihn verlangte nach Kitty und Cat. Wenn sie um ihn herumstrichen, wurde ihm ganz weich zumute. Die Universität besuchte er nicht mehr. Es fehlte ihm die Kraft.

Cat schüttelte den Kopf, und Kitty unterhielt sich nur noch flüsternd mit ihrer Schwester. Eines Abends brachten sie Wolfgang zurück in seine Wohnung. Er konnte kaum noch laufen. Sie legten ihn in sein Bett und hielten ihm die Hand. Gegen fünf Uhr am Morgen hauchte er sein Leben aus. Cat schluchzte laut, und Kitty weinte leise.

Sie schworen der Wissenschaft ab. Es erschien ihnen konsequent. Hätten sie auch nur geahnt, was sie vermochten, sie hätten es zu verhindern gewusst. Cat entdeckte eine Abhandlung über das Crowley-Tarot in einem Antiquariat. Das Buch stach aus der Menge heraus. Cat und Kitty lasen es an einem Abend. Am kommenden Tag erstand Kitty ihr erstes Kartendeck. Sie beschlossen, jeweils eine Karte zu ziehen. Diese sollte über ihre Zukunft entscheiden. Cat zog blind den Stern, Kitty ebenfalls. Sie mischten die Karten abermals, Cat zog den Stern, auch Kitty. Sie wiederholten den Versuch: Das Ergebnis blieb gleich.

»Lass uns eine Karte gemeinsam ziehen.«

Sie verbanden sich die Augen, mischten die Karten und warfen sie auf den Boden. Blind beugten sie sich hinab und suchten mit nervösen Fingern nach dem Blatt. Als sie eine Karte fanden und beide daran zerrten, riefen sie gleichzeitig: »Jetzt!«

Sie zogen sich die Binde von den Augen, in ihrer beider Hand war: der Stern. Cat lachte, und Kitty weinte. Sie umarmten sich und beschlossen, die Welt zu erleuchten.

Er steckte die Waffe in den Hosenbund. Bettys Handy klingelte in seiner Tasche. Dima zögerte, dann nahm er den Anruf an. »Ja?«

»Hallo, Dima.«

»Bist du es, Cat?« Ihre Stimmen waren zum Verwechseln ähnlich.

»Nein, ich bin's, Kitty.«

»Hallo, Kitty.« Dima war milde erstaunt. »Woher wusstest du, dass du mich hier erreichen kannst?«

Betty hatte endlich mit dem Schreien aufgehört. Slicks Mund stand offen.

»Cat hat die Karten gelegt. Dir verlangte nach uns? Hier sind wir.«

»Aber die Nummer, Kitty. Woher hattet ihr die Nummer? Das ist nicht mein Telefon.«

»Die Karten: Die Zehn der Stäbe, die Eins der Kelche, die Sieben der Schwerter, die Neun der Münzen und so weiter, mein Engel.«

»Dann wisst ihr, dass ich in den Bergen bin?«

»Wir haben es vermutet, mein Schatz.«

»Dann wisst ihr auch, dass Vater tot ist.«

»Und deine Schwestern. Es tut uns sehr leid, Dima.«

Ein Schluchzen wollte sich in Dimas Kehle hinaufkämpfen.

»Weine nicht, Dima. Wir kommen zu dir.«

»Was ist mit Mathilda, Kitty?«

»Warte, mein Liebster.« Kurz wurde es ruhig in der Leitung.

Diesmal war es Cat: »Die Sonne. Es geht ihr gut, Dima.«

»Dann muss ich sie finden.«

Cat lauschte.

»Und ich muss denjenigen finden, der Youri umgebracht hat. Und Ayla und Lale.«

Cat lauschte.
»Wo treffen wir uns, Cat?«
»In München, mein Schatz.«

Dima legte auf. Das Auto stand immer noch da. Quer auf der Straße. Dima öffnete die Fahrertür. Betty starrte ins Leere, Slick machte mit dem Abzug des Colts auf dem Rücksitz ein ums andere Mal »klick, klick«, als könne er es nicht glauben, dass er sein Pulver verschossen hatte. Dima drehte den Schlüssel um. Der Wagen ruckte, der Motor erstarb. Er zog den Schlüssel ab und betrachtete sein Werk. Hatte er gehofft, wenigstens jetzt zu sehen, wen er erschossen hatte, wurde er enttäuscht. Von dem Gesicht des Fahrers war nichts mehr übrig. Es handelte sich um einen Mann; so viel ließen Kleidung und behaarte Handrücken vermuten. Dima packte ihn an Arm und Bein, um ihn aus dem Wagen herauszuziehen. Er wog Tonnen. Dima änderte seine Strategie. Nur an den Armen zerrte er den Leichnam zur Leitplanke. Mit einem letzten Kraftakt wuchtete er den Körper darüber, kippte ihn den Abhang hinab. Seine Hände waren wie seine Jacke blutbefleckt. Dima wusch seine Finger in einer Pfütze. Danach ging er gemächlich zum Wagen zurück. Es war, als liefe er auf dem Mond. Schwerelosigkeit trennte ihn von der Welt.

Der Himmel verdunkelte sich zusehends. Dima öffnete die hintere Tür. »Sauber machen!«

Slick starrte ihn einfach nur an, steckte den Colt wieder ein. Dann schaute er sich um, als hätte der Befehl einen weiten Weg von seinem Gehirn bis zu den Augen zurückgelegt.

Dima sah, wie er eine umhäkelte Klopapierrolle von der Hutablage nahm, sie entkleidete und die ersten Bahnen Papier abriss. Dima trat zur Seite, als Slick die beschmutzten Knäuel aus dem Auto warf. Dima wollte hier weg. Von dem Gestank nach Erbrochenem, der Leiche im Gebüsch. Er wollte sich einfach nur bewegen, von hier an einen anderen Ort. Als Slick seine Hände mit einem letzten Stück Klopapier abwischte, befahl Dima ihm: »Du fährst!«

Slick stieg aus, umrundete den Wagen und klemmte sich hinter das Steuer. Dima setzte sich auf Slicks Platz und zog die Tür mit einem satten Klatschen hinter sich zu. Er überlegte kurz. Gleich würde die Straße von Bullen nur so wimmeln. Gedanken in Aspik, transparent und träge wie geliert. Dima reichte Slick den Schlüssel. »Und jetzt fahr!«

Slick wischte mit seinem Ärmel über die Windschutzscheibe. Die blutigen Schlieren ließen keine freie Sicht zu. Das Licht im Wagen: ein dunkles Rot.

»Vollidiot!«, murmelte Betty. Sie kramte in ihrer Rocktasche und überreichte Slick eine Packung Taschentücher.

»Danke, Süße.« Slick schenkte ihr ein breites Lächeln. Dima stellte fest, dass es über Geisteskrankheit hinausging. Ungeschickt wischte Slick ein kleines Sichtloch frei.

Betty seufzte, hob verzweifelt die Hände. Dima meinte, etwas wie »Verdammte Scheiße, dieser Schießbudenclown!, das glaubt mir mal wieder keiner, wenn ich es erzähle« zu hören. Dann spuckte sie auf ein Tuch und half ihm, die Frontscheibe zu reinigen. Die roten Zellstoffknäuel warfen sie in den Fußraum des Wagens. Danach ließ Slick den Motor an, legte den Gang ein. Sie waren noch keinen Kilometer gefahren, als Dima Slick aufforderte, in einen Feldweg einzubiegen. Slick parkte rückwärts ein, bis die Vegetation den Wagen völlig verbarg.

»Was jetzt?«, fragte Betty.

Dima wusste genau, was zu tun war. »Jetzt warten wir.«

»Worauf?, fragte Betty. Ihre Stimme drohte plötzlich zu kippen.

»Darauf, dass ich noch jemanden abknallen kann.«

20.

»Steh auf!«

Zuerst dachte ich, es sei ihr Fuß, mit dem sie mich trat. Gnädigerweise war es ihre Hand, die mich an der Schulter schüttelte. Ihre raue Flüsterstimme erinnerte mich, dass ich nicht geträumt hatte. »Was ist?« Meine Stimme klang nasal. Mein Gesicht schmerzte, meine Nase pulsierte in einem unregelmäßigen Rhythmus. Ich betastete automatisch den Knochen. Gebrochen war er nicht.

»Zieh dich an! Beeil dich!«

Schlaftrunken rappelte ich mich auf, suchte in völliger Dunkelheit hastig nach meiner Hose, nach meiner Jacke. Nur durch ein Fenster fiel das nächtliche Zwielicht des Mondes herein. Es war ganz still. »Was ist los?« Ich wiederholte mich.

»Jemand ist hier. Wir müssen verschwinden.«

Plötzlich verlangsamten sich meine Bewegungen. Unwillkürlich lauschte ich. Ich konnte zwar absolut nichts hören, aber jemand schien gekommen zu sein. Meine Rettung. Vielleicht. Ich musste das hier nur ein wenig hinauszögern.

»Vergiss es, Loser!«, zischte sie. Ich konnte nur ihren dunklen Umriss im Raum ausmachen.

Und sie wisperte, hastig, eindringlich: »Zwei Möglichkeiten: Entweder ist das ein Zufall, was ich um diese Uhrzeit bezweifeln möchte, oder es ist jemand, der nach mir sucht. Ich habe keine Freunde. Die Menschen, die nach mir suchen, sind normalerweise bewaffnet. Kein Mensch kennt dich. Für die anderen gehörst du zu mir. Wenn du also lebend hier rauswillst, legst du besser einen Zahn zu.«

Sie hatte noch nie eine so lange Rede gehalten. Während

das getrocknete Blut in meiner Nase kratzte, redete ich es mir schön, dass sie nicht wollte, dass ich mit ihr zusammen erschossen wurde. Das war gut. Fertig. Ich sah mich kurz um. Das Feuer war völlig heruntergebrannt, nur das benutzte Geschirr konnte unsere Anwesenheit verraten, so wie die Wärme im Raum. Ich wollte, dass irgendetwas uns verriet. Wenn sich dort draußen die richtigen Leute befanden. Die Guten.

Sie dirigierte mich wortlos zum Badezimmer, wo ich das Fenster öffnete. Jetzt hörte auch ich ein leises Tuscheln. Schweiß sammelte sich in meinem Nacken.

Sie stieß mich an. Unbeholfen kletterte ich zum Fenster hinaus. Draußen tauchte ich ein in den Geruch nach feuchter Vegetation. Kein Regen mehr, Windstille wie eine Pause der Natur. Da war sie wieder: die Angst. Meine Angst. Sie griff mit den kalten Fingern der Nacht nach mir. Permanente Adrenalinkicks, ich konnte sie kaum noch ertragen. Irgendwo knackte ein Ast. Ich fühlte mich gerädert, hilflos, nur zu laufen überforderte mich bereits. Mit einem leisen Plumps landete zuerst ihre Tasche, dann sie selbst hinter mir auf dem Boden. Ihre Hand griff nach meiner. Sie zog mich in den Wald hinein. Ihr Zeigefinger lag senkrecht auf ihren Lippen, auch wenn die Geste im Dunkeln kaum auszumachen war. Wie Indianer schlichen wir in einem Bogen um das Haus herum. Nichts daran fühlte sich an wie ein Kinderspiel. Ich kapierte das alles nicht mehr. Wollte meine Entführerin mich jetzt plötzlich retten? Ich war hellwach, und dennoch wogen meine Lider Zentner. Die Haustür öffnete sich mit einem Geräusch. Wir standen hier, doch wer war dort? Mein Herz raste. Nur noch Sekunden, bis sie uns fänden, uns auf die Schliche kämen. Wer waren »sie«? Ich hatte schlicht und ergreifend keine Lust auf eine Schießerei, weshalb ich mit ihr weiterlief.

Sicher lotste sie mich zum Waldrand, als wären nächtliche Fluchten ihre Paradedisziplin. Für einen Moment hielt ich inne. An der Straße parkte tatsächlich ein Auto, das schwer zu erkennen war. Irgendein Ostfabrikat, winzig und alt. Wer kam nachts hier den Berg herauf? Meine Beine wurden plötzlich weich. Hätte sie nicht nochmals nach meiner Hand gegriffen, ich wäre einfach in die Knie gegangen. Ein letzter Blick zurück offenbarte, dass jemand sich im Haus aufhielt, weil das Licht brannte. Schemenhaft glaubte ich, Gestalten zu erkennen. Mit zitternden Fingern öffnete ich die Tür des Wagens und setzte mich hinter das Steuer. Noch dachte ich: Los, jetzt. Fahr! Aber einen Wimpernschlag später öffnete sich die Beifahrertür, und sie saß neben mir. Meine Hand ruhte auf dem Schlüssel. Ich war wie versteinert und hatte meine Flucht ein weiteres Mal versäumt.

»Was jetzt?« Ich hatte meinen Willen abgegeben und mich ihr ausgeliefert. Ich verhielt mich wie ein Automat.

Kurz sah sie mich an. Legte ihre Hand auf mein Bein.

»Atme! Und dann fahr endlich los, Arschloch!«

»Wohin?« Ich fühlte mich wie in Gletschereis gefangen. Es zog mich irgendwohin, aber ich vermochte dem, was passierte, keinen Widerstand mehr entgegenzusetzen.

»Fahr bergab!«

»Und dann?« Meine Stimme zitterte.

»München.«

21.

»Sie haben mich nicht überzeugt.«
»Das sagten Sie bereits, Kamilla.«
»Für Sie immer noch Frau Rosenstock.«
»Wir wollen die Dinge nicht unnötig verkomplizieren.«
Kamilla schnappte nach Luft. »Sie ... das ist ...«
»Pssst.«
Kamilla hielt inne. Sollte er schon wieder recht behalten? Dass dieser Mann andauernd das letzte Wort haben musste – eine Theorie absurder als die nächste –, machte es zunehmend schwer, ihn zu ignorieren. Aber wollte sie das überhaupt? Kamilla lächelte. Unmöglich, sich selbst zu betrügen. Sie mochte seine Anwesenheit. Es war ein einsamer Job. Einsam für eine Frau, einsam für eine Chefin, einsam für einen Menschen nachts in den Bergen, der die feuchte Luft wie eine Sauerstoffexplosion in den Lungen empfand.

»Bergauf?«, hatte sie mehrmals hintereinander gefragt.
»Natürlich.« Wie immer erklärte er sich nicht freiwillig.
»Aber warum?« Nichts schien Kamilla absurder.
»Weil alle anderen bergab fahren. Warum sollten wir dem folgen, was alle anderen bereits tun?«

Kamilla konnte nicht sagen, was sie mehr störte. Dass Horst Horst zunehmend absonderliche Sachverhalte postulierte oder dass seine Erklärungen dazu immer philosophischer wurden.

Es schien der Abend der Nachgiebigkeit zu sein. Kamilla akzeptierte, dass er fuhr und dass er die Straße nach oben wählte. Sie hatten schon zu viel Zeit verloren. Ihren Chef konnte sie nicht anrufen. Nicht mehr. Alles entglitt ihr gerade jetzt, da sie doch souverän agieren musste.

»Dieser Weg führt nirgendwohin.« Kamilla hatte die Karte studiert.

»Wege führen immer irgendwohin.«

Kamilla rollte mit den Augen. Seine Glaubensbekenntnisse wurden schlimmer.

»Sehr schicke Schuhe«, lenkte er nun ab, als sei Small Talk das Entscheidende in dieser Situation. Er sagte es mit einem bewundernden Seitenblick. Als wüsste er, dass Kamilla nicht nur einen stolzen Anteil ihres monatlichen Gehalts dafür investiert, sondern auch das Tragen einer kleineren Nummer in Kauf genommen hatte, weil das Paar in Größe vierzig nicht mehr zu haben war und sie ihre Füße in Schuhen Größe vierzig ohnehin unangemessen vergrößert fand.

Kamilla freute sich. Es waren wirklich schöne Schuhe, bevor sie dunkle Lehmflecken bekamen. Sie hatten ein Vermögen gekostet. Jetzt bestanden sie allerdings nur noch aus aufgeweichtem italienischem Leder. Auch hier Schwund, plötzlich, unerwartet, endgültig, wie schon so oft in ihrem Leben.

Es war drei Uhr morgens, und alle Fahrzeuge und Einheiten waren bereits abgezogen. Das Mädchen schlief immer noch auf der Rückbank. Kamilla sah einen weiteren, kostbaren Teil ihrer ohnehin schon kurzen Nacht sinnlosen Unternehmungen geopfert.

Jetzt hatte Horst warnend den Finger auf die Lippen gelegt. Der Lada hielt, die Scheinwerfer gingen aus. Ein weiterer Fingerzeig informierte Kamilla, dass ein Stück vor ihnen im Wald tatsächlich ein Auto parkte. Ein Rettungswagen. Cremig weiß glänzte er zwischen den Bäumen hindurch. Horst faltete die Hände, murmelte ein Stoßgebet – was Kamilla nur vermuten konnte. Schloss er es mit einem Amen ab? Vielleicht hatte sie sich nur verhört.

Kamilla traute ihren Augen kaum. »Halt! Warten Sie!«

Aber Horst war bereits ausgestiegen. Klack. Sanft fiel die Tür ins Schloss, und Kamilla fühlte sich hin- und hergerissen zwischen dem renitenten Horst, dessen helle Trenchcoat-Schöße sie gerade im Wald verschwinden sah, und dem Kind, das hinter ihr noch schlief. Dieses Mädchen besaß einen mächtigen Schutzengel. Sicherlich machte er Überstunden genauso wie sie. Zu viel Arbeit für zu wenige Menschen wie so oft in dieser Zeit. Sie tastete nach ihrer Waffe und entschied, dass Horst sich womöglich in größerer Gefahr befand, weshalb sie ihm eilig folgte.

Ein Ast unter ihrem Fuß gab nach, auch Horst hinterließ eine knackende phonetische Spur. Sie ermahnten sich gegenseitig mit »scht« und »pssst«, wohl wissend, dass vielleicht gerade dieser Austausch nicht überhört werden konnte.

Was für ein sinnloses Unternehmen!, dachte Kamilla. Verstärkung befand sich kilometerweit entfernt. Horst war ein Wirrkopf mit erstaunlichem Durchsetzungsvermögen, und im Auto lag ein traumatisiertes Kind, das ihnen schutzbefohlen war. Kamilla drückte sich hinter Horst an die Hauswand.

Hier stand tatsächlich ein Haus. Kamilla musste anerkennen, dass Horst sich zwar nicht normal verhielt, aber mit seinen Prognosen immer richtig lag. Vielleicht hatte er tatsächlich einen guten Draht zu Gott? Er nickte ihr zu, als er vorsichtig die Klinke herunterdrückte. Erst jetzt bemerkte Kamilla, dass er unbewaffnet war. Ihre Pistole befand sich, mittlerweile geladen und entsichert, in ihrer Hand. Vielleicht verfügte Horst nicht nur über hellseherische Fähigkeiten, sondern auch über die sieben Leben einer Katze. Kamilla vertraute lieber harten Fakten und ebensolchem Stahl. Horst bedeutete das alles nichts, aber es schien Kamilla der falsche Augenblick zu sein, darüber zu reflektieren, als sie sich mit vorgehaltener Dienstwaffe zur Seite drehte.

Wie ein eingespieltes Team betraten sie das Haus. Horst entdeckte einen Schalter, und es ward Licht, das den Raum grell erleuchtete; er wirkte warm, und er war leer. Was das bedeutete, wussten sie beide nur zu gut. Schnellen Schrittes gingen sie jeweils zu einer der offenen Zimmertüren. Schlafzimmer: sicher, leer. Badezimmer: sicher, leer, aber das Fenster geöffnet, hin zur Nacht. Wie auf ein geheimes Kommando wandten sie sich um, stürmten gemeinsam zur Haustür hinaus. Kamilla übernahm trotz hoher Absätze die Führung. Sie hörte Horsts Atem hinter sich, sah die roten Rückscheinwerfer des Rettungswagens aufleuchten, hörte den Motor aufheulen, stellte sich breitbeinig hin, rief etwas wie: »Halt! Keine Bewegung!« und »Polizei!«, aber der Wagen antwortete nur mit durchdrehenden Rädern, fuhr an, während Horst an ihr vorbeilief und versuchte, den Griff der hinteren Tür zu erreichen. Aber das Gefährt entzog sich schlingernd und verschwand mit einem satten Quietschen auf der Straße.

Horst beugte sich nach vorn – er hatte seine Hände auf die Knie gestützt – und atmete keuchend ein und aus. »Sehen Sie«, stieß er zwischen den Atemzügen hervor. »Sehen Sie! Sie waren hier auf dem Berg.«

»Sie?! Warum sie?!« Kamilla hatte spontan Lust, vor lauter Enttäuschung einen Warnschuss abzugeben.

»Geschirr.« Horst richtete sich auf. »Zwei Teller«, Atem ein, »zwei Gläser«, Atem aus.

Kamilla sah ihn mitleidig an. »Ihre Kondition ist miserabel.«

»Und Sie benutzen Ihre Waffe wie ein Mädchen.« Atem ein und Atem aus. »Warum konnten Sie nicht auf den Reifen schießen?«

»Für jemanden, der keine Waffe hat, spucken Sie große Töne.« Kamilla war beleidigt, wütend und nicht bereit, dies zu verbergen.

»Woher wollen Sie wissen, dass ich keine Waffe trage?«

Kamilla war außer sich. »Eines steht fest: Wir reden hier, und *die* fahren wie alle anderen bergab! Steigen Sie endlich ein! Ich will hoffen, dass Sie schneller fahren können, als Sie rennen.«

22.

Es musste drei Uhr am Morgen sein. Vielleicht auch vier. Dima hatte jegliches Zeitgefühl verloren, und er hatte nicht vor, es wiederzuerlangen. Der Regen ließ nach, hörte völlig auf. Es wurde ruhig. Dima war wach, ganz wach. Seitdem der Tod ihn achtmal verfehlt hatte, fühlte sich Dima dem Leben verpflichtet. Auf eine schicksalhafte Art, die sein eigenes Fühlen und Wollen hinter einer einzigen Notwendigkeit zurückstellte. Sein Überleben hatte ihm einen Auftrag erteilt. Unerbittlich und klar.

Slick schnarchte auf dem Fahrersitz. Bettys tiefe Atemzüge begleiteten Dimas Überlegungen wie ein natürlicher Takt, wie Ebbe und Flut. Es war bitterkalt im Wagen. Der Wind schwieg, aber die eisige Nachtluft zog durch die offenen Fensterlöcher wie eine dampfende Suppe aus flüssigem Stickstoff herein. Der latent säuerliche Geruch hing wie eine unangenehme Erinnerung im Innenraum. Dimas Körper schien persönliche Bedürfnisse eingestellt zu haben. Dima roch nichts, er fror nicht, irgendetwas trennte ihn von der Außenwelt.

Die unsichtbare Hülle um Dima wurde durchbrochen von einem fernen Geräusch. Das Geräusch eines fahrenden Wagens. Ein großer Motor, erst leise, jetzt lauter, hochtourig gefahren. Er näherte sich schnell.

»Wach auf, Slick!« Dima versetzte dem neuen Fahrer einen Stoß.

Wie eingeschaltet ruckte Slick hoch. Ein röchelnder Atemzug, eine unausgesprochene Frage erleuchtete sein verschlafenes Gesicht. Während Slick noch in seinen Taschen nach etwas suchte, befahl Dima ihm: »Starte den Wagen! Jetzt!«

Slick fand das, was er suchte, schließlich in seiner Hosentasche, warf es in den Mund, schluckte und legte kurz den Kopf in den Nacken. Etwas rotierte unter seinen geschlossenen Lidern, dann sah er direkt nach vorn und ließ den Motor an. Betty regte sich, reckte die Arme nach oben. Der Wagen schoss nach vorn zur Straße und hielt mit einem leisen Tuckern an. Slick wartete auf Instruktionen.

»Schnauze halten!« Niemand hatte etwas gesagt, aber Dima wollte es nicht darauf ankommen lassen. Das Röhren des anderen Autos war jetzt ganz nah. Der Ton rollte heran wie der Auftakt zu einem großen Konzert. Scheinwerferlicht malte Streifen im Nebel wie mit einem Puder aus Mehl. Ein weißer Schatten glitt vor ihren Augen auf der Straße vorüber.

»Los!«

Der amerikanische Schlitten zog an, schwenkte auf die Straße. Die Karosserie wippte wie das Hüftgold einer übergewichtigen Tänzerin.

»Hinterher!« Dima sonderte nur noch Kommandos ab.

Slick beschleunigte, die Automatik knackte, und Dima fühlte sich durch den scharfen Luftzug, der ins Wageninnere fuhr, mehr denn je belebt.

Slick nahm die Kurven mit dem zulässigen Mindestmaß an Reifenkontakt zum Boden. Dima sah sie alle abheben, schwerelos auf dem Weg zum Mond. Der hing halbiert und safrangelb am Himmel, umrandet von einem milchweißen Hof. Das Auto kam in Sicht. Dima erkannte einen Rettungswagen. Für einen Moment verstand Dima die Zusammenhänge nicht, aber dann schienen die Dinge plötzlich Sinn zu machen. So wie es Sinn machte, dass schwarze Katzen die Straße von rechts nach links überquerten, so wie es Sinn machte, dass es einen Freitag, den Dreizehnten, gab, manchmal sogar mehrere in einem Jahr, so wie es Sinn machte, dass seine gesamte Familie vor wenigen Stunden komplett ausgelöscht worden war. Wurde Hysterie zu einem normalen Zustand für ihn? Dima erschauderte.

Slick schoss vielleicht nicht gut, aber er fuhr wie Ayrton Senna zu seinen besten Zeiten. Dima verlangte nach der Chemie aus Slicks Hosentasche. Langsam, aber sicher näherten sie sich dem weißen Wagen. Schon blitzten gelegentlich die orangenen Warnstreifen in ihrem Scheinwerferlicht auf. Auch der Rettungswagen fuhr rasant.

»Ich störe nur ungern diese kleine Verfolgungsjagd ...« Betty klang verschlafen.

»Halt die Fresse, Betty!« Dima konnte jetzt keine Störung gebrauchen.

Betty gähnte. »Sorry, Todesschütze, aber an unserer Stoßstange klebt noch ein Auto. Ich dachte, das würde dich interessieren.« Träge deutete sie auf den Außenspiegel.

Dima drehte sich um. Es stimmte. Ein kleines, blaues Auto verfolgte sie. Es nahm die Kurven mit quietschenden Reifen. Auf jedem geraden Stück Weg blieb es ein wenig zurück. Den Rückstand holte es in den Kurven wieder auf. Dima drehte sich nach vorn. »Überholen!«

Slick grinste – ein Laut der Lust entrang sich seiner Kehle –, drückte aufs Gaspedal und setzte sich auf der nächsten Geraden seitlich neben den Rettungswagen. »Fahr näher ran!«, brüllte Dima, der seine Tür geöffnet hatte und jetzt halb aus dem Wagen hing. Slick rief etwas Unverständliches. Es klang nach purem Vergnügen. Die Tür schlackerte, der Fahrtwind traf Dimas Gesicht wie ein Peitschenschlag. Slick brachte den Wagen noch ein Stück näher heran. Ehrgeiz schien ihn gepackt zu haben. Dima fragte sich für einen Moment, ob Slick ihn zwischen den Autos zerquetschen wollte. Der Gedanke verschwand so schnell, wie sich die Gewissheit einstellte, dass Slick und Betty so plötzlich zu seinen treuen Untertanen geworden waren, wie völlig andere Arten sich nach einem Meteoriteneinschlag auf neue Umweltbedingungen einstellten. Sie gaben ein seltsames Team ab. Etwas Unerhörtes, Unbekanntes hatte sie zusammengeschweißt. Die Geschwindigkeit ließ beide Wagen flirren. Fast berührten sie sich in rasender Fahrt. Dima packte den Außenspiegel des Rettungswagens an der Fahrerseite mit der einen Hand. Das Gewicht der Autotür drückte gegen ihn. Seine Linke ließ den Türrahmen von Slicks Wagen los. Jetzt krallte er sich mit beiden Händen am Spiegel fest, seine Beine schlenkerten in der Luft, seine Füße suchten Kontakt. Der Spiegel knackte – Dima zuckte, wähnte sich schon auf der Straße von Reifen überrollt –, aber er brach nicht ab. Mit einem Ruck und der Hilfe der Zentrifugalkraft wuchtete er seinen Körper in der nächsten Kurve auf die Motorhaube. Parcours, nur anders, denn plötzlich war das Gefühl wieder da: Seine Fingerkuppen versenkte er in einer Lüftungsritze, vielleicht ergriff er auch einen Scheibenwischer am Gelenk.

Slick und Betty fielen zurück.

Dima starrte in die vor Schreck geweiteten Augen: ein Mann. Dima drehte den Kopf – der Luftdruck von vorn war enorm, er musste sich mit der Kraft seiner Arme dagegenstemmen, seine Haare wirbelten ihm um den Kopf, der Motor rüttelte unter seinem Leib – und erblickte *sie*. Die Welt stand still.

Dima hörte die brüllende Luft nicht mehr, erkannte nicht mehr den Geruch nach Benzin und Öl, nach verbranntem Gummi und nach Feuchtigkeit. Auf dem Beifahrersitz saß die zweite Nutte, die er fürchtete. Die er geliebt und seit Jahren gesucht hatte. Sie betrachtete ihn einfach nur, ganz ruhig, als habe sie mit seinem Auftauchen genau hier an diesem Ort gerechnet. Sie legte ihre Hand an die Windschutzscheibe. Dima lächelte, sein Blick verschränkt in ihren Blick, dunkel, innig bis in die Tiefen des Erdkerns, dort ein Lodern, heiß und verzehrend. Er konnte nicht anders und folgte der magnetischen Anziehungskraft. Seine Hand auf ihrer Hand, nur getrennt durch kaltes Glas, für einen magischen Moment. Ihre Lippen formten ein Wort, das Dima nicht verstehen, nicht erkennen konnte. Dann bremste der Wagen, etwas riss an ihm. Dimas Körper löste sich. Er segelte durch die Nacht.

23.

»Was ... Jesus! Was war das?« Ich hatte geschrien, jetzt brüllte ich, bis sich meine Stimme überschlug.

Ihre Handfläche klebte noch an der Scheibe. Die Hand des Typen, der gerade auf der Motorhaube gelegen hatte, verschwand. Der ganze Mensch war einfach weg. Ich musste träumen. *Bitte, lass mich träumen!* »Fuck, November! Wer war das?«

Sie löste langsam ihre Hand, hinterließ einen feuchten Film auf dem Glas, und legte sie fast zärtlich auf ihr Bein. Noch immer wirkte sie völlig entspannt. War das ein Anflug eines Lächelns auf ihrem Gesicht? Das letzte Wort, das sie ganz sanft gesagt hatte, war: »Bremsen!«

Ich bremste und hatte nun vermutlich das Leben eines blonden Engels auf dem Gewissen.

Ich sah zu ihr hinüber. Sie lächelte nicht mehr. Mit dieser menschlichen Regung im Gesicht hatte ich sie kaum erkannt. Jetzt schaute sie in den Seitenspiegel. »Du musst schneller fahren.«

Mein Lachen klang hysterisch, aber ich beschleunigte. Binnen kürzester Zeit war ich vom unbeteiligten Passanten zum Zeugen, zur Geisel und nun zum Fahrer eines Fluchtfahrzeugs geworden. Meine kriminelle Karriere hatte schwunghaften Auftrieb genommen. Wie würde ich das meinen Eltern erklären oder einem Richter, wenn ich das hier überlebte? Der Wagen raste ins Tal, mit einer Wucht, die einer Schlammlawine alle Ehre gemacht hätte. Ich fühlte mich seltsam entrückt. Wurde mir der Tod allmählich egal? Vielleicht war es eine natürliche Konsequenz, wenn man ihm innerhalb von vierundzwanzig Stunden oft genug ins Gesicht gesehen hatte.

Im Rückspiegel verfolgte ich, dass die Straße hinter uns leer blieb. Kein riesiger amerikanischer Wagen mehr, der seine Fracht an meiner Fahrertür entlud. Kein blaues Auto mehr, das uns verfolgte. Dass ich derart rasant fahren konnte, wurde mir erst jetzt klar. Natürlich war es in meinem Beruf immer eilig, sehr eilig sogar, wenn wir gerufen wurden. Aber die Geschwindigkeit, mit der wir jetzt durch die Berge rasten, empfand ich als widernatürlich, als völlig verrückt.

»Du fährst gut.« Aus ihrem Mund klang es wie ein gut verpackter Tadel.

Ich kannte die Strecke, was sich als vorteilhaft herausstellte, und ich wusste, dass es nicht mehr weit bis München war. Ich sehnte mich in der nächsten Haarnadelkurve, die uns nach außen trug, nach einer Autobahn wie ein Zuckerkranker nach Zucker oder Insulin. Ich erkannte die Anzeichen. Meine Zunge war trocken, ich fühlte mich nervös, in meinem Blickfeld zeigten sich kleine bunte Einsprengsel. »Ich brauche Zucker.«

Lange sah sie mich an.

Meine Finger rutschten am Lenkrad hin und her. Was an Feuchtigkeit in meinem Mund fehlte, gab mein Körper an den Handflächen ab, die Anzeichen der Unterzuckerung.

»Okay«, sagte sie. Dann griff sie nach dem Steuer. »Du gibst Gas, ich lenke.«

Ich stotterte. »Das geht nicht. Die Gangschaltung.«

»Mache ich.« Damit rutschte sie näher und griff nach dem Lenkrad.

In meiner Jackentasche fand ich das Kästchen. Gas weg, Kupplung, sie griff nach dem Schalthebel, drehte am Lenkrad. Es war, als hätten wir unser Leben lang nichts anderes getan. Wir konnten im Zirkus auftreten oder bei »Wetten, dass …«. Ich stach mir in den Finger, betrachtete, wie auf dem Gerät die Ziffern wechselten, und las das Ergebnis ab. Hosentasche, Traubenzucker, Zellophan zusammen mit dem typischen Gefühl auf der Zunge, als sich der Zucker auflöste. Danach vom Gas, kuppeln, beschleunigen. Der Wagen zog an wie mein Blutzucker. Ihre Hand hielt das Steuer sicher und fest. Mit schwitzenden Fingern packte ich mein Set wieder ein.

»Besser?«, fragte sie mich.

»Kommt gleich. Ich muss etwas essen«, sagte ich.

»Bald.« Damit nahm sie die Hand vom Steuer. »Wie lange noch?«

Mir war klar, dass sie unsere Reisezeit meinte und dass ihr Interesse an meinem Gesundheitszustand erloschen war. Mehr als ihr Fahrer, als ihre Geisel würde ich nie sein.

»Etwas über eine Stunde, wenn wir gut durchkommen.«

Sie schwieg. Wir fuhren durch die Nacht. Niemand folgte uns. Die Straße schien leer. Kein Wagen. Nur wir allein.

»Wer war das, November?«

»Wer?«

Ich seufzte. »Der blonde Jüngling, der plötzlich an der Windschutzscheibe klebte.«

»Das? Das war niemand.«

»Bitte. November. Ich muss das wissen. Vielleicht ist er tot, weil ich gebremst habe.«

»Wäre das so schlimm?«

Ich holte kurz Luft. Gespräche mit einer geisteskranken Killerin erforderten Geduld. »Ja. Das wäre schrecklich. Furchtbar. Weil *ich* dafür verantwortlich wäre. Ich habe noch nie einem Menschen etwas zuleide getan.«

»Echt?« Sie sagte es mit dem Erstaunen eines Kindes, das gerade erfährt, dass es den Osterhasen nicht gibt.

»Ja. Wirklich. Es nagt an mir. Es macht mich krank.«

Sie schwieg.

»November?« War sie noch da?

»Muss ein Luxus sein, dieses Gefühl.«

Luxus.

Das passende Wort für jemanden mit diesem harschen Akzent. Der Inhalt des Satzes blieb abseitig. Oder verrückt. »Was?« Man musste kaltblütig sein, um so zu denken.

»Du willst wissen, wer das war?«

Ich rieb mir die Augen. Mit dem Wunsch kam die Angst vor der Antwort. Trotzdem beteuerte ich: »Ja.«

Ihre Augen schwarz wie ein Loch zu einer anderen Galaxie. »Überlege dir gut, was du dir wünschst.«

Ich sah sie einfach nur an, hätte mich in ihr verlieren können. Wie in einem grausamen Film.

»Wer war es, November?«

»Mein Ex.«

24.

»Mama?«

Kamilla schüttelte den Kopf. Sie war Mutter, aber nicht seine. »Nein. Definitiv nicht.« Etwas Trauriges huschte plötzlich über sein Gesicht. Ganz sanft berührte sie seine Wange. Der junge Mann starrte sie an wie eine Erscheinung.

»Sie sind sehr schön.«

»Danke.« Ein Kompliment schien an dieser Stelle fehl am Platz, aber Kamilla bekam normalerweise nicht mehr viele, und deshalb freute sie sich. »Und Sie haben traumhaftes Haar.«

»Finden Sie?« Nachdenklich griff er nach einer blonden Locke, die sich mit zahlreichen anderen Strähnen aus seinem Zopf gelöst hatte. »Wo bin ich?« Er sah sich verwirrt um.

Einem Menschen, der zehn Meter durch die Luft geflogen war, konnte man ein wenig Orientierungslosigkeit wohl zugestehen. Kamilla wünschte, sie hätte eine bessere Antwort parat gehabt. »Ich weiß es nicht.« Sie sah sich um. »Irgendwo in den Bergen.«

»Ah.« Es wirkte nicht sonderlich intelligent.

»Bleiben Sie liegen. Haben Sie Schmerzen?«

Der schöne Mann streckte sich vorsichtig, schien kurz zu überlegen. Dann setzte er sich langsam auf. Kamilla half ihm dabei.

»Nein. Ist wohl alles okay.«

»Wirklich?« Kamilla hasste sich dafür, wie eine besorgte Mutter zu klingen. Der Mann hielt sich den Kopf. Er hatte offensichtlich nicht alle Tassen im Schrank. So viel war klar. Wer sprang schon mitten in der Nacht auf ein fahren-

des Auto? Und warum? Sie war umgeben von Verrückten. Horst Horst hatte nur den Anfang gemacht. Dieser Irrsinn schien ansteckend zu sein. Wie eine Läuseplage griff er über von Kopf zu Kopf. Kamilla sah sich um. Horst stand ein paar Meter weiter an der geöffneten Fahrertür des Ladas. Mit dem Wagen blockierte er die Straße. Hinter ihm parkte in einiger Entfernung das große amerikanische Auto. An die Türen gelehnt standen eine dunkle, dicke Frau und ein dürrer, schmuddeliger Kerl mit fettigem Haar, das sogar auf die Entfernung noch glänzte. Das Kind schlief immer noch auf der Rückbank bei Horst. Es musste wohl Schlaf nachholen. Je aufregender ihr – Kamillas – Leben wurde, desto weniger bekam das Mädchen davon mit.
»Was?« Sie hatte nicht richtig zugehört.
»Mein Kopf tut weh.«
»Kein Wunder«, bemerkte Kamilla. »Sie sind geflogen wie ein Vogel.« Und gelandet wie ein Stein, dachte sie.
»Mein Bein.«
»Kommen Sie.« Sie reichte ihm die Hand und zog ihn hoch. Nun stand er. Wackelig, aber er stand. Er hatte Abschürfungen im Gesicht. Seine Hose war zerrissen, seine Kleidung völlig derangiert. Dunkle Flecken, Schmutz, doch wohl kein Blut?! »Warum haben Sie das getan?«
»Parcours.«
»Was?«
»Ich meine Car-Surfen«, korrigierte er sich.
»Was bitte?«, wiederholte Kamilla stupide.
»Es ist ein Sport.«
»Ach so.« Kamilla hatte absolut nichts verstanden. »Ein sehr gefährlicher Sport«, fügte sie hinzu.
»Ach, na ja«, antwortete er gedehnt. Jetzt lief er ein paar Schritte hin und her. Als wolle er ausprobieren, ob sein Körper noch funktionierte. Er humpelte, aber davon abge-

sehen wirkte seine Vorführung ganz manierlich. Er schien zu dem gleichen Ergebnis gekommen zu sein. Jetzt näherte er sich ihr vertraulich. »Ich suche jemanden.«

Kamilla seufzte. »Ich auch.«

»Wen suchen Sie?«, fragte er.

»Das darf ich Ihnen leider nicht sagen.«

»Vielleicht wüsste ich aber, wo er oder sie ist.«

Kamilla dachte über seinen Einwand nach. Die Täter, die sie suchten, befanden sich auf der Flucht in einem Rettungswagen. Sie schüttelte den Kopf. »Nein. Das glaube ich nicht.« Sie war sich tatsächlich unsicher. »Wen suchen Sie?«

»Mathilda.«

»Ich kenne keine Mathilda.«

»Schade.« Der junge Mann schien enttäuscht zu sein. Langsam wandte er sich um.

Kamilla rief ihm nach. »Hören Sie. Was machen Sie überhaupt hier auf dem Berg?«

»Nur einen Ausflug. Sport«, fügte er hinzu, wie um sie zu erinnern.

Kamilla runzelte die Stirn. »Wer sind die beiden Herrschaften dahinten?«

Der blonde Jüngling sah sich um. Kamilla hätte schwören können, dass er für einen Moment nicht wusste, wovon sie sprach. Dann klärte sich sein Gesichtsausdruck. »Ah. Das. Das sind meine Freunde. Car-Surfer. Alle beide.«

Kamilla zweifelte und stellte sich die dicke, schwarze Frau an einem Rückspiegel hängend vor. Unmöglich. Sie wischte das Bild energisch beiseite. Dennoch konnte sie nicht mehr sagen, ob ihre Zweifel begründet oder nach dieser Nacht einfach nur eine Reaktion auf einen brutalen Mehrfachmord, eine Flucht und eine wilde Verfolgungsjagd waren. Ihr Leben musste nach diesen vierundzwanzig Stunden statistisch gesehen sehr ruhig verlaufen.

»Danke«, rief der Mann. Er nickte Horst höflich zu, humpelte durch das Scheinwerferlicht zurück zu seinen Freunden. Horst beobachtete ihn aus dem Augenwinkel.

»Nicht der Rede wert«, rief Kamilla.

Der junge Mann drehte sich nochmals um. »Ihre Schuhe gefallen mir.«

Kamilla lächelte. »Danke«, rief sie ihm nach. Sie mochte ihn.

Der Dürre rieb sich die Nase. Die Dicke lachte laut, als hätte irgendjemand einen guten Witz gemacht. Gemeinsam stiegen sie in den Wagen ein. Die Türen schlossen sich.

Kamilla ging auf Horst zu. Der sah sie fragend an.

Mit einem Wink ihres Kopfes bedeutete sie ihm, sich in den Wagen zu setzen. Horst klemmte sich hinter das Steuer. »Und?«

Kamilla schlug die Tür zu und richtete sich auf dem wenigen Platz häuslich ein. »Ich möchte nach Hause.«

»Das meinte ich nicht.«

»Ich weiß.«

»Also?«

»Car-Surfen.«

»Wie bitte?« Horst ließ den Wagen an.

»Ein Sport.«

Der Lada gab die Straße frei. Der blonde Mann fuhr mit seinen beiden Freunden vorbei. Kamilla sah, wie er ihr vom Rücksitz aus winkte. Zögerlich hob sie die Hand. Horst sah sie an, als erwartete er von ihr, das Ergebnis für eine komplexe Dezimalgleichung zu erhalten.

»Kinder …«, erklärte Kamilla. Sie gähnte.

»Mein Gott, Kamilla! Das war vielleicht der fünfte Mann.« Seine Stimme hatte etwas Eindringliches.

»Oder der sechste oder der siebte.« Kamilla zuckte nur mit den Schultern. Es fiel ihr schwer, ihn überhaupt noch ernst zu nehmen.

Horst schüttelte den Kopf.

»Fahren Sie schon, Herr Horst!«

Und Herr Horst fuhr.

25.

»Nimm die da.«

Mit halb geschlossenen Augen wechselte ich die Spur, danach die Autobahn. Ein Stau. Ich wollte wissen, warum sie verlangte, dass ich abbiegen soll, entschied mich aber dagegen, obwohl es ein Umweg war. Aber je weniger ich wusste, desto besser schien es mir. Die Müdigkeit drückte auf meine Lider wie ein Ödem auf die Lungen. Als wir ausnahmsweise innerhalb der erlaubten Geschwindigkeitsbegrenzung in einem Halbkreis von der A 8 auf die A 99 wechselten, sah ich die funkelnden Blaulichter. Durch die kahle Vegetation zwischen den Autobahnzubringern erkannte ich mehrere quergestellte Fahrzeuge. Straßensperren. Sogar auf der Autobahn. Ich stöhnte, weil ich jetzt verstand.

»München«, wiederholte sie wie zur Erinnerung.

»München«, bestätigte ich wie ein schwach schlackerndes Fähnchen im Wind. Noch nie hatte der Klang des Namens meiner Stadt mich so deprimiert.

Es war leicht, München zu hassen. Jeder wusste das. München war schrecklich. Genauso schrecklich wie die CSU, genauso schrecklich wie Bayern, wie die deutsche Geschichte, die traurigste aller Geschichten, die ihren Anfang mit einem Parteitag in dieser Stadt genommen hatte, genauso schrecklich wie die Schickeria, die gesichtslosen Clubs, genauso wie das Oktoberfest mit seinen entkontrollierten Bieropfern, genauso schrecklich wie »mir san mir«, wie die Selbstgefälligkeit der gesamten Bevölkerung. Aber München konnte mehr sein als das. Oder eher ein Dazwischen. Dieses Dazwischen war nur eben sehr klein, unauffällig, ein Teil der Subkultur. München war ein Dorf.

Und man konnte über das Landleben sagen, was man wollte, aber das Authentische hatte dort seinen Ursprung. In einem Dorf musste man sich nichts beweisen, weil niemand etwas war, auch wenn mein Vater diese These immer bestritt. Er verachtete München, weshalb er dort sein Geschäft aufgebaut hatte. Er entwickelte Prozessor-Chips, die in der Rüstungsindustrie eine große Rolle spielten. Die Rüstungsindustrie liebte meinen Vater. Mein Vater liebte nur »love and peace«, große Joints, meine Mutter und Marokko. Dass der Handel mit elektronischen Bauelementen so gut lief, hatte ihn selbst überrascht. Das Schicksal segnete ihn mit einem Abschluss in Physik und einem natürlichen Talent für technische Dinge. Er fand, dass München, Bayern, Deutschland mit seinem Broterwerb genau die Strafe erhielten, die sie verdienten, denn er versteuerte nur einen Bruchteil seines Einkommens vor Ort. Er besaß eine Wohnung in Monaco und Rom sowie ein Haus in Marokko und Los Angeles. Seine besten Kunden waren die Saudis, einige zweifelhafte Staatenkonstrukte im Nahen und Fernen Osten, über die sich mein Vater nicht gern ausließ. Wahrscheinlich, weil nicht mal mehr er an seine eigenen Begründungen dafür glaubte. Diskussionen mit meinem Vater waren bestenfalls anstrengend, immer aber sinnlos. Er behauptete, auf dem Dorf gäbe es die gleichen kranken Strukturen wie in der Stadt.

Ich mochte das Ländliche. Ich mochte die Natur. Ich mochte sie sogar hier in Bayern. Ich mochte das Kleine, das Ausgefallene, das Bescheidene, und ich hatte es in München gefunden. Irgendwann kam es nicht mehr auf die richtigen Argumente an, sondern nur noch auf ein Gefühl, das zwischen München und mir immer stimmte.

»Größenwahn.« Das war das Substantiv, das wohl am häufigsten in Verbindung mit meiner Stadt gebracht wurde. Jetzt hörte ich es von ihr. Abfällig betrachtete sie die dreispurige Autobahn, die sich weiträumig um die Stadt bog.

»Findest du?« Ich stand gern den Verletzten und Hilfebedürftigen bei, auch meiner Stadt, wenn jemand sie beleidigte.

»Sieh dir das an!« Wir waren noch nicht mal da, aber November sagte es mit Verachtung in der Stimme.

»Du solltest mal von Norden über die A 9 reinkommen. *Das* ist größenwahnsinnig.« Schnurgerade führten dort drei, manchmal vier perfekt ausgebaute Spuren mit modernsten Verkehrsleitsystemen in die Stadt. Man erwartete L. A. oder Boston, aber dann kam einfach nur München, meine Stadt. Ich liebte sie, auch wenn sie sich wie ein kleiner Mann benahm, der sich gern mit großer Geste schmückte.

Mein Handy klingelte. Das besitzanzeigende Personalpronomen schien deplatziert. Technisch, faktisch gesehen, war es wohl inzwischen eher *ihr* Telefon. Sie suchte in ihrer Tasche nach dem Gerät.

Und ich dachte an Corinne. An ihre makellose Schönheit. Wie sie jetzt wohl gerade den Lift von der Vorstandsetage nach unten zu ihrem Büro nahm. Wie sie aufrecht und nachdenklich ihr Aussehen in der Endlosverspiegelung des Aufzugs prüfte. Wie sie sich eine Strähne ihres glatten braunen Haares hinter das Ohr strich. Wie sie ihr Make-up kontrollierte und wie immer nicht zufrieden mit dem Ergebnis war. Wie sie die Knöpfe ihres Jil-Sander-Blazers öffnete, während sie bereits im Kopf die nächsten notwendigen Schritte für das kommende Meeting plante. Ich dachte an ihr Dekolleté, an ihr Schlüsselbein. Meine Sehnsucht ließ nicht nach. Ich hätte auf der Stelle heulen können.

November tippte wieder mal eine Textnachricht. Das Gerät verschwand an ihrem Körper. »Wir werden sie treffen.«

»Was? Corinne? Wir?! Wieso wir? Wann? Und warum?«

»Komm wieder runter, Laser.«

Zum ersten Mal benutzte sie meinen Vornamen. In meine Fassungslosigkeit hinein platzte diese Vertraulichkeit wie eine Splitterbombe. Warum mich die Erwähnung so traf? Ich konnte es mir selbst nicht erklären. Laser. Es klang tief und gut aus ihrem Mund. Besser als Loser. Viel besser, fast heilend. Etwas in mir reagierte prompt: »Ich will niemanden mit dir treffen. Du hast Menschen umgebracht. Ich verachte das, was du tust. Ich hasse dich. Lass mich endlich raus! Mach, was du willst. Hau endlich aus meinem Leben ab!« Es war, als hätte ein archaisches Ich das Ruder übernommen. Als hätte sich etwas aus meinen Untiefen nach oben gedrängt, das wie dickflüssiges Öl plötzlich übersprudelte. Vielleicht das Es: unbekannt und doch vertraut. Meine eigenen Worte machten mir Angst. Sie entwichen mir wie Giftgas aus einem Leck.

Wieder einmal sah sie mich an. Wortlos, ausdruckslos. Ewigkeiten vergingen. Ihre Augen waren wie schwarzer Onyx auf mein Gesicht gerichtet. Hätte es eine Uhr gegeben, wir hätten ihr Ticken wie einen Herzschlag vernommen. Alles, was sie sagte – hart und kurz –, war: »Du unterschätzt mich immer wieder, Laser! Schlecht für dich.«

26.

»Schneller! Und mach die Heizung an.« Dima musste gegen die Fahrgeräusche anschreien. Die hinteren Fensterscheiben fehlten ihm mehr denn je. Er würde in Zukunft vorsichtiger mit den ihm zur Verfügung stehenden Ressourcen umgehen. Er schlotterte, jeder Muskel seines Körpers schmerzte, irgendetwas stimmte nicht mit seinem rechten Knie.

Slick beschleunigte, drehte die Heizung hoch.

Dima wartete auf den Effekt wie ein Kind, das ins Meer spuckte und hoffte, der Salzgehalt würde sich dadurch verringern.

Die Strecke nach München schien frei, als sie plötzlich in der Ferne die ersten Warnblinkleuchten anderer Wagen sahen. Ein Stau? Um diese Zeit ungewöhnlich, so viel schien klar. Slick wies mit seinem dürren Zeigefinger nach vorn. »Da.« Nur ein Wort, aber es klang heiser und schrill. Und Dima erkannte über die roten Lichtintervalle hinweg die blauen Zuckungen. »Fahr rüber, Slick!«

»Aber ...« Er äußerte es abgehackt, langsam. Als hätte er Mühe, den Satz überhaupt zu bilden. »Aber da geht's nach München. Warum fahren wir hier lang?« Ratlosigkeit und Irrsinn feierten in Slicks Gesicht seit Jahren ihre Hochzeitsnacht.

»Halt die Klappe und bieg ab!«

»Wow.« Betty hatte sofort begriffen, was bei Slick voraussichtlich noch dauern würde. »Sie haben die Autobahn gesperrt. Du bist schnell prominent geworden, Todesschütze.«

Dima errötete. All dieser Aufwand nur für ihn? Wenn die Polizei ihn suchte, würde das sein Leben noch komplizierter machen, als es ohnehin schon war. Aber er wusste, dass sie jemand anderen suchten. Und er hatte einen Auftrag und ein Ziel, wovon ihn niemand abbringen würde.

»Du irrst dich.«

Slick drängte sich über den Standstreifen an den anderen Autos vorbei und schwenkte auf den Autobahnzubringer.

Betty hatte sich auf dem Beifahrersitz unnatürlich weit nach hinten gedreht. Ihre schiere Masse hinderte sie daran, Dima, der hinter ihr saß, direkt anzusehen. Es war, als richte sie das Wort an einen nicht vorhandenen Mitfahrer, als sie mit dunkler Stimme dröhnte: »Ich irre mich nie.«

»Selten«, ergänzte Slick.

Bettys Hand schoss vor und klatschte laut auf Slicks Oberarm.

»Aua. Was sollte das?« Beleidigt sah Slick sie an.

»Du triffst nicht mal einen Menschen mit einer Fünfundvierziger, wenn er vor dir sitzt. Knallfrosch, du!«

Slick starrte eine Weile nach vorn, dann breitete sich langsam ein Lächeln auf seinem Gesicht aus. Dima vermutete, dass er jetzt erst die Zuneigung in Bettys letzten Worten begriffen hatte.

»Und jetzt zu dir: Warum irre ich mich?«

»Die suchen nicht nach mir«, sagte Dima bestimmt.

»Ach nee. Fangen die erst ab fünf Toten an, oder was?«

Dima schwieg. Aber Bettys Blick war mittlerweile durch den Rückspiegel wie eine Verhörlampe auf sein Gesicht gerichtet, und Dima wollte einfach nur mit seinen Gedanken allein sein. »Die suchen nicht nach mir. Die suchen nach meiner Freundin. Ex-Freundin«, fügte er hinzu.

Betty sah ihn noch eine Weile lang an. Bis sie anfing zu lachen. Es war ein Lachen, das näher kam wie ein großer Güterzug, erst unterdrückt, dann laut und polternd. Es schwappte in Wellen aus Bettys Mund. Bettys Körper wippte, wackelte. Sie zog die Luft ein, um sie zwischen den Lachsalven wieder auszustoßen. Sie lachte sich in eine Art Erschöpfung hinein. Bis sie nur noch »o« und »ich kann nicht mehr« äußerte. Sie wischte sich mit der Hand Lachtränen aus dem Gesicht, und Dima vermutete, dass sie damit auch endlich ein paar der Blutspritzer entfernte, die immer noch auf ihrem Gesicht klebten.

Slick und Dima verzogen keine Miene, bis Bettys Lachanfall endlich abebbte.

»Hey, Todesschütze, wer hat den besseren Leichen-Schnitt? Du oder deine Freundin?«

Dima kannte die Antwort, obwohl er die Frage nicht halb so unterhaltsam fand wie Betty.

»Nur um das Beziehungsgleichgewicht wieder herzustellen: Willst du nicht mal wieder jemanden abknallen? Mir ist total langweilig.« Betty sagte die Worte mit offenkundiger Belustigung, dann schrie sie kurz vor Lachen auf.

»Halt die Klappe, Betty!«

»Ihr zwei seid solche Spaßbremsen.« Da war nur noch Enttäuschung in ihrer Stimme, als sei der Wühltisch abgegrast.

Dima schüttelte den Kopf. Slick schnalzte mit der Zunge.

Mürrisch drehte Betty am Knopf des Radios. Dann stellte sie einen Sender ein. Zwischen Rauschen und abgehackten Sprachfetzen, Musikeinsprengseln, klassisch und Schlager, vernahm Dima die Stimme eines Nachrichtensprechers. »Mach das lauter, Betty!«

Betty regelte an dem Knopf herum, bis der Empfang stimmte. Glasklar vernahmen sie die Worte: »... noch immer unklar, wie es zu dieser Tragödie kommen konnte. Drei Menschen wurden in ihrem Fahrzeug auf einem Parkplatz unweit von Bayrischzell mit Kopfschüssen hingerichtet. Die Täter werden im Kreis des organisierten Verbrechens vermutet. Die örtliche Polizei ermittelt in dieser Sache, zuerst mit dem LKA, danach zusammen mit dem BKA. Beamte des BKA München verweigern bisher jede Stellungnahme. Aus unbekannter Quelle wurde jedoch bekannt, dass es bei dem grausamen Dreifachmord eine Überlebende gab.«

»Lauter!« Dima brüllte, so laut er konnte.

Betty griff schneller nach dem Drehknopf als ein Übergewichtiger auf Diät nach einem Keks. Die Stimme übertönte sämtliche Fahrtgeräusche. Es war, als beschalle der Sender mit einem Megaphon eine Stadt. »... ein circa sechsjähriges Mädchen. Soweit bekannt, geht es ihr gut. Dazu, wann und ob das Kind überhaupt vernehmungsfähig ist, gibt es keinen Angaben.«

Der Rest des Beitrags verschwamm in Dimas Kopf. Mathilda – sie war am Leben. Es ging ihr gut. Wie konnte das sein? Die Tarot-Zwillinge behielten immer recht. Wie hatte Mathilda das geschafft? München. Das BKA. Alle Wege führten in diese Stadt.

27.

»... for a bitch, for a bitch«, plärrte es aus den Lautsprechern. Der Fernseher hing in drei Metern Höhe. Diebstahlschutz oder die von langer Hand geplante Absicht, aus allen Richtungen, von jedem Platz aus Aufmerksamkeit auf sich zu ziehen? Auf dem Bildschirm: Ein Mund, verzerrt, kirschrot, weiße Zähne, nicht echt, und ein junges Ding mit schwarzen Haaren, das sich nicht entscheiden konnte, ob es auf die Kamera zukommen wollte oder nicht.

Kamilla schüttelte den Kopf, dachte über Vilem Flusser und den zerebralen Orgasmus nach, über Jean Baudrillard und die Simulation, bevor sie Horst mit einer Handbewegung signalisierte, dass sie noch einen Kaffee trinken wollte.

»Schwarz?«, rief Horst ihr aus der Schlange der Wartenden zu.

Kamilla nickte. Sie hatte nicht vor, ihre Trinkgewohnheiten »immer mit Milch« durch das gesamte Restaurant zu rufen. Im Endeffekt kam es auf das Koffein an. Ihr Leben bestand aus einem einzigen Kompromiss.

Horst und das Kind kamen mit ihren Tabletts an den Tisch. Kamilla rückte zur Seite und ärgerte sich, dass sie McDonald's überhaupt als Restaurant bezeichnete. »Sie sehen sich ähnlich«, sagte sie zu Horst.

»Finden Sie?« Horst sah zu dem Mädchen hin, das sich heißhungrig über ein paar panierte Hähnchenklumpen hermachte. War das ein Lächeln? Ihre Bemerkung schien ihn nicht zu überraschen. Er reichte Kamilla den Kaffee.

»Danke.«

»Und Sie wollen wirklich nichts essen?«

»Nein.« Kamilla schüttelte den Kopf, um im selben Moment nach einem Pommesstäbchen zu greifen, das aus Horsts Pappschachtel herausragte.

Leicht resigniert antwortete Horst: »Bitte bedienen Sie sich.« Er setzte sich. »Müssten Sie nicht zu Hause anrufen?«

Kamilla dachte nach. Warum erkundigte er sich danach?

»Ihre Kinder. Warten die nicht auf Sie?«

Und wieder überlegte Kamilla, woher er wissen konnte, dass sie Kinder hatte. Hatte sie es ihm mittlerweile erzählt und erinnerte sich nur nicht mehr daran? Oder wertete er es als stilles Einverständnis, dass sie vorher nicht widersprochen hatte. Warum die Mehrzahl? Sie kam zu keinem Schluss.

»Machen Sie nur. Ich passe auf sie auf.« Horst zeigte auf das Mädchen. Kamilla konnte keine Missgunst, kein doppeltes Spiel in seinem Gesichtsausdruck erkennen. Die Stille zwischen seiner eigentlichen Frage und ihrer ausstehenden Antwort dehnte sich wie ein Gummiband.

Kamilla lächelte. »Nein.« Sie würde niemanden anrufen.

Horst betrachtete sie eindringlich. Sein Blick war wie eine Aufforderung in einer Sprache, die sie nicht verstand. Eine Aufforderung wozu? Dann stand er auf, zog sein Handy aus der Tasche, drückte die Kurzwahltaste, wandte sich ab.

»Wie heißt du?« Es war Kamilla vertraut, mit Kindern in einem Fastfood-Restaurant zu sitzen. Aber es schien ihr nicht geheuer, dies mit einem namenlosen Kind zu tun.

Das Mädchen betrachtete Kamilla und biss ein Stück von einer Pommes ab. Ein Rest Mayonnaise klebte ihm im Mundwinkel.

Kamilla schob dem Mädchen den Becher mit Wasser hin. Ohne Kamilla aus den Augen zu lassen, trank es mit dem Halm.

Kamilla vernahm im Hintergrund nur Fetzen von Horsts Gespräch: Fahndung, Kennzeichen, Leitstelle, Rotes Kreuz. Fingerabdrücke, ein Team. Ergebnisse, dringend, schnell. Einen Moment später hielt er ihr auffordernd sein Telefon hin: »Mein Chef.«

Kamilla beäugte das Gerät misstrauisch, dann Horst, leicht unscharf, immer noch das Standbild seiner Hand vor ihr. Sie erhob sich. »Ich muss dringend mal aufs Klo. Und du?« Fragend sah sie das Kind an. Dessen Blicke huschten zwischen ihr, Horst und dem Telefon hin und her. Zögerlich schob es sich hinter Kamilla aus der Bank.

Horst sah sie mit zusammengezogenen Augenbrauen an. Er zog das Telefon zurück, sprach leise hinein und legte auf. Sie alle standen vor dem Tisch; das Essen lag vor ihnen wie ein Stillleben.

»Geh schon mal vor.« Kamilla wies in Richtung der Toiletten. Unsicher entfernte sich das Mädchen. »Was?«, fragte sie Horst.

»Es kann ein paar Stunden dauern, aber wir haben eine Spur. Ich habe mir Teile des Kennzeichens gemerkt.«

Kamilla kniff wie in einer Erinnerung die Augen zusammen. »Perfekt. Ich konnte es nicht recht erkennen.«

»Wie sollten Sie auch?«

Kamilla blickte weg, schluckte, suchte nach Halt. Es lief nicht optimal.

Horst wirkte nachdenklich: »Ein Rettungswagen. Was ist das für ein blödes Fluchtauto? Auffälliger geht es kaum. Die Kollegen gleichen die Ziffern ab, erkundigen sich bei den örtlichen Rettungsdiensten.«

Kamilla sah dem Kind nach. Kurz drehte es sich um und hob die Hand. Die dunklen Haare wirkten wie ein Bilderrahmen für sein ernstes Gesicht. Der Stern auf seinem Pullover blitzte wie ein Augenzwinkern auf.

»Warum wollten Sie nicht mit meinem Vorgesetzten sprechen?« Horsts Frage klang unschuldig. Sein Gesichtsausdruck war offen, seine Züge entspannt.

Kamilla setzte an, etwas zu sagen, hielt dann inne.

»Ich sollte sie nicht aus den Augen lassen.« Sie meinte das Kind. Sie lächelte, drückte sich an Horst vorbei und ging dem Mädchen nach.

»Kamilla«, rief er ihr hinterher. Er benutzte ihren Vornamen mittlerweile wie den eines engen Familienangehörigen.

Umweht von Gerüchen nach Bratfett und Bohnerwachs, drehte Kamilla sich um.

»Ich wollte es Ihnen schon lange sagen.«

Etwas in seiner Stimme machte Kamilla nervös. Ihre Hände griffen nach ihrem Mantel, den sie immer noch trug. Sie brauchte etwas, um sich festzuhalten.

»Was?« Sie kannte nur noch dieses Wort. Die Antwort, seine Antwort, die sie erwartete wie ein auf dem Schafott Liegender das Fallbeil, ließ sie blinzeln. Konnte es sein? Nur eine Vorahnung beschlich sie wie Bodenfrost, der durch die Sohlen der Schuhe kroch.

Ganz ruhig stand er da. Regungslos, wie auf Zelluloid gebannt. Seine Worte kamen mit leichter Verzögerung bei Kamilla an, als hätten sie sich an Popklängen und dem Gerede der Gäste mühsam vorbeidrängen müssen. Kamilla lächelte, als sei nichts geschehen. Sie schwankte leicht.

Noch bewegte sich sein Mund: »Mein Chef ist auch ihr Chef. Oder sollte ich sagen: war?«

28.

»Mach das lauter!« Mit der Hand, die nur knapp aus dem übergroßen Hemd meines Vaters herausragte, deutete sie in Richtung Fernseher.

Ich suchte nach der Fernbedienung, ignorierte ihr »schneller, los!«, bis meine Finger den richtigen Knopf gefunden hatten. Ein grüner Balken erschien auf dem Bildschirm, achtzehn, neunzehn ... dreiundzwanzig, der Lautsprecher dröhnte: »... Kind hat das Grauen überstanden. Es befindet sich in Polizeigewahrsam. Ob es Auskunft über die brutale Tat geben kann, ist noch unklar ...«

November und ich starrten auf das Bild des schwarzen Cayennes. Es schien eine Ewigkeit her zu sein, dass ich auf dem Parkplatz im Regen gestanden und mich in den Porsche hineingebeugt hatte. Die drei Toten, das Blut auf ihrer Stirn, der Geruch nach Feuchtigkeit und Wald. Absperrband kam ins Bild, zuckende blaue Lichter. Es gab einen Zeugen. Ein Kind, das diese Katastrophe überlebt hatte, was kaum zu glauben war. Wir standen hier in meiner Wohnung, und doch befand ich mich wie durch einen Zeitsprung wieder in den Bergen. November ging auf den Fernseher zu. Zum ersten Mal wirkte sie geistesabwesend. Ihr Mund formte lautlos ein Wort, das ich nicht lesen konnte. Die Stimme des Sprechers tönte weiterhin durch den Raum, andere Bilder zogen vor unseren Augen vorbei. Russland. Ukraine. Was war das für ein Land? Danach noch mehr Menschen mit Hunger, Menschen mit Waffen, Menschen mit Macht.

»Mach das aus.« Ihre Stimme klang leise, leer.

Klick. Ich tat, was sie mir befahl. Plötzlich Ruhe, Stille, die wie ein Echo nachhallte.

Der Rettungswagen war ein paar Straßen weiter abgestellt. Sie bestand darauf, dass wir nicht vor meiner Haustür parkten. Ich war zu Hause und hätte mich, abgesehen von meiner Begleiterin, fast sicher fühlen können. Mit jemandem auf einmal ständig zusammen zu sein, das irritierte mich zutiefst. Was hätte ich darum gegeben, wenn es Corinne gewesen wäre, aber Corinne befand sich nicht hier. Nur diese dunkle Frau mit einem Hang zur Gewalt. Ich in ihrer Gewalt: Zweifellos traf das den Kern.

Tropfen perlten an der Scheibe herab, aber der Regen ließ nach, das Wetter beruhigte sich. Wir hatten gegessen. Bevor die Einkäufe im Wagen anfingen zu stinken, brachte ich sie nach oben. Ich hatte mich eilig durch die Hose hindurch in den Oberschenkel gespritzt und kurz danach etwas gegessen. Wenn man Insulin spritzte, fackelte man nicht lange. Zum ersten Mal seit Stunden fühlte ich mich einigermaßen austariert. Meine Wohnung befand sich im zweiten Stock, zwei Zimmer, Altbau, Küche, Bad, knapp fünfzig Quadratmeter in der Maxvorstadt. Schon allein das war bei den Münchner Mietpreisen ruinös. November hatte ihre Tasche auf den Boden geworfen. Nach dem satten Klatschen zu urteilen, den das Gepäckstück auf dem Dielenboden verursachte, musste sie schwer beladen sein. November entnahm ihrer Jackentasche ein zerlesenes Taschenbuch. Nur einen Spalt weit öffnete sie den Reißverschluss, um es in der Reisetasche zu versenken. Zum ersten Mal fragte ich mich, was sich wohl sonst noch in der Tasche verbarg? Aber nachzufragen traute ich mich nicht. Jetzt äußerte ich das Offensichtliche: »Die suchen nach uns.«

November starrte immer noch auf den schwarzen Bildschirm. Was war mit ihr los? Hatte ich das Wort vorhin nicht verstanden, hörte ich es jetzt deutlich und klar aus ihrem Mund: Mathilda.

»Was?«

»Mathilda. Er hat sie mitgebracht.«

»Wer hat wen mitgebracht?«

Wie um einen unangenehmen Gedanken zu vertreiben, schüttelte sie den Kopf. Unwillig.

Ich würde wie so oft keine Antwort bekommen. In meinem Kopf arbeitete es fieberhaft. Kannte November das Kind? Die Erkenntnis kam zusammen mit dem Gefühl von Angst. Einen Zeugen würde sie kaum leben lassen. Was geschah jetzt mit dem Mädchen, das Mathilda hieß? War es in Gefahr, weil es November gesehen hatte? In der Hoffnung, sie abzulenken, wiederholte ich mich: »Die suchen nach uns.«

»Natürlich suchen sie nach uns.« Verächtlich sah sie mich an.

»Wann lässt du mich endlich laufen?«

Mit ihren schwarzen Augen sah sie mich an. »Gar nicht.«

Ich schluckte. Meine Wohnung. Nur sie gehörte nicht hierher. Dennoch stand sie da wie ein Inventar. Ich fühlte mich schwach. Warum wirkte sie so viel stärker als ich. Als wäre ich nur ein kleines Mosaiksteinchen in ihrem großen Plan, das sie nach Belieben arrangierte und bewegte. Es fiel mir schwer, zu begreifen, was sie sagte.

»Wo sind die Autoschlüssel?«

Ich deutete auf meine Hosentasche. »Hier.«

»Und wo ist das Zeug, das du dir spritzt?«

Ich deutete auf meine Jacke. »Dort.«

»Nimm sie!«

Ich griff nach meiner Jacke, stand abwartend da.

Sie fand mein Handy in ihrer Tasche, las die Zeit ab. »Los!«

Mit dem mir bekannten Kommandoton beorderte sie mich in mein Schlafzimmer, zeigte auf das Bett. Gehorsam setzte ich mich. Für einen Moment erschien es mir fast angenehm, nichts mehr entscheiden zu müssen, nur noch ihren Befehlen zu gehorchen. Stockholm-Syndrom. Sympathisierte ich mittlerweile mit meiner Entführerin?

Sie öffnete meine Schranktür, ihr Blick strich über die spärlichen Kleiderstapel. Mit einigen präzisen Griffen zog sie ein paar Kleidungsstücke heraus, die sie mir zuwarf. »Anziehen!«

Zurückgefallen auf den Status eines Kleinkindes, gehorchte ich. Auch sie bediente sich und wechselte das Hemd meines Vaters.

Corinne hatte ich erst ein Mal bei einem Saunabesuch nackt gesehen. Meine Erektion verbarg ich, so gut es ging, unter dem Handtuch. Corinne war vollbusig, vollschlank, vollmundig. Eine Venus. Ich erfasste ihren Exkurs über die Bankenpleite von 2008 nur bruchstückhaft. Sie bestritt an diesem Abend einen Großteil der Unterhaltung und hatte sich lediglich durch das Ruhegebot beim Aufguss daran hindern lassen. Ich gab mich meinen unzähligen Fantasien hin. Dass Corinne nackt war und noch Fakten aufzählte, von denen ich nichts verstand, machte mich fast verrückt.

November schien von meinem nackten Körper nicht abgelenkt zu werden. Als sei sie diesen Anblick bereits gewohnt. Mit ihrer weißen Haut war sie Corinnes Gegenentwurf. Äußerlich, innerlich, insgesamt.

»Soll ich mir das noch mal ansehen?« Um den Verband an ihrem rechten Arm hatte sich ein roter Hof ausgebreitet. »Das sieht nicht gut aus«, wandte ich ein.

Aber November schüttelte nur den Kopf und schlüpfte in meinen schwarzen Lieblingspullover. In ihrem Hosenbund steckte immer noch die Waffe. Als sie den Pulli nach unten zog, vermisste ich den Anblick ihres hellen Oberkörpers wie das schwächer werdende Licht.

»Hinlegen.« Wieder nur ein Wort.
»Warum?«
»Wir müssen schlafen. Uns bleibt nicht viel Zeit.«
Verzweifelt hob ich die Arme. »Ich kann nicht einfach auf Kommando schlafen.«
»Doch.« Als wüsste sie, was man alles konnte, wenn es sein musste. Damit zeigte sie nochmals auf mein Bett.
Ich war müde, das stimmte, aber ich fühlte mich zugleich aufgeputscht.
Auch meinen letzten Einwand wischte November beiseite.
»Mit Klamotten?«
»Logisch.«
In meinem Leben existierten natürliche Abläufe nicht mehr, seitdem ich sie in den Bergen getroffen habe. Also legte ich mich hin, schob die Decke zur Seite. Warum wollte ich das nicht? Ich hing an meinem Leben, das gerade in ihrer Hand lag. Mein Kopf berührte das Kissen, und augenblicklich spürte ich eine innere Schwere, als hätte mein Körper nur darauf gewartet. Bis sie sich von hinten an mich schmiegte.
Ich erstarrte, spürte die Waffe in meinem Rücken. Sie roch nach Leder und Seife. Ihre Hand lag plötzlich auf meiner Hüfte.
»Hast du Angst?«, flüsterte sie mit rauchiger Stimme.
Ohne zu zögern, antwortete ich: »Ja.«
»Gut.«

29.

»Wer sind die beiden rothaarigen Perlen?« Betty leckte sich die Lippen, die ein lüsternes Grinsen umspielten. Es klang, als wolle sie jede von ihnen sofort ausziehen und ablecken. Die Zwillinge standen mitten im Getümmel und zogen doch alle Blicke auf sich.

Dimas Herz klopfte schneller. Sie waren tatsächlich hier. Endlich. »Das sind die Tarot-Zwillinge.«

»Dass sie scheiß eineiige Zwillinge sind, kann ich selbst sehen. Wer hat die nur so perfekt geklont?« Betty fuhr sich durch die dunklen Haare, zog sich mit einem Lippenstift, den sie mehrmals in der Halterung nach oben und unten drehte, die Unterlippe knallrot nach, drückte sie mit einem schmatzenden Geräusch ein-, zweimal auf die Oberlippe.

»Was ist Tarot?«, fragte Slick mit Verzögerung.

Dima stieg aus. Er sah keinen Grund darin, Slick eine Welt zu erklären, die er ohnehin nie verstehen würde.

München Hauptbahnhof. Die Taxianfahrt unter dem großen Vordach war belebt. Menschen strömten in das Gebäude hinein und heraus. Wie um die Wichtigkeit des Ortes zu kalibrieren. Die Tarot-Zwillinge standen wie zwei Felsen in der Brandung im Zentrum der Menschen. Hinter Dima hupte ein Taxi. Slick hatte den Wagen – jetzt wusste Dima, dass es sich um einen Cadillac handelte – wie zu einem Staatsempfang auf der Straße vor dem Vordach geparkt. Dima blickte nicht zurück. Die Straße war noch regennass, aber die Zwillinge standen da wie von einem einzigen unmöglichen Sonnenstrahl erleuchtet. Er sah die roten Haare der Zwillinge wie ein Signal, das nur ihm galt. Wie das Licht eines Leuchtturms, das nur ihm eine Botschaft übermittelte. Die Mädchen trugen weiße Kleider; sie waren unnatürlich schön. Dima wusste, dass sie alle Geheimnisse kannten.

»Kitty!« Dima umarmte sie.

Kitty lächelte: »Ich bin Cat.«

»Oh, entschuldige.« Dima drückte ihre Hand. Die beiden sahen sich einfach zu ähnlich. Selbst dann noch, wenn man sie seit Jahren kannte. Danach umarmte er Kitty.

»Wir haben dich so vermisst.« Kitty streichelte ihm über die Wange. »Geht es dir gut?«

Dima fand es zu umständlich, zu erklären, dass sein Knie schmerzte, dass ihm alles wehtat, jeder Muskel, jede Faser, am meisten jedoch sein Herz. »Alles okay.«

»Deine Kleidung ist zerrissen. Was ist mit deinem Bein?« Cat klang besorgt.

»Es war eine unruhige Nacht.« Dima übte sich in Untertreibungen.

»Jetzt sind wir ja da.« Kitty sagte es, wie Gott »Es werde Licht« gesagt hatte.

Dima nahm sie an den Händen. »Mathilda. Wo ist sie?«

»Wir haben die Karten befragt, mein Schatz.«

Dima fühlte sich nervös.

»Maxvorstadt. Es ist nicht weit.«

»Dann kommt.« Dima führte sie zum Cadillac. Betty stocherte gespielt gelangweilt in den Zähnen herum. Slicks Blick war stur nach vorn gerichtet. Eine Hand lag auf dem Colt. Ein Taxifahrer gestikulierte wild, stumme Wut entlud sich hinter der geschlossenen Scheibe. Absurdes Theater. Ohne Ton.

»Wir fahren jetzt.« Dima signalisierte es mit einer Handbewegung. Stirnrunzelnd betrachteten die Zwillinge die durchlöcherte Tür, die Dima für sie öffnete. Die zerfetzten Polster sahen wie ein misshandeltes Stofftier aus. Zeitgleich fuhr Slick herum. Wie eine Erscheinung beäugten er und Betty die Zwillinge.

»Mein Gott, seid ihr schön!« In Bettys Augen war so viel Lüsternheit, dass Dima sich fast dafür schämte.

»So schöne Zwillinge.« Slick bekam den Mund nicht mehr zu.

»Hallo Betty. Hallo Slick.«

Betty und Slick blinzelten kurz. Slick wandte sich an seine Beifahrerin: »Woher kennen die meinen Namen?«

Betty hatte sich nicht gerührt, bohrte ihren Blick in die Gesichter der Zwillinge, als gälte es, sie damit zu verbrennen. »Das wüsste ich auch sehr gern.«

»Ach, Betty. Immer noch leicht erregbar. Ganz wie der gute, alte Slick.« Cat schnurrte wie eine Katze.

»Lange nicht mehr gesehen.« Kitty sagte es unschuldig.

Bettys Augen verengten sich.

Dima beobachtete das Gespräch.

»Was willst du damit sagen, kleine Hexe, du?« Bettys Fingernägel bohrten sich in die Sitzlehne.

Cat strahlte.

»Hast du es ihnen gesagt?«, schnarrte sie Dima an.

»Nein.« Dima wies den Vorwurf von sich.

Waren es Bettys Zähne, die jetzt knirschten? »Also ihr seid ja beide wahnsinnig knusprig, aber ihr geht mir jetzt schon auf die Nerven.«

Kitty sah auf ihre Uhr. »Die Zeit drängt. Slick, willst du noch was einwerfen. Mir scheint, dir ist danach.«

Slick lachte, und Betty gab ihm mit dem Ellbogen einen Stoß. »Was?«, äußerte Slick empört. »Sie hat doch recht.« Damit förderte er aus seiner Hosentasche eine gelbe Pille zutage und schnippte sie sich in den Mund.

Betty rollte mit den Augen.

Cat erinnerte sie: »Wir müssen los.«

Und Kitty legte Slick ihre schmale Hand mit den perlmuttfarbenen Fingernägeln auf die Schulter. »Fahr, Slick! Da vorn raus, danach links und dann geradeaus.«

Dima fühlte sich plötzlich wie zu Hause angekommen. Er lächelte.

30.

Es war still im Treppenhaus. Ganz still. Holz knackte, alle horchten auf. Horst warf dem Leiter des Einsatzkommandos einen fragenden Blick zu. Der hob den Daumen. Links und rechts der Tür hatten sich die Beamten postiert. Einige warteten noch auf der Treppe. Horst fühlte sich in seinem Trenchcoat fehl am Platz. Die schwarzen Uniformen der Spezialeinheit hatten wie immer einen einschüchternden Effekt auf ihn. Und die vermummten Gesichter der Männer unterschieden sich nicht grundlegend von denen der Entführer und Terroristen, die sie manchmal stellten.

Das war die Wohnung, das war sein Befehl. Mord. Damit kam niemand durch. Alle warteten, dass er das Kommando gab. Kamilla und das Kind saßen im Auto. Sie befanden sich in Sicherheit. Er atmete ein, wieder aus, bat Gott um Beistand für das, was er auslösen würde.

Horst nickte, der Einsatzleiter gab das Kommando durch, zwei Polizisten trieben einen Rammbock gegen das Schloss, das Schloss splitterte, die Tür gab nach und knallte an die Wand. Einer nach dem anderen stürmten sie mit vorgehaltener Waffe in die Wohnung. Kommandos, einzelne Rufe »Sicher!, Sicher!«, das Stakkato schwerer Stiefel, lautstark wie von einer Hundertschaft. Wirkte der Lärm im ersten Moment ohrenbetäubend, wurde es nach einigen Wortfetzen ruhig.

Nur das Schreien einer Frau drang an Horsts Ohr, schrill, hysterisch wie ein Martinshorn. Noch allein vor der Tür wartend, folgte er der Stimme durch den Wohnungsflur bis in ein altmodisches Schlafzimmer am Ende des Gangs. Auf dem Boden brauner Teppichboden, fleckig und alt. An den Wänden Fotos von Kindern, Heranwachsenden, Erwachsenen. Meer, Berge, Sonnenuntergänge, Weihnachtsbäume, vielleicht Familienglück. Die Rahmen aus Holz, manche mit antiker, goldener Lasur. Gläserne Deckenleuchten wie aus einer anderen Zeit. Eine Ahnung beschlich Horst. Etwas schien grundlegend falsch zu sein. Überall der Geruch nach Alter, Essen und Staub und die seit Jahren ignorierte Notwendigkeit, zu lüften. Ein Blick ins Zimmer: Die Situation erschloss sich Horst sofort.

Eine Frau mit grauem Dutt und Alterslinien lag im Bett. Sie hatte die Bettdecke bis ans Kinn hochgezogen. Darüber konnte er nur ihren weit offenen, zahnlosen Mund erkennen. Sie schrie und konnte nicht mehr damit aufhören. Die Waffen der Beamten waren auf sie und ihn gerichtet. Horst dachte an Kanonen, mit denen auf Spatzen geschossen wurde. Ihr Mann lag neben ihr. Mit den weißen Haaren musste er über achtzig Jahre alt sein. Er sah an die Decke, Augen verdreht, schnappte nach Luft.

Horst erkannte enttäuscht: Sie hatten die falsche Wohnung gestürmt. Der Einsatzleiter suchte Blickkontakt, Horst schüttelte den Kopf. Nach einem kurzen Kommando ließen alle die Waffen sinken. Horst zückte sein Handy und forderte den Notarzt an.

**

»Steh auf!«

»Was ... wie?«

»Los jetzt, schnell!«

Ich lag noch am Grund des schwarzen Sees; zähes Pech und verzerrte Bilder hielten mich im Tiefschlaf fest. Etwas zog mich weg, nach oben. Ihre Stimme. Sie. Ich begriff nicht ganz, handelte dann doch, raffte mich auf. Mein Leben wiederholte sich. Sie hatte mich bereits ein Mal geweckt, dort auf dem Berg. In meinem Kopf nur Watte. Über uns Geräusche, Getöse. Was war da los? Meine Hände wühlten im Stoff. Mir war zu heiß. Ich schwitzte. Das Tageslicht wich der Dunkelheit. Es musste wohl bereits Abend sein. Schon riss sie an meiner Hand. Wo war ich, was war passiert? Ich wankte, blinzelte, rieb mir die Augen, musste etwas sehen. Klick. Die Nachttischlampe, nicht erleuchtend, nur mit einem schwachen Strahl. Ich schlaftrunken, verwirrt, noch mehr als sonst: »Was ist da los?«

»Mach das Licht aus!«

Ich griff zum Schalter. Um uns wurde es wieder dunkel, über uns war es plötzlich still.

Sie zerrte mich zur Tür. Aus dem Stillstand trieb sie mich zu hohem Tempo an. Mein Herz klopfte sich fast aus meiner Brust heraus, die anderen Organfunktionen hinkten hinterher.

»Was soll das?« Meine Stimme: träge wie in Gelee.

»Halt die Klappe, Laser!« raunte sie. *Chalt*. Ihr Akzent, die Reibung der Stimmbänder elektrisierte mich.

Jetzt vernahm ich die Schritte im Flur. Wir rührten uns nicht. »Wer ist das?«, wisperte ich. Nur diese drei Wörter zu formulieren fiel mir schwer. Wie viel Uhr war es überhaupt? Ein Nachbar benutzte das Treppenhaus. Na und?

»Sie sind da.«

Die Geräusche verklangen. Und jetzt verstand ich, was sie meinte. *Die suchen nach uns*. Sie hatten uns gefunden. Aber: Wollte ich nicht gefunden werden? Doch, das wollte ich. Ich blieb stehen.

»Jetzt.« November öffnete die Tür, aber ich sträubte mich, verharrte einfach. Mit stählernem Griff packte sie mich, ich traute mich nicht, zu widerstehen. Sie zog mich fort, treppab, zum Ausgang hin. Ihre Hand fühlte sich kalt und trocken an, meine hingegen warm und feucht. Mein Kreislauf brauchte einen Push, und den bekam er jetzt.

Am nächsten Treppenabsatz kam uns jemand entgegen. Würden wir nun gefasst, gestellt? Meine Rettung stand kurz bevor, das wusste ich.

Wie in einem Wirbel drehte November sich plötzlich um. Die schwarze Tasche knallte auf den Boden. Meine Arme nagelte sie an die Wand, hielt sie fest, eisern, unerbittlich. Sie reichte mir gerade bis zur Brust. Das Gesicht nach oben gewandt, sah sie mich mit ihren Kohleaugen an, in die ich mich wie in ein schwarzes Loch fallen ließ. Zum ersten Mal fand ich etwas in ihnen, das Tor zu ihrem Kopf weit geöffnet, ein neuer Kosmos, ich glitt hinein, vielleicht zog es mich auch dorthin. Meine Knie gaben nach, weil sich ihr Körper eng an meinen presste. Als sie mich küsste, schloss ich die Augen. Ein Reflex. Ihre Lippen waren weich und warm, ganz anders als ihr Körper, der sich immer noch wie ein Stempel auf mir verewigte. Diese Nähe taute die kristalline Kälte zwischen uns, schmolz das Eis. Ich versuchte, nicht danach zu fragen: Warum gerade ich? Warum hier? Warum jetzt das?

Ihre Zunge berührte meine Zähne. Ein warmes Gefühl regte sich in mir. Ich öffnete meinen Mund. Sie schmeckte süß, vielleicht nach Schokolade, aber auch bitter: Kakao, mindestens siebzig Prozent. Als ich die Luft durch die Nase einsog, war es ihr Atem, den ich erkannte. Sie roch gut. Wie ein Wintermorgen, frisch und unverbraucht. Die Spannung in mir ließ nach. Wenn sie mich gelassen hätte, wäre ich weggeflossen, flüssig, warm, in sie hinein. Eine ihrer Hände gab mich frei, wanderte nach unten. Als sie ihre Finger auf meinen Schwanz legte und um meine Eier schloss, wurde ich schlagartig wach. Jemand ging vorbei, ich sah ein Paar Schuhe auf einer der oberen Stufen verschwinden. Aber zuerst erkannte ich sie, November, wie der Monat, ganz nah. Ihr Gesicht schien ein Weißabgleich zu sein, um alle Farben neu zu definieren. Unsere Münder lösten sich voneinander. Ich schluckte kurz. Das Tor schloss sich. Ihre Augen leuchteten mattschwarz so wie zuvor. Bevor sie mich losließ, meinen Arm, meinen pochenden Schwanz, zischte sie: »Wenn du dir den Mund abwischst, bringe ich dich um!«

* * *

»Warum heulst du, Todesschütze?« Betty kniete auf dem Vordersitz. Ihr überzeichnetes Gesicht hing wie losgelöst – ein schwebender Ballon – neben der Kopfstütze.

Dima wollte etwas sagen. Eine Traurigkeit, ein Glück, ein Gefühl der Rührung dehnte sich in ihm aus. Tränen drängten aus seinen Augen, quollen ihm über die Wangen. Auf dem Weg nach unten zeichneten sich rote Striemen ab.

Kitty griff nach seiner Hand, drückte sie fest, und Cat fragte: »Ist sie das?«

Slick summte eine eintönige Melodie: *Fuchs, du hast die Gans gestohlen, gib sie wieder her...* Sie standen hier schon seit einer Stunde. Als sie in die Maxvorstadt kamen, waren die Straßen wie verlassen, leer. Sie berieten sich, tauschten sich aus, fuhren um den Block herum, aßen in einem türkischen Stehimbiss, tranken und wärmten sich auf. Die seltsamste Zweckgemeinschaft der Stadt. Zwei Stunden später sah die Situation bereits anders aus. Der Cadillac wäre vielleicht aufgefallen, wenn nicht so viele andere Wagen plötzlich die Straße an beiden Enden blockiert hätten. Kein Blaulicht, kein Absperrband; nicht dieses Mal. Sie alle erkannten die Staatsmacht, wenn sie sich zeigte. Dunkelheit hatte sich über die Stadt gelegt. Blätter wehten über die feuchte Straße. Der Wind ruckelte am Dach. Jetzt war sie dort, nur wenige Meter entfernt von ihm. Dima hatte das blaue kleine Ostfabrikat sofort erkannt. Schon vor Stunden war er ihr nahe gewesen. In den Bergen, erst auf dem Parkplatz und nur wenig später dort auf der Straße, als er erst schwebte und danach am Boden lag. Wie konnte er sie einfach übersehen und nicht spüren, dass sie noch lebte? Sie saß auf der Rückbank – Dima hätte sie überall auch von hinten erkannt –, neben ihr die schöne blonde Frau, die ihm alles glaubte und die nichts geahnt haben wollte, obwohl sie wusste, wo sie sich befand. Lügnerin!

»Sie ist es«, antwortete er mit zitternder Stimme. »Da! Mathilda lebt.« Er wischte sich mit dem Handrücken über die Wange.

»Wer, zum Teufel, ist Mathilda?« Bettys Ton klang scharf. Dima ahnte, dass sie heulende Männer nicht mochte. Auffordernd sah sie ihn an.

»Meine Tochter.«

Wenn Augenbrauen Beine gehabt hätten, wären sie auf Bettys Stirn davongelaufen. So bildeten sie nur eine dunkle Brücke über einer tiefen Schlucht. »Leck mich!«, äußerte der Mund. Betty schien erstaunt zu sein.

»Wer?« Slick hatte den Anschluss verpasst. Die meisten Busse, Züge fuhren ohne ihn.

»Seine Tochter, du Vollidiot. Der Typ, der dich vollgekotzt hat, der besser schießen kann als du, unser Mitfahrer, unser Gebieter, hat 'ne Tochter. Soll ich es dir aufschreiben?«

»Ist ja gut.« Slick klang defensiv.

»Die Kleine da vorn im blauen Auto?« Betty wies mit der Hand über die Schulter.

Dima nickte.

»Jemand wie du sollte keine Kinder haben.« Bettys Stimme klang fest in dieser Unverrückbarkeit moralischer Prediger.

»Wie sollte jemand wie du das einschätzen können?« Cat sah Betty mit ernsten Augen an.

»Tut mir leid, aber keiner hat dich gefragt! Du nervst.«

»Lass sie, Cat«, sagte Dima. »Sie hat recht.«

Betty lächelte, als habe jemand ihr gerade einen Pokal überreicht.

»Aber Mathilda gehört zu mir.«

»Ich scheiß auf deine Überlegungen.« Betty drehte sich um, ließ ihre gewichtigen Rundungen in den Sitz fallen. Der Wagen wippte.

»Dann hol sie dir!« Kitty nickte ihm zu.

Dima würde genau das tun.

***

Horsts Lada besaß keine Standheizung, weshalb Kamilla die Decke enger um das Mädchen zog. Nur sein kleines, längliches Gesicht sah aus dem Stoff hervor, die schwarzen Haare glänzten wie Grafit.

Hier im Wagen war es klamm, aber noch beschlugen die Scheiben nicht wegen ihres Atems. Der Herbst hatte auch München fest im Griff. Nass, kalt und windig. Die Lichtreflexe der Straßenlampen schimmerten auf dem Asphalt. Horst war verschwunden, schon seit geraumer Zeit. Nach seiner Eröffnung, dass sie für die gleiche Polizeibehörde arbeiteten, forderte Kamilla keine Sonderrechte mehr. Dass Horst ihr zur Seite gestellt worden war, empörte sie. Es grenzte an Verrat. Aber sie hatte gelernt, sich in den richtigen Momenten zurückzunehmen, um danach als strahlende Siegerin daraus hervorzugehen. Wenn Horst eine Wohnung stürmen wollte, sollte er es doch tun. Ihr großer Augenblick würde kommen, bald, unweigerlich. In Kamillas Augen stiegen Tränen. *Wann hatte ich meinen letzten großen Moment?*, fragte sie sich.

Sie musste sich ablenken. Das Mädchen brauchte eine Mütze, eine warme Jacke und Winterstiefel. Ob Horst sich mit denselben Gedanken trug? Oder meldete sich die Mutter in ihr zu Wort, obwohl sie sich in dieser Rolle doch fernab jeglicher Bestimmung befand. Wie das Kind es einfach in ihrer Gegenwart aushielt, ohne je an ihr zu zweifeln? Kamilla wunderte das mehr als alles andere. Kindliches Urvertrauen erstaunte sie. Horst und sie selbst waren Fremde, Zufallsbekanntschaften im Leben dieses Kindes, welches durch das Schicksal so grausam enteignet worden war.

Ein Schluchzen holte Kamilla aus ihren Gedanken. Das Mädchen weinte leise. Dicke Tränen kullerten wie runde Glasperlen über sein Gesicht.

Kamilla suchte erst nach einem Taschentuch, danach nach Worten, bis sie welche fand: »Verlassen. Das ist viel schlimmer noch, als einsam zu sein.« Damit wischte sie dem Kind die Tränen aus dem Gesicht. Kein guter Anfang. Zu fatalistisch. »Schnäuz mal hier rein!«

Was das Kind tat.

Kamilla bemühte sich, eine brauchbare Geschichte zu finden. Nur Nietzsche fiel ihr ein. »Auch Zarathustra wollte allein sein. Ihm gingen die Menschen gegen den Strich.« Nietzsche hätte sie dafür geschlagen, wenn er noch leben würde. »Aber du bist nicht allein. Du hast Horst und mich. Wir mögen dich.« Selbstbestimmung: Das war ein Thema für Kinder! Sie befand sich auf Abwegen. »Zarathustra fand in der Einsamkeit sein Glück. Dort kamen ihm die besten Ideen. Ignorieren wir den Einfall mit dem Übermenschen. Niemand ist perfekt.«

Kamilla verzettelte sich, sie bemerkte es. Das Mädchen starrte sie an. Immerhin weinte es nicht mehr.

»Dass du dich verlassen fühlst, ist schrecklich. Es ist nicht fair. Aber einsam zu sein ist normal und manchmal sogar gut. Wenn du das verstehst, kannst du zufrieden sein.« Wem versuchte Kamilla eigentlich gerade die Welt zu erklären? Sie wusste es selbst nicht mehr genau. Sie war immer noch Polizistin, das Kind eine Zeugin, und jetzt bot sich der richtige Moment für eine entscheidende Frage: »Wie heißt du?«

Das Mädchen zögerte, dann öffnete es den Mund. Aber bevor es sprechen konnte – Kamilla hielt vor Aufregung die Luft an, denn nun endlich würde sie es erfahren! –, klopfte jemand an die Fensterscheibe hinter dem Kind. Kamilla atmete aus, die Störung ärgerte sie. In der Dunkelheit konnte sie nur schemenhaft die Umrisse eines Mannes erkennen. Sie beugte sich über den Sitz, kurbelte das Fenster nach unten.

»Sie?« Kamilla hätte nicht erstaunter sein können. Da stand tatsächlich der junge Mann, der waghalsig von Auto zu Auto sprang. Er war es unverkennbar, mit dem schönen gewellten Haar, dem ebenmäßigen, wenn auch ramponierten Gesicht. War er ihnen gefolgt, ohne dass sie es bemerkt hatten? Kamilla glaubte nicht an Zufälle. Aber er würdigte sie keines Blickes, sah an ihr vorbei. In seinen Augen lag ein Ausdruck, den Kamilla kannte: größte Erfüllung, größtes Glück. Das Mädchen zog ihre Arme unter der Decke heraus. Sein Gesicht war abgewandt, aber Kamilla vermutete, dass es strahlte, die Körperhaltung plötzlich straff und voller Zuversicht. Kamilla sah zwischen dem Mann am Fenster und dem Kind hin und her. Die Zeit dehnte sich. Dann endlich bekam Kamilla die Antwort auf die Frage, die sie gestellt hatte. Aber es war nicht das Kind, das antwortete, sondern der Mann. Kamilla hatte *ihm* die Frage nie gestellt. Aber Kamilla wusste, dass die Erkenntnis manchmal seltsame Wege beschritt.

Er sagte nur ein Wort: »Mathilda.«

Die Fingerspitzen, seine und die des Mädchens, berührten sich kurz. Kamilla sah keinen Funkenschlag, keine Engel sangen, kein Wind kam auf. Dinge passierten, irgendwann gingen sie vorbei. Der attraktive Mann mit dem aufgeschürften Gesicht und dem sanften Blick drehte sich ruckartig um. Seine Hand löste sich von der des Kindes. Dinge passierten. Manchmal passierten sie ganz schnell. Etwas wie Überraschung oder Fassungslosigkeit huschte über seine Züge. Dann lief er davon. Er tat es geschmeidig und schnell. Hatte er noch gehumpelt, als sie ihn das letzte Mal getroffen hatte, schien es ihm nun wieder besser zu gehen. Als verleihe ihm etwas Essenzielles Auftrieb. Kamilla folgte zuerst seinem Blick, danach seinem Lauf. Nur kurz erfasste sie vor dem Haus das helle Gesicht einer Frau. Schwarze Haare, schwarze Kleidung, kaum zu sehen. Ihr Gesichtsausdruck schien seltsam leer, aber ihr Mund formte ein Wort. Eilig zog sie jemanden fort. Einen anderen Mann, deutlich größer als sie, sichtlich wohlgenährt. Auf einmal rannten alle hintereinanderher.

Kamilla versuchte noch, zu verstehen, was in den vergangenen dreißig Sekunden geschehen war, aber Mathilda weinte wieder, und zeitgleich stürmte Horst aus dem Haus. Er blickte sich um, nach rechts, nach links, vergewisserte sich kurz, dass das Kind noch bei Kamilla weilte. Kamilla winkte, rief und wies mit der Hand in Richtung der Flüchtigen. Horst nickte, winkte ebenfalls und nahm die Verfolgung auf. Kamilla lehnte sich zurück, denn sie wusste, dass Horst nicht schnell genug sein würde. Der junge Mann bewegte sich flink. Wie ein Wiesel, nein, wie ein Luchs. Sie schaute zu dem Mädchen, dessen Name Mathilda war, fand ihn wohlklingend und schön, staunte, in welch bizarrer Geschichte sie hier gelandet war, und fragte sich, ob sie den Mörder von drei Menschen wohl bald fassen würden.

* * *

Wir standen vor dem Haus. Sie hatte mich geküsst. Die Zeit pausierte. Zeit zwischen der Zeit.

Der Abdruck ihrer warmen Lippen befand sich noch auf meinem Mund. Ihr Körper an meinem. Was sollte das? Es regnete nicht, aber die Straße glänzte nass. Ich wollte etwas sagen, tat es aber nicht. Meinen Willen, meinen Verstand hatte ich irgendwo abgelegt oder verloren, so genau wusste ich das nicht mehr. Autos standen an den Bordsteinen wie festes Inventar. Keine Parklücke mehr in der Wand aus Blech. Ich stellte mir die Autos vor, wie handlich sie in Würfeln wären. Eine Presse drückte sie zusammen wie Papier. Dieser Cadillac, der aussah wie aus einem Gangsterfilm, hätte einen schönen Würfel abgegeben. Jetzt kam mein Gehirn in Fahrt, weil ich den Wagen kannte. Den blonden Mann, der vor einem kleinen blauen Auto stand, kannte ich ebenfalls. Er sprach mit jemandem, danach drehte er sich um. Der blonde Engel, Novembers Ex-Freund, lebte noch. In mir rangen Schock und Erleichterung um einen vorderen Platz. Es gab ihn ganz real. Eins, zwei, drei. So lange brauchte ich, um die Information zu verarbeiten. Ein Aufflackern beleuchtete sein Gesicht. Auch er erkannte mich. Oder sie?

Wie in Watte, hörte ich, was sie rief. Es klang laut.

Sie rief: »Lauf!« Novembers Hand griff nach meiner Hand. In der anderen hielt sie die Tasche, die sie nie vergaß. Wir existierten nur noch zusammen. Im Wegrennen sah ich noch, wie der Engel Fahrt aufnahm.

November zog mich mit. Sie lief schnell, was mir nur mühsam gelang. Am Ende der Straße standen Polizeiwagen. Die Blockade löste sich gerade auf. Jemand sah uns vorbeirennen und sprach in ein Funkgerät. Unsere Schritte klangen wie Trommelschläge auf dem harten Stein. Wir bogen ab, rannten an einem Kinderwagen vorbei, an einer Ampel, die Grün zeigte, erst rechts, danach links wie mutierte Hasen, die Haken schlugen, hinein in eine schmale Gasse, vorbei an zwei Stahlbarren, die sie nur für Fußgänger durchlässig machten. Hinter uns hämmerten Schritte. Ich sah mich um.

Der blonde Engel rannte nicht, er schwebte auf uns zu. Nun kam er uns gefährlich nah, mühelos holte er auf. Hinter ihm sah ich einen weiteren Verfolger, einen Mann. November kommandierte abgehackt und scharf: »Komm!«

Ich war außer Atem, konnte schon nicht mehr. Einen kurzen Blick warf ich zurück, wie in einem Sog, dem ich nicht widerstehen konnte. Ich benahm mich wie Lots Frau und sah, wie der blonde Engel spielerisch ein Geländer überwand, seitlich mit geschlossenen Beinen in einem eleganten Sprung. Jetzt stieß er sich mitten im Lauf von der Mauer ab. Als könne er an Wänden gehen.

»Lauf, Laser! Lauf.« Novembers Stimme, die mich motivierte.

Ich rannte, keuchte, aber schaffen konnte ich das nicht. Wollte ich es überhaupt?

Hinter uns hörten wir einen Ruf: »Stehen bleiben! Polizei.«

Meine verzweifelten Worte, zwischen dem Pfeifen aus dem letzten Loch: »November! Das bekommen wir nicht hin.«

Ihr Griff fest, unerbittlich, ihre Stimme eindringlich: »Wir müssen.«

Ich wurde langsamer, blieb stehen. Ich war kein Athlet, zum Durchhalten einfach nicht gemacht.

November lief aus, drehte sich um und schaute mich so ernst wie immer an.

Der blonde Mann hatte eine Waffe gezogen. Wie hatte ich nur vergessen können, dass es sich hier nicht um ein Spiel handelte? Meine Lungen blockierten, ich bekam kaum noch Luft. November trat neben mich, ganz ruhig. Die Tasche stand nun hinter ihr. Wenige Meter trennten uns von dem schönen Mann, der der Schwerkraft trotzte und jetzt ebenfalls innehielt. Ich sog die Luft ein wie ein alter Mann, fühlte mich schwindelig und schwach. Jetzt zog auch November ihre Pistole aus dem Hosenbund. Der Engel und sie zielten aufeinander. Keiner wirkte angestrengt. Sie standen da, ganz ruhig, und betrachteten einander.

Über seine Waffe hinweg sagte er nur: »November.«

Und sie antwortete wie in einem Spiel, das nur ein Wort erlaubte: »Dima.«

Dann er: »Warum hast du das getan?«

Und sie: »Was?«

Er: »Mich, Youri, meine Schwestern, Mathilda. Warum musstest du uns verraten?«

Sie: »Weil ich es verdient hatte.«

Der blonde Engel, der Dima hieß und Novembers Ex-Freund war, kniff die Augen zusammen, als versuche er zu verstehen.

Sie: »Wo ist sie?«

Er: »Ich weiß es nicht.«

Sie: »Du lügst.«

Er: »Nicht mehr als du.«

November schüttelte den Kopf, als wüsste sie es besser. Danach nickte sie ihm zu: »Unentschieden.«

Ich blickte hin und her. Die Spannung zwischen den beiden schien so groß zu sein, dass ich mich trotz meiner lauten Atemnot unsichtbar fühlte. Ein weiterer Zuschauer näherte sich vorsichtig: ein kleiner Mann mit dunklem Haar, der einen Trenchcoat trug. War das die Polizei? Mit beiden Händen hielt er die Waffe, die er zuerst auf Dima, danach auf November richtete. »Nein«, war alles, was er sagte.

Nein zu was?, dachte ich. Nein, kein Unentschieden. Nein, so läuft das hier nicht. Nein zum Leben oder zum Tod? Was wollte dieser Mann?

Langsam ging er auf Dima zu, der nervös über die Schulter zurückschaute. November umfasste ihre Waffe fest und schob mich hinter sich. Ich war größer als sie. So konnte immer noch eine Kugel meinen Kopf treffen, der ein gutes Ziel abgab.

»Lauf!«, sagte sie deutlich und klar. Das dritte Mal. Meinte sie mich. Warum? Sie hatte mich bis hierher mitgeschleppt. Dennoch rührte die Geste mich. Ich wäre gern gegangen, aber ich konnte nicht mehr.

Der kleine Mann im Mantel stand leicht versetzt hinter Dima, dessen Blick nervös zwischen November und dem Trenchcoat hin und her zuckte. In der Ferne ertönte ein Hupen, aber hier in der Gasse wurde es merkwürdig still.

»Kennst du den?«, wollte ich von November wissen. Ich zeigte auf den kleinen Mann. Meine Hände waren feucht, und mein Herz raste. Wie lange hielt es dem Stress noch stand?

November schüttelte den Kopf.

Vielleicht war es das Flackern einer Straßenlampe oder nur ein Bild in meinem Kopf, aber der Mann, den ich nicht kannte, legte den Zeigefinger senkrecht auf die Lippen, obwohl er November im Visier behielt. Der Engel konnte ihn nicht sehen, weil er nur auf Novembers Waffe starrte, als wüsste er, was sie damit anrichten konnte. Es schien für ihn die einzige Bedrohung weit und breit. Was wollte der kleine Mann uns damit sagen? November rührte sich nicht, obwohl zwei Männer auf sie zielten. Ich hörte, wie sie langsam ausatmete. Noch ein Schritt, und der kleine Mann stand direkt neben Novembers Ex. Der Engel musste sich jetzt sicher fühlen, weil der Polizist sich wie ein Verbündeter benahm.

Ich traute meinen Augen kaum, als der blonde Engel plötzlich zu Boden ging. So wie ein Kleidungsstück hinabglitt, aus fließendem Material. Mit einer blitzschnellen Handbewegung hatte der kleine Mann ihn mit der Pistole niedergestreckt. Ein Schlag auf den Kopf: Der blonde Engel fiel. Dann senkte der kleine Mann die Waffe und sah uns bedeutsam an, aber ich verstand die Botschaft nicht.

Für einen Moment standen wir reglos beieinander und konnten unsere Augen nicht von dem schlaffen Körper am Boden lösen. Als warteten wir auf seine Auferstehung, die aber nicht geschah. Bis ich November zur Seite schob, zu ihm hinstürzte und ihr »Lass ihn!« einfach überhörte. Vorsichtig drehte ich ihn auf den Rücken, fühlte nach seinem Puls, der noch schwach bebte. Ein Rinnsal Blut lief an seiner Schläfe hinab, und unter seinen Lidern zuckte es, aber auf meine Stimme reagierte er nicht. Empört sah ich den Polizisten an. »Warum haben Sie das getan?«

»Was?«, fragte er zurück, als verstehe er mich nicht. Als spiele er in einem anderen Film als ich.

»Ihn einfach niederzuschlagen.«

»Er hatte eine Waffe«, sagte er und fügte kleinlaut hinzu: »Es war nur ein sehr leichter Schlag.«

»Sie sind Polizist?« Selbst für mich klang meine Stimme ungläubig.

»Wie bitte?« Der Mann schien kein Wort zu verstehen.

Ich zeigte auf November. »Helfen Sie mir! Sie hat mich entführt.«

»Wirklich?« Er sah betroffen aus.

»Sie hat drei Menschen ermordet!«

»Haben Sie das gesehen?«

»Nein. Nicht direkt.«

»Tja, dann ...« Er zuckte mit den Schultern.

Ich fühlte mich unsicher, verwirrt, hysterisch. Wer war dieser Mann?

»Du redest zu viel.« Novembers Stimme klang gelassen, als belustige die Situation sie.

Fassungslos starrte ich sie an. »Kennst du den Verrückten hier?«

»Nein.«

Der Engel begann, sich zu rühren.

»Es geht ihm gut. Und jetzt komm!« November griff nach meinem Arm. Sie zog mich weg.

Gut? Gut sicherlich nicht. Ich wollte nicht mit ihr gehen, aber noch weniger wollte ich bei dem Psychopathen zurückbleiben, der sich als Polizist ausgab. »Rufen Sie einen Arzt!«, rief ich ihm zu.

»Schon unterwegs«, erwiderte er, das Handy in der Hand. Seine Waffe konnte ich nicht mehr sehen. Noch zweimal schaute ich zurück: Der kleine dunkle Mann verharrte immer noch an seinem Platz, bewegungslos und gebannt wie durch einen Fluch. Am Boden lag Novembers Ex-Freund wie ein Stein aus dem All, der plötzlich herabgefallen war. Ich konnte es mir nicht erklären, aber November befand sich wieder einmal auf der Flucht. Und ich mit ihr.

31.

In Dima war eine große Leere. Sie dehnte sich aus zu dunklem Schwarz, zu Raum und Zeit in greifbarer Substanz. *Ich fühle mich, ich spüre mich: Ich muss noch sein.* Seine Gedanken zogen sich zäh wie Fonduekäse, pendelten hin und her. Dima entglitt sich selbst hin und wieder. Er kam zurück, weil er Stimmen vernahm. Etwas drückte auf seine Schläfe, quälte ihn. Da war ein Oben und ein Unten. Das war gut. *Ich muss meine Augen öffnen.* Er konnte es nicht. Also horchte er in seinen Körper hinein, der einfach nur dalag, als gehörte er ihm nicht. Kälte zog an ihm hinauf. Gleichzeitig fühlte er sich innerlich warm, fast überhitzt.

»Schon unterwegs«, vernahm er deutlich, laut und klar. Wer? Die Zwillinge, hoffte er. Nur sie konnten es erahnen, dass er hier lag. Wehrlos, ohne Muskulatur. Hatten sie die Karten bereits gelegt? Dima wünschte sie mit aller Kraft herbei. Denn viel Willensstärke verblieb ihm nicht mehr. Er spürte, dass jemand neben ihm stand. Man legte ihm etwas Weiches unter den Kopf. Er hörte nur ein Stöhnen, wohl sein eigenes.

Schritte näherten sich. Was würde nun passieren? Dima zwang sich, das Vorher zu rekonstruieren: November mit einem Freund. Und ein kleiner, älterer Mann, der ihn vermutlich niedergeschlagen hatte. Er wirkte harmlos. Hatte er nicht auch auf November mit seiner Waffe gezielt? Warum hatte er sie verschont?

»Er kommt mit uns.« Er hörte die Stimme von Cat. So sanft, sie schnurrte fast.

»Es geht ihm nicht besonders gut.« Der kleine, dunkle Mann.

»Wir sorgen dafür, dass es ihm gleich besser geht.« Vielleicht Kitty, süß wie Milch mit braunem Zucker angerührt.
»Wie heißt er?« Wieder der kleine Mann.
»Dima.«
»Dima. Sonst nichts?«
»Einfach nur Dima und nicht mehr.«
»Das reicht mir nicht.« Der kleine Mann wirkte nachdrücklich.
»Uns genügte es schon immer.«
Kurz wurde es still, und Dima fühlte, wie Müdigkeit ihn überkam und ihn ins Dunkel ziehen wollte.
»Ihr wollt den Mann. Aber ohne seinen Familiennamen bekommt ihr ihn nicht.«
»Gibst du ihn uns, wenn wir dir seinen vollen Namen sagen?«
»Ja.«
Dima wollte nicht verraten werden.
»Wir könnten dich belügen«, flüsterte Cat.
»Nein. Das könntet ihr ganz sicher nicht.«
»Ich weiß. Du bist ein kluger Mann.« Kitty? Zart und schmeichelhaft.
»Entscheidet euch schnell. Es bleibt nicht mehr viel Zeit.«
»Ismailov. Dima Ismailov.«
Dima stöhnte. Warum logen die Zwillinge nicht?
»Ja. Das stimmt.«
Woher er das wissen wollte, erschloss sich Dima nicht. Dima kannte diesen Menschen nicht.
»Hat er die drei im Wagen umgebracht?«, fragte der Mann nun die Zwillinge.
»Nein. Warum sollte er das tun?«
Etwas raschelte metallisch, kratzte auf Stein gleich neben Dimas Hand.

»Die behalte ich.«

Dima wusste, dass der Mann die Waffe seiner Schwester stahl. Es war ihm gleichgültig, denn Slick besaß noch seinen Colt.

»Noch eins: Haltet euch von ihr fern. Verfolgt sie nicht! Sagt es auch ihm!«

»Von wem?« Cat, unschuldig wie ein neugeborenes Kind.

»Ich könnte ihn festnehmen lassen.«

»So viel Arbeit. Warum all das?«

»Ich mache mir gern Arbeit. Und jetzt nehmt ihn mit!«

»Danke, Herr …«

»Horst Horst.«

»Horst. Und weiter?«

»Horst Horst.«

Plötzlich Bettys Stimme, unverkennbar, kernig und laut: »Horst Horst?«

»Ja.«

»Wie Butros Butros-Ghali?!«

»Ja. Fast wie der.«

Bettys Lachen rollte heran. Es ertönte so tief und donnernd, so lang anhaltend und voll, dass es Dimas Kopf fast zum Platzen brachte.

Jemand hob ihn hoch, fast mühelos, platzierte seinen schmerzenden Körper über einer Schulter. Dima röchelte, schmeckte plötzlich Blut, metallisch und zersetzt. Eine Welle der Übelkeit schwappte über ihn hinweg. Die Verzweiflung strangulierte ihn beinahe. Seine Arme baumelten hin und her. Die Welt stand kopf oder auch er auf ihr. Dima wollte weg von sich, dem Schmerz, von diesem Ort. Er roch Schweiß und Erbrochenes. Jemand hielt seine Beine fest umklammert. Slick!, wurde es Dima plötzlich klar. Wie ein Wüstenschiff setzte sich dieser in Bewegung. *Ich werde wohl demnächst sterben, denn tot bin ich noch nicht.* Jemand musste ihn, Dima, erhört haben, denn Bettys Lachen klang nur noch wie gedimmt. Die Leere in Dimas Kopf kam schnell zurück: in einem Strudel von Schwarz und Milch und Karamell.

32.

Klack, klack! Ritsch, ratsch, klack.

»Was tun Sie da? Sind Sie wahnsinnig?!«

Kamilla blinzelte und zuckte hoch. »Waren Sie schnell genug?«

»Mein Gott! Haben Sie etwa geschlafen?«, fragte Horst ungläubig.

Kamilla rieb sich die Augen, gähnte. »Oder schämen Sie sich vielleicht, zuzugeben, dass Sie zu langsam waren?«

»Kamilla!«, tadelte er sie scharf. Horst sah jetzt ernsthaft wütend aus. Der Zug um seinen Mund war hart. »Was macht das Kind?!«

Kamilla streckte sich und stellte fest: »Mathilda.«

»Was?!« Horst sah sie fragend an. Noch immer stand er an der offenen Autotür.

»So setzen Sie sich doch!«

Horst holte Luft und nahm widerstrebend auf dem Fahrersitz Platz. Bemüht um Ruhe, formulierte er präzise: »Ihre Waffe. Was macht das Kind damit?«

Kamilla dachte nach und sah sich um. Mathilda entlud und sicherte. Was sie da tat, wirkte geübt. Routiniert. Als täte sie es nicht zum ersten Mal. »Oh.« Kurz blickte Kamilla an sich hinunter. »Sie muss sie sich genommen haben, als ich eingenickt war.«

Horst wischte sich mit der Hand über die Augen. »Was sie da tut, sieht wie bei einem Profi aus.« Zu dem Kind sagte er: »Gib jetzt die Waffe bitte wieder her!« Beschwörend sah er das Mädchen an. Das Kind schaute fragend zurück.

»Sie heißt Mathilda«, wiederholte Kamilla.

Das Mädchen guckte hin und her, als ob es sich nicht

entscheiden könnte. Danach reichte es Kamilla die Sig zurück, wofür Kamilla sich höflich bedankte.

Horst seufzte erleichtert auf, fasste sich mit den Händen an den Kopf. Er stieß ein »Gott sei Dank« hervor.

»Geladen war sie nicht«, fügte Kamilla entschuldigend hinzu.

Streng blickte Horst sie an. »Das war absolut verantwortungslos. Wie konnten Sie das nur zulassen?«

Kamilla sah einfach weg. Während Horst Menschen jagte, hatte sie das Telefon bedient, wovon sie nun berichten wollte. »Die Fingerabdrücke aus dem Haus. Einen Treffer gab es. Eine Frau.«

Horst winkte ab.

»Was? Das interessiert Sie nicht?«

»Nein. Ich kenne das Ergebnis schon.«

Kamilla hatte sich in ihrer passiven Rolle häuslich eingerichtet. Jetzt regte sich Widerstand in ihr. Dass er vorgab, alles zu wissen, nagte an ihr.

Nun sagte er: »Anna Koslowa.«

Kamilla war fassungslos, weil es stimmte. »Wie konnten Sie das wissen? Oder haben Sie bereits mit der Kriminaltechnik telefoniert?«

»Ich musste rennen, und dabei telefonieren kann ich nicht. Aber wie haben Sie ihren Namen herausbekommen?« Horst zeigte auf das Kind.

Kamilla bremste sich im freien Fall: Es gab doch etwas, was er noch nicht wusste. »Dieser Typ hat sie so genannt.«

»Dima Ismailov?«

»Sie kennen *seinen* Namen ebenfalls?«

»Er wurde mir gesagt.«

»Von wem?«

»Von seinen Freunden.«

»Die Dicke und der dürre, schmuddelige Mann?«

»Ja. Jetzt waren noch Zwillinge mit dabei.«

»Was für Zwillinge?« Kamilla glaubte, dass er das alles nur erfand.

»Zwei Frauen, rothaarig und wunderschön.«

»Aha.« Für Kamilla klang das alles wirr, aber den Namen Ismailov hatte sie erkannt. »Die drei im Auto müssen sein Vater und seine Schwestern gewesen sein.«

Horst nickte.

»Ob er die Morde gesehen hat?«

»Ich denke, nur das Resultat.«

»Der arme Mann. Ob Mathilda seine Schwester ist?«

»Wohl kaum«, sagte Horst.

»Warum nicht? Was ist sie dann für ihn?« Mit diesem Mann zu sprechen gab der Verzweiflung eine Form.

»Dass Sie mich das fragen, erstaunt mich sehr.« Eine direkte Antwort blieb er ihr schuldig. »Ich habe Ismailov mit seinen Freunden gehen lassen müssen.«

»Warum? Was ist passiert?«

Und Horst erzählte. Dass er zu langsam war, dass alle anderen schneller liefen, sodass die Frau und der Mann entwischen konnten. Dass Dima Ismailov die Verfolgung aufgegeben hatte und freiwillig bei Horst erschienen war. Dass er die Morde nicht begangen hatte, wie er Horst versicherte, was Horst ihm auch glaubte. Dass Dimas Freunde hinzugekommen waren, während Horst sich noch mit ihm unterhielt. Bis sie fortgegangen waren. Er, Horst, war danach zurückgekehrt, zu ihr und zu dem Kind.

Kamilla sah ihn einfach nur an, wie er erzählte. Auch Mathilda hing an seinen Lippen.

Horst breitete die Arme wie zu einer Entschuldigung aus, als Kamilla erklärte: »Sie lügen. Und Sie lügen nicht besonders gut.«

33.

»Was tun wir hier?« Ich hielt den Wagen an, parkte auf ihr Geheiß am Straßenrand. Wir sahen in die Nacht hinaus. Gelegentlich fuhr ein Auto vorbei. Still war es, als wäre die Zeit stehen geblieben.

»Wir haben noch etwas vor«, tönte es von meiner rechten Seite.

»Wir?« Ich hätte nicht fragen sollen. Novembers Pläne gestalteten sich undurchsichtig und gemein. Das »wir« tarnte nur ein »ich«.

»Wie geht es dir?«

Skeptisch schaute ich sie an. Wahres Interesse an mir besaß sie nicht, weshalb ich gar nicht erst antwortete. »Was jetzt?«

November sah mich an, als erwartete sie, dass ich die Zukunft kannte.

Nach Flucht sah das nicht mehr aus. Wir hatten München nicht verlassen, nur dass wir jetzt in Schwabing hockten. Was dachte sich November? Dass die Bullen glaubten, sie würde flüchten, doch eigentlich blieb sie hier? »Was hast du vor?«

»Wir, Laser. Wir.« Ernst sah sie mich an. »Wir werden jetzt auf eine Party gehen.«

»Wie bitte?« War jetzt nach dem nackten Überleben Feiern angesagt?

Sie schaute auf mein Handy, griff nach der Tasche und bedeutete mir, sie zu begleiten.

»Was ist da drin?«, fragte ich sie. Ich wies auf das Gepäckstück, das sie seit unserem Treffen nicht aus den Augen gelassen hatte.

»Ein Buch.«

Ich seufzte. »Außer dem Buch?«

Sie tat so, als habe sie mich nicht gehört.

Ich folgte ihr. Aufmerksam beobachtete sie mich von der Seite, als warte sie auf eine Reaktion. Einen Gefallen, den ich ihr nicht tun wollte. Zwei Straßen weiter hatte ich es dann kapiert. »Nein«, sagte ich zu ihr und rührte mich nicht mehr.

»Geh schon rein! Sie erwartet dich.«

Ich wusste, wen sie meinte. Das hier war das Haus, in dem ihre Wohnung lag. Corinne. November ruinierte mich. Aber warum? Wahrscheinlich, weil sie nicht anders konnte. Hilflos schaute ich mich um. Vor Stunden hatte ich nur das gewollt, nur *sie:* Corinne. Jetzt stand ich hier und konnte mich nicht aufraffen, weil mich eine innere Stimme warnte. »Kommst du mit?«, fragte ich November. Ihre Antwort machte mir bereits Angst, bevor ich sie hörte.

»Natürlich.«

»Was willst du von Corinne?« Misstrauen überfiel mich hinterrücks.

»Ich werde ihr nichts tun, wenn es das ist, was du meinst.«

Einem Killer glaubt man nicht. »Ich will das nicht.«

»O doch. Du willst das ganz bestimmt.«

Ich hasste November. Ihre ganze Art. Ihre Selbstherrlichkeit, die Arroganz.

»Soll ich dich dazu zwingen?«

Nein. Ich war leicht zu bezwingen, was schon hinlänglich bewiesen worden war. Novembers Blick schien glasig und dann wieder klar. Sie fuhr sich durch die wirren Haare, um sie zu ordnen. Danach strich sie sich die Jacke glatt. Etwas stimmte nicht mit ihr. »Was ist?«

November runzelte die Stirn und winkte ab. »Nichts. Geh du vor!« Sie zeigte auf die Tür.

Unsere Schritte im Treppenhaus klangen für mich wie Fanale. Zwei Etagen, den Weg kannte ich. Das Haus stammte aus der Gründerzeit; der Flur wirkte wie aus dem Ei gepellt: kein Staub, keine Flecken oder Kratzer an der Wand. Auf dem Treppenabsatz links erkannte ich das Klingelschild: Corinne Daumier. Plötzlich füllte sich mein Herz, sodass es fast überfloss. Ich hätte weinen können. Befand ich mich erst bei ihr, würde ich nicht mehr gehen. November ließ mich ziehen. Endlich. Jetzt verstand ich sie. Fast zitterte mein Finger, als ich auf die Klingel drückte.

Gedämpftes Stimmengewirr drang in das Treppenhaus, den Bass, der wummerte, nahm ich jetzt erst wahr. Ich wartete gespannt, bis sich die Tür öffnete. Laute Musik und Wortfetzen brandeten mir entgegen. Vor der Wand aus Klang stand *sie*. Sie trug ein rotes Kleid, das Haar lag glatt und lang auf ihren Schultern. Sie sah schöner aus als alles, was ich kannte. Corinne. Ihr Gesichtsausdruck wirkte seltsam blank. Gerade als ich sie umarmen wollte, geschah etwas anderes: Corinne schlug die Hände vors Gesicht und schluchzte auf. Sie drehte sich um und rannte vor mir davon.

Wie aus einer Tasche gefallen, befand ich mich wieder allein. Obwohl die Tür offen war, konnte ich mich nicht mehr aufraffen, hineinzugehen. Halt suchend griff ich nach dem Türpfosten. November musste noch irgendwo neben mir sein. Ich fühlte mich taub, völlig verwirrt. Wie automatisch fragte ich: »Was ist mit ihr?«

November ließ sich Zeit mit der Antwort. »Sie sah sehr traurig aus.« Sie formulierte das Offensichtliche.

»Aber warum?«, fragte ich mit einer Hoffnung, die es nicht mehr gab.

»Ich glaube«, sagte sie, »du hast vor Kurzem mit ihr Schluss gemacht.«

34.

Sein Kopf hing schief so wie das Schild. Es klapperte im Wind. »Pension Regina Viktoria« erkannte er gerade noch. Slick und Betty hielten ihn umklammert. Seine Arme ruhten auf ihren Schultern, sie schleiften ihn einfach mit. Es war Dima lieber, als kopfüber getragen zu werden. Die Erdkrümmung, Dima spürte sie so deutlich wie noch nie zuvor. Wie hatte je ein Mensch annehmen könne, dass die Welt eine Scheibe sei? Sie war doch rund, wie eine Apfelsine rund. Dima fühlte sich einen Moment lang dankbar, dass seine neuen Freunde ihn hielten, weil er von diesem Planeten nicht herunterrollen wollte. Hinabstürzen in ein endloses All. Alles, was er sich wünschte, war Endlichkeit: Leere in seinem Kopf und Schlaf.

»Jetzt«, hörte er einen der Zwillinge sagen.

Türen klappten auf und zu. Der scharfe Wind wich einer warmen Luftmasse, die wieder Übelkeit in Dima heraufbeschwor. Dima erkannte schemenhaft bunte Teppichmuster, die Erinnerungen an die kostbare orientalische Handarbeit im Haus seines Vaters wachriefen. An die Grundfarbe Rot, die bunten Einsprengsel, die das seidige Gewebe zierten. Bodenbeläge, die er achtlos mit Füßen trat. Jetzt wurde jeder fremde Teppich plötzlich zum Mahnmal für seine eigene Verlassenheit. All die Menschen, die ihn begleiteten, zählten nicht. Er, Dima, war allein. »Lasst mich!«, sagte er schwach.

»Gleich hast du es geschafft!« Bettys Stimme klang seltsam mütterlich. Gemeinsam stolperten sie über Treppenstufen.

»Ich bin kein ... ich bin nicht ...« Dima wusste selbst nicht mehr, was er war. Vielleicht am Ende angekommen, wo er doch nie wirklich einen Anfang gefunden hatte. Außer damals mit ihr. Was war ein Mensch ohne Anfang, ohne Ende, ohne seine Familie? Ein Nichts. Entwurzelt wie ein toter Baum. Er vernahm das Geräusch von Schritten, danach das Drehen eines Schlüssels in einem Schloss. Für Dima bestand die Welt nur noch aus Ton. Denn er war blind. Auch als er seine Augen noch öffnen konnte, hatte er seine Umwelt nicht wirklich erkannt. Nur schemenhaft nahm er die Dinge wahr. Dimas Welt bestand aus einem unscharfen, zweidimensionalen Bild. Bis auf *sie*. November. Bis er sie getroffen hatte und sein Leben plötzlich scharfe Konturen und eine vorher nie da gewesene Tiefe bekam. Und einen Zeitbegriff, denn jede Stunde ohne sie schien leer. Den Sturz in die dritte, vielleicht in die vierte Dimension durch Raum und Zeit hatte Dima nie richtig verarbeitet. Seitdem er davon gekostet hatte, schmeckte nach Novembers Verschwinden alles andere fad. Die Welt wurde ein Ort ohne Farbe und Geschmack, die Menschen um ihn herum blieben stumm, Musik ohne Ton, sein Leben ohne akustischen Kontrast. Dimas Dasein fühlte sich strukturlos an wie eine überbelichtete Welt aus Schnee, die kalt, unwirtlich und unbekannt erschien. Sie hatte ihn verraten, erniedrigt und benutzt. Er liebte sie und hasste sie zugleich. Mehr als alles andere, mit einer Intensität und Ausschließlichkeit, die alle anderen Gefühle übertrafen. Vielleicht wurden Liebe und Hass irgendwann deckungsgleich.

Slick hievte Dima auf ein Bett, Betty legte seine Beine hoch. *Bis, bis, bis ... auf November. November.* Seine Gedanken wiederholten sich. Dima konnte ihren Anblick nicht vergessen: dunkel und kalt mit diesem absolut inhaltsleeren Blick. Er wollte sie berühren, küssen, ablecken, töten. Er wollte schluchzen und auch schlafen. Weil die horizontale Lage ihn besänftigte, wehrte er sich nicht. Jemand zog ihn aus.

»Mein Gott! Laufen kann er nicht, aber einen Ständer hat er wie beim ersten Mal.« Bettys Sarkasmus perlte durch den Raum.

Aber Dima dachte nur an sie: November. Göttlich. Die Einzige. Immerdar. November. Der Name prallte in seinem Kopf hin und her. Bis sich ein neuer Name aus den Buchstaben bildete: Mathilda. »Mathilda.« Er musste den Namen laut aussprechen, nur um zu wissen, dass es sie wirklich gab. Seine Tochter lebte. Sein eigen Fleisch und Blut. Daran hielt er sich fest. Er war nicht allein, denn es gab sie. Er hatte sie gefunden und sofort wieder verloren, nur weil er Rache nehmen wollte. Rache nehmen musste. Konnte er denn gar nichts richtig machen?

»Komm jetzt!« Bettys Stimme klang angestrengt, als sie ihn, zusammen mit Kitty und Cat, wieder hochzog. Die Zwillinge, sie pressten sich an ihn. Sie rochen wie ein Korb frischer Wäsche. Sie dufteten wie ein Meer aus Blumen, wie ein Sommermorgen in den Bergen: betäubend gut. Dima ließ alles mit sich geschehen. Dass sie ihn in ein enges Badezimmer zerrten, in dem das Licht greller als auf einem Rasthof leuchtete. Dass sie ihn in eine Dusche setzten und ihn mit Wasser und ihren bloßen Händen reinigten. Rosafarbene Schlieren flossen um Dima in den Abfluss hinein. Einer der Zwillinge hielt seinen Kopf. Er zuckte, wand sich von rechts nach links, weil sie ihm wehtaten. Kitty oder Cat wiederholten etwas Beschwichtigendes: »Halt still.« Und: »Atme ein!« Dima vermochte nicht mehr viel, aber eines gelang ihm noch: sich zu erinnern. »Bitte«, stieß er kraftlos hervor. »Bitte legt euch nicht zu mir!« Er wusste, was die Zwillinge vermochten.

»Keine Sorge, Dima. Wir passen auf dich auf.«

Kitty hielt ihn, und Cat trocknete ihn ab. Vielleicht war es umgekehrt.

»Nicht. Nicht zu mir.« Er stieß es mit letzter Kraft flehentlich hervor.

»Vertrau uns, Dima! Du kennst uns doch. Und jetzt lass endlich los.«

Badezimmer, Licht. Danach Dunkelheit, kühle Laken und ein Bett. Jemand klebte etwas auf seine Stirn, jemand deckte ihn zu. Noch ertastete er mit der Hand links und rechts, dass niemand neben ihm lag. Dann ließ er endlich los.

35.

»Was ist das für eine Absteige?«

»Sie ist günstig. Und ziemlich sauber ist sie auch.«

»Ziemlich?« Kamilla sah sich um. Was sie erblickte, ließ sie erschaudern: der fadenscheinige Teppich mit dem kleinen, bunten Muster auf rotem Grund, die vergilbten Wände und das dürftige Licht.

Aber Horst hob die Hand. Er hatte sein Handy am Ohr und wirkte plötzlich konzentriert. »Nein. Ich denke, es ist besser so.«

Was?, fragte sich Kamilla. Dass es Nacht war und nicht Tag? Dass der Ölpreis gefallen und der für Gold gestiegen war? Dass Wagner Komponist geworden war und nicht Philosoph?

»Nein. Ich werde sie zurückbringen. Wenn das hier vorüber ist.« Horst flüsterte, aber Kamilla verstand ihn gut.

Wen?, fragte sich Kamilla. Mich? Das Kind? Oder die schwarze Katze, die um ihre Füße strich?

»Ich kümmere mich um alles. Ich passe auf sie auf.« Jetzt erhob Horst seine Stimme, als habe er allein das Recht auf das letzte Wort.

Worauf wollte er aufpassen?, fragte sich Kamilla. Auf die Guten? Auf die Bösen? Auf die Armen dieser Welt?

Horst legte auf und horchte kurz in sich hinein.

»Die Fahndung nach dem Krankenwagen ist raus.«

»Gut. Ich bin müde und Mathilda ebenso.« Sie zeigte auf den Nachtportier und flüsterte Horst zu: »Wo ist sein Hals?«

Horst betrachtete den Mann, dessen Kinn aus einer breiten Hautfalte bestand, die wie ein schlaffer Sack in einem Hemdkragen verschwand.

Kamilla schüttelte den Kopf und sah an sich hinab: Sie brauchte neue Schuhe, neue Kleidung und auch neues Glück. Sie hatte nichts davon.

Horst wandte sich an den Nachtportier: »Wir benötigen zwei Zimmer, eines davon mit zwei Betten.«

Der Portier sah ihn über eine halbierte Brille hinweg an. Sein Pullover zog Fäden, das blaue Hemd hatte an der Kragenspitze einen Fleck. Die schwarz gefärbten Haare trug er gescheitelt und gegelt. Gelangweilt blätterte er in einem linierten Buch mit abgeknickten Ecken. »Tut mir leid.«

Horst sah ihn nur fragend an.

»Aber ein Dreier hätte ich noch frei. Zweiter Stock. Heute ist viel los. Oder haben sie vielleicht reserviert?« Beim Sprechen lispelte er ganz leicht: Stock, ist, los, Sie, reserviert. Kamilla zuckte leicht, weil das Wort »Dreier« aus seinem Mund schlüpfrig klang.

»Keine zwei Zimmer?«

»Nein.« Der Portier schüttelte den Kopf. Dann zog er seine Mundwinkel zu einem Lächeln auseinander, welches Goldzähne entblößte, die keine Prophylaxe mehr benötigten. Begehrlich sah er Kamilla an. »Für Sie mache ich glatt noch was frei.«

»Danke. Nein.« Kamilla verspürte einen Würgereiz und schaute weg.

Sein Hals wackelte, bewegte sich wie ein Tier aus Haut, als sein Lachen in einen trockenen Husten überging. Mit rauer Stimme fuhr er fort: »Der Laden ist leider voll.« Er röchelte etwas hoch, um es wieder hinunterzuschlucken.

Kamilla wandte sich angeekelt ab und suchte Blickkontakt zu Horst.

»Gut. Wir nehmen es.«

Horst trug sich in das Melderegister ein, entnahm dem Geldbeutel seinen Pass, den er diesmal zügig fand, was Kamilla erstaunte. Der Portier zog einen Schlüssel vom Haken, den er wie dreiwertiges Plutonium vorsichtig über den Tresen schob. Horst nahm ihn, zusammen mit den Worten »zweiter Stock, nach der Treppe rechts den Gang runter«, entgegen. Mathilda erlaubte Kamilla nur widerstrebend, sie von der Katze wegzuziehen, die auf dem Rücken lag und sich von dem Mädchen den Bauch kraulen ließ.

Als sie zwei Etagen höher vor dem Zimmer standen – in der Luft der Geruch nach Zigarettenrauch und Lauch – und Horst den Schlüssel drehte, hielt Kamilla ihn mit einer Frage zurück: »Wie heißt dieses Hotel, damit ich es in Zukunft sicher meiden kann?«

Horst öffnete die Tür und zog den Schlüssel aus dem Schloss. Den silbernen Anhänger, der vom Fett unzähliger Finger blass glänzte, hielt er Kamilla hin, die ihn kurzsichtig betrachtete.

»Könnten Sie …?«

Horst brauchte eine Sekunde, um zu verstehen, dass Kamilla nichts erkennen konnte. Er nahm den Anhänger zurück und las ihr laut den Schriftzug vor:

»Pension Regina Viktoria.«

36.

»Was habe ich?!«

Das Licht im Flur ging aus. Aber die Tür stand immer noch offen, ein Pärchen verließ die Party, drängte sich an uns vorbei. Das Licht ging wieder an.

November betrachtete mich ruhig. Wie ein wissenschaftliches Experiment, das das gewünschte Ergebnis zeigte.

»Ich habe nicht mit ihr Schluss gemacht.« Ich verstand das nicht. »Zusammen waren wir gar nicht. Ich hätte nie …« Ich stammelte, aber in diesem Augenblick verstand ich, was sie meinte. »Du?!? Du hast mit ihr Schluss gemacht. Du hast am Handy mit ihr Schluss gemacht?! In einer SMS von *mir*?!« Wann würde ich das je verwinden? November zerstörte mein Leben mit einer Präzision, die ihresgleichen suchte. Akribisch nahm sie mich auseinander wie ein Operateur des Schreckens, wie Frankenstein. Von mir würde bald nichts mehr übrig sein. Nur noch Erniedrigung, ein nasser Fleck, der schnell verdunstete. Sie hätte mich ebenso gut direkt erschießen können. Sie sah die Menschen gern leiden, und mich behandelte sie nicht anders als jedes andere Opfer auch. Was hatte sie zu einem solchen Menschen gemacht?

»Du irrst dich.«

»Womit?« Dass sie die Menschen hasste und mich ebenso, obwohl ich ihr nie etwas zuleide getan hatte? Sah sie jetzt in meinen Kopf? Oder dass sie Corinne in meinem Namen quälte?

»Und jetzt geh da rein!«

November war verrückt. Sie war schlichtweg nicht normal. Sie benahm sich grausam und völlig durchgedreht. Wie auf Knopfdruck wandte ich mich um. Meine gesamte

Existenz war mir plötzlich seltsam egal. Wir betraten den Flur, sie schloss die Tür. Der Lärm tat gut. Er nahm mich milde auf. November ergriff meine Hand wie schon so oft zuvor. Ferngesteuert ging ich mit. Ich musste keine eigenen Entscheidungen mehr treffen. Über Novembers Schulter hing wie immer die Tasche, das monströse Ding, das sie stets begleitete. Es wirkte fehl am Platz, zu groß für einen Partygast, zu schwer.

In der Küche standen schweigend Leute, nur zwei waren in ein Gespräch vertieft: »Seine Texte sind so opak. Sie verströmen eine Spur von Hilflosigkeit. Poetisch ist das ganz frappant.«

»Ich hatte mir mehr Kontur erhofft, mehr erzählerische Transzendenz. Für einen postmodernen Essay ist das viel zu eindimensional.«

»Baudrillard hat in ›Simulacres et Simulation‹ …«

»Hast du ›Stimulation‹ gesagt?«

»Simulation.«

»Schade. Aber komm mir bloß nicht mit Baudrillard. Baudrillard langweilt mich zu Tode. Und die Postmoderne auch.«

»Die Postmoderne ist tot.«

»Dann sollte man sie auch in der Kiste lassen.«

»Du bist grausam.«

»Nicht grausamer als die Verlagswelt oder das Feuilleton.«

»Seitdem du selbst nicht mehr schreibst, äußerst du nur noch Vernichtendes.«

»Hast du das Heft gesehen? Das ist aus einer anderen Zeit. Wir brauchen neue, harte Geschichten.«

»So wie deine?«

»Die wollte leider keiner lesen.«

»Das stimmt doch nicht.«

»Ein Kaffee, bei dem Sie runde Augen bekommen werden.«

»Wie bitte?«

»Mein neuester Pitch für Lamonza. In der Werbung läuft es gut.«

»*Das* läuft gut?«

»Es hat immerhin für einen 911er Porsche gereicht.«

»Du bist verbittert.«

»Ich bin nur ein Opfer des Literaturbetriebs.«

Corinne umgab sich gern mit Intellektuellen. Sie verdiente mehr als alle hier in diesem Raum. Aber ihre Zeit verbrachte sie am liebsten mit denen, die ihre Firma, ihren Job und die Vorstandsbosse entweder nicht kannten oder hassten. Corinne und ich hatten zusammen studiert. Volkswirtschaft. Mein Vater fand meine Entscheidung völlig verrückt. Corinne hatte wenigstens etwas aus ihrem Abschluss gemacht. Ich nicht. Dass ich eher praktisch veranlagt war, hatte ich erst ziemlich spät bemerkt. Mein Vater fand auch das nicht normal.

»Kann ich da mal ran?« November sah das Opfer des Literaturbetriebs auffordernd an. Sie hatte offensichtlich Durst. Ihre Mimik wirkte wie immer unbewegt. Wahrscheinlich hätte sie dem Opfer sonst erklärt, wie sehr sie Schwätzer hasste.

Das Opfer des Literaturbetriebs trug einen roten Schal, ein offenes schwarzes Hemd und eine gleichfarbige Hose, die Lederschuhe liefen vorn spitz zu. Noch überlegte er, was er zu November sagen sollte, bis er zur Seite trat.

November öffnete die Kühlschranktür und entnahm zwei Flaschen. Nicht dass sie mich gefragt hätte, was ich trinken wollte. Dass ich nicht leer ausgehen sollte, galt bereits als Entgegenkommen. November sah sich suchend nach dem Flaschenöffner um. Klack, klack. Die Kronkorken schnipsten durch den Raum. Corinne hätte das nicht gern gesehen, da sie Ordnung liebte.

»Gehen wir woanders hin, sonst knalle ich die zwei Idioten ab!« November war genervt. Selten störte etwas ihre Gelassenheit. Jetzt war es ausgerechnet Literatur. Ein Szenario reizte meine Fantasie: willkürliches Blutvergießen auf Corinnes Party. Nur weil jemand zum falschen Zeitpunkt tiefsinnig geworden war. Ich hätte gelacht, wäre nicht mein Leben von diesen widersinnigen Situationen mitbetroffen. Das hier hätte ein wirklich guter Film werden können. Es war leider nur die Realität.

Wir gingen auf den Flur, und November hob die Flasche an die Lippen. Ich traute meinen Augen kaum, als sie sie in einem Zug leerte. Finster schaute sie sich um. Entschlossen fasste sie einen Punkt ins Auge und bewegte sich darauf zu. Ich folgte ihr, weil ich mich daran gewöhnt hatte. Wir passierten ein paar Gäste, links zog die laute Musik aus dem Wohnzimmer wie in einem Tunnel an uns vorbei. Einige Gäste tanzten, November blieb vor einer Tür stehen. Eine Frau mit braunen Haaren, die auf etwas wartete, strich sich die Kleidung glatt. Falls es sich um eine Freundin von Corinne handelte, hatte ich sie noch nie gesehen.

»Das Klo?«, erkundigte sich November knapp.

Die Braune nickte. »Ich stehe hier schon ewig rum.« Sie zog die Augenbrauen hoch und seufzte.

November klopfte an die Tür, erst ein Mal, wartete, dann mit der Faust, dreimal, eine Kadenz.

Wir hörten Schritte, dann öffnete sich die Tür. Corinnes Make-up war verschmiert. Aber bevor sie die Tür zuwerfen konnte, hatte November ihren Fuß dazwischengeklemmt.

Was auch immer jetzt passieren würde, erleben wollte ich es nicht. »Corinne«, rief ich laut, »ich war das nicht. Lass mich erklären!«

Corinne schaute mich durch den Spalt hindurch an. Schwarze Wimperntusche lief in Striemen über ihre Wangen. Ihre Augen waren rot unterlaufen. Sie sah unendlich traurig aus. Als käme sie gerade von einer Beerdigung.

»Sorry, Leute. Ich muss mal.« Die Stimme der Braunen klang sehr bestimmt.

»Ich bin jetzt dran.« Damit schob November die Tür auf. Corinne taumelte zurück, weil sie Novembers Kräfte noch nicht kannte. Die Brünette und ich standen vor der Tür und beobachteten staunend das Geschehen. November drängte Corinne an die Badewanne, bis sie sich auf den Rand setzte. Während November ihre Flasche Bier langsam daneben abstellte, schaute sie Corinne durchdringend an. Glas auf Keramik: ein klirrendes Geräusch. Die schwarze Tasche glitt von ihrer Schulter. Dann sagte sie mit ihrer tiefen, rauen Stimme: »Du bist wirklich wunderschön!«, beugte sich nach vorn und legte ihr die Hände um den Hals.

Erstickt schrie ich etwas. Ich wollte, dass Corinne am Leben blieb. November war vielleicht nicht nur auf Kopfschüsse spezialisiert. Ihr Talent, zu töten, schien mir grenzenlos. Aber keiner bemerkte mich. Die Spannung war zu groß. Ich stürzte nach vorn, um November daran zu hindern, Corinne etwas anzutun. Ein Genickbruch, ein tödliches Moment. Und hielt mitten in der Bewegung inne.

Was jetzt passierte, schien ganz langsam zu geschehen. Corinne starrte November an wie einen Geist. Sie in Rot, November ganz in Schwarz. Ein dunkler Engel, der nur Vergeltung übte. Aber ihre Hände drückten nicht zu. Novembers Gesicht näherte sich Corinne, bis sich ihr Mund auf ihren presste. Corinne gab nach, schloss die Augen und beugte den Kopf zurück wie in einem Film noir. Nie würde ich vergessen können, wie Novembers Zunge über Corinnes Lippen glitt.

37.

Dima hatte eine Erektion. So, wie der alte Tag aufgehört hatte, fing der neue an. Dimas Hand tastete blind nach seinem harten Schwanz, die Spannung blieb, und Dima streckte sich. Er schlug die Augen auf, halbdunkel lag der neue Tag wie ein lauerndes Tier im Raum vor den geschlossenen Gardinen. Dima schaute sich in dem Hotelzimmer um, weil er es in der vergangenen Nacht kaum zur Kenntnis genommen hatte. Mit Erleichterung stellte er fest, dass er allein im Bett lag. Die Luft roch abgestanden, der Sauerstoff war verbraucht. Sein Kopf pochte, aber das konnte ihn nicht am Denken hindern. Seine Finger ertasteten ein Pflaster, das seine Schläfe bedeckte. Der Schmerz, den die Berührung auslöste, ließ ihn zusammenzucken. Er erinnerte sich schlagartig daran, was am Tag zuvor geschehen war, was ihn beruhigte. Er war nicht tot, sondern am Leben, und sein Gehirn funktionierte noch.

In dem anderen Bett lagen Kitty und Cat, zwischen sich einen Mann eingeklemmt. Er stöhnte leicht. Dima stemmte sich zum Sitzen hoch. Der Mann trug noch seine Kleidung. Er schien alt zu sein und keinen Hals zu haben, als ob Kopf und Schultern ineinander übergingen. Seine Augen waren ungesund verdreht. Die Hände der Zwillinge streichelten ihn. Sie lächelten Dima warmherzig zu.

»Wer ist der Mann?«

»Der Portier.«

»Warum musstet ihr das tun?« Dima wusste, wozu Kitty und Cat imstande waren.

»Womit hätten wir bezahlen sollen?« Purer Pragmatismus. Nicht mehr, nicht weniger.

Dima seufzte. Die Zwillinge hatten recht. Er besaß keinen Cent. Aber vielleicht handelte es sich nur um den Nachtportier, und ein anderer würde diesen gleich ersetzen. »Was ist, wenn unten noch ein anderer …?«

»Dann lenken wir ihn ab. So wie gestern, als wir dich hierherbrachten.«

Dima stand auf und wankte zu den Zwillingen hinüber. »Danke, dass ihr mich gerettet habt.«

»Dafür sind wir hergekommen. Wir passen auf dich auf.« Ihre grünen Augen leuchteten.

Dima zeigte auf den alten Mann. »Wird er überleben?«

Cat antwortete: »Es war nur eine Nacht.« Ihr Lächeln strahlte so, dass Dima für einen Augenblick meinte, Sonne erhelle den Raum. Dann hinkte er ins Bad.

Schwäche überkam ihn, als er in den Spiegel sah. Die Gestalt, die ihm entgegenblickte, schien völlig ramponiert. Dunkle Schatten umlagerten seine Augen, eine Seite seines Gesichtes war aufgeschürft, unter dem Pflaster prangte eine blaue Schwellung, die nach seinem rechten Augenlid zu greifen schien. In seinem Blick zeigten sich Erschöpfung und Niederlage. Er hatte alles verloren. Das und mehr. Dima wankte kurz, doch bevor sein Körper nachgab, spritzte er sich mit den Händen kaltes Wasser ins Gesicht. Er pinkelte und beruhigte seinen Schwanz. Er wollte etwas essen. Er brauchte Kraft, denn sein Leben musste weitergehen. Es war alles, was ihm geblieben war. Vergeltung und danach das Kind. Mathilda. »Kitty, Cat!«, rief er mit einem Zittern in der Stimme. Seine Knie knickten ein. Er ertrug sein Dasein nicht oder das Dasein ihn nicht mehr.

Die beiden kamen, und sie hielten ihn. Sie führten ihn zum Bett und kleideten ihn an. Ohne ihre Hilfe hätte er es nicht geschafft.

Das Zimmer füllte sich. Slicks Organismus verdaute eine Line, die er kurz zuvor auf dem Tisch gezogen hatte.

Gleich neben Brötchen und Kaffee aus einer Bäckerei, auf deren Tüte Frischeversprechen prangten. Dimas Peiniger, Slick und Betty, waren über Nacht zu seinen Wohltätern geworden. Dima hatte aufgehört, sich über irgendetwas zu wundern, auch wenn sein Leben sonderbare Wendungen nahm.

Betty, die zum ersten Mal gekämmt und frisiert erschien, betrachtete voller Interesse den Portier, der reglos in dem Bett verharrte. »Was ist mit dem passiert?« Ihre Frage galt den Zwillingen.

Kitty flößte Dima Kaffee ein. »Wir haben nur neben ihm geschlafen.« Sie sagte es, als könnte sie kein Wässerchen trüben.

Betty zog die Augenbrauen zusammen und griff nach einem Brötchen. Nachdenklich kaute sie auf einem Bissen herum. Der Portier seufzte und hob schlaff die Hand, danach lag er wieder still.

»Das gibt's doch nicht.« Betty schüttelte den Kopf.

Cat näherte sich ihr vertraulich. »Willst du es wirklich wissen?«

»Keine Ahnung. Vermutlich nicht. Nun sag schon! Was habt ihr mit ihm angestellt?«

»Wir haben ihm seinen Samen gestohlen«, hörte Dima Cat flüstern. Er kannte ihre Fähigkeiten nur zu gut.

Betty verschluckte sich, hustete, dann sah sie die Zwillinge mit weit aufgerissenen Augen an. »Was seid ihr zwei? Gespielinnen des Teufels?!« In Bettys Stimme lag ein ganz neuer Respekt.

Kitty und Cat zuckten simultan mit den Schultern. Zeitgleich antworteten sie: »Vielleicht, vielleicht.« Sie strahlten noch stärker als ihre weißen Kleider. Die roten Haare umrahmten ihre unschuldigen Gesichter wie ein Weichzeichner. Alles an ihnen war ein Versprechen. Unerfüllt.

38.

Kamilla hätte wollüstig gestöhnt, aber sie bewegte sich nicht, ließ das Wasser einfach über ihren Körper rinnen. Das Bad war hässlich, die Fliesen alt und brüchig, in der Farbe unbestimmt. Beige oder gelb, mit einem Verlauf zwischen zwei Untönen, die in den Siebzigerjahren als chic gegolten hatten. Kamilla schloss die Augen. Bäche liefen an ihr hinab, Dampf zog an ihr hinauf. Alles an ihr war nass. Diese Dusche durfte niemals enden. Sollten doch andere die Mörder fangen.

»Ich weiß«, hörte sie Horst im Zimmer nebenan sagen. Er telefonierte mehr, als andere Leute atmeten.

»Es mag gegen die Vorschriften sein.«

Horsts Maßstäbe für richtig und falsch blieben rätselhaft. Was für andere galt, war für Horst lediglich fragwürdig.

»Ich bringe sie sicher zurück. Ich verspreche es.«

Wem versprach er was? Und wer wollte Mathilda holen? Noch immer war das Kind bei ihnen, was nicht eine einzige polizeiliche Richtlinie rechtfertigte. Horst benahm sich sturer als ein Ziegenbock. Ihr Duschvergnügen litt unter diesen Gedanken, also öffnete sie die Augen, drehte das Wasser ab und zog den Plastikvorhang zurück, ohne ihn mehr als nötig zu berühren. Das Handtuch schien sauber zu sein, der Stoff fadenscheinig und bretthart. Eine Wäscherei hatte sich laut Aufdruck erfolgreich darum bemüht. Kamilla schlang das Tuch um ihren Oberkörper, es verdeckte mühsam ihre Scham. Der Spiegel beschlug, die Feuchtigkeit lag wie ein Herbsttag in der Luft. Kamilla verließ das Bad in einer Wolke aus Dampf. Er perlte an ihr hinauf, in ein überheiztes Zimmer hinein.

Horst hatte das Telefon noch am Ohr. Jetzt stand sein Mund offen. Er starrte Kamilla an.

»Sie telefonieren noch?«

Horsts Blick wanderte an ihr hinunter und wieder hinauf.

Seltsam, denn Horst war plötzlich still.

»Was ist los, Herr Horst? Hat ein Hirnschlag Sie ereilt?« Kamilla legte den Kopf schief und betrachtete ihn genau.

»Sie … sie sind so …«

Jetzt schaute Kamilla ihn fragend an. Der Mann stotterte zum ersten Mal. Sprach er mit ihr oder mit jemandem am Telefon? Im Angesicht einer fast nackten Frau schien ihm auch sein Gott nicht mehr zu helfen. Etwas anderes in ihr formulierte die Frage, die ihr ohne jegliche Kontrolle entfleuchte. »Verlieben Sie sich, nur weil ich unbekleidet bin?«

»Das wäre sicherlich …«

»Nicht gut«, vervollständigte Kamilla seinen Satz. »Ich bin verheiratet.«

»Getrennt.«

Obwohl sein Telefonat beendet war, legte er nicht auf. Woher wusste er, dass sie in Trennung lebte? »Ich habe Kinder.« Kamilla sagte es wie eine reuige Sünderin, die das Unvermeidliche schon lange hätte beichten müssen.

»Vier.« Horst nickte zögerlich.

Kamilla seufzte. Er musste gute Quellen haben, die ihn informierten. Anders erklärte sich das nicht.

»Soll mich das abschrecken?«

»Ich weiß nicht. Tut es das?«

»Nein.«

Kamilla sah sich kurz um. Mathilda schlief fest, also ließ sie das Handtuch einfach fallen. Horst sah wie versteinert aus, als ob das Telefon an seinem Ohr festgewachsen wäre.

»Sie lassen Tatverdächtige entkommen und behindern

Fahndungen. Sie kennen Details in dieser Angelegenheit, die Sie gar nicht wissen sollten. Sie boykottieren die Ermittlungen. Ich weiß nur noch nicht, warum.«

»Und Sie ermitteln, obwohl Sie das gar nicht dürften.« Horsts Blick heftete sich auf ihr Gesicht wie Tesafilm.

Kamilla ging auf ihn zu und griff nach dem Telefon.

Kamilla lauschte, hörte nur den ganz normalen Ton, der signalisierte, dass das Gerät in Bereitschaft war. Sie hielt es fest und blieb ganz einfach stehen.

Horst räusperte sich, als sein Blick ihren Körper neu vermaß.

Sie wollte, dass er sie nahm, dass er sie auf den Boden warf, dass er sie von oben bis unten mit der Zunge ablecken und jede Pore ihres Körpers küssen würde, dass er ihre Brustwarzen zwischen seine Zähne nahm, sie wollte, dass er schwieg, dass er sie anbetete, sie auf den Bauch drehte und ihre Wirbel zählte, sie wollte, dass er einen schönen Körper hatte und dass er vielleicht größer wäre.

Horst zog sich aus. Sein Blick ruhte auf Kamilla wie ein dunkler Sonnenstrahl. Kamilla schwitzte, spürte, wie sich kleine Tropfen zwischen ihren Brüsten bildeten. War es der Dampf oder die Kurzsichtigkeit, die alles verschwimmen ließen?

Horst legte das Schulterhalfter mit der Waffe ab. Einige Kleidungsstücke später war sein Oberkörper nackt. Alles an ihm schien wohlgeformt und muskulös. Langsam zog er seine Hose aus.

Kamilla bemerkte, wie ein Zittern in ihr aufkam, das sie schon lange nicht mehr gespürt hatte. Sie hatte das Verlangen seit Ewigkeiten abgelegt und lagerte es, mit einem Deckel fest verschlossen, ein. Jetzt kochte es in Kamilla wie ein mittelstarkes Beben hoch.

Horst stand nackt vor ihr.

Und mit Erleichterung erkannte Kamilla, dass seine Erregung nichts verbarg. Kamilla mochte seinen Körper, das dunkle Haar und seinen konzentrierten Blick, in dem Neugierde und Bewunderung gleich neben Scheu lagen. Sie beugte sich leicht nach vorn, um ihn besser riechen zu können. Ihr gefiel sein Duft.

Auch Horst beugte sich ihr entgegen. Nur wenige Zentimeter trennten sie noch voneinander. Kamilla sah, wie seine Brust sich hob und senkte. Wie er auch ihr Aroma einsog in einem tiefen Atemzug. Wie er endlich seine Hand ausstreckte und ganz leicht ihre Brust berührte. Wie sie zusammenzuckte, weil seine Hand ganz trocken war und sie verschwitzt. Wie sie die Augen schloss, als seine Lippen kurz auf ihren lagen, sein hartes Glied sie kurz berührte, wie sie erwartete, dass er sie endlich an sich zog.

Wie sie plötzlich schauderte, die Augen öffnete und allein dastand. Das Wasser in der Dusche lief. Horst hinterließ ihr nur sein Telefon.

39.

»Ihr zwingt mich jetzt nicht, vor euch zu pinkeln?« Die Frau mit dem braunen Haar hatte die Hände wie zum Beten gefaltet. Sie sah uns flehend an. Ihr Körper materialisierte sich plötzlich vor der Kloschüssel. Dass sie ihren Platz neben mir verlassen hatte, hatte ich verpasst. Corinne bekam nichts von alldem mit. Ihre Augen waren geschlossen, ihre Lippen gespitzt. November hatte sich von ihr gelöst und spürte vielleicht noch Corinnes Geschmack nach. Auch ich stand noch immer vor der Tür und versuchte zu verstehen, dass eigentlich nichts Schlimmes geschehen war. Nicht, wenn man mit dem Tod rechnete und einfach nur gedemütigt worden war.

November flüsterte Corinne etwas ins Ohr. Danach schlug sie die Augen auf. Novembers Mitteilung musste sie beleidigt haben, weil ihr Gesichtsausdruck nicht anders zu deuten war. Langsam drehte sie den Kopf und sah mich an. »Du hast mit ihr geschlafen?«, fragte sie.

Ich blinzelte; Blut strömte in mein Gesicht. Ich musste rot leuchten wie Corinnes Kleid. »Nein!«, stieß ich hervor.

»Wie konntest du das tun?!«

Keine Ahnung. Ich hatte nichts getan, nur dabei zugesehen. Trotzdem wurde mir ständig etwas vorgeworfen. Als hätte ich ein Alter Ego, das völlig anders handelte. Jeder verwechselte mich mit diesem Doppelgänger, den ich gar nicht kannte. »Corinne. Niemals hätte ich …« Ich verteidigte mich wegen etwas, das nie geschehen war. Es war absurd.

Die Brünette stand immer noch mit verdrehten Augen da. November wischte sich über den Mund. Sie schien zu warten wie die Brünette, die sich jetzt bewegte, als habe sie einen Entschluss gefasst. Sie zog den Rock nach oben und die Strumpfhose hinab, um vor uns Wasser zu lassen. Ich ignorierte sie, so gut es ging. Corinne lenkte mich ab.

Sie klang gekränkt und traurig, als sie sagte: »Mit uns ist Schluss!« In ihren Augen standen Tränen. Jetzt schluchzte sie: »Kommst du zu mir zurück?« In Corinnes Augen standen immer noch Tränen. Wechselbad der Gefühle. Erst kalt, dann heiß.

Hatte ich mich verhört? Hatte zwischen uns jemals etwas begonnen? War ich dabei gewesen oder nicht? Hatten wir überhaupt jemals richtig zusammengefunden? Nicht offiziell, weil Corinne sich immer nur entzog. Mich nach Belieben heranzoomte und hinhielt, so wie es ihr gefiel. Das gelbe Licht überstrahlte auf den weißen Kacheln die Szenerie. Mein Blick zuckte zwischen Corinnes und Novembers Gesicht hin und her. Zwei Frauen, die mich demütigten. Jede auf ihre ganz spezielle Art.

Ich erinnerte mich an ihre Worte: *Wenn ich hiermit fertig bin, hast du wenigstens eine Chance.* Es schien widersinnig, dass November auf diese Art und Weise recht behalten sollte.

Die Frau mit dem braunen Haar zog Slip und Strumpfhose wieder hoch. Über breite Hüften zerrte sie den Rock. »Darf ich?«, fragte sie und quetschte sich an Corinne und November vorbei, wusch sich die Hände, als sei sie allein. Kopfschüttelnd ließ sie auch mich links liegen.

Ich erwischte mich dabei, wie ich überlegte, ob ich Corinne überhaupt noch wollte oder nicht. *Kommst du zu mir zurück?* Ich wusste es nicht mehr. Ausgerechnet jetzt, da sie das erste Mal für mich erreichbar war.

November griff nach der Tasche, ohne die sie nicht mehr zu existieren schien, und warf sie sich über die Schulter. Sie strauchelte und wischte sich über die Stirn. Was war das? Schweiß? Ihre Augen glänzten unnatürlich, und sie holte Luft, als mangelte es ihr an Sauerstoff. Noch immer fiel mir keine Antwort ein. Corinnes Frage hing im Raum wie der Nachhall der Toilettenspülung. Warum antwortete ich nicht?

Novembers rechte Hand griff nach hinten in ihren Hosenbund. Ich kannte die Geste bereits und ahnte, was nun auch passierte. Aber sie bewegte sich schnell, schneller als meine Fähigkeit zu handeln, weshalb ich nur noch erschöpft wahrnahm, dass sich die schwarze Waffe wieder in ihrer Hand befand. Corinne schrie laut, immerhin, was nur verständlich schien, denn November richtete den Lauf der Pistole wieder einmal auf mich. So zwang sie mich, den Flur vor ihr entlangzugehen, hinein in den Raum, in dem alle tanzten. Die Musik wummerte, aber ich hörte kaum etwas, weil Adrenalin mich überschwemmte. Das Licht flackerte. November schob mich zwischen den Tanzenden hindurch, bis sie die Quelle des Lärms ausmachte. Es knallte unmenschlich laut, als sie den Laptop zerschoss, der die Musik generierte. Plastikteile spritzten in alle Richtungen. Etwas Spitzes traf mich im Gesicht. Menschen rannten durcheinander, manche schrien und warfen sich zu Boden.

November ließ mich stehen und stieg auf dem Weg zur Tür einfach über willkürlich verteilte Körper hinweg. Dann drückte sie auf den Lichtschalter – jedes Detail erkannte ich nun unerträglich scharf – und rief laut: »Ruhe!«

Ein paar wimmerten noch, aber langsam wurde es tatsächlich still. November kam zu mir zurück und stellte sich neben mich. Einen, wenn auch unwahrscheinlichen Fluchtversuch hatte ich zum x-ten Mal versäumt. Der Lauf der Waffe berührte meine Schläfe. Mein Mund war trocken, meine Knie weich. Mein Kopf produzierte nur noch die Frage »Warum?« in Endlosschleife. Warum hörte das nicht auf?

Zehn, zwölf Personen verblieben noch im Raum. Der Rest musste geflohen sein. Einige Gäste standen an die Wand gepresst, andere lagen gekrümmt vor uns. Drei davon kannte ich. Eine Kollegin von Corinne und die zwei Opfer des Literaturbetriebs.

»Holt eure Handys raus!« Novembers Kommandoton klang vertraut wie der Tadel einer strengen Lehrerin. »Ich will, dass ihr das filmt und teilt!«

Nervös suchten alle in ihren Hosentaschen nach ihren Handys. Endlich richtete man sie auf uns. Homevideo. Novembers Stimme dröhnte rau und klar, nur sehen konnte ich meine Geiselnehmerin nicht: »Ich will das Kind, das ihr in den Bergen gefunden habt. Ich will Mathilda haben. Und ich will die Telefonnummer des Bullen, der den Fall bearbeitet. Wenn ihr mich hinhaltet, überlebt der hier es nicht.«

Mit »der hier« meinte sie mich.

Um ihre Aussage zu unterstreichen, schoss November noch einmal. Aber der Schuss traf mich nicht. Aus der Zimmerdecke platzten Stücke ab. Putz rieselte zu Boden. Ich zuckte zusammen und die filmende Gruppe wich zurück. Das Licht ging an und aus. Corinne würde das nicht mögen. Sie liebte den Stuck, der nun Geschichte war. Wieder hörte ich Geschrei aus angsterfüllten Gesichtern, das nur durch das Klingeln in meinen Ohren gedimmt wurde. Nach jedem Schuss fühlte ich mich taub, und in meinen Ohren fiepte ein schriller Ton. November stieß mich mit dem Lauf der Waffe an. Meine Beine ruckten nach vorn. Ich bewegte mich auf den Ausgang zu, von panischen Blicken verfolgt, die an mir unlösbar klebten. Mit Novembers

Waffe, die hart zwischen meine Schulterblätter stieß, verließen wir die Wohnung. Als die Tür sich schloss, fiel mir auf, dass ich immer noch keine Antwort auf Corinnes Frage gefunden hatte.

40.

»Was tun Sie hier?«

»Ich übernachte hier. Und Sie?«

»Ich auch.«

Dima und Horst betrachteten einander misstrauisch.

»Das ist doch absurd. Sie folgen mir.«

»Nein. Sie folgen *mir*.«

Dima warf Horst einen abschätzigen Blick zu. »Sie sind kein Polizist.«

»Woher wollen Sie das wissen?«

»Weil Sie mich grundlos niedergeschlagen haben.«

»Ohne Grund habe ich es nicht getan.«

Dima runzelte die Stirn. Die mögliche Ursache beschäftigte ihn.

»Sie sehen mitgenommen aus.« Horst wirkte ernsthaft zerknirscht. »Es tut mir wirklich leid.«

»Das sollte es auch. Warum haben Sie das getan?«

»Wie bitte?« Horst täuschte wieder einmal Unverständnis vor.

»Sie sind nachgiebig wie ein Gummizug.« Dima seufzte.

»Sie unterschätzen mich. Was wollen Sie hier noch? Sie sollten die Stadt längst verlassen haben.«

In diesem Moment kam Kamilla mit Mathilda die Treppe herunter. Horst fand Kamilla schöner als je zuvor. Leider hatte sie wieder Kleider an.

Dima zuckte neben Horst zusammen, danach erschien ein Lächeln auf seinem Gesicht. Er breitete die Arme aus, in die Mathilda, ohne zu zögern, hineinlief.

Jemand musste die Zeit angehalten haben, denn alles wurde still, wie eingefroren. Es gab keine Vergangenheit im Angesicht einer perfekten Gegenwart, die angesichts kindlichen Vertrauens, kindlicher Akzeptanz und Liebe jedem Wesen auf diesem Planeten Optimismus verhieß. Horst fühlte sich euphorisch, obwohl es sich nicht um sein Glück, sein Leben handelte. Er zwang seine Gedanken zurück in seinen Kopf, seine Gefühle zurück in sein Herz, bevor er sich zur Ordnung rief.

Neben Dima Ismailov tauchten die Zwillinge auf, als habe ein Raumschiff sie einfach hierhergebeamt. Um sie herum befand sich eine Aura des Lichts und der Zuversicht. Sie standen hinter dem Tresen des Hotels, der trotz fortgeschrittener Uhrzeit nicht besetzt war. Wo war der Portier? Gestern noch schien er aus der Einrichtung dieser Pension nicht wegzudenken, jetzt fehlte seine Anwesenheit wie die Warze im Gesicht einer Grimm'schen Hexe. Kamilla war neben Horst getreten. Er spürte ihre Gegenwart wie eine leichte Berührung. Ihr Duft lenkte ihn ab, aber er durfte sich keine weiteren Aussetzer leisten, auch wenn er dem haltlosen Gefühl gern nachgegeben hätte. Seine Leidenschaft für Frauen war zum Scheitern verurteilt. Es blieb ihm nur sein Beruf. Horst zog seine Waffe. Was er zu sagen hatte, sagte er mit großem Ernst. Die Pistole unterstrich seine Worte. Horst bemerkte, wie Kamilla sich neben ihm vorbeugte. So kommunizierte sie ihren Widerstand. Was Horst tat, gefiel ihr nicht. »Sie« – Horst zeigte auf Mathilda – »darf nicht bei Ihnen bleiben.«

Dima betrachtete Horst und die Waffe fassungslos. In seinen Armen lag immer noch das Kind. Mathilda hatte die Augen geschlossen und sich eng an ihn geschmiegt. »Sie ist meine Tochter. Sie gehört zu mir.«

»Es ist kompliziert«, wiegelte Horst ab. »Jetzt schicken Sie Mathilda zu mir herüber.« Horst spürte, dass Kamilla ihn anstarrte. Er hätte ihr gern alles erklärt, aber er war sich nicht sicher, ob sie ihn in ihrem momentanen Geisteszustand überhaupt verstehen würde.

Als Nächstes drang ein Wort in Horsts Bewusstsein. Eine laute Stimme sagte: »Slick.« Wie eine Feststellung oder ein Kommando für einen Hund. Tatsächlich handelte es sich um einen Auftrag. Auf der Treppe standen die dicke Frau mit den Netzstrümpfen und die dürrste Vogelscheuche, die Horst je gesehen hatte. Er erkannte sowohl die finstere Frau als auch den schmuddeligen Typen mit den langen Haaren wieder, die er schon in den Bergen getroffen hatte, in der Nacht, als sie an einem amerikanischen Wagen lehnten. Die Pupillen der Vogelscheuche füllten fast seine ganzen Augen aus. Sie erinnerten Horst an den Revolverlauf, in den er hineinschaute. Der Dürre hielt die Waffe fest und ruhig. Sein Gesichtsausdruck wirkte fast abwesend.

Pattsituation, dachte Horst und: Ein Hoch auf die Zeiten, bevor das Schießpulver erfunden worden war!

»Waffe runter«, sagte Kamilla laut und klar.

Horst hoffte, dass sie nicht ihn meinte. Kaum traute er sich, den Kopf zu drehen. Seine Pistole zeigte auf Dima, der Colt des Skeletts auf ihn. Kamillas Waffe zeigte vermutlich auf Slick. *Jetzt wird es kompliziert*, dachte Horst. Der Gedanke ermüdete ihn, obwohl der Tag doch erst angefangen hatte.

Es wurde ruhig im Raum. Was würde passieren, wenn andere Gäste vorbeikamen? Wie würde er das seinem Chef erklären? Die Dienstwaffe ohne Not gezogen zu haben? Horst roch den Staub, den Muff aus alten Zeiten, und wunderte sich, was nun geschehen würde. Keiner regte sich. Bis ein Handy klingelte. Und danach noch eines. Danach das von Kamilla. Schließlich vibrierte auch in seiner Tasche das Gerät.

Einer der Zwillinge zückte ein Telefon und Dima ebenso. Kamilla förderte ihres aus der Manteltasche zutage, ohne ihren Blick von der Waffe abzuwenden, die sie immer noch auf Slick gerichtet hielt. *Gut vernetzt*, dachte Horst. *Was wären wir ohne lückenlose Kommunikation, um Situationen wie diese zu entschärfen?*

»Dima. Das musst du sehen!« Eine der Zwillingsschwestern hielt ihr Handy wie einen winzigen Pokal in die Luft.

»Was ist denn los?« Die dicke Frau auf der Treppe beugte sich nach vorn. Kaum schien sie in der Lage zu sein, ihre Neugierde im Zaum zu halten.

Dima blickte auf sein Telefon. Horst erstaunte es, kleine weiße Katzen auf der rosafarbenen Schutzhülle zu sehen. Mathilda hielt sich nach wie vor an ihrem Vater fest. Ihre Augen waren immer noch geschlossen, als läge ihr nichts mehr daran, die Welt um sie herum zu sehen.

»Das sollten Sie sofort anschauen«, drängte Kamilla Horst.

»Okay, Leute, alle Waffen runter. Ich halte das nicht aus. Ich will das wirklich sehen.« Die dicke Frau sagte es mit einer Bestimmtheit, die keinen Widerspruch duldete.

Vorsichtig ließ Horst seine Waffe sinken, immer noch den Blick auf den silbernen Colt gerichtet, der auf ihn zeigte.

»Erst sie!«, sagte die Vogelscheuche misstrauisch, mit einem Kopfnicken zu Kamilla hin.

Horst sah sie an und nickte. Widerstrebend ließ Kamilla ebenfalls ihre Waffe sinken. Horst hoffte, dass sie sich bereithielt, ihre Pistole schnell wieder zu ziehen. Wahrscheinlich erwartete er zu viel.

»Slick. Jetzt du!«, sagte die Dicke mit dem kirschroten Lippenstift voller Ungeduld.

Alle starrten auf Slick, der wie versteinert wirkte. Langsam senkte er den Kopf, bis er »Okay, Betty« sagte.

Alle atmeten auf. In einer flüssigen Bewegung ließ er den Revolver sinken. Der Lauf des Revolvers zeigte zu Boden. Horst spürte, wie sich seine Schultern lockerten. Kamilla trat von einem Bein auf das andere, und auch die Dicke wippte auf den Stufen vor und zurück.

Als der Schuss sich löste, knallte er ohrenbetäubend durch den Raum. Das Geräusch sprang hin und her wie eine Flipperkugel. Nur der Ton oder tatsächlich ein Querschläger, das blieb zunächst unklar. Alle zuckten simultan zusammen. Neben Slicks Füßen spritzte ein Teil des Bodenbelags hoch. Roter Stoff und Holzsplitter. Der Teppich hatte jetzt ein Loch. Die düstere Frau machte behände einen Satz, der Horst beeindruckte. Für ihr Gewicht gab die Dicke, die sich Betty nannte, eine gute Figur ab.

Mathilda riss die Augen auf. Alle anderen starrten auf Slick, der seinen Colt erstaunt anschaute. Betty lachte. Mit der linken Hand schlug sie ihm auf die Schulter, sodass Slick fast vornüberkippte. Ihr Lachen rollte durch den Raum. Horst sah Kamilla fragend an, die nur mit den Schultern zuckte. Horst wunderte sich immer noch, was sie auf ihrem Handy wohl gesehen hatte. Es nagte an ihm, aber die Situation änderte sich abrupt. Horst konnte Bettys Heiterkeit nicht teilen. Ein Schuss war gefallen, aber glücklicherweise schien keiner verletzt zu sein.

»O Mann, Slick!« Betty bekam kaum noch Luft. Lachtränen auf den Wangen, stieß sie hervor: »Du schießt so oft daneben, das grenzt schon fast an Kunst.«

41.

Ich stolperte die Treppen hinunter, bis ich spürte, dass etwas sich verändert hatte. Bis zu diesem Moment gab es nur meine Schritte, die ich hörte. Ich blieb stehen und sah mich um. Sie war nicht da. »November?« Meine Stimme verklang im Treppenhaus. Für einen Moment überlegte ich, einfach weiterzurennen. Nach unten bis zur Tür, hinter der meine Freiheit wartete. Hier war meine Chance. Die Gelegenheit, die ich schon so lange ersehnt hatte. Ich würde wieder Herr meiner eigenen Handlungen sein. Niemand konnte mich mehr zu etwas zwingen, keiner dürfte etwas von mir verlangen, auch nicht mit Waffengewalt. Freiheit. Ein ungewohntes Gefühl. Ich nahm zwei Treppenstufen auf einmal, noch ein Absatz, der Ausgang befand sich nur noch wenige Meter entfernt von mir, aber ich hielt an. Nochmals rief ich ihren Namen. Keine Antwort. Ich hasste mich dafür, aber etwas zwang mich dazu. Ich drehte mich um und lief die Stufen wieder hinauf zu Corinnes Wohnung. Das Licht ging aus. Im Dunkeln nahm ich vorsichtig Stufe für Stufe, tappte bis zum nächsten Treppenabsatz. Mit den Fingerspitzen suchte ich nach dem Schalter. Nur nicht klingeln! Nicht jetzt und nicht hier! Ich berührte das glatte Viereck, es wurde Licht. Ich blinzelte und sah mich um.

November saß ein paar Stufen höher. Genauer gesagt saß sie nicht, sie schien zu liegen. Die Waffe ruhte noch in ihrer Hand, aber alles an ihr wirkte seltsam schlaff. Langsam näherte ich mich ihr. »Hey, was ist?«

Ihr Kopf zuckte hoch. Jetzt sah ich erst, dass ihre Augen glasig waren. Sie schwitzte, das Atmen fiel ihr schwer. Ich beugte mich zu ihr hinab.

»Nichts. Hau ab!«, sagte sie schwach.

Meine Hand tastete nach ihrer Stirn. Alles an ihr glühte. »Steh auf, bevor dich jemand entdeckt!«, befahl ich ihr.

»Das wolltest du doch. Jetzt geh!«

Sie hatte recht. Nichts hatte ich mir sehnlicher gewünscht. Ich sagte: »Komm!«, und reichte ihr meine Hand.

Mühsam richtete sie sich auf und versuchte, ihre Waffe in den Hosenbund zu stecken. Es gelang ihr nicht, bis ich ihr dabei half. Als sie endlich wieder aufrecht stand, griff ich nach ihrem Arm und legte ihn mir über die Schultern. Mit der Rechten hielt ich sie.

Sie sah sich um. »Die Tasche? Wo ist sie?«

Ich angelte danach. So schwankten wir treppab wie ein überladener Schwertransporter.

»Du solltest da nicht reinschauen, Laser. Tu es besser nicht!«, bat sie mich.

»Wer ist das Mädchen, das du treffen willst? Was hast du mit ihr vor?« Die Frage ließ mir keine Ruhe. Aber November hörte gar nicht zu. Sie lief mechanisch, manchmal entglitt sie mir beinahe, weil ihr die Füße wegrutschten. Als ich die Haustür öffnete, gaben ihre Beine nach. Den Rest des Weges trug ich sie, schleifte sie über den Bürgersteig. Sie war sehr leicht im Vergleich zu dem riesigen Gepäckstück, das sie nicht liegen lassen wollte. November murmelte irgendetwas, aber ich verstand es nicht.

Ein Mal setzte ich sie ab, um das Auto zu öffnen. Diesmal wählte ich die hintere Tür. Es gelang mir nur mit Mühe, sie in der Enge des Notarztwagens auf die Trage zu wuchten, aber schließlich hatte ich die Gurte gelöst, und sie lag vor mir. Ich schloss den Schlag und zog mir Handschuhe an. Die Anzeichen kannte ich. Es sah nach einer Sepsis aus. Zweites Stadium, mindestens. Wie immer machte ich Konversation, erklärte alles, was ich tat. Unfallopfer, die noch bei Bewusstsein waren, beruhigte das. November aber schien kaum noch anwesend zu sein. Ich zog ihr die Lederjacke und den schwarzen Pullover aus. Ihr linker Arm leuchtete wie eine Signalpistole, die gerade abgefeuert worden war.

»Du bist nicht dumm«, presste sie heraus.
»Nicht dümmer als die meisten.«
»Du hast mich infiziert.«
Ich sah weg. »Vielleicht war die Nadel nicht ganz steril, als ich die Wunde nähte.«
»Ich dachte, du musst anderen helfen. Gibt es da nicht so einen Schwur?«
»Gibt es nicht mehr. Nur einen Mythos, an den die meisten immer noch glauben. Du hast mir keine andere Wahl gelassen.«
Noch konnte sie sprechen, atmen.
Mit einer Schere zerschnitt ich den Verband. Die Wundränder des Risses waren gewölbt, die Entzündung glänzte feucht und schillerte, als ströme sie eine eigene Hitze aus. November hob den Kopf. Es fiel ihr schwer, aber trotzdem starrte sie mich fiebrig an, als schaue sie durch nasses Glas.
»Hör auf damit und ruf die Bullen! Du hast es so gewollt.«
Sie sank zurück und schloss die Augen. Sie atmete nur noch stoßweise.

Ich dachte nach, aber nur kurz, denn ich hatte meine Entscheidung bereits getroffen.

Irgendwann fragte sie, ob ich sie töten würde. »Vielleicht«, sagte ich. Die Idee schien nicht abwegig, weil nur circa sechzig Prozent aller Patienten mit Blutvergiftung überlebten, aber ich machte jetzt meinen Job. Sollte ich sie ruhigstellen? Ich wollte nicht in guter Absicht angegriffen werden. Oder im Wahn. Also ging ich in Deckung und verabreichte ihr Valium, danach Cortisol. Sie murmelte noch etwas von Kälte und einem gelben Hund. Danach wurde sie ruhig. Ich legte ihr eine antibiotische Infusion und versorgte ihren Arm. Was ich hier tat, überschritt meine Kompetenzen ohnehin bei Weitem. Müde zog ich mir die Handschuhe über die Finger. Ich deckte sie mit ihrer Jacke zu. Mein Handy! Ich fischte es aus einer ihrer Jackentaschen. Auch Decken fand ich noch für sie und mich. Auf dem Sitz neben ihr ließ ich mich nieder. Nur wenig Akkuleistung war meinem Smartphone noch geblieben, aber für das alles entscheidende Telefonat reichte es. Das Licht im Wagen löschte ich. Nur das Display leuchtete. Ich wählte die Eins, die Eins, die Null. Alle Macht lag nun bei mir, und ich genoss das Gefühl, bis der fahle Schein des Displays erlosch. Mein Kopf sank nach hinten gegen die Wand. Binnen Sekunden war ich eingeschlafen.

Mein Nacken schmerzte, mein Körper auch. Ein Geräusch weckte mich, obwohl ich nie mehr aufwachen wollte. November saß aufrecht auf der Trage und sah aus, als wäre sie ein Geist. Hatte ihre Haut schon immer unnatürlich weiß geschimmert, schien sie nun fast immateriell zu sein, wie durchsichtig. Blut lief an ihrer Armbeuge hinab. Aus der Nadel, die sie sich gezogen hatte, tropfte Infusionsflüssigkeit, die auf dem Boden eine Pfütze bildete. Sie fröstelte. Ihre Augen leuchteten wieder schwarz und klar. Sie betrachtete mich eingehend, vielleicht schon seit geraumer Zeit. Die schwarze Lederjacke lag auf ihrem Schoß und bildete einen harten Kontrast zu ihrem nackten Oberkörper. So hatte ich sie im Haus meiner Eltern gesehen. Hier wiederholte sich die Situation. Langsam schälte ich mich aus meiner Decke. Ich fühlte mich schlecht, ich musste mal. November erhob sich, zog die Jacke an, und ich öffnete die Tür. Wir spähten wortlos aus dem Wagen hinaus und erleichterten uns nebeneinander am Bordsteinrand. Ich stand aufrecht und pinkelte das Vorderrad des Sprinters an. November hockte ein Stück weiter zwischen zwei Autos. Die Straße lag ruhig da, und ich lauschte den Geräuschen, die unser Harntrieb verursachte. Der Himmel glänzte hell und klar. Es regnete nicht an diesem frühen Vormittag. Der Mond hing noch schemenhaft am Himmel wie eine vergessene Idee. Er leuchtete durchsichtig wie Novembers Körper, halb und weiß lasiert. Nur wenige Menschen waren auf der anderen Straßenseite unterwegs: Eine Mutter schob den Kinderwagen, ein Rentner ging, mit seinem Stock klackernd, über den Bürgersteig, und ein paar Jugendliche unterhielten sich, obwohl sie überdimensionierte Kopfhörer trugen. Es musste schon fast Mittag sein.

Wir griffen gleichzeitig nach der Tür, stiegen aber nacheinander ein. Sie streifte ihre Jacke ab und griff nach dem Pullover, der noch auf dem Boden lag. Bevor sie ihn überziehen konnte, bat ich sie: »Warte noch!« Mein Magen krampfte, aber ich konnte nicht widerstehen.

Langsam drehte sie sich um. Hell und dunkel, lebendiger Widerspruch. Vorsichtig zog ich ihr die Waffe aus dem Hosenbund, legte sie zur Seite wie eine hochansteckende Bakterienkultur. November wehrte sich nicht, verfolgte jede meiner Bewegungen. Woher ich den Mut nahm, konnte ich mir nicht erklären. Aber ich presste mich an sie oder sie an mich. Ich legte meine Hände auf ihre spitzen Schulterblätter, spürte ihren Atem an meiner Brust. Weil sie all das akzeptierte, zog ich mich hastig aus. November stand einfach nur da, bis ich ihre Hose nach unten schob und meine Hände auf ihre Hüften legte. Ich drückte sie auf den Sitz und setzte mich auf sie. Ihre Beckenknochen bohrten sich in meine Oberschenkel, und ich hob und senkte meinen Körper mit weit gespreizten Beinen, bis sie das Gleiche tat, nur im entgegengesetzten Rhythmus. Es war vielleicht ein anderer als ich, der bemerkte, wie meine Finger zwischen ihre Schamlippen glitten und das weiche Fleisch dazwischen suchten, wie ihre Pupillen sich weiteten und sie die Arme hob. Wie der Wagen plötzlich mit uns schaukelte. Wie ich in ihr Ohr atmete – sie roch nach Schweiß und Desinfektionsmittel, was mir auf einmal begehrenswert erschien – und wie mein Mund nach ihrem tastete, meine Zunge um ihre Lippen strich, wie ihre Zähne in meine Lippe bissen und ich zurückzuckte. Wie ich kurz nach ihrem Oberkörper griff und ihre Rippen fest umklammerte, bis sie meine Lippe freigab – ich schmeckte Blut – und ihre Zunge sich endlich in meinem Mund bewegte und ich mich in ihr. Meine Fingerspitzen spürten, wie ihre Schamlippen anschwollen. Das Geräusch, das unsere feuchten Becken und Münder verursachten, musste es geben, aber ich hörte es nicht. Jetzt öffnete sich das Tor zu ihrem Kopf erneut, und ich stürzte ohne Zögern hinein. November schrie mit der schnelleren Bewegung meiner Finger, und sie schrie laut. Ihr Körper bog sich nach hinten. Noch während sie in Wellen zuckte, wartete ich auf ihr Okay, das kam, als ihr Schambein sich an mich presste, mit einem Druck, der durch mich hindurch auf etwas anderes zielte. Ich kam auf ihr Geheiß, und ich kam auf sie, weil sie mich ließ. Schränke öffneten sich, Instrumente polterten heraus. Es war kein leiser Fick.

42.

Ein lächerliches Objekt, dachte Horst. Horst hatte zugegebenermaßen nicht viel Erfahrung mit Nagelscheren. Sie bestanden aus Metall, waren spitz, ansonsten harmlos und von Nutzen, um Finger- oder Fußnägel zu kürzen. Horsts Vater benutzte einen Nagelknipser, Horsts Mutter ein filigranes kleines Ding. Dass sie ihm, Horst, die Nägel geschnitten hatte, schien bereits eine Ewigkeit her zu sein. Horst hatte nie an seinen Fingernägeln gekaut. Er empfand keine Nervosität, die ihn dazu zwang. Er mochte das Nägelschneiden bis heute nicht, insbesondere das knirschende Gefühl. Dennoch schnitt er seine Nägel regelmäßig und akkurat. Horst interessierte sich nicht für Fingernägel, solange sie kurz und sauber waren. In dieser Situation musste sich Horst jedoch eingestehen, dass es nicht um seine Fingernägel ging. Es ging um gar keinen Nagel. Es ging um etwas anderes, an dem ihm mehr als an einem Fingernagel lag. Horst schwitzte. Zum ersten Mal seit Jahren empfand er körperliche, erstickende, echte Angst.

Betty sah ihn mit einem breiten Lächeln an. Vor ihr ausgebreitet lagen auf den drallen Oberschenkeln ein Lippenstift, zwei Kondome – noch verpackt –, ein Kugelschreiber und eine Nagelschere. »Was nehme ich?« Bettys Zeigefinger wippte senkrecht vor ihren Lippen auf und ab. Ihre Pupillen verschwanden fast in ihren Augenwinkeln, so stark beschäftigte die Frage sie.

Horsts Hände waren mit einem Kabelbinder hinter seinem Rücken zusammengebunden. Schmerzhaft schnitten sie in seine Handgelenke ein. Es stellte sich als unmöglich heraus, das Plastikband zu lockern. Wo befanden sich nur die anderen Gäste der Pension? Angeblich war der Laden voll. Und wo hatte sich der Portier versteckt? Slick tigerte vor Horst auf und ab, wedelte mit seinem Colt gelangweilt hin und her. Horst lehnte mit dem Rücken an der Wand. Sein Gesicht schmerzte noch von Bettys Hieb. Er konnte sich nicht entscheiden, was er am meisten fürchtete: Slicks Unfähigkeit, mit einer Waffe umzugehen, oder Bettys Handtascheninhalt. Die Situation entwickelte sich für ihn unvorteilhaft.

Eine Stunde zuvor schien die Lage noch entspannt. Während sich der stechende Geruch nach Schießpulver verflüchtigte, konsultierten alle ihre Telefone. Ein Video machte die Runde. Alle TV- und Radiostationen brachten es. Eine junge Frau bedrohte mit der Waffe einen blonden Mann, der deutlich größer und schwerer war als sie. Sie verlangte ein Mädchen namens Mathilda und eine Telefonnummer. Tatsächlich war es die Nummer von Horst. Ein Schuss – diesmal nur auf Band –, der Verputz aus der Decke rieseln ließ. Darin bestand das letzte Bild.
    Horst wurde nachdenklich.
    Dima weigerte sich, Mathilda herauszugeben. Kamilla wies darauf hin, dass es sich um ein Menschenleben handelte. Persönliche Befindlichkeiten verböten sich von selbst. Sie führte Karl Jaspers an und dass Subjekt und zu erkennendes Objekt einer Spaltung unterlägen. Horst wendete ein, dass es sich hier wohl eher um eine Subjekt-Subjekt-Spaltung handele. Und er persönlich habe den Eindruck, dass nach dieser Verquickung der Umstände kaum von Spaltung gesprochen werden könne. Kamilla behauptete stur, dass Spaltung nur durch Mystik aufzuheben sei, aber das helfe an dieser Stelle nicht. Hier handele es sich um ein Leben, und Dima müsse das Kind freigeben, weil das eben die Bedingung sei, um einen unschuldigen Menschen

zu retten. Betty verdrehte die Augen und verlangte nach mehr Kaffee. Slick fragte sich etwas später, ob nicht nur gespalten werden könne, was ursprünglich zusammen war. Horst fand diese Bemerkung interessant und bedenkenswert. Kamilla bekannte, kein Heidegger-Fan zu sein, aber der Einwand sei nicht einfach so von der Hand zu weisen. Betty stampfte mit dem Fuß auf und knurrte unwillig, dass sie sich langweile. Dima sah die Zwillinge Hilfe suchend an. Wortlos schüttelten diese die Köpfe, woraufhin Dima sich verzweifelt auf die Lippe biss. Horst hatte dem BKA grünes Licht gegeben und seine Handynummer der neuen Sonderkommission, zu deren Teil er in Abwesenheit geworden war, zur Verfügung gestellt. Binnen Minuten wurde sie überall ausgestrahlt. Horst nannte seinem Chef ihren Namen: Nur eine Anruferin würde durchgestellt. Jetzt warteten sie auf den Anruf der gefährlichen, jungen Frau.

Das Klingeln von Horsts Handy rüttelte sie auf. Horst nahm ab, nickte, sprach ein, zwei leise Worte, willigte in alles ein und legte auf.

Als die anderen ihn bestürmten, weigerte er sich jedoch, Auskunft zu geben. Wenn Dima nicht das Kind freigebe, werde er, Horst, gar nichts mehr verraten. Dima erklärte sich bereit, Kamilla Mathilda vor die Tür begleiten zu lassen, weil er nicht wollte, dass sie mithörte, wie über sie verhandelt wurde. Im Vorbeigehen steckte Horst Kamilla seinen Autoschlüssel zu und raunte, dass sie ihn, Horst, nicht aus den Augen verlieren dürfe. Zur Sicherheit. Im Nachhinein verunsicherte ihn die Frage, ob sie ihn überhaupt richtig verstanden hatte. Als die beiden den Raum verließen, weigerte sich Horst, entgegen aller Abmachungen, Informationen preiszugeben. Er versicherte Dima, dass er sich allein mit der Erpresserin treffen würde. Zu einer Zusammenarbeit sei er nicht bereit.

Dima rannte aus der Pension hinaus. Verzweifelt kam er kurz danach zurück, weil er keine Spur von Mathilda und Kamilla entdeckt hatte. Horst atmete erleichtert auf und wollte gehen. Aber Betty hinderte ihn daran. Ohne lange zu fackeln, schlug sie ihm mit voller Wucht die Faust ins Gesicht. Das Zimmer drehte sich, die Welt wurde in Horsts Augen schief. Bevor ihm übel werden konnte, tönte sich die Umgebung erst grau und danach schwarz. Als Horst zu sich kam, hatte Slick ihn gefesselt, hart und fest. In Horsts Mund befand sich ein alter Blutklumpen, den er auf den Teppich spuckte.

Dima diskutierte mit den Zwillingen, die auf dem Tresen ständig irgendwelche Karten legten.

Horst wunderte es, dass Dima immer wieder den Gehängten zog. Enttäuscht schlug Dima den Zwillingen schließlich das Blatt aus der Hand. Die Karten verteilten sich auf dem bunten Teppich wie ein Blütenregen aus Papier. Betty lachte laut, weil *jede* Karte, die mit der Bildseite nach oben lag, den Gehängten zeigte.

»Wenn du dorthin gehst, Dima, wirst du ein schlechtes Ende nehmen«, schrie Kitty oder Cat.

Dima schüttelte den Kopf. »Ich werde dennoch gehen.«

Einer der Tarot-Zwillinge weinte, der andere lachte. Beides klang nach Hysterie. Wie mit einer Stimme sagten die Zwillinge: »Dann können wir dir nicht mehr helfen.« Sie gingen. Sie hinterließen Dunkelheit im Raum, obwohl das Licht noch brannte.

Dima verschwand, sodass Horst ihn nicht mehr sah. Betty traf eine Entscheidung, die Horst ängstigte.

»Du musst jetzt wählen. Moment«, sagte sie, »ich korrigiere mich. Du hast gar keine Wahl. Wo triffst du diese blöde Kuh?«

Mit trockenem Mund antwortete Horst: »Das behalte ich für mich.«

»Ich sag dir was«, erklärte Betty mit großem Ernst, »ich habe schon den einen oder anderen umgebracht, aber daran liegt mir nichts. Eigentlich mag ich es nur nicht, wenn man mir widerspricht.«

Slick nickte langsam und bewusst.

Die Nagelschere in Bettys Hand machte schnipp und schnapp. Die Schere schien sehr gut zu funktionieren.

»Wo triffst du diese Frau?«, fragte Betty ruhig.

Horst verstand ihr Interesse nicht. Wieso Betty und Slick sich als Handlanger vom Dima Ismailov verdingten? Er durchdrang diese Verbindung nicht. »Was wollt ihr von ihr?«

»Ich stelle hier die Fragen, und du antwortest. Anders herum funktioniert es nicht. Also: *wo?*« An Bettys ernsthafter Absicht konnte es keinen Zweifel geben, was Horst mehr und mehr erschreckte. Er sah nur noch ihren kirschroten Lippenstift, der über die Konturen gemalt war, und schüttelte den Kopf. Seine Beine zitterten. Er wandte sich nach links und rechts, aber Slick hielt ihn fest in einer Position.

»Schöne Ohren«, bemerkte Betty leichthin. Es klang wie ein Abgesang auf etwas Schönes, das vergangen war. »Besonders dieses hier.« Mit ihrer Hand zog sie an Horsts rechtem Ohr. Dann schnitt sie mühsam mit der Nagelschere ein Stück heraus.

43.

Mein Sperma hatte Novembers Bauch mit einem zerbrechlichen, trocknenden Film überzogen. Mit den Fingern strich ich darüber und sah zu, wie es sich wie Pergament in Flocken ablöste. Novembers Brust hob und senkte sich in kurzen Intervallen. Seit Minuten hatten wir uns schweigend angesehen, stille Botschaften ausgetauscht, wenn unser lautes Atmen als beredtes Schweigen gelten konnte. Ich fühlte mich zutiefst entspannt, und dennoch tickte etwas in mir wie ein verbogenes Metronom. Irgendwo klingelte mein Telefon. Ich ließ es klingeln, aber es hörte nicht mehr auf. Mit einem Seufzer löste ich mich von ihr. Ich hätte noch ewig auf ihr sitzen können. November gefiel es ebenfalls – ihre Hände ruhten auf meinen Oberschenkeln, nur der Verband an ihrem Arm störte die Symmetrie –, und ihre Augen wirkten wie entflammt, auch wenn ihr Gesichtsausdruck wie immer unbeweglich schien.

»Papa?!« Sein Wortschwall traf mich wie ein Hammerschlag. Er sprach so aufgeregt, dass er sich nicht mal an dem »Papa« störte. Sonst verlangte er, dass ich ihn Simon nannte.

»Wie geht es dir? Mein Gott, du lebst. Wo bist du überhaupt? Wir haben es im TV gesehen. Überall zeigen sie dein Bild. Wer ist diese Frau, und was hast du überhaupt mit ihr zu tun? Laser … bist du noch dran?«

Ja. Ich war noch dran. Was sollte ich ihm sagen? Ich entschied mich für: »Mir geht es gut.« Genauer gesagt ging es mir gerade so gut wie schon seit Jahren nicht mehr. Dass ich Magenschmerzen hatte, erklärte ich mir damit, dass wir ewig nichts gegessen hatten. Ich verspürte großen Durst. Kein Wunder nach dem Sex! Ich lächelte November an, die gerade eine Decke um sich wickelte.

»Gott sei Dank, Laser. Ich verstehe das alles nicht. Bist du wirklich okay? Hier steht die Polizei. Hat sie den Kommissar schon angerufen? Es gibt eine Sonderkommission. Oder bist du wieder frei? Wo bist du überhaupt?«

Weil mich sein Wortschwall überforderte, antwortete ich einfach nur auf die letzte Frage, die er mir stellte: »In München.«

»Gott sei Dank! Wir dachten, du bist vielleicht tot.«

»Es ist kompliziert. Hör zu. Alles okay. Ich rufe bald zurück.« Was ich ihm versprach, war keineswegs gewiss. Aber es erschien mir realistischer als noch zuvor.

»Laser. Deine Mutter möchte dich sprechen. Du musst…«

»Mach's gut, Simon, und grüß Mama!« Ich kam mir vor wie ein Schuft. Noch nie hatte ich ihn abgewürgt oder mitten im Gespräch aufgelegt. Ein solches Verhalten duldete mein Vater nicht. Aber was hätte ich ihm erklären können? Dass ich mit einer Killerin schlief, sogar freiwillig, und dass ich es am liebsten noch mal getan hätte? Ich fühlte mich, abgesehen davon, dass ich unendlich müde war, so gut, dass ich gern ein weiteres Mal über November hergefallen wäre. Aber etwas ließ mich zögern. Mit November spielte man nicht. Langsam lernte ich, ihre Signale zu erkennen. Nur, sie zu deuten, das fiel mir schwer. Ich warf November mein Handy zu. Noch einmal klingelte es aufdringlich. Ich schüttelte den Kopf. Um mich herum suchte ich nach meiner Kleidung. Wie ich mich vorhin in der Enge des Wagens ausgezogen hatte, war mir rätselhaft. Ein paar Gerätschaften, die aus den Schränken herausgefallen waren, hob ich auf und sortierte sie ein.

November klickte sich wieder einmal durch meine privaten Nachrichten. Die Indiskretion wirkte wie ein Tick, den sie nicht mehr loswurde. Aber jetzt störte mich die Vertraulichkeit nicht mehr.

Es verärgerte mich nicht, denn ich hatte mich verliebt. Vermutlich ahnte sie es. Gerade streifte ich meinen Pulli über, als ein Schatten über ihr Gesicht zog. Wie ein Blitz, ein Schreck, eine Ahnung, wie ein Todesfall. Ihr Blick zuckte sofort zu mir. Wir hielten beide inne. Sie starrte auf mein Telefon, danach auf mich. Ich bemerkte, wie es hinter ihrer Stirn arbeitete. Aber was stimmte nicht?

»Wie heißt dein Vater?«, sagte sie monoton und nur mühsam beherrscht. Ich zögerte. Waren wir uns gerade noch ganz vertraut und nah gewesen, gab es plötzlich nur noch Kälte, Misstrauen und Zweifel zwischen uns. Wie hieß mein Vater? Eine einfache Frage, auf die es eine klare Antwort gab. Was würde sie mir einbringen? Meine glücklichen Stunden waren gezählt, und ich ahnte es bereits.

»Warum ist das wichtig für dich?«

November durchschaute meine Verzögerungstaktik sofort. Finster sah sie mich an. Sie war nicht gewillt, zu warten, und ich kannte ihre Ungeduld. Unwillkürlich sah ich mich nach ihrer Waffe um, die noch auf der Trage lag.

Weil ihr mein Blick nicht entging, schüttelte sie fast unmerklich den Kopf und flüsterte: »Wie heißt er?«

Ich antwortete, rau und abgehackt. »Simon Brenner.«

November sog die Luft ein, als sei die Temperatur im Wageninneren binnen Sekunden deutlich unter null Grad gefallen. Ihr Blick wanderte zu Boden. Es machte für einen kurzen Augenblick den Eindruck, als hätte alle Stärke sie verlassen.

»Was ist los? Warum interessiert dich das?«, fragte ich verzweifelt und sah keinen Grund, es zu verschleiern. Etwas hatte sich schlagartig geändert.

In unser eisiges Schweigen hinein klingelte mein Handy wie ein Schreckschuss. Wer war das? Schon wieder mein Vater, Corinne oder einer meiner Kollegen? Vielleicht die

Polizei? Mehr Kontakte besaß ich nicht. Wir beide sahen auf. Erleichtert über die Ablenkung, deprimiert darüber, dass es keine Worte für das gab, was gerade enthüllt worden war. Ich wusste nicht im Entferntesten, worum es ging.

November sah auf das Display, dann drückte sie den Anruf weg. Ihr Daumen ruckte hin und her. Sie wählte eine Nummer, wartete, sagte etwas, legte auf. Darin bestand das ganze kurze Telefonat. Sie schlug die Decke zurück und zog sich sorgfältig und zügig an. Ich existierte für sie schlicht und ergreifend nicht mehr. Sie würde weiterziehen an einen Ort, von dem wir gerade geflohen waren. Das teilte sie mir mit wenigen Worten mit.

44.

Horst weinte. Wann hatte er das letzte Mal geweint? Er erinnerte sich nicht, obwohl er viele Verluste in seinem Leben zu beklagen hatte – seine Frau und sein Kind –, hatte er niemals geweint. Nichts warf ihn so schnell aus der Bahn, aber den Verlust seines Ohres konnte er nicht verwinden. Horst hatte seinen Gott angerufen. Er hatte geschrien, gebettelt und gefleht. Er hatte so ziemlich alle Register menschlicher Erniedrigung gezogen, die er kannte. Aber Betty störte sich nicht daran und bemühte unermüdlich weiter die Nagelschere. Wie diese kleine Schere überhaupt in das zarte Fleisch seines Ohres eindringen konnte, würde Horst für immer unbegreiflich bleiben. Doch Bettys Werkzeug war wie sie selbst jeder Situation gewachsen. Eine Sonderanfertigung. Vielleicht. Und so hatte sie Horst zunächst den oberen Teil seines rechten Ohres abgetrennt. Nachdem sich Horst trotz schrecklichster Schmerzen und lauten Schreiens geweigert hatte, den Treffpunkt preiszugeben, schnitt Betty in Etappen die kläglichen Überbleibsel seines Ohres ab. Horst schluchzte, aber sein Widerstand schwand. Kurz wurde er bewusstlos, kam aber leider wieder zu sich. Hiob war es sicherlich nicht anders ergangen. Daran hielt Horst sich fest. Gab es nicht noch furchtbarere Schicksale als das seine? Außerdem durfte Horst sein Rendezvous nicht verpassen. Auch wenn es ihm unmöglich erschien, an diesem Vorhaben festzuhalten. Blut lief seit Minuten in seinen Hemdkragen und sammelte sich in seinem Ohr. Seit geraumer Zeit hörte er rechts nichts mehr. Der brennende Schmerz machte ihn fast verrückt. Vielleicht würde er auch einfach an einem Herzschlag sterben. In seinem Alter keine Seltenheit.

Aber Betty kannte kein Mitleid. Jetzt hielt sie Horst wieder die blutige Schere vor Augen. Horst sah, dass Zeigefinger und Daumen Druckstellen aufwiesen. Ein Ohr abzuschneiden war kein Kinderspiel. »Hör zu, solange du es noch kannst! Ich tue das hier wirklich nicht gern. Na ja, ein bisschen vielleicht. Aber falls du nicht mitgezählt haben solltest: du hast *noch* ein Ohr. Ich kenne mich mit dieser speziellen Problematik nicht wirklich aus. Kann sein, dass du gleich gar nichts mehr hörst.«

Slick zuckte mit den Schultern, als tue es ihm wirklich leid, als habe er alles versucht, Betty aber nicht umstimmen können. Tatsächlich hatte er nur interessiert zugeschaut.

Horst befand sich kurz davor, durchzudrehen. »Dima Ismailov!«, rief er, wobei seine Stimme überschnappte. Warum half er ihm nicht? Horst verzweifelte, jede Hilfe war ihm recht. Vielleicht erwartete er zu viel von einem Menschen, den er noch vor Kurzem selbst niedergeschlagen hatte. Es schien im Nachhinein keine gute Entscheidung gewesen zu sein, aber zu dem Zeitpunkt eine notwendige.

Betty zog die Augenbrauen hoch und schnitt – schnipp, schnapp – mit der Schere in die Luft. »Keiner wird dir helfen. Hilf dir selbst und sprich!«

Horst konnte nicht anders, aber der biblische Gedanke drängte sich ihm auf: *Mein Gott, mein Gott, warum hast du mich verlassen?* Die Zweifel übermannten ihn. Horst zögerte noch einen kurzen Augenblick, aber als Slick ihn wieder packte und Betty nach dem einzigen Ohr griff, das ihm noch geblieben war, da gab Horst nach. Er gestand alles, und er verriet es schnell. Den Ort, die Zeit. Jetzt, da sein Widerstand endlich gebrochen war, fiel es ihm leicht.

Betty klatschte in die Hände, fast frohlockte sie. Kurz besprach sie sich mit Slick, der Horst schließlich auf die

Schultern wuchtete. Nun lief das Blut in Horsts Gesicht, und als habe ihn die Beichte erleichtert, gab er endlich nach. Die Schmerzen hörten abrupt auf, als er in das kühle Meer sank, das sich hinter seinen Lidern ausbreitete wie eine endlose Wüste, die aus rotem Blei bestand.

45.

»Geh!«, sagte sie unerbittlich.

»Nein.« Ich wollte nicht gehen, obwohl ich mir seit Stunden nichts sehnlicher gewünscht hatte. *Protect me from what I want.* Aber Hilfe schien nicht in Sicht.

»Hau ab!«

»Lass mich bleiben«, flehte ich, ohne Angst davor, mich weiter zu erniedrigen. Vor ihr. Vor mir. Die unterschwellige Nervosität in mir wuchs sich zu einer handfesten Panik aus. Hatte ich Corinne endlich hinter mir gelassen, nur, um dieselben Fehler zu wiederholen? Ich scheiterte an jeder Frau, bevor ich sie überhaupt kennenlernte.

November schüttelte den Kopf. Aber ihr Mund zuckte, und dann bemerkte ich, wie aus ihren Augen eine Träne rollte.

Es war das erste Mal, dass ich sie weinen sah. Und weil es das einzige Zugeständnis ihrer Zuneigung bleiben würde, starrte ich sie einfach weiter an und betete wie ein Mönch die immer selben Worte: »Nimm mich mit!«, murmelte ich.

Aber November rührte sich nicht, bis Rotz aus ihrer Nase lief. Mit einem Ärmel wischte sie ihn einfach weg. Ihre Lippen glichen einem Strich. Was immer ich auch sagte, sie ignorierte es. Als sie nach ihrer Waffe griff, wich ich zurück. Ihr Zeigefinger wies zur Tür. Leise flüsterte sie: »Raus!« Ein Fluch hätte nicht schlimmer klingen können.

Sie würde sich nicht umstimmen lassen, und so stieg ich aus dem Rettungswagen. Sie folgte mir. Ich schloss die Tür und verharrte regungslos auf dem Bürgersteig. Ich fühlte mich wie Sperrmüll: zur späteren Abholung abgestellt.

November trug ihre Tasche über der Schulter. Die einzige Konstante in der kurzen Zeit, die wir uns kannten. Warum hatte ich nicht hineingesehen? Ich verpasste jeden Zeitpunkt, jede Gelegenheit. Ein Nebenschauplatz, der mich kurz von meiner Trauer ablenkte.

Auffordernd streckte sie mir ihre Hand hin. Den Schlüssel des Rettungswagens legte ich mit zitternden Fingern darauf. November ging zur Fahrertür. Ich lief ihr nach. Im Inneren des Autos rumorte es kurz, bis sie den Motor startete.

Durch die Fensterscheibe sah ich ihr helles Gesicht, das keine Regung zeigte. *Schau mich an!*, flehte ich innerlich. *Wenn sie dich ansieht, bist du ihr nicht egal. Schau mich an!* Ich war ein Narr.

November legte den Gang ein, der Motor röhrte, sie setzte zurück.

Mein Blick klebte an ihr. Ich durchdrang die Scheibe, den noch jungen Morgen, ich befand mich schon in ihrem Gehirn. *Sieh mich an, November, los!*

Der Wagen ruckte, er zog nach vorn: Der zweite Vorderreifen zeigte auf die freie Straße. Kein Mensch, kein Tier, hier mitten in München, als hätte jemand alles Leben abgestellt.

Sie würde wegfahren, ohne mich noch einmal anzusehen. Und ich verstand nicht, warum ich mich so verlassen fühlte. Ein Schluchzen bahnte sich den Weg hinauf durch meine Kehle, etwas presste die Luft aus meinem Brustkorb heraus, ein ganz unbekannter tiefer Schmerz, ein Verlangen, das ich nicht kannte und nun nie mehr kennenlernen würde. Ich hatte etwas verloren und wusste weder was noch warum. Ich fühlte mich erschöpft, als wolle mich etwas zu Boden drücken. Als sie endlich ihren Kopf drehte und mich direkt ansah, las ich es in ihrem Blick, und ich sah es auch in ihrem Gesicht: Ich bekam zwar, was ich wollte, aber es bedeutete nichts mehr. Sie fuhr an mir vorbei. Ich hob die Hand, weil darin unser Abschied bestand.

Der Wagen hielt. Die Fahrertür klappte auf, und ich hörte ihre Stimme. Ich rannte die Straße entlang, bis meine Finger den Türgriff berührten. Der Schalthebel stand auf Leerlauf, die Handbremse war angezogen. November war auf den Beifahrersitz gerückt. Sie sah nach vorn.

Ich stieg ein und konzentrierte mich. Ich dachte nach. Dann beugte ich mich weit zu ihr hinüber und küsste sie. Meine Hand griff nach ihrem Kopf und drehte ihr Gesicht zu mir. Widerwillig gab sie nach. Unsere kalten Lippen berührten sich. Nie hatte eine Frau besser geschmeckt als sie.

Zwischen unseren Küssen sagte sie: »Ich hasse dich.«

Ich lächelte und löste die Handbremse.

46.

Horst lag im Fußraum, seine Arme wurden immer noch von dem Plastikband zusammengehalten. Er glaubte, das Scheuern schon fast an seinen Knochen zu spüren. Es roch nach Erbrochenem und altem Dreck. Es war bitterkalt. Jemand hatte einen Fuß auf seinen Rücken gestellt und verhinderte so, dass er sich bequemer hinlegte. Wobei das, was er früher als Qualen betrachtet hatte, jetzt schon als komfortabel galt. Alle Phänomene waren relativ, so viel wurde ihm klar. Horsts Gesicht lag seitlich auf der gummierten Fußmatte. An seiner Wange klebten bereits Flusen, Krümel, kleine Steine. Sein verletztes Ohr oder das, was davon übrig war, zeigte nach oben. Horst vernahm nur noch Teile dessen, was geschah. Menschen unterhielten sich. Der Wagen befand sich in voller Fahrt. Horst spürte die Bewegung der Reifen, das Rauschen der Straße unter sich. Kalte Luft zog durch den Wagen. Die Fenster mussten offen sein. Horst rührte sich, aber der Fuß trat stärker zu. Etwas in seinem Rücken knackste ungesund.

»Hitchcock mag ich nicht.« Betty spuckte es mit offenkundiger Verachtung aus, was ihre Mitfahrer zunächst nicht kommentierten.

Nach einer Weile bekannte Slick: »Aber er ist gut.« Er saß auf dem Fahrersitz. Horst erkannte seine schrille Stimme.

»Ich habe nicht gesagt, dass er schlecht ist. Aber er war fett.«

»Du bist auch nicht gerade …« Slick unterbrach sich mitten im Satz. Jeder wusste, was er sagen wollte.

Bettys Stimme klang gepresst: »Was? Was willst du damit sagen? Dass ich auch fett bin? Wolltest du das sagen?«

»Nein. Auf keinen Fall.« Slick verhielt sich defensiver als die italienische Nationalmannschaft. »Vollschlank. Höchstens. Eher etwas mehr als dünn.«

»Etwas mehr als dünn?! *Etwas mehr als dünn?*«

Horst fragte sich, wie die beiden ihre Differenzen regelten. Vielleicht hielten sie gleich am Straßenrand an und schlugen sich. Oder Betty würde Slick mit ihrer Nagelschere perforieren.

»Du könntest wirklich etwas weniger essen, Betty. Wir hängen immer in diesen Frittenbuden rum. Du bestellst dir doppelt belegte Pizza, isst ständig Schokolade.«

»Na und? Was geht dich das an?«

»Ich finde dich wirklich toll, total sexy, ehrlich.«

Horst musste trocken schlucken.

»Aber auf Dauer ist das schlecht fürs Herz.«

»Es ist *was* …?«

Gleich springt sie ihn an, dachte Horst. Das musste blutig enden. Was würde danach mit ihm geschehen?

»Wenn wir glücklich werden wollen, musst du auf deine Gesundheit achten. Weniger essen, mehr Bewegung. Vielleicht gehst du mal ins Fitnessstudio.«

Betty schwieg. War es die Stille vor dem Sturm?

Dann hörte Horst Dimas Stimme. Sie kam vom Rücksitz. Er war es demnach, der ihn mit seinem Fuß zu Boden presste, ihm keinen Zentimeter Raum für Bewegung ließ.

»Dass du ihm das Ohr abgeschnitten hast, erinnert mich an einen Film.«

»So. Tut es das?«

»Aber der Titel fällt mir nicht mehr ein.«

»Interessiert mich nicht.«

»Ist auch egal. Hast du das mit dem Ohr nachgemacht?«

»Was habe ich?« Der Beifahrersitz quietschte, und Horst verbuchte empfindlichen Platzverlust.

»Kam dir deshalb die Idee?«

»Garantiert nicht«, schnappte Betty.

»Betty kennt alle Filme«, erklärte Slick stolz.

»Halt doch endlich mal die Klappe, Slick! Warum sollte ich das tun? Ich habe es nicht nötig, jemanden nachzuahmen.«

»Dann nenn es eine Hommage.«

»Das würde ich, wenn ich, zum Teufel, wüsste, was das ist. Was unterstellst du mir? Dass mir nichts Eigenes einfällt?«

Dima schwieg. Keiner sagte mehr etwas.

»Ich könnte mir was Besonderes einfallen lassen, glaub mir. Aber ich hatte nur diese blöde Schere dabei. Was hätte ich tun sollen? Ihn mit meinem Lippenstift zu Tode malen, ihn mit 'nem Kondom ersticken? Was habt ihr zwei eigentlich unternommen? Nichts. Soll ich euch zeigen, dass ich was Eigenes zustande bringe? Los! Fahr rechts ran, Slick! Ich zeig es euch!«

Horst stöhnte und versuchte erfolglos, sich aus den Fesseln herauszuwinden. Dima trat nochmals zu, bis er sich nicht mehr rühren konnte. Horst zitterte am ganzen Leib.

Slick drosselte den Motor, danach schaltete er zurück.

»Wollen mal sehen, ob ich was Eigenes zustande bringe. Verlasst euch drauf, dass ich das kann!« Bettys Stimme schnappte fast über.

Horst bekam kaum noch Luft.

»Nein. Um Gottes willen. Du hast erreicht, was wir brauchten. Das war schon effektiv«, gab Dima wie jemand, der keinen Ärger suchte, kleinlaut zu.

»Genau. Ich bin nämlich die Einzige hier, die effektiv arbeitet.«

»Komm, fahr weiter, Slick! Schon gut, Betty. Es war nicht so gemeint.«

Slick beschleunigte wieder, und Horsts Zittern ließ langsam nach. Luft fand schließlich den Weg in seine verkrampften Lungen.

»Ich fahre in einem total ruinierten Auto mit den drei Affen rum. Der eine schießt immer daneben, der andere verliert ständig was, der dritte hört nichts mehr. Ihr seid eine Schande für jede anständige Frau!«

»Ich mag Filme nicht besonders«, sagte Slick.

»Halt die Klappe, du Idiot!«

Horst sagte innerlich Gebete auf. Kamilla kam neben Gott ein paarmal darin vor.

Und Dima bemerkte leise: »Gleich sind wir da.«

47.

»Hau endlich ab, du Idiot!« Ich hätte den Typen im Audi vor uns eigenhändig umbringen können. Er kroch förmlich vor uns her. »Was?!«, fuhr ich November an. Warum sah sie mich ständig so komisch an?

»Was glotzt du immer so?«

November schaute wieder nach vorn.

Warum blaffte ich sie an? Ich kannte das nicht von mir. Tatsächlich ging sie mir auf die Nerven. Sie hatte verlangt, dass wir uns den Bergen auf Umwegen näherten. Als ich das nächste Mal schaltete – der Idiot vor uns hatte endlich Platz gemacht –, spürte ich Novembers Hand auf meiner.

»Deine Haut fühlt sich heiß an. Und du hast rote Flecken im Gesicht.«

»Kein Wunder«, gab ich schnell zurück. »Weil mich das alles wahnsinnig aufregt!« Ich war kurz davor, durchzudrehen.

»Vielleicht solltest du mal was essen. Haben wir noch was?«

»Ich habe keinen Hunger, verdammt noch mal! Wo sollten wir bitte was zu essen haben? Hast du vielleicht was gekocht?« Mein Herz schlug sich fast aus meinem Hals heraus. Was war nur los mit mir?

Schon wieder warf sie mir einen dieser Blicke zu. Als sei ich nicht normal. Hätte sie das Essen nicht erwähnt! Mir wurde schlecht, mein Magen verkrampfte sich so, dass ich stöhnen musste.

»Ich sollte besser fahren. Halt mal an!«

»Was soll das jetzt?«, fragte ich gedrückt. »Glaubst du etwa, dass ich nicht mehr fahren kann? Du traust mir wirklich gar nichts zu.«

»Wir machen nur eine Pause. Wir haben alle Zeit der Welt.«

Sie log mich einfach an. War das zu glauben?! Wir hatten keine Zeit, und das wusste ich genau. Zog sie mich wieder über den Tisch? Fahrig zerrte ich an dem Sicherheitsgurt, der mich zu ersticken drohte. Die Schmerzen dehnten sich in meinem Körper aus, jede Zelle brannte. Die Zeit schien sich zu ziehen, und die Straße verengte sich.

»Hauch mich mal an!«

»Warum?« Ich hatte es eher geschrien als gesagt.

»Mit dir stimmt was nicht. Du stinkst wie jemand, der Klebstoff schnüffelt.«

Da verstand ich endlich, was hier passierte. Doch die weißen Streifen auf der Straße änderten gerade ihre Form. Sie wellten sich wie heißer Teig, schmolzen ineinander, wie Zucker in heiße Butter überging. Der Weg krümmte sich. Wo war rechts und wo war links? Der Wagen schlingerte, bis November mir ins Lenkrad griff.

Aceton. Jetzt erinnerte ich mich an den Begriff. Dieser Geruch ging einem Zuckerkoma voran. Ich suchte Luft. Tod. Tödlich. Tot. Das Wort war noch schwerer zu denken als das Wort Aceton.

»Laser! Hör mir zu! Wo ist das Zeug, das du dir spritzt?«

Insulin? Es würde mich umbringen. Ich brauchte kein Insulin. Zucker war das, was ich benötigte. Doch dafür schien es nun zu spät. Ich hätte ihr gern geantwortet, aber plötzlich wurde alles weiß, mein Körper leicht und spannungslos, wir hoben ab, ich kippte seitlich weg und ließ das Lenkrad los, weil der Wagen sich selbst steuerte. Ich fühlte mich frei und würde mich dem Träumen widmen. Die weiße Welt war wunderschön.

Brems doch!, hörte ich immer wieder wie durch tausend wattierte Jacken. Wo das Bremspedal sich befand, blieb rätselhaft. Die Suche konnte ewig dauern. Vermutlich rechts. Aber mein Fuss reagierte nicht mehr. Aus dem Weiss wurde erst Grau, dann Schwarz und peng!, danach war alles weg.

Ich spürte Lippen, die sich auf meine pressten. Angst lähmte meinen Atmungsapparat. Jemand blies Luft in meine Lungen hinein. In meinem Kopf rissen Gedankenfetzen ab. Mein Brustkorb schmerzte, als sei etwas darin zu Bruch gegangen. Die Muskulatur meiner Arme, meiner Beine, mein gesamtes Ich lechzte nach etwas, das es nicht bekam.
»Atme!« Jemand schrie mich an.
Ich atmete.
»Eine oder zwei?«
»Was?« War das ein Wort? Oder nur ein Laut? Ich musste mich übergeben, ich schwitzte unmenschlich, ich fieberte. War das der Auftakt zu einem Erstickungstod? Wie lang dauerte diese Todesart?
»Eine oder zwei Spritzen? Laser, rede mit mir!«
Jemand schlug mir ins Gesicht.
»Hi.« Ich erkannte plötzlich Konturen wie auf einer Bleistiftzeichnung. Nur ein Wort, meine Stimme: wie debil.
»Eine oder zwei Spritzen? Los jetzt, Laser, sprich!« November klang verzweifelt.
Ich sah einfach nur in ihr Gesicht. Mein einziger Gedanke hielt sich an ihm fest. Es war schön, es so dicht vor mir zu sehen. Gern hätte ich es angefasst, aber ich schaffte es einfach nicht. Was hatte sie gefragt? »Was hast du gemacht?« Meine Worte träge wie in Buttermilch.
Sie hob meinen Kopf an und zeigte auf meinen Bauch, in dem der Pen noch steckte und leicht wippte.
»Zieh den raus!«

November tat, was ich von ihr verlangte.

»Oder wolltest du mich umbringen?« Insulin hätte mir jetzt den Rest gegeben. Die gute und die böse Medizin. Ich lag am Straßenrand, der Wagen hing schief im Graben. Das war alles, was ich auf die Schnelle sah. »In meiner Hosentasche …« Ich brachte die Worte nicht deutlich heraus, aber November schien sie zu verstehen.

Ihre Hand suchte in meiner Tasche und fand die Zellophanverpackung. Kurz danach schob sie mir den Traubenzucker in den Mund. Ich schloss die Augen und wartete, bis die Mischung aus Angst und Verzweiflung mit der sich verbreitenden Süße langsam wich. Das innere Zittern ebbte ab.

»Bist du okay?«

War ich okay? Ich versuchte es mit einem Lächeln. November griff nach meiner Hand. Plötzlich lag sie dicht neben mir. Ich spürte ihren Atem. Ihr Körper wärmte mich. Eine Killerin hatte mich gerettet. Klar war ich okay.

48.

»Ich verhalte mich nicht verantwortungslos.« Kamilla verstand die Welt nicht mehr. Durfte etwa jeder mit Worten auf sie schießen? Hatte Horst das nicht schon einmal getan? »Ich folge nur seinen Anordnungen«, sagte sie, »weil er jetzt auf meinem Posten sitzt.« Mit einer kleinen Verzögerung fügte sie hinzu: »Was Sie mir durchaus hätten sagen können.« Dem aufgeregten Geschrei am anderen Ende der Leitung hörte sie nur halb zu, denn eine Kinderhand reckte sich von hinten über ihren Sitz. Kamilla griff in die Tüte neben sich und förderte einen weiteren Drop zutage, den sie Mathilda reichte. Sie korrigierte das Lenkrad, schwenkte zurück in die Mitte der Spur. Sie war nur leicht vom Weg abgekommen. Generell und speziell.

»Natürlich kehre ich zurück.« Irgendwann kam alles zurück. Ein Bumerang, ein Dankeschön, Gewalt. Der Mann am anderen Ende der Leitung meinte wohl etwas anderes, denn er erklärte sich lautstark und ausschweifend. Weil Kamilla das kannte, blendete sie den Wortschwall einfach aus, schaltete hoch und beschleunigte; fast hätte sie den amerikanischen Wagen aus den Augen verloren, in dem Horst lag. Er hatte ihr eingeschärft, ihn zu verfolgen, und genau das tat sie jetzt. In ihrem Brustkorb trat bei jedem Gedanken an Horst eine Muskelkontraktion auf. Denn sie hatte gesehen, wie der Dürre ihn zum Wagen trug. Horst lebte noch, weil er sich bewegte. Aber auch Blut lief an ihm herab. Jede Menge Blut, wenn Kamilla es recht bedachte. Jetzt lag es an ihr, ihn zu retten. *Ich will das nicht, ich muss das nicht.* Sie wollte es, sie musste es.

In den Wortfluss ihres Chefs hinein platzierte sie die Worte: »Sie können sich zu hundert Prozent auf mich verlassen.« Kamilla lächelte. War das *ihr eigener Moment,* der nun endlich kam? Sie spürte die Aufregung ihres Chefs fast körperlich. Er sollte Aufregung vermeiden, denn sein Herz war schwach. »Ein SEK-Team brauche ich nicht. Ich glaube, dass es beim letzten Mal damit viel Ärger gab.« Sie spielte auf die fahrlässige Stürmung einer Münchner Wohnung an. »Ich habe die Lage voll im Griff.« Das Schweigen am anderen Ende quittierte sie mit einem fröhlichen »Guten Tag« und legte auf. Sie fühlte sich ganz leicht und danach wieder schwer. Sie schaltete ihr Handy ab und nahm die Batterie heraus. Sie wollte nicht per GPS-Signal verfolgt werden. Etwas in ihr quoll auf, es drängte aus ihr hinaus und fand ein Ventil in ihren Augen. Zu weinen empfand sie als nicht professionell. Sie sagte es nur in ihrem Inneren, doch es musste raus, als Manifest in diese Welt. Aber niemand sollte es hören, also flüsterte sie: »Es ist mir alles egal. Mir ist wirklich alles scheißegal.« Doch sie betrog sich selbst. Denn etwas überlagerte das Gefühl. Zwei Menschen: Horst und das Kind.

In München hatte Kamilla nur drei Stunden zuvor die Pension zusammen mit Mathilda verlassen. Das Kind hatte genug gehört und gesehen. Kamilla drängte erneut zur Eile. Sie nahm Mathilda fest an der Hand und zog sie zu Horsts blauem Lada hin. Aber etwas fehlte, denn sie benötigten Nahrung, und trinken mussten sie ebenfalls. In einem Kiosk schräg gegenüber kaufte Kamilla ein. Sie schob Mathilda in den Laden, blieb selbst direkt am Eingang stehen. Die Pension lag nun die Straße hinab links vor ihr. Kamilla wollte den Blickkontakt nicht verlieren, weil sie Horst nicht verpassen durfte. Von der offenen Ladentür aus bestellte sie frische Teigwaren, die, aufgebahrt wie in Schneewittchens Sarg, in einer Plexiglastruhe an der Kasse lagen.

Sie musste laut rufen, damit der Verkäufer sie beachtete. Sie bat um zwei Flaschen Wasser und eine Tüte Chips. Mathilda wählte noch ein Überraschungsei, in dem sie eine winzige Plastikpistole, zerlegt als Bausatz, fand. Während Kamilla die Straße im Blick behielt, schenkte der Verkäufer ihr noch zwei Bananen. Kamilla und Mathilda verspeisten sie am Stehtisch an der Tür. Kamilla verriet dem Mädchen nicht, dass ihr Vater gerade aufgeregt die Pension verließ und die Straße auf und ab lief. An dem blauen Lada blieb Dima stehen, ging um ihn herum und sah hinein. Mit der Faust hieb er auf das Dach, um mit hängendem Kopf in die Pension zurückzukehren. Kamilla wartete ab, triumphierte kurz und zog Mathilda danach an der Hand zum Wagen. Dann ging sie vor dem Mädchen in die Knie: »Du musst jetzt hier am Bordstein pinkeln.«

Stumm schüttelte Mathilda den Kopf.

»Ich drehe mich auch um.«

Mathilda rührte sich nicht.

Kamilla hatte mit nichts anderem gerechnet. Vielleicht wollte Mathilda nicht, vielleicht konnte sie nicht. Tatsache war, dass sie in Kürze sicher musste, zu einem Zeitpunkt, der garantiert ungünstig war. Kamilla wusste, worum es ging. Horst verließ sich auf sie, und sie würde ihn nicht enttäuschen. Kamilla sah in den Himmel hinauf, der aus einer dünnen Schicht grau schattierter Wolken bestand. Es ging ein Wind, aber er wehte nicht stark. Die Luft war frisch und trocken, dennoch ließ der bevorstehende Regen sich schon erahnen. Sie atmete tief ein und lächelte. Es galt, die Fähigkeiten einer Mutter auszuspielen. Keine Ausbildung, keine Beförderung bestimmten die großen Momente. Unspektakuläre Handlungen bereiteten das Unmögliche vor.

Kamilla atmete aus und nahm Mathilda leicht am Arm:

»Horst braucht uns schon bald.« Kamilla seufzte tief. »Vielleicht folgt gleich eine lange Autofahrt. Du *musst* jetzt pinkeln, weil es später nicht mehr geht.«

Mathilda schaute Kamilla tief in die Augen. Sie drehte sich um, schob die dunklen Haare mit einer schnellen Bewegung ihrer kleinen Hände hinter die Ohren und verschwand zwischen zwei Autos. Nach einigen Augenblicken vernahm Kamilla mit Erleichterung das leise Plätschern. Nur einen Augenblick später beobachtete Mathilda Kamilla bei der gleichen Tätigkeit. Kamilla raunte, den Mantel hochgerafft: »Gut gemacht!«, und blinzelte dem Mädchen zu.

49.

»Ekelhaft.« Ich starrte auf den Plastikbeutel mit der blauen Schrift. Die Flüssigkeit wackelte träge mit der Kurvenbewegung des Wagens.

»Sterben macht noch weniger Spaß.«

November wurde zur Philosophin, wenn es ums Sterben ging.

»Ich verabreiche das nur intravenös.«

»Tu dir keinen Zwang an.«

Mir selbst? Ich verzichtete. In meinem Zustand hätte ich mit der Nadel nicht mal meinen Arm getroffen.

»Du müsstest in ein Krankenhaus.«

Mir war klar, dass ich bei ihr bleiben wollte. Wer in ein Krankenhaus eingeliefert wurde, kam so schnell nicht mehr heraus. Tot oder lebendig. Lustig war das nicht. Ich kannte das Prozedere. »Ich will reden«, sagte ich. Wäre es nicht undenkbar gewesen, hätte ich den Zug um Novembers Mund mit einem Lächeln verwechselt. »Du musst mir einiges erklären.«

»Was?«

November fuhr, und ich hing auf dem Beifahrersitz. Ich hing, weil ich nicht aufrecht sitzen konnte. Ich fühlte mich erschöpft, ohne ein Mindestmaß an Körperspannung. Ich fühlte mich wie jemand, der geprügelt worden war. Weil November mich dazu zwang, würgte ich Kochsalzlösung aus einem Infusionsbeutel in mich hinein. Davon lagerte genug im Wagen. »Danke«, quetschte ich hervor.

November nickte minimal.

»Warum tust du das?«

»Dir das Leben retten?«

»Anderen das Leben nehmen.«

November starrte geradeaus. Bayrischzell war nicht mehr weit. Wir hatten schon zu viel Zeit verloren. Der Tag neigte sich dem Abend zu.

»Weil ich verärgert bin. Weil ich es kann.«

Verärgert? Das war wohl die Untertreibung des Jahrhunderts. Novembers Wut hatte bereits ein schwarzes Loch dorthin gebrannt, wo einmal ihr Herz gewesen sein musste. »Du glaubst doch nicht, dass du hier Leute abknallen kannst und dass dir nichts passiert?«

November zuckte mit den Schultern. »Du glaubst doch nicht, dass du mit mir glücklich werden kannst?«

Die Gegenfrage saß. Ich schwieg. Wir fuhren weiter in schwarze Wolken hinein. Wieder einmal sah es nach Regen aus.

»Wieso sprichst du so gut Deutsch?«

»Lange genug zugehört.«

»Aha.«

»Ab und zu ein Buch gelesen.«

So lernte man gut Deutsch? Die Lehrbücher mussten umgeschrieben werden. »Was für ein Buch?«

»Die Brüder Karamasow.«

»Das ist doch ein russisches Buch.«

November sah mich verächtlich an. »Eine deutsche Übersetzung gibt es auch.«

Ich wechselte das Thema. »Was ist da drin?« Ich zeigte auf die schwarze Tasche.

»November blickte kurz hinüber. »Wenn wir oben sind, zeige ich es dir. Warte noch!«

Ich war müde und sah vermutlich ziemlich untot aus. Nichts zu tun, das schien ein wirklich guter Plan zu sein. Schon einen Reißverschluss öffnen hätte mich angestrengt. Ich nahm noch einen Schluck Kochsalzlösung. Vielleicht war es das Gefühl von Salz auf meiner Zunge, der ganz spezielle Nachgeschmack, der mich an etwas Süßes denken ließ. Nichts Besonderes für einen Diabetiker? Vielleicht. Ich dachte nicht an Traubenzucker, nicht an Schokolade und ausnahmsweise mal nicht an Corinne. Ich schloss die Augen und dachte an sie: November wie der Monat. Obwohl sie direkt neben mir saß. Ich dachte an ihren drahtigen Körper, an ihre helle Haut, den schmalen Mund, wie sie sprach und dabei nie lachte. Gerade an meinem eigenen Ende vorbeigeschlittert zu sein machte mich weich. Ich stellte mir November vor und fand alles an ihr begehrenswert. Doch etwas flüsterte in mir: Sie ist brutal, hart und gewissenlos, sie kümmert sich nicht um dich, weil sie nur ein Ziel kennt. Ich brachte die zahlreichen, bösen Stimmen in meinem Kopf zum Verstummen, ließ sie einfach nicht mehr reden. Ganz natürlich drängte es aus mir hinaus. »Ich liebe dich, November!« Ich meinte es so.

»Na und?«

Ablehnung tat weh. Mich kränkte sie. Trotz aller Erfahrungen, die ich im Nicht-wiedergeliebt-Werden besaß. Es war, als sei ich gegen eine Wand gefahren. Nur, dass die Wand November hieß. Ich konnte nicht damit rechnen, dass meine Gefühle erwidert wurden. Das Stockholm-Syndrom hatte mich fest im Griff. Es gab für erwachsene Männer nicht viele Gründe, zu heulen. Aus Erniedrigung bestand mein Grund, weshalb ich mich einfach gehen ließ.

November schaute mich von der Seite schweigend an. Es störte mich nicht mehr, dass sie mich so sah.

»Ich mag dich vielleicht. Aber mehr ist da nicht.«

Diese Worte reichten völlig aus, um meine Hoffnung zu nähren. Ich wischte mir die Tränen ab, zog die Nase hoch.

»Wenn du heulst, siehst du echt scheiße aus.«

»Na und?«

»Wir könnten beide mal wieder eine Dusche gebrauchen.«

»Könnten wir.«

Skeptisch sah sie mich an.

»Lass uns zurückfahren. Wir verstecken uns.« Ich dachte an Simons Ferienhaus in Marokko. Später an das Haus mit den weißen Fensterläden, das sie bereits kannte. Dort konnten wir leben, wenn all das hier vorüber war.

»Du spinnst!«

»Was willst du noch da oben auf dem Berg?«, fragte ich sie. Ihre Gelassenheit ließ mich verzweifeln.

»Ich will Mathilda. Und ich werde sie mir holen.«

»Ich lasse nicht zu, dass du ein Kind umbringst.« Wie ich November an irgendetwas hindern sollte, wusste ich allerdings nicht.

»Warum sollte ich sie umbringen?«

»Du wirst wohl kaum eine Zeugin am Leben lassen.«

»Du hast wirklich gar nichts kapiert.«

Ich schüttelte den Kopf. »Was hast du mit dem Kind vor?«

»Mathilda ist meine Tochter. Ich habe sie seit Jahren nicht gesehen.«

Das Kind war Novembers Tochter. Gern hätte ich geschrien. Jedes neue Detail, das ich erfuhr, machte diesen Trip noch irrsinniger. Immerhin schien kein weiterer Mord geplant. Zumindest nicht an einem Kind, und das war gut. Aus einem Rachefeldzug war Entführung und mittlerweile Erpressung geworden. Die Polizei konnte sich über Abwechslung bei den Ermittlungen nicht beklagen. Keiner wusste, wie weit sie vorangekommen waren. »Du holst jetzt also deine Tochter ab, und ihr reitet zusammen in den Sonnenuntergang?! So geht das nicht.«

»Woher willst du das wissen?«

»Weil es unmöglich ist. Wahrscheinlich wartet eine Hundertschaft der Polizei bereits dort oben auf uns. Und dann? Dann kommst du um.«

»Ist mir egal. Gegen alle Wahrscheinlichkeiten habe ich immer überlebt.«

»Das wird jetzt nicht mehr funktionieren. Du bringst nicht nur dich, sondern auch deine Tochter in Gefahr.«

November schnaubte, ihre Augen funkelten. »Was weißt du schon von Kindern und Gefahr?« Wie immer, wenn sie zornig wurde, sank die Temperatur um sie herum. »Du hältst dich für einen guten Menschen, weil du gelegentlich jemanden wiederbelebst. Du bist verwöhnt. Deine Eltern verhätscheln dich. Und das Leben auch. Du benimmst dich total naiv. Du hast einfach keinen Plan. Kümmere dich gefälligst um deinen eigenen Kram!«

Das war es also? Ich war verwöhnt und sie benachteiligt? »Deine Welt ist entweder schwarz oder weiß«, warf ich ihr vor. »Dazwischen gibt es nichts.«

»Die Welt *ist* schwarz und weiß. Du hast es unter dem rosa Lack, den alle in dicken Schichten darüber verteilen, nur noch nicht erkannt.«

Darin bestand also die erste längere Unterhaltung, die wir führten. Es machte keinen Unterschied. Wir befanden uns in einer Sackgasse. Am Ende wartete der Tod. Ich hatte mein Herz an eine mordende Mutter verloren. Ich bemitleidete November und mich, weil wir unserem Leben so hoffnungslos unterlegen waren. Die ersten Tropfen klatschten auf die Windschutzscheibe, als November meine traurigen Gedanken unterbrach. »Wir sind gleich da.«

50.

Dima stieg aus. In seinem Kopf spielte eine monotone Melodie. Elektrische Gitarren, eine weiche Männerstimme, ein Solo auf einem Saxophon, das nie mehr enden wollte. Er hasste diesen Song! Es machte für ihn keinen Unterschied mehr, drinnen oder draußen zu sein. Der Regen schlug ihm ins Gesicht. Auch im Auto war es feucht und kalt. Dass er selbst eine Scheibe des Wagens zerschossen hatte, erschien ihm nun wie versuchter Selbstmord. Dima sah sich um und erkannte den Platz, den Schotter, das Feld, den nahen Wald. All das, nur um zurückzukehren an den Ort, von dem er doch nichts als flüchten wollte. Wo sich der Wagen seines Vaters befand? Wo waren seine Schwestern jetzt? Sie lagen vielleicht auf einem stählernen Tisch. Jemand schnitt sie auf, fräste ein Ypsilon in ihre Brust oder schob sie gerade in ein Kühlfach hinein. Panik stieg in Dima auf. Wer würde sich um die Beerdigungen kümmern, wenn nicht er? Wie lange war das alles her? Zwei oder drei Tage? Oder eine Ewigkeit? Dima tastete nach der Pistole, die er Horst entwendet hatte. So kehrte das, was ihm gehörte, auch wieder zu ihm zurück. Darin bestand das Erbe seiner toten Schwestern. Die Waffe musste geladen sein, denn Dima hatte vor, sie auch zu benutzen. Wasser lief an seinen Wangen herab und drang in seinen Kragen. Trockene Kleidung: nur eine ferne Erinnerung. Wie an einen exotischen Strandurlaub, der längst vergangen war. Es roch nach Herbst, Bergluft und Endlichkeit. Dima ignorierte sein marodes Knie, die Kopfschmerzen und das grässliche Lied, denn dort, am Ende des Parkplatzes, stand *sie*.

* * *

Wie lange saß ich schon hier? Es fühlte sich wie Stunden an, aber die Zeiger der Uhr hatten sich nicht bewegt. Noch versuchte ich zu begreifen, was ich gerade gesehen hatte. Die Serpentinen und das Geräusch des röhrenden Sprinters wiegten mich noch für Momente in Sicherheit. Tatsächlich war nichts sicher, wie ich nun begriff. November steuerte den Wagen über den Parkplatz. Mit Schrecken erkannte ich die Umgebung, in welcher der schwarze Porsche allerdings noch fehlte. Vor meinem inneren Auge stand er noch immer mit geöffneter Tür da. Kopfschüsse, damals: eins, zwei, drei. November hatte bis heute nie bestritten, dafür verantwortlich zu sein.

Sie sagte: »Schau rein!«

Die schwarze Tasche lag auf meinen Knien. Sie wog schwerer als das, was unausweichlich passieren musste, wenn November bei ihrer Entscheidung blieb. Ich zog den Reißverschluss der Reisetasche auf. Ich war neugierig und fürchtete mich zugleich vor dem, was ich vorfinden würde. Ich sah Geld, viel Geld. Ich entnahm ein Bündel Scheine und blätterte es wie die Gangster in den Filmen auf. Daumenkino für Banker und Verbrecher. Wozu gehörte ich? November und ich verschränkten unsere Blicke, bis ich wie von selbst weiter in der Tasche wühlte. »Was ist das?«

»Ein Buch.« *Die Brüder Karamasow*. Sie hatte mir davon erzählt. Etwas Hartes gelangte in meine Hand: eine schwarze Box, etwa vierzig auf zwanzig Zentimeter groß.

»Mach auf!«, befahl sie mir.

Und ich tat, was sie von mir verlangte. Der Verschluss schnappte auf. Im Inneren lagen auf schwarzem Schaumstoff einige grüne Plastikscheiben, auf denen elektronische Schaltkreise montiert waren. Fragend sah ich November an.

»Platinen«, sagte sie.

Mit so etwas kannte ich mich nicht aus.

»Teile der elektronischen Leittechnik für Panzerabwehrsysteme«, fuhr sie fort. »Boden-Luft-Raketen, feuerbar von einem Mann. Beliebte Ziele sind Passagierflugzeuge und Hubschrauber. Gefragt in allen Krisenregionen dieser Welt.«

Novembers Erklärungen vernahm ich wie durch eine dünne Membran. Ein Wort blieb hängen: Panzerabwehrsysteme. Ich starrte auf die bunten Chips, die wie harmloses technisches Spielzeug vor mir lagen. Meine Hand griff nach einer Platine. Mit den Fingerspitzen berührte ich die Dioden und Module. Etwas wirkte ganz vertraut. Ich drehte einen Chip um. An der Unterseite der grünen Platine war ein Name eingeprägt: »S. Brenner-Corp.« In diesem Moment traf mich die Erkenntnis wie ein Schlag. »Die hat mein Vater produziert?«

November nickte.

In dem Gedankenchaos meines Kopfes setzten sich plötzlich ein paar Puzzleteile zusammen. »Deshalb kanntest du seine Telefonnummer. Machst du etwa Geschäfte mit ihm?!«

»Nicht direkt.«

Nicht direkt? »Woher hast du das?«

»Von Youri.« November sah nachdenklich aus.

Wer, zum Teufel, war Youri? »November. Bist du verrückt? Das muss wahnsinnig viel Geld wert sein.«

»Ich weiß.«

Was sollte ich noch sagen? Ich sagte nichts und schwieg.

November stand auf dem Platz, ganz allein. Zu ihren Füßen lag die schwarze Reisetasche, deren Geheimnis ich jetzt kannte.

Novembers kühle Hand hatte mich kurz berührt, als sie das Gepäckstück an sich nahm und gehen wollte. Sie überprüfte ihre Waffe, ließ sie zurück in ihren Hosenbund gleiten. Danach stieg sie aus. In meiner Tasche tastete ich hilflos nach den knisternden Päckchen: Verbände, die ich eingesteckt hatte. Wie ein Schiffbrüchiger, der nach einem Strohhalm greift, um damit an Land zu rudern. So wie November mit ihrer Waffe umging, würde ich für das Verbandszeug keine Verwendung mehr finden. November bevorzugte endgültige Lösungen. Erste Hilfe: sinnlos, nicht vonnöten. Für mich würde es keine Aufgaben mehr geben. Wie immer hinkte ich den Ereignissen hinterher. Was ich erlebte, passierte nicht echt. Es musste sich um einen Film handeln. Ich hatte es nur noch nicht bemerkt. In diesem Film sagte ich zu ihr, denn das war wohl mein Text: »Geh nicht!«

Und sie sagte, denn das war ihre Zeile: »Ich muss.«

Und ich schüttelte den Kopf, weil etwas Besseres mir nicht einfallen wollte. Kalte Luft drang in den Wagen. Regentropfen liefen ihr übers Gesicht. Ihr Blick ließ keinen Zweifel zu: Nichts und niemand würde sie abhalten können. Schon gar nicht ich.

Ein amerikanischer Wagen bog auf den Parkplatz ein. Ich kannte ihn. Er schaukelte wie eine Wiege aus Stahl, bis er zum Stehen kam. Ein Mann stieg aus. Der blonde Engel, der gefallen war: Er war wieder aufgetaucht.

November runzelte die Stirn. »Scheiße. Was will der denn hier?«

Ich verstand es nicht, bis Novembers Ex-Freund etwas aus dem Auto zerrte. War das ein Mensch? Der Regen und die anbrechende Dunkelheit ließen keine genaueren Schlüsse zu.

»Der Bulle.« November nickte, als ergebe jetzt plötzlich alles einen Sinn.

Wenn das der kleine Mann war, der Polizist sein wollte, ging es ihm nicht gut. Er lag am Boden und bewegte sich nur schwach. Was sollte das hier werden? Und wo war Novembers Tochter, denn sie fehlte noch?

»Wo ist Mathilda?«, fragte sie.

Ich spürte, wie sie Möglichkeiten erwog. »Noch können wir wegfahren. Steig ein!«

November sah mich an. »Nein.« Dann drehte sie sich um. Und ich saß da wie ein Idiot und konnte mich nicht rühren.

Erneut schaute sie sich um: »Könnte sein, dass ich dich wirklich mag.« Sie kam zurück, beugte sich ins Wageninnere. Ich lehnte mich ganz weit über den Fahrersitz zu ihr. Wenigstens zum Abschied würden wir uns küssen. Nur noch ein letztes Mal. Ein letzter perfekter Moment. Unsere Gesichter waren einander ganz nah. Ich fand sie einfach wunderschön. Alles andere als das und doch perfekt.

Ich hörte, wie sie sprach, es klang ganz sanft, zum ersten Mal: »Es tut mir wirklich leid.« Ihre Hand bewegte sich rasend schnell, bis der Lauf ihrer Waffe mich an der rechten Schläfe traf. Es gab kein Weiß, kein Grau und keinen fließenden Übergang. Gern hätte ich mich gewehrt, aber dazu kam es nicht. Bevor mein Gesicht auf dem Sitzpolster zu liegen kam, wurde vor meinen Augen alles schwarz und zeitlos mit der brennenden Explosion.

***

»Du bleibst im Auto! Steig nicht aus! Hast du mich gehört?«

Mathilda schaute endlich auf. Kamilla versuchte zu erkennen, was in dem Kopf des Kindes vorging, aber die Zeit drängte, weshalb Kamilla ihre Waffe prüfte und den Schlüssel abzog. Regen prasselte gegen die Scheiben, auf das Dach. *Meine Schuhe sind schon ruiniert,* beruhigte Kamilla sich. Schlimmer konnte es nicht werden. Oder doch? Der Lada war geparkt, und sie orientierte sich. Alle schienen nur auf sie zu warten, weshalb sie den Wagen eilig verließ. Horst lag auf dem Boden wie ein vergessenes Gepäckstück. Ein weißes Kabel ragte zwischen seinen Händen auf seinem Rücken in die Luft. Der Cadillac wartete am Rand des Parkplatzes rechts. Sie erkannte den blonden Mann, der daneben im Regen stand. Am anderen Ende des Platzes sah sie Anna Koslowa, zu deren Füßen eine Tasche stand. Keiner rührte sich. Kamilla spürte die Spannung in der Luft, und etwas zog sie magisch an. Ohne einen der Beteiligten aus den Augen zu verlieren, hastete sie direkt zu Horsts regloser Gestalt. Angst wanderte wie eine kalte Hand an Kamillas Nacken hoch, als sie an seinem Hals nach einem Lebenszeichen tastete.

»Er lebt.« Der blonde Mann sagte es ohne Emotion. Dima Ismailov. Er starrte auf Anna Koslowa, die ihm gegenüberstand.

Nachlässig, wie Kamilla fand, denn sie wusste, dass diese Frau gefährlich und bewaffnet war. Sie bemühte sich, nicht auf Horsts Kopf zu sehen. Etwas Essenzielles fehlte daran: sein Ohr. Der Regen hatte das Blut weggewaschen, sodass kein Irrtum möglich war. Kamilla würgte. Dann erkannte sie, wie Horst sich leicht bewegte. Sie überlegte und kam zu dem Schluss, dass er vielleicht besser am Boden liegen blieb. Warum sollte er sich wieder hinwerfen müssen, wenn geschossen wurde? Ihr Instinkt sagte ihr, dass es gleich Ärger geben würde. Vorausgesetzt, dass »Ärger« überhaupt den Kern der Sache traf.

»Hast du Mathilda mitgebracht?« Dima Ismailov richtete das Wort an sie.

Kamilla nickte. Das Kind war heiße Ware, die jeder begehrte. »Sie sitzt im Wagen.«

»Gut«, sagte Dima Ismailov. Aber dann tat er etwas Unerwartetes, obwohl Kamilla diesen seltsamen Drang bereits von ihm kannte: Er rannte weg.

* * *

»Bleib, wo du bist!« Novembers Stimme gellte über den Platz.

Dima hatte nicht vor, etwas in dieser Art zu tun. Er kannte das Terrain. Der Regen prasselte ihm ins Gesicht. Seine Kleidung hing wie eine Bleiweste an ihm, und seine Glieder schmerzten von den Misshandlungen der vergangenen Tage. Aber er rannte dennoch. Im Laufen griff seine rechte Hand wie selbstverständlich nach der Motorhaube des Cadillacs. Mit nur einem Blick streifte er Horsts dunkle Umrisse am Boden. Bettys weit aufgerissene Augen nahm er kurz wahr, bis er die Schnauze des Wagens mit einem Seitsprung überquerte und mit geschlossenen Füßen auf der anderen Seite landete. Der Dreck spritzte aus den Pfützen hoch, und Dima nutzte das Bewegungsmoment: Er rollte ab, obwohl der harte Untergrund seine Haut noch durch die Kleidung perforierte, bis er neben dem Wagen in Deckung ging. Der Regen prasselte weiter auf die Erde ein, als habe er noch eine alte Rechnung offen, die es zu begleichen galt.

»Was soll das, Dima? Los! Komm da raus!«

Dima wusste, dass November unbesiegbar war. Er konnte nicht mal richtig schießen, während November wirklich alles traf. Es blieb ihm nur eine geringe Chance, wenn er das Vorgehen bestimmte. Wenn er die Regeln machte.

»Ich will ein Duell«, rief er. Vor ihm der Reifen mit dem schmutzigen Profil.

»Können wir reden?«

Dima erkannte die Stimme der schönen Frau, die sich Kamilla nannte. Sie störte seine Rache, weshalb er sie ignorierte.

»Von mir aus, du Idiot!«, beantwortete November seine Frage nach einem Duell.

»Wer gewinnt, bekommt Mathilda.«

»Okay. Und jetzt komm raus!«

Es überraschte Dima, dass November so schnell einwilligte. Vorsichtig blickte er hinter dem Reifen hervor. Sie stand noch am selben Platz. Sie war durchweicht wie er, aber es schien sie nicht zu stören.

»Zehn Schritte«, schlug Dima vor, und November nickte, als könnte ihr nichts egaler sein. »Wer sind die Sekundanten?«, fragte er.

»Leck mich, Dima!«

November ließ ihre Tasche stehen und ging langsam auf die Mitte des Parkplatzes zu.

Dima kam ihr vorsichtig entgegen. Seine Hand ruhte auf der Pistole in seinem Hosenbund.

Die schöne Frau schien unentschlossen, ob sie eingreifen sollte oder nicht. Sie schaute hin und her.

Dimas Herz fing auf eine völlig schiefe Art an zu klopfen, als er sich November näherte. Als er ihr endlich gegenüberstand, flüsterte er: »November.« Nach all den Jahren, den Kränkungen und Erniedrigungen begehrte er sie immer noch. Obwohl ihr Strähnen in die Stirn hingen, obwohl sie aussah wie eine nasse Katze, fand Dima das alte Verlangen in sich wieder. Für einen Moment trug sie keine Kleidung mehr. Er sah sie nackt wie damals, als sie noch mit ihm geschlafen hatte.

»Hör auf damit!« Als könne sie Gedanken lesen.

Beide griffen in den Hosenbund. Sie zeigten sich die Waffen, die sie entsicherten.

»Zehn Schritte«, erinnerte Dima sie. November nickte. Dann drehten sie sich um. Als er an ihrem Rücken lehnte, fühlte er, wie alle Stärke und aller Hass ihn plötzlich verließ. Fast hätte er sich an sie sinken lassen. »Ich liebe dich, November.« Die Worte waren ihm einfach entfleucht wie ein Atemzug, der nicht zu vermeiden war, wenn man nicht ersticken wollte.

Sie schwieg, bis er sie sagen hörte: »Tut mir wirklich leid für dich.«

Dima fühlte sich, als hätte ihm jemand mit der flachen Hand ins Gesicht geschlagen. Sie hasste ihn. Nichts, was er tun oder sagen könnte, würde etwas daran ändern. Jetzt brächte er sie dafür um. Er zählte: »Eins, zwei …« Dima hatte nicht vor, sich an irgendwelche Regeln zu halten. Es war das einzig Sinnvolle, das er von November gelernt hatte. Drei. Nun galten seine Regeln, gegen die er verstoßen würde, weil dies ihm den Vorteil brachte, den er brauchte, um sie endlich zu vernichten. Vier. Er fühlte sich siegessicherer denn je. Für Youri, für seine Schwestern und für sich würde er November nun bezahlen lassen. Bei fünf drehte er sich um und schoss.

Dima wurde davon überrascht, dass ein Schuss in seiner Brust explodierte, als hätte ihn ein Lastwagen überrollt. Es war der Faustschlag eines Riesen, der ihn rücklings fällte. Noch im Fallen erinnerte er sich daran, dass auch November sich nicht an Regeln hielt, denn sie hatte sich noch früher umgedreht als er.

* * *

Kamilla rief: »Waffe runter!«, und ging in die Knie.

Aber der Kerl lief einfach weiter, Schritt für Schritt, Kamilla zählte drei, dann vier. Plötzlich wandte er sich um und schoss auf Anna Koslowa. Ein Schuss, der danebenging, weil Anna immer noch stand. Auch sie hatte sich umgedreht, weil sie die Finte erwartet hatte. Sie zielte schnell, und sie traf ihr Ziel. Dima strauchelte. Mit der linken Hand griff er sich an die Brust. Seine Waffe zeigte auf den Boden, leicht drehte er sich, bis er in die Knie ging und dann auf den Rücken sackte. *One man down*, dachte Kamilla. Sie wischte sich die Regentropfen vom Gesicht, bemerkte, wie das Wasser über ihren Mantel lief. Anna Koslowa nahm ihre Tasche und rannte über den Platz in ihre Richtung. Jemand berührte Kamilla am Rücken. Sie sah sich um. Mathilda war ganz nass. Die schwarzen Haare klebten ihr am Kopf.

»Schick sie zu mir!« Anna Koslowa rief es ihr zu.

Verhandeln, dachte Kamilla. *Jetzt muss ich verhandeln und weiß nicht, wie.* »Geh zurück ins Auto! Bitte! Und zwar schnell!«, raunte sie Mathilda zu.

Aber das Mädchen schüttelte den Kopf. Es schien ihr ernst zu sein. Kein Verhandlungsspielraum. Nicht mit diesem Kind. Nicht jetzt. Da gab es kein Vertun.

Anna Koslowa war nicht mehr weit entfernt, als Kamilla nach ihrer Waffe griff. Gute Argumente wollten ihr nicht einfallen. Doch in ihrer Tasche fand sie nichts zwischen all den unnützen Sachen, die sie immer mit sich herumschleppte. Hektisch tastete sie sich durch ihren Mantel. Nichts. Wie konnte das sein? Gerade jetzt? Wo war das Ding?

Sie hörte ein Geräusch und ruckte hoch. Der Cadillac erwachte schräg hinter ihr zum Leben. Kamilla griff nach Mathilda und zog sie weg. Der Motor röhrte, die Reifen drehten durch. Dreck wirbelte durch die Luft, als der Wagen plötzlich einen Satz nach vorn machte. Er schlingerte und steuerte direkt auf Anna Koslowa zu. Die verharrte an ihrem Platz wie ein Torero, der den Stier erwartet, bis sie ganz ruhig die Waffe hob und schoss. Zweimal: Die Windschutzscheibe zerbarst. Aber der Wagen war groß, und er näherte sich schnell. Kamilla sah, wie Anna Koslowa noch zur Seite sprang, aber der Cadillac scherte aus. Der Kotflügel erfasste sie seitlich. Die Wucht schleuderte ihren Körper durch die Luft. Anna landete nicht weit von der schwarzen Tasche entfernt. Der Wagen stoppte. Ein dürrer Mann stieg aus.

* * *

Betty fror selten, was ihrer enormen Leibesfülle zu danken war. Aber die lange Fahrt, der wieder einsetzende Regen, die zunehmende Höhe und die damit sinkenden Temperaturen hatten ihren Teil getan, um sie auskühlen zu lassen. Betty war entnervt. Sie hatte in den vergangenen Tagen viel ertragen müssen. Aber ein Auftrag war ein Auftrag und in ihren Augen immer noch besser als das Fernsehprogramm der Öffentlich-Rechtlichen und das der Privaten oder Pay-TV. Betty hielt Fernsehen für überholt. Außerdem plagte sie großer Hunger, was sie mehr als alles andere belastete. Sie hatte nicht vor, ihren Seelenfrieden durch Abnehmen zu gefährden. Im Gegenteil. In ihrem Kopf hatte sie in den vergangenen Stunden sämtliche Restaurants besucht, jedes noch so kalorienreiche Menü bestellt. Keine Fastfood-Kette konnte sich vor ihrem Heißhunger sicher fühlen, wenn das hier zu Ende war. All you can eat in alle Ewigkeit. Dieser verdammte Parkplatz! Endlich bog Slick dort ein.

Dima wusste nicht, was Betty wusste. Dima wusste

nicht, dass Betty und Slick ihn schon lange kannten. Lange bevor sie ihn auf dieser krummen Straße in den Bergen getroffen hatten. Dima wusste nicht, dass Betty und Slick einen Auftrag hatten. Dass ausgerechnet er, Dima, die Verbindung zu dem herstellte, was Betty beschaffen musste. Jetzt würde Betty das bekommen, wegen dem sie ursprünglich angereist war. Der Wagen stoppte.

»Kommt mir irgendwie bekannt vor«, sagte Slick nachdenklich.

»Das ist der blöde Parkplatz. Mensch, Slick, wir waren erst vor Kurzem hier.«

»Echt?« Slick starrte Betty ratlos an.

Betty rollte mit den Augen. »Ist ja auch egal.«

»Wahrscheinlich hast du recht.« Irgendwie schien Slick beruhigt.

Betty seufzte. »Viel Glück, Dima«, hörte sie sich sagen. Nichts wünschte sie ihm weniger als das. »Und nimm den Bullen mit!« Wenn sie gleich wegfahren würden, wollte Betty mit Slick allein sein. Ohne jeglichen unnötigen Ballast. Ihr Auftraggeber wartete schon, und Betty lieferte gern zuverlässig und prompt. Die Zeiten kostenloser Mitfahrgelegenheiten waren vorbei. Sie legte ihren Arm auf die Lehne des Fahrersitzes und nickte Dima mit einem Lächeln zu. »Du schaffst das schon. Wenn du fertig bist, warten wir hier auf dich.« Betty log gern. Es war ihre Paradedisziplin, wenn es sich um Geschäfte handelte. Und jetzt endlich würde eines zum Abschluss kommen. Es ging um Geld, um sehr viel Geld. Es ging um Ware, die jemand erhalten musste. Betty hatte schon viel zu viel Zeit verschwendet. Aber nicht immer lag ein lückenloser Zeitplan in ihrer Hand. »Los, los! Worauf wartest du?« Geduld war nicht gerade Bettys Ding. Und ihre war schon überstrapaziert.

Endlich bewegte Dima sich und stieg aus. Den Polizisten zerrte er hinter sich aus dem Wagen heraus. Dima liess ihn am Boden liegen wie ein erlegtes Tier. Dann schlug er die Tür zu, was den gesamten Wagen zum Schaukeln brachte. Betty atmete auf. Jetzt betätigte sie sich nur noch als Beobachterin des Geschehens, bis der richtige Moment zum Eingreifen gekommen war.

Die Situation nahm eine unerwartete Wendung, als plötzlich ein blauer Wagen auf den Parkplatz fuhr. Was wollten all die Leute? Betty hasste Zeugen aus Prinzip. Der Wagen hielt, und eine weitere Bekannte stieg aus. *Was wird das hier?*, fragte Betty sich. Sie machten unvorhergesehene Entwicklungen aggressiv.

Dima unterhielt sich mit der blonden Frau aus der Pension, die Betty für sich nur »die Sexbombe« nannte, und danach mit seiner Ex, als er plötzlich über die Motorhaube sprang und neben dem Wagen in Deckung ging. Warum er direkt vor ihrem Fenster kauerte, verstand sie nicht. *Verdammt!*, dachte Betty. Drücken durfte er sich nicht. Vorsichtig linste sie zum Fenster hinaus. Dann lauschte sie seinen Worten, die sie durch das offene Rückfenster deutlich hörte. Sie traute ihren Ohren kaum, aber Dima verlangte tatsächlich ein Duell.

Betty hieb sich verzweifelt mit den Händen auf die Schenkel. Ein beschissenes Duell! Sie verabscheute Mantel-und-Degen-Filme. Französisches Gehabe war ihr verhasst! Konnte das hier nicht schneller gehen?!

Aber Slick legte ihr beruhigend seine Hand auf die Schulter.

»Bist du fit?«, fragte Betty ihn. Slick überlegte lange. Danach suchte er in der Tasche nach einer Pille, die er schluckte. Betty wusste, Slick war jetzt voll auf Draht. »Mach dich bereit!« Slick lächelte.

Gespannt beobachtete Betty, wie Dima und seine Ex sich trafen. Wie sie sich Rücken an Rücken aneinanderlehnten.

»Ist das zu glauben?« Betty schüttelte den Kopf. Duelle waren einfach Quatsch. Sie verzögerten das Geschehen, während Betty sich nach Nahrung sehnte. »Hast du schon mal ein Duell gesehen, das fair ausging?«

Slick fragte: »Was ist ein Duell?«

»Ach, vergiss es, Slick!« Der Moment eignete sich nicht für ausschweifende Erklärungen. Slick hätte sich nichts merken können. Betty beneidete ihn darum. Jede Erinnerung, jede Information perlte an Slicks Gedächtnis wie Regentropfen an einer Fensterscheibe ab. Waren Kindergehirne Schwämme, war in Slicks Kopf nur ein kleiner, schwarzer Stein. Wie die Kabbala ein Mysterium. Verdichtete Materie oder blankes Nichts. Keine Ideen penetrierten die Membran. Betty empfand den Zustand als segensreich. Für ihn gab es nur das Hier und Jetzt, sonst nichts.

»Leck mich, Betty!«, entfuhr es Slick, dessen Körper in die Höhe ruckte.

Auch Betty beugte sich nach vorn, denn damit hatte wirklich keiner rechnen können: Bettys Verstand registrierte, dass Dima am Boden lag. Dass das Duell abrupt beendet worden war. Nach nur drei Schritten. Jeder wusste, dass zehn Schritte nötig waren. Betrug! Betty wusste einiges über das Leben: Hier lag kein Irrtum vor, denn weder Dima noch seine Ex nahmen es mit Regeln allzu genau.

Nur hatte sie schneller und besser gezielt. Im Vergleich zu Slick schoss sie wie ein Ass. Im Vergleich zu Slick war jedes bewaffnete Huhn ein Ass. Jetzt stand nur noch sie zwischen Betty und dem, was sie so dringend brauchte. Zwischen ihr und dem, weshalb sie in diese trostlosen Berge gekommen war. In dieses miserable Wetter, das endlose

Grau, aus dem sich der Regen immerwährend zu ergießen schien und den Platz in einen Teich verwandelte. Betty bemaß die Strecke, die zwischen ihrem Wagen und der kleinen Frau lag. »Los jetzt, Slick, gib Gas! Damit du sie voll erwischst!«

Slick trat auf das Gaspedal, sodass die Reifen durchdrehten, kurz blockierten und der Schotter nur so spritzte. Die Spitze der Motorhaube hielt sauber auf die erfolgreiche Schützin zu, die die Situation sofort erkannte. »Runter, Slick!« Betty duckte sich, und schon krachte es. Splitter verteilten sich explosionsartig im Wageninneren. Die Windschutzscheibe war ruiniert. Aber Betty sah zu Slick hinüber, und der lebte noch. Die Kleine traf wirklich gut. Aber nicht gut genug an diesem Tag. *Die Reifen, du hättest auf die Reifen schießen sollen!*, dachte Betty still für sich. *Großer Fehler, kleine Frau!* Betty wusste es, und nun lachte sie, weil sie den Sieg zum Greifen nahe wähnte. Sie hielt sich mit den Händen am Armaturenbrett fest, der Wagen schlingerte. Slick konnte fahren wie der Teufel: sein einziges Talent. Als der Kotflügel den Körper der kleinen Frau voll erwischte, tat es einen Schlag. Slick bremste und kam kurz danach zum Stehen. Langsam tauchte Betty auf, wischte Splitter von ihrer Schulter und dem Sitz. Dimas Ex lag in ihrer Lederjacke wie weggeworfen direkt neben der Tasche, die Betty mehr als alles andere begehrte. Mehr noch als ein warmes Bett, mehr noch als einen Hamburger Royal TS, mehr noch als einen gepflegten Fick mit Slick. Betty wollte nach Hause. Also schrie sie Slick an. Ein letztes Mal.

* * *

»Hol uns die Tasche, Slick!«, und: »Mach sie kalt!« Das Geschrei aus dem Wagen musste von der dicken Frau namens Betty kommen. Es war laut und schallte über den Platz. Kamilla erkannte die Stimme der grell geschminkten Frau, die den Dürren stets begleitete. Slick, wie Kamilla sich erinnerte, stieg aus dem Wagen aus. In der Hand hatte er einen Colt, den er auf Anna Koslowa richtete, die reglos am Boden lag.

»Nein!«, schrie Kamilla, so laut sie konnte. Wo war ihre Waffe? Der Dürre sah kurz auf. Bis er strauchelte und beinahe fiel, wobei zeitgleich ein weiterer Schuss die Luft zerriss.

Wie in Zeitlupe sah Kamilla sich um. Mathilda hielt mit beiden Händen Kamillas Pistole fest. Breitbeinig stand sie da, die Augen halb zusammengekniffen, die Zunge zwischen den Lippen bei voller Konzentration. Regentropfen verdampften auf dem Lauf.

Jetzt öffnete sich die Beifahrertür des Cadillacs, und Betty stolperte um den Wagen herum zu Slick. Auf dem nassen Untergrund rutschte sie aus. »Nicht meinen Slick!«, schrie sie verzweifelt. Ihre Hände packten Slick, doch er machte einen Schritt zurück, dann wieder nach vorn, der Colt bewegte sich ziellos nach oben, unten, nach rechts und links, bis Slick schoss und schoss und nochmals schoss. Neben Kamilla spritzte Schotter auf. Jetzt hielt Betty sich den Bauch, und Slick kippte nach hinten. Bis die beiden sich in den Armen lagen und zusammen zu Boden gingen.

Kamilla wusste nicht, wohin sie schauen sollte: von den beiden zu Mathilda, die immer noch dicht bei ihr stand. Sie war noch am Leben und das Mädchen ebenfalls. Vorsichtig griff Kamilla nach ihrer Waffe, entwand sie Mathildas festem Griff. »Bleib hier! Nur dieses eine Mal.« Dann rannte sie über den Platz. Ein Blick auf Dima Ismailov offenbarte, dass hier nichts mehr zu holen war. Leere Augen, weit geöffnet, starrten zum Himmel hinauf. Tropfen fielen auf sein Gesicht, sammelten sich in seinen Augen, bis sie überliefen. In Dimas Tasche suchte Kamilla das, was sie dann auch fand. Horsts Waffe. Vorsichtig steckte sie sie ein. Sie stürzte weiter zu Betty und zu Slick, die umschlungen am Boden lagen. Giraffe und Nilpferd umarmten sich ein letztes Mal. Unter ihnen mischten sich Erde und Wasser mit Blut.

Zwei Meter weiter lag Anna Koslowa ausgestreckt und versuchte aufzustehen.

Kamilla fühlte an Slicks Hals kein Leben mehr. Betty lag halb auf ihm wie ein gestrandeter Wal. Kamilla wälzte sie herunter. Auf Bettys Gesicht verschmierte der rote Lippenstift, als sie leise krächzte: »Dass er doch noch einmal treffen würde ... Wer hätte das gedacht?«

51.

Ich übergab mich. Erst einmal, zweimal, danach noch einmal. Die Kochsalzlösung, die meinen Magen wieder verließ, war kaum zu unterscheiden von dem, was vom Himmel fiel. Ich stützte mich am Wagen ab, beugte mich vornüber und verlor fast das Gleichgewicht. Meine Schläfen pochten mit einem ganz eigenen Herzschlag, der meinen Schädel schier zu sprengen drohte. Meine Fingerspitzen ertasteten einen Riss und Blut auf meiner Stirn. Mir war übel, und ich suchte nach dem letzten bisschen Verstand, das mir noch geblieben war. Wo befand ich mich? Wie in einer Zeitschleife erkannte ich den Parkplatz und den Rettungswagen. Ich kam hier nie mehr weg. Immer noch fiel der Regen, der mich binnen Sekunden durchnässte. Das Geräusch von Fluten in der Luft, die sich ihren Weg suchten, unaufhaltsam wie Dampf, der in jede Lücke drang. Ich richtete mich auf und sah mich um.

Mein Blick schweifte über ein Schlachtfeld. *Ikarus, Ikarus, Ikarus.* Mein Kopf wiederholte nur diesen einen Gedanken. Jeder Engel musste fallen. Dima lag mit offenen Augen auf dem Rücken und war zweifelsohne tot. Auch Betty und Slick hatte es dahingerafft. Wie zwei Ringer hatten sie sich umschlungen gehalten. Jetzt stand eine große Frau im Regenmantel daneben und presste etwas auf Bettys Bauch. Ein Zucken ging durch Bettys enormen Leib, dann hob und senkte sich nichts mehr an ihr. Ich stolperte in ihre Richtung. Ich wollte helfen, obwohl ich mir zuerst selbst helfen musste. Ich galt als hoffnungsloser Fall. In einer Pfütze lag Novembers Pistole wie ein vergessenes Relikt. Ich hob sie auf und steckte sie ein. Wie ein Dieb, der etwas Verbotenes tat. Ein Stück weiter entfernt rappelte sich November auf. Mit schmerzverzerrtem Gesicht hielt sie sich den Arm. Gegen meinen Willen verspürte ich etwas wie Erleichterung. Dass sie noch lebte, das machte mich auf fast unerlaubte Weise froh.

Auch Horst, der Polizist, rappelte sich langsam auf. Seine Arme waren hinter den Rücken zurückgebogen. Die andere Frau war schon auf dem Weg zu ihm. An ihr vorbei lief ein Mädchen über den Platz. Klein, dunkle Haare, die ihm in Strähnen ins Gesicht hingen. Das musste Mathilda sein. Unschwer konnte ich erkennen, wer die Mutter war. Wie das Kind strebte auch ich auf November zu, als würde ich magnetisch angezogen. Wir trafen uns auf halbem Weg. November beachtete mich nicht. Etwas trennte mich von den beiden wie eine unsichtbare Scheibe aus Panzerglas. Ich war anwesend, und doch befand ich mich in einem anderen Raum. November wirkte unnatürlich wach, noch intensiver, noch finsterer als sonst. Sie schwankte und starrte ihre Tochter an. »Mathilda.«

Das Mädchen sah zu ihr auf. »Mama?«

Es traf mich wie ein Schlag, dass ihre Stimme genauso heiser wie die ihrer Mutter klang.

November nickte. Sie lächelte nicht. »Wir haben uns ewig nicht gesehen.«

Aufmerksam hörte ihre Tochter zu. Wortlos, als warte sie auf ein entscheidendes Signal.

»Ich habe dich sehr vermisst.«

Leise flüsterte das Kind: »Ich dich auch.«

Auf Novembers Gesicht stellte sich der Anflug eines Lächelns ein. »Du schießt sehr gut. Du bist wie ich.«

Das Kind machte noch einen Schritt auf sie zu. Jetzt stand es ganz nah und schaute November ernsthaft ins Gesicht. Fast unmerklich schüttelte es den Kopf. »Nein«, sagte es. Und dann weinte es, leise, ohne jeden Ton.

»Ich möchte, dass du mit mir kommst.« November streckte die Hand aus. Ihre Stimme klang dringlich. Dieses Kind bedeutete ihr mehr als alles andere.

Aber Mathilda wischte sich über die Augen, drehte sich einfach um und ging weg.

»Bleib!«, hörte ich November rufen.

Mathilda sah sich nicht einmal um. Schon hatte sie sich ein Stück weit entfernt. Die Schöne und der Polizist erwarteten sie.

* * *

»Ich will, dass Sie sofort Verstärkung anfordern!«

»Jetzt beruhigen Sie sich doch erst einmal, Herr Horst.«

Horst fühlte sich seltsam entrückt und so gar nicht aufgeregt. Er spürte nichts mehr, glitt durch das Jetzt, das sich wattiert anfühlte. Auch wenn er Verzweiflung fühlte, konnte er diesem Gefühl nicht Ausdruck geben. Jedes einzelne Wort zu denken fiel ihm schwer.

»Sie haben einen Schock. So viel ist klar.«

Horst hatte Schwierigkeiten, überhaupt zu stehen. Mit der Hand klammerte er sich an Kamilla fest, rutschte fast an ihrem Regenmantel ab. Mit einem Taschenmesser hatte sie den Kabelbinder von seinen Handgelenken abgetrennt. Was sich alles in ihrer Handtasche fand! Seine Augen suchten unter der Kapuze nach ihrem warmen Blick. Lächelte sie, obwohl doch alles misslungen war? Obwohl er versagt hatte? Horst zeigte auf den Platz. »Die ... bringen sich gleich ... um.« Er stotterte, sonderte die Informationen in Fragmenten ab.

»Darüber müssen Sie sich keine Sorgen machen«, sagte Kamilla so gelassen, als habe sie gekifft.

»Ich weiß nicht ...« Was wusste er überhaupt? Sein Kopf

fing jetzt wieder an zu stechen, links, dort, wo sich ehemals sein Ohr befunden hatte. Der Schock ließ nach, und Horst wollte das plötzlich nicht mehr. Er versuchte, seiner Stimme Dringlichkeit zu verleihen: »Sie waren mal eine gute Polizistin. Schützen Sie Anna Koslowa!«

»Sie sind erschöpft und verwirrt. Ich bringe Sie jetzt erst mal zu einem Arzt.«

»Nein. Ich brauche Ihre Waffe.«

»Oh, nein. Das würde Ihrem Chef sicher nicht gefallen.«

»Aber meine Pistole hat doch Dima Ismailov.«

»Nicht mehr.« Kamilla förderte aus ihrer Handtasche Horsts Waffe zutage, die sie zurück in sein Halfter steckte. Ihre Hand kam für einen Moment auf seiner Brust zu liegen, wo sie ein warmes Gefühl hinterließ.

»Wo ...? Wie haben Sie ...«

»Bedanken Sie sich ein anderes Mal. Vergessen Sie Dima Ismailov! Der ist mittlerweile tot.«

Horst suchte nach Worten. Bildete er sich das alles vielleicht nur ein? »Sie können doch nicht ...«

Kamilla schüttelte den Kopf: »Sie sind ja völlig außer sich.« Sie griff ihm unter die Arme, zog ihn fast zum Wagen hin, obwohl er das nicht wollte.

»Mathilda wartet bereits auf Sie. Es wird Sie garantiert erstaunen, dass sie sprechen kann. Ich habe es genau gesehen.«

»Was?« Horst konnte nicht mehr folgen. Kamilla war doch kurzsichtig. »Sie können gar nichts sehen.« Er wiederholte sich.

Ungnädig erwiderte sie: »Sie irren sich. Aber zuerst bringen wir das Kind in Sicherheit.«

Horst empfand Kamilla als zutiefst verwirrt. Leider knickten ihm die Beine ein. Er fühlte sich sehr schwach. *Ich sollte, ich wollte ...* Er hatte versprochen, Kamilla zurückzubringen. Jetzt entglitt ihm die Situation ein weiteres Mal. Sie brachte *ihn* zurück.

»Betty und Slick und Dima Ismailov.« Sie lagen dort am Boden, aber vielleicht irrte Kamilla sich. Auszuschließen war das nicht. Jemand musste sich um sie kümmern.

»Sind tot. Lohnt keine Mühen mehr.« Kamilla sagte es mit einem Schulterzucken.

»Wir brauchen Verstärkung. Ordentliche Ermittlungen. Jetzt sofort!« Horst fand sein Gestammel lächerlich und gleichzeitig von größter Wichtigkeit. Ein anderer Gedanke quälte ihn: Anna Koslowa war in Gefahr. Hatte er doch alles in seiner Macht Stehende getan, um ihr zu helfen.

Kamilla faselte etwas von Stimmen und einer höheren Macht. Von dem Allwissenden und transparenten Wesen, die sich im Regen tarnten. Sie glaubte fest, dass sie unverwundbar war, dass Kugeln sie nicht mehr treffen konnten. Horst wusste nicht, ob seine Einbildung ihm dies nur suggerierte.

Ein Schuss krachte, und die Kugel pfiff an ihnen vorbei. Handelte es sich um den Mann, mit dem Anna Koslowa geflohen war? Für ein Entführungsopfer hatte er sich gut erholt. Jetzt schoss er sogar auf sie.

Kamilla hatte recht. Sie schienen unverwundbar zu sein. Eine höhere Macht schützte sie. »Ein Wunder!«, hörte er sie sagen. Mit Horst würde sie auf eine andere Ebene wechseln, in ein Land, in dem blaue Blumen blühten. Horst stellte mit Erstaunen fest: Kamilla hatte die Philosophie nahtlos gegen Esoterik eingetauscht.

Horst erinnerte sich an seinen Chef und seine ernsten Worte: »Sie müssen sie zurückbringen. Sie ist nicht normal!« Aber Horst erinnerte sich auch wie in einer endlosen Zeitreise an Kamillas nackten Körper, an den Moment, in dem das Handtuch fiel, an ihre makellose Schönheit, an das

Funkeln in ihren Augen, als sie ihn durchschaute. Und daran, dass sie früher als die beste Polizistin ihrer Abteilung galt. Er schloss die Augen, ließ den Regen ihn ummanteln und gestand sich ein, dass er sein Helfersyndrom nie ablegen würde. Er dachte an Gott und dass es ihn einfach geben musste, auch wenn er sich gut verbarg. Anders würde Horsts Schicksal nicht zu erklären sein. Eine Verrückte beschützte ihn. Zumindest das war neu.

Jetzt schleppte Kamilla ihn über den Platz, öffnete die Autotür und schob ihn auf den Beifahrersitz.

Er erhaschte einen letzten Blick auf Anna Koslowa. Vielleicht würde sie es schaffen. Er wünschte es ihr mit jeder Faser seines Seins. So viele Jahre hatte er sie gesucht, gefunden, und jetzt fuhr er weg von ihr. Als habe er sie und ihre Existenz nur kurz berührt. Mehr ließ sie nicht zu. Die Geschichte wiederholte sich. Kurz sträubte er sich, klammerte sich mit einer Hand an den Fensterrahmen. Dann gab er nach und sank in den Sitz.

»Jetzt helfen Sie doch mit, Herr Horst! Sie wird es auch ohne ihre Hilfe schaffen. Sie hat den Sanitäter und Ihren Gott. Lassen Sie doch endlich mal die anderen die Arbeit tun! Zum Beispiel mich.«

Kamilla war vielleicht nicht ganz dicht, aber sie hatte helle Momente, die alles überstrahlten. Das konnte der Anfang sein. Der Auftakt zu etwas Wunderbarem, wenn alles sich zum Guten wendete.

Eine Welle der Erleichterung überschwemmte ihn. *Ich sterbe wohl, denn anders ist dieser Zustand nicht zu erklären,* dachte er und fühlte sich ganz warm. Er würde keinen Bericht mehr schreiben müssen, aber irgendwann, irgend… Er würde. Das erklären … müssen. Irgendjemandem.

* * *

»November.« Ich führte Selbstgespräche. Sie nahm mich gar nicht wahr. »Es tut mir leid.«

Wie sie hier vor mir stand, wirkte sie nicht mehr Furcht einflößend. Nur noch verlassen, wie geschrumpft. Zuerst gerettet und danach gedemütigt durch ihr eigenes Kind. Ein trauriges Bild.

»Lass mich dir helfen!« Ich zeigte auf ihren verletzten Arm. Ein Knochen stach sogar unter ihrer Jacke hervor, zwei Finger waren deutlich schief.

Etwas blitzte in ihren Augen auf. Enttäuschung oder Resignation? Sie schüttelte den Kopf.

»Du musst dich stellen, weil es zu Ende ist.« Ich klang wie ein billiger Statist. November sah sich nach der Tasche um. Ihr Gesicht verzog sich im Schmerz. Sie würde nicht hierbleiben, um sich der Polizei auszuliefern. So viel war mir klar.

»Ich lasse dich nicht noch einmal weggehen«, warnte ich sie. In mir regte sich ein unbekannter Widerstand. Ich wischte mir über das Gesicht. Es regnete jetzt so stark, dass die Geste überflüssig wurde. Die Natur schüttete eimerweise Wasser über uns aus, als könnte sie uns so zwingen, den Platz zu verlassen. Rinnsale liefen mir zwischen den Schulterblättern hinab und über die Brust. Die Hose klebte an mir wie Folie. Ich hatte mit November gemeinsam duschen wollen. Das hier war einfach kein Vergleich. Mein Handy klingelte.

»Ist bestimmt dein Vater«, stieß sie hervor. »Na? Gehst du ran?«

»Nein.« Das hier war etwas zwischen ihr und mir. Wir warteten, bis das Klingeln aufhörte. Ein fremder Ton in dieser urzeitlichen Situation.

Ihr Mund formte Worte, aber es bereitete mir Mühe, sie zu verstehen. »Was hast du gesagt?«

»Dein Vater war mal mein bester Kunde. Und damit meine ich nicht dieses Scheißwaffengeschäft.«

Meine Gedanken bewegten sich zäh. Etwas in mir weigerte sich beharrlich, das, was November sagte, zu begreifen. »Blödsinn«, stieß ich dumm hervor. Ich konnte ihren Wimpernschlag genau sehen. Jemand reduzierte die Minuten auf ihre Bestandteile.

Wir schwiegen, bis ihr Mund sich öffnete: »Ich hab seinen Schwanz gelutscht. Das mochte er besonders gern.«

Ich lachte auf. Es fühlte sich hysterisch an. Nicht glauben, verstehen, wahrhaben wollen und nicht akzeptieren können – all das überlagerte sich in meinem Kopf. Mein Vater und sie. Warum und wann? Was sie da behauptete: Was machte das aus ihr? Aus mir?

Die Tasche lag bereits in ihrer Hand. Sie schleppte sich weg von mir.

»Wo willst du damit hin?«, rief ich hinter ihr her.

»Zu dem, der am meisten dafür zahlt.«

»Das darfst du nicht.«

»Sagt wer?« Ihre Stimme: sarkastisch, bösartig.

»Stell das wieder hin!«, sagte ich herrisch. Die Erkenntnis kam mit der Deutlichkeit eines Scherenschnitts.

Jetzt drehte sie sich nochmals um. »Willst du dich in die Geschäfte deines Vaters einmischen? Wirst du jetzt zum bösen Sohn?«

»Böse Töchter, böse Söhne haben eine lange Tradition«, antwortete ich und dachte dabei an sie.

Etwas zuckte um ihre Mundwinkel herum. »Hau ab, Laser! Das ist eine Nummer zu groß für dich.«

»Ist mir total egal.«

Ich griff nach der Waffe, die in meiner Tasche nach mir schrie. Meine Hand legte sich wie selbstverständlich um den Griff. Ich sah mich um.

Der Polizist wurde von der großen Frau gestützt, sie zog ihn zu einem blauen Wagen hin, in dem Mathilda saß und wartete. Ich hob die Waffe und zielte auf die Gruppe, danach leicht nach links. Der Warnschuss knallte laut, der Rückstoß fühlte sich an wie ein leichter Schlag. »Verpisst euch!«, schrie ich gegen den prasselnden Regen an. War das meine Stimme? Der Rettungssanitäter stieg zum Scharfschützen auf. Wie lächerlich.

Frau und Mann duckten und beeilten sich.

November stolperte mit der Tasche weiter auf den Rettungswagen zu. Keine Hundertschaft der Polizei war aufgetaucht, kein SEK. November war eine Zeitbombe, und nur ich konnte sie entschärfen. »Bleib stehen!«, rief ich.

Sie sah sich nicht mal um. »Das kannst du nicht. Du musst anderen Menschen helfen«, hörte ich sie sagen. Als sei das ein Gesetz. Aber die Gesetze waren außer Kraft gesetzt auf diesem Platz.

Diese Zeiten lagen hinter mir. Genau das hatte November mir in den vergangenen Tagen vorgelebt. Schläge ins Gesicht, Schläge gegen mein Ego. Wie hätte mich das nicht verändern können? *Ich mag dich.* Ihre Worte klangen in mir nach. Ich klammerte mich an eine Möglichkeit wie ein Kind an den Rockzipfel seiner Mutter. Ich musste ihr helfen, auch wenn sie das vielleicht nicht so sah. Ich wollte nicht, dass sie starb. Ich wollte nur, dass das hier ein Ende nahm. Nur noch wenige Meter. Ich musste mich entscheiden.

»Die Glock ist zu nass. Sie wird nicht mehr funktionieren«, rief sie mir zu. Kaum hörte ich ihre Stimme, die im Rauschen des Regens unterging. Sie hatte sich schon weit entfernt.

Ich stand allein in der Mitte des Platzes, der mittlerweile einem See glich. Ich dachte an Chuck Norris, an Charles

Bronson, an Steve McQueen. Im echten Leben fühlte sich die Pistole viel kälter und schwerer an. Gleichzeitig war sie harmlos, solange niemand mit ihr schoss. Hinter mir ertönte ein Motorengeräusch. Jemand ließ vermutlich den blauen Wagen an. *Fahrt endlich!*, dachte ich. Reifen drehten durch auf dem steinigen Belag. Ein Blick: Der Wagen wendete und entschwand. November und ich waren jetzt allein. Nur Tote um uns herum, hier auf diesem Platz.

Ich sah mich um. November hatte den Rettungswagen fast erreicht. »Bleib endlich stehen!«, brüllte ich.

Wie in Zeitlupe schaute sie mich an. Die schwere Tasche zog an ihr. Sie schwankte, konnte kaum mehr gehen.

»Zwing mich nicht dazu!« Wozu? Ich musste verrückt geworden sein. Ich hob Novembers Waffe an, den Regen im Gesicht. Meine Zungenspitze leckte Tropfen von meinen Lippen. Nur noch sie und ich. Wir beide standen uns gegenüber, hier allein auf diesem Berg, wie noch zwei Tage zuvor. Alles zurück auf Anfang, nur ganz neu. Ich kniff die Augen halb zusammen, zielte genau. Zwei Schüsse, schnell hintereinander, das war der Plan. Mit dem zweiten Schuss korrigierte ich unwillkürlich den ersten. Hand-Auge-Koordination. So viel hatte ich von ihr gelernt. Die nächste Sekunde verging schnell, dennoch war sie mit Gedanken und Eindrücken angefüllt, die für ein Leben reichen würden.

Ich drückte ab. Klick. Kein Schuss löste sich. November hatte es vorausgesagt. Der Regen vereitelte meinen Plan. Wütend schüttelte ich die Waffe. Ein Schuss löste sich, der um Meter danebenging. November zuckte leicht. Fest hielt ich die Waffe jetzt wieder in beiden Händen, kannte nur noch ein Ziel, weil unsere Geschichte hier zu Ende ging. Los, Laser! Lass den Abspann laufen!

Ihr Blick fixierte mich: müde und schon längst geschlagen.

Die Karriere vom Helfer zum Vollstrecker: Mein Schicksal war traurig wie so viele andere. Ich krümmte den Zeigefinger: der zweite Schuss. Ich war ein Naturtalent, denn ich traf mein Ziel. Sie strauchelte und fiel.

Ich zitterte, weil ich begriff: So viele Menschen hatten sterben müssen. Drei Tote am ersten Tag unseres Zusammentreffens, und stetig wurden es mehr. Heute kamen mit meiner Hilfe noch einige dazu. Vielleicht auch sie? In meiner Brust breitete sich der Schock in Wellen aus: Ein verzweifeltes Zucken, eine Kontraktion meines Herzens bis in alle Ewigkeit. Die Zeit dehnte sich, und ich konnte mich nicht rühren.

Manche Tage sind schicksalhaft. Andere sind verregnet. Wieder andere sind beides zugleich.

Es regnete. Auf dem Boden kroch sie vor mir davon. November. Dima, Youri. Warum hatte all das passieren müssen?

»Was für eine Wahl haben wir? Zwischen Wurst und Leben. Wir wählen das Leben.«
Wladimir Putin

DAVOR

1.

Smolensk befand sich auf direkter Linie zwischen Moskau und Minsk. Dort wurde Dima am Rande der Ausfallstraße nach Weißrussland geboren. In einem windschiefen Haus, an dem wochentags die Laster Richtung Westen rollten. Es war vielleicht diese Lage an der rechten Straßenseite – wenn man Russland den Rücken kehrte –, die Dimas Schicksal vorbestimmte. Dima hätte ein paar Kilometer weiter in Demidov oder Savonovo geboren werden können – es hätte einen entscheidenden Unterschied gemacht. Dima wusste nichts von Smolensk. Er wusste nichts von der Auferstehungskathedrale, hatte sie noch nie gesehen, oder von den Festungsmauern, die die Altstadt umgaben. Er wusste nichts von dem Smolensker Kernkraftwerk und dem alten Opernhaus. Seine Mutter hatte ihn fast ein Jahr lang gehütet wie ihren Augapfel, war Dima doch der von seinem Vater lang ersehnte Stammhalter, der Prinz, der ihnen nach Jahren, nach zwei Zwillingstöchtern, noch geschenkt worden war. Dima kannte nur seine Mutter, ihre Haut, ihren Geruch und ihre Milch. Sie war seine ganze Welt, geliebt, vertraut und überschaubar. Schon drei Jahre später sollte er sich nicht mehr erinnern, wer sie war. Als er mit zehn Monaten anfing zu laufen, kündigte sein Vater Youri an, dass sie Russland verlassen würden. Dimas Mutter weinte, weil sie wusste, dass ihre Schonzeit vorüber war, weil Youri über ihr Leben entschied.

Youri:

Youri benahm sich wie ein Patriarch. Er herrschte über seine Herde. Die Herde bestand aus seinen Frauen. Er hegte sie und pflegte sie, aber er erwartete dafür gute Leistungen von jedem einzelnen Tier. Seine Herde war sein Kapital. Er hatte viel investiert, und wenn Youri eine Überzeugung hatte, dann bestand sie darin, dass Investitionen wieder hereingeholt werden mussten. Wer etwas ausgab, musste etwas einnehmen: *mehr*. Um diese Einnahmen-Überschuss-Rechnung drehte sich Youris gesamte Existenz.

Youri wurde in Aserbaidschan geboren. Sein Vater hatte auf den Ölfeldern Abscherons gearbeitet, auf einer Halbinsel im Kaspischen Meer. Youri hatte sich geschworen, ein anderes Leben als das seiner Eltern zu führen. Eines, bei dem er sauber blieb. Zumindest äußerlich. Er verachtete seinen Vater insgeheim und später offen dafür, dass er sich für Geld erniedrigte, im wahrsten Sinne des Wortes anschwärzte. Youri wusste, wer an der Arbeit seines Vaters verdiente: Es waren die Männer, die am Ende des Monats das Geld auszahlten. Und die Männer, die den Zahlmeistern das Geld gaben. Es waren die Männer, die die örtlichen Puffs schon lange nicht mehr frequentierten. Diejenigen, in welche die Arbeiter gingen. (Youris Vater fühlte sich nach der Arbeit zu müde für jedwede körperliche Betätigung.) Die Zahlmeister besuchten die Nobelbordelle in der Innenstadt Bakus, wo die Nutten westliche Kleidung trugen und für eine Stunde mehr kosteten, als sein Vater in einem Jahr verdiente.

Bevor Youri jedoch je einen Puff besuchte – der Besuch beeindruckte ihn nachhaltig –, überließ ein Freund ihm einen alten Kalender. Der Pirelli-Kalender von 1972 war bereits ein misshandeltes Exemplar, als er Youri vermacht wurde. Youri betrachtete die Fotos der nackten, westlichen Mädchen, ihre hellen Schamhaare, die in die

Höhe gereckten Brüste mit zunehmender Faszination. Er verbarg den Kalender unter seiner Matratze. Er vergoss literweise Samen auf das Mai-Mädchen, das vor einer grünen, hügeligen Landschaft stand. Ihre Hand strich durch ihr langes, helles Haar. Seltsam desinteressiert sah sie den Betrachter an. Youri benutzte den Kalender drei Jahre lang, bis das Mai-Mädchen nur noch in seiner Erinnerung vorhanden war. Aber seine Fantasie musste auch genügen, war doch das Bild durch die Körperflüssigkeiten völlig ruiniert.

Er lernte Maja in der Abschlussklasse kennen. Sie war vier Jahre jünger als er und eine Besonderheit: Ihre Schamhaare kräuselten sich blond wie bei Mrs Mai, was Youri zunächst nur vermuten konnte und später auch bestätigt fand. Ihr Haupthaar unter dem Kopftuch hatte dieselbe Farbe, ihr Gesicht war ebenmäßig und im Ausdruck naiv. Alle anderen Mädchen sahen dunkel aus wie Youri selbst. Nach drei Monaten ließ Maja sich küssen, nach vier durfte Youri sie unter ihrer Kleidung berühren, nach einem halben Jahr erschien ihm seine Selbstbefriedigung wie ein alberner Zeitvertreib. Aber Maja wollte sich nicht penetrieren lassen, bis Youri sich einfach nahm, was sie nicht freiwillig geben wollte.

Maja wurde schwanger und bettelte ihn an, sie zu ehelichen. Ihre Eltern hatten sich bereits verständigt. Aber Youri schmiedete andere Pläne. Maja hatte ihm Lust auf mehr gemacht, auf andere Frauen, andere Projekte. Er würde sich nicht wie sein Vater früh an eine Familie binden und an der Pflicht, sie zu ernähren, zugrunde gehen. Youri hatte sich selbst für Größeres ausersehen. Nur seinen Kalender nahm er mit.

Youri verließ das Haus seiner Eltern mit ihren gesamten Ersparnissen. Er sah sie nie wieder, er rief sie nie wieder an. Von einem Freund erfuhr er, dass Maja von ihren Eltern verstoßen worden war. Er erfuhr ebenfalls, dass sie abgetrieben hatte und in seiner Heimatstadt nicht mehr willkommen war. Youri fand, dass sich alles zum Guten wendete.

Er fuhr mit dem Bus nach Baku, mit der Bahn nach Moskau, wo er sich für ein Jahr niederließ. Aserbaidschanisch war Youris Muttersprache, aber Russisch, die Amtssprache seines Heimatlandes, hatte er seit der ersten Klasse gelernt. Seit jeher verständigte er sich damit. Er besuchte die Puffs und betrieb Marktforschung. In Moskau zu leben war teuer, zu kostspielig für einen Berufsanfänger wie Youri. Der Markt war hart umkämpft, und die Mädchen waren so unbezahlbar wie die Unterkünfte. Youri verließ Moskau Richtung Westen. In Smolensk machte er halt, zufällig, weil ein Maschinenschaden den Zug zum Halten zwang. Smolensk konnte mit dreihunderttausend Einwohnern gerade noch als Großstadt durchgehen. Nach Moskau wirkte es überschaubar und klein. Kein Vergleich. Youri warb die ersten Mädchen im Umland an. Es schien wie ein Kinderspiel, denn viele von ihnen wollten weg vom Land. Youri konnte sehr überzeugend sein, weil er ihnen versprach, was immer er in ihren Augen an Hoffnungen las. Sein Bordell eröffnete er an der M 1 nach Orsha. Eine Goldgrube tat sich auf, sein erster wirtschaftlicher Erfolg.

Youri war ein Unternehmer, ein Selfmademan. Niemand hatte ihm zu diktieren, wie das Leben funktionierte. Youri verstand die Welt als wirtschaftliches Konstrukt. Das Leben im kommunistischen System hatte Youri angeregt, der Kapitalismus befeuerte ihn zu Höchstleistungen. Der Markt, das Kapital. Youris Markt stellten die Männer dar, sein Kapital die Frauen, die er besaß. Verbunden durch die

Lust, das Geld und ihn. Youri mochte seinen Platz in dieser Gleichung; er glaubte an sein Geschäftsmodell. Er hatte sich noch nie verliebt. Er hatte es auch nicht vor. Youri wollte reich werden und weiter nichts. Leider lernte er Galina in Kamenka kennen, nur einige Kilometer nordöstlich von Smolensk.

Galina:

Galina berührte zum ersten Mal etwas in seinem Inneren. Selbst ein Geschäftsmann konnte nicht mit allem rechnen. Youris Geschäfte liefen gut, und Galina hatte von ihren Eltern die Nase voll. Sie schwänzte die Schule, um sich mit Gleichaltrigen hinter dem alten Sportheim zu treffen. Hinter der ältesten Baracke von Kamenka, an welcher die hellblaue Wandfarbe schon seit Jahren abblätterte, wurde alles abgewickelt, was das menschliche Dasein der Stadt bestimmte. Der Tausch und Verkauf von Waren, von Kommunikation und Sex. Galina war naturblond und jung. Sie war eine Ausnahmeschönheit mit schräg stehenden, grünen Augen und vollen Lippen, zwischen denen immer eine schmale Zigarette hing. Sie trug glänzende Nylonstrumpfhosen, einen kurzen Rock, der ihre langen, schlanken Beine betonte. Sie buhlte um Aufmerksamkeit. Viele sahen Galina und begehrten sie, aber nur Youri *bemerkte* sie. Sie war nicht nur blond, was Youri immer erregte, Galina benahm sich würdevoll, was ihn faszinierte. Sie hingegen ignorierte alle Männer, bis sie Youri traf.
Galina wollte Kamenka den Rücken kehren. In ihrer Fantasie wurde sie von einem gut aussehenden, reichen Mann entführt, hinaus in die weite Welt. Er würde ihr zuerst Kinder schenken, danach ein Haus mit einer Ga-

rage, in der ein grosser Wagen stand, und später grosse, runde Perlen, die sie an einer eng anliegenden Halskette trug.

Galina spuckte ihren Eltern vor die Füsse. Sie würde niemals zurückkommen. Traurig sahen sie ihr nach. Youri war gross, schlank und gut aussehend; er benahm sich weltgewandt und souverän. Seine vernarbten Fingerknöchel fielen ihr nicht auf. Erst später, als ihr diese Erkenntnis nichts mehr nutzte.

Er legte seine Hand auf ihre Hüfte. »Du musst mit dem Rauchen aufhören. Es ist schlecht für dich.«

Noch nie hatte sich jemand Gedanken um Galinas Gesundheit gemacht. Sie inhalierte einen letzten, tiefen Zug und reichte Youri die Zigarette. Youri nahm den glimmenden Stängel, warf ihn auf den Boden und drückte ihn mit dem Absatz aus. Er hasste Raucher, aber Galina liebte er vom ersten Augenblick an.

Galina war sieben Jahre jünger als Youri, doch sie folgte ihm, ohne auch nur ein Mal zurückzuschauen. Sie erwartete London, Berlin oder New York, aber es wurde Smolensk. Ein paar Jahre später verschaffte es ihr keine Befriedigung mehr, dass sie als Königin in Youris Bienenstock galt. Sie musste für ihn anschaffen wie alle anderen. Als sie sich anfangs weigerte, schlug er sie in den Unterleib, und wenn er ungeduldig wurde, auch ins Gesicht. Genauso wie die anderen. Manchmal sogar härter, denn er betrachtete Galina als sein persönliches Eigentum, das ihm zu Gefallen sein musste. Jetzt kannte sie jeden seiner Knöchel ganz genau und lernte, seine Fäuste zu fürchten. Als sie ihre Eltern am Telefon um Hilfe bat, legte ihr Vater auf. Sie unternahm einen Fluchtversuch, bei dem Youri sie an der Bushaltestelle aufgabelte. Er brach ihr zwei Rippen und sperrte sie drei Tage in den Keller ein. Als sie schliesslich nachgab und sich fügte, reichte er ihr die Hand: Nur ihr schenkte er Schmuck. Nur mit ihr teilte er das Bett und zeugte Kinder. Nur ihr gab er seinen Namen.

Youri liebte Galina, so wie andere einen teuren Wagen lieben, ein aussergewöhnliches Gemälde, ein Rassepferd. Er bemerkte nicht, dass Galina anders war, mehr als das. Nicht nur schöner und empfindsamer, sondern auch extremer in ihrem Hass. Youri sah Galina als das Alpha-Weibchen, das er für seine Nachkommen ausersehen hatte: die Jüngste, Schönste, Fruchtbarste. Er unterdrückte Galinas Willen so nachhaltig, dass er vergass, dass sie noch einen eigenen Willen besass. Er zerrte sie wie den Rest seines Besitzes über die Grenze nach Minsk, er zerrte sie weiter nach Warschau und über Posen nach Berlin. Youri folgte der Spur des Geldes, und seine Entourage reiste mit. Es zog ihn nach Deutschland, denn Youri hatte eine aussergewöhnliche Geschäftsidee. Er dachte an sein Alterswerk, obgleich er erst Mitte dreissig war, an die Krönung seines Tuns.

Galina hatte immer in den Westen gewollt. Aber nicht auf diese Art. Der Westen bedeutete Freiheit für sie. Galina hatte die Freiheit, endlich am Ziel ihrer Wünsche angelangt zu sein, mit der grösstmöglichen Unfreiheit eingetauscht. Manche Menschen konnten das vielleicht akzeptierten, aber Galina konnte es nicht. Youris neue Geschäftsidee verachtete sie in einem Masse, das sie selbst überraschte. Youri hatte in ihrem gemeinsamen Leben bereits alle möglichen Grenzen überschritten. Dass er nun ihre beiden Töchter ausbeutete, erleichterte Galina den Entschluss. Es war unmöglich geworden, sich noch vor ihre Kinder zu stellen. Es war zum Scheitern verurteilt, sich Youri zu widersetzen. Sie hatte es oft genug erfolglos probiert. Sie floh mit den Kindern, aber sie kam diesmal nicht weiter als bis zur Abfahrt der Autobahn. Youri überholte sie mit seinem Wagen und bremste sie aus. Ganz ruhig zwang er sie dazu, auszusteigen. Galant öffnete er ihr die Beifahrertür und brachte seine Familie wieder nach Hause. Als die Kinder im Bett lagen, schlug er seine Frau so zusammen, dass sie mehrere Tage nicht mehr aufstehen konnte. Die Geschichte wiederholte sich. Galina machte Youri nicht allein verantwortlich für diese Ungerechtigkeit, sondern auch Gott. Also nahm sie Gott das, was er ihr so freiherzig gegeben hatte: ihr Leben. Und sie nahm Youri sein Kapital: sich selbst. Ihr Sohn Dima war drei Jahre alt, als Galina sich eine Einkaufstüte über den Kopf stülpte und mit braunem Paketband um den Hals zuklebte. Zur Feier des Tages trug sie Youris Perlenkette. Dima würde sich nicht daran erinnern, wie er den vom Todeskampf verdrehten Körper seiner Mutter im Badezimmer erblickte, wie sein Vater vor ihr auf den Fliesen kauerte und zum ersten Mal in seinem Leben vor Trauer schrie. Das hier hatte nichts mehr mit der ursprünglichen Geschäftsidee zu tun.

2.

Kaiserdamm. Ein klangvoller Name. Berlin-Charlottenburg. Ehemals ein schickes Viertel, jetzt nur noch abgehalftert, die Fassaden rissig wie der abgeplatzte Lack an einem alten Gefäß. Immerhin trug die Gegend noch den Ruf einer Grande Dame, die mittlerweile in die Jahre gekommen war. Als Youri mit seiner Familie einreiste, strahlte Charlottenburg noch. Hier lebten die Reichen, der alte Berliner Adel. Es gab eine große Gemeinschaft russischer Emigranten. Youri knüpfte Kontakte. Er sprach weiterhin Russisch, aber seine Kinder lernten Deutsch. Sie sprachen es bald fließend, nur Youri würde immer auf Deutsch radebrechen.

Die meisten Charlottenburger Häuser stammten aus der Gründerzeit, die Wohnungen waren geräumig, die Quadratmeterpreise hoch. Youri mietete sich direkt am Sophie-Charlotte-Platz im Erdgeschoss eines modernen Gebäudes mit schlichter hellgrauer Fassade ein. Etwas später kaufte er das ganze Haus. Er empfand es als Ironie, dass er direkt gegenüber der Zweigstelle des Landeskriminalamtes firmierte. Tatsächlich gehörten zwei leitende Beamte des LKA jahrelang zu seinen besten Kunden. Youri gab seinem Etablissement den Namen »Twin-Club«. Englische Namen waren gerade sehr *en vogue*. Er bediente darin die besonderen Bedürfnisse der Oberschicht. Youris Geschäftsmodell erklärte sich von selbst: doppelte Lust, was doppelte Zahlung bedingte. Er beschäftigte Zwillingspaare in seinem Bordell. Bereits in Russland hatte er die Gelüste in den Augen der Freier erkannt, wenn sie seine Töchter Ayla und Lale sahen, die eineiige Zwillinge waren. In jedem Puff auf der Welt konnte man zwei Frauen kaufen, oder drei oder vier. Es gab sie in allen Haar- und Hautfarben, tätowiert, gepierct, jung oder alt. Aber Zwillinge waren das Ausgefallene, das sich diejenigen ersehnten, die schon alles andere kannten. Neben dem florierenden Zwillingsgeschäft beschäftigte er in seinem Bordell auch normale Huren in einer Art Mischkalkulation. Ein Zwillingspärchen hatte Youri bereits zusätzlich zu seinen Töchtern aus Russland importiert. Drei hübsche, abenteuerlustige Frauen begleiteten ihn ebenfalls. Es gestaltete sich anfangs schwierig, Zwillinge für sein Geschäft zu finden. Das Internet half ihm über den ersten Warenengpass hinweg, und schon bald konnte Youri sechs Zwillingspaare anbieten, darunter Sara und Tara aus Kentucky sowie Greta und Petra aus der Schweiz. Am Anfang des Jahrtausends, im Jahr 2004, war Youris Bordell komplett besetzt, und er konnte aus dem Vollen schöpfen, nahm nur noch die schönsten, versiertesten Mädchen an. Er musste Zwillingsbewerbungen aus aller Herren Länder ablehnen. Sein Ruf sprach sich herum.

Die »doppelten« Mädchen wurden behandelt wie Königinnen. Sie verdienten ein Vielfaches ihrer schlichten Kolleginnen. Youri ließ sich nur noch ein Mal hinreißen: Er akzeptierte ein weiteres Paar. Kitty und Cat, zwei außergewöhnlich schöne rothaarige Mädchen, die ihn mit ihrem Charme sofort umgarnten. Youri sollte es nicht bereuen, denn sie erzielten einen Großteil seines monatlichen Gewinns. Sie beherrschten besondere Techniken, waren außergewöhnlich klug und sehr begehrt.

Youri hatte Dimas Erziehung nach dem fünften Lebensjahr stillschweigend seinen beiden Töchtern Ayla und Lale übertragen. Er selbst stellte alles zur Verfügung, was seine Töchter und sein Sohn benötigten. Auch wenn er sich seit dem Tag von Galinas Freitod nichts mehr anmerken ließ, hatte er noch zwei Jahre lang still getrauert. Am Tag ihres

Selbstmordes fing er mit dem Rauchen an. Jede Zigarette rauchte er für sie. Als Anklage, als Zeichen seiner Enttäuschung und Wut. Dimas Existenz und die Tatsache, dass dieser seiner Mutter so ähnlich sah, erinnerten ihn ständig daran, dass Galina nicht mehr an seiner Seite lebte. Dass sie ihn einfach als alleinerziehenden Vater zurückgelassen hatte. Dass sie ihn nicht genug geliebt hatte. Nicht so sehr wie er sie. Es war eine Kränkung, die er nie verkraften sollte.

3.

Als Youri Maja wiedertraf, überkam ihn ein schlechtes Gefühl. Nicht, dass Youri viel auf Gefühle gegeben hätte. Sie stellten keinen bestimmenden Bestandteil seines Lebens dar. Tatsache war, dass er gerade Nachschub brauchte. Tatsache war auch, dass sie zu alt war, viel zu alt. Vom Konsum angefressen wie vom Zahn der Zeit. Tatsache war ebenfalls, dass Majas Tochter einem seiner Mädchen unglaublich ähnlich sah. So ähnlich, dass es wie eine optische Täuschung wirkte. Youri war nicht abergläubisch. Er war nicht leicht zu beeindrucken, aber als er Anna Koslowa zum ersten Mal erblickte, verspürte er, wie der Hauch des Schicksals ihn umwehte und warum die Geschichte sich wiederholen musste. Er bemerkte klar und deutlich, dass es Momente gab, die dem Leben eine neue Richtung wiesen. So unausweichlich, wie ein Zug mit blockierten Bremsen auf den am Gleis Gefesselten zurollte. Es gab nur diese Strecke, diese Gleise, diesen Weg.

Youri wollte sagen: »Njet.« Youri wollte den Kopf schütteln, die Arme vor dem Körper verschränken und sich wortlos abwenden. Er wollte die Augen verschließen vor dem, was sich da vor ihm abspielte. »Ist sie von mir?«, hörte er sich fragen. Die Asche am Ende seiner Zigarette war auf zwei Zentimeter angewachsen. Seine Finger hielten den Filter völlig ruhig. Das fragile Gebilde zitterte nicht.

»Nein. Das ist sie nicht«, sagte Maja Koslowa. Sie betrachtete ihn eindringlich. Nur eine schwarze Reisetasche stand zu ihren Füßen. »Aber du weißt, dass du mir etwas schuldig bist.« Maja duzte Youri in einem Anfall alter Vertrautheit.

Youri schüttelte den Kopf. »Das bin ich sicher nicht.« Vergangenheit war Vergangenheit. Sie war weit weg, sie war vorbei. Ein anderer musste der Vater dieses Mädchens sein. Sie sah nicht aus wie er. Sie sah nicht einmal aus wie sie. Youri war sich keiner Schuld bewusst. Damals nicht und heute ebenso wenig.

Nun flehte Maja, und Youri hasste das. »Paschalujsta – bitte. Wir haben keine andere Wahl.«

Youri hielt seine Augen immer noch offen, er drehte sich nicht weg, und ein »Njet« mochte nicht über seine Lippen kommen. Er wollte es erzwingen, aber sein Mund weigerte sich, das Wort auszusprechen. Er versuchte, Zeit zu gewinnen, indem er Anna einfach betrachtete. Sie trug ein Kästchen unter ihrem Arm. Vorsichtig nahm er einen weiteren Zug, sah dem wiederauflebenden Glimmen zu, um langsam den Rauch auszustoßen. Mit einem leichten Klopfen brach die Säule am Ende seiner Zigarette endlich ab. Sie zerfiel am Boden des Aschenbechers in winzig kleine Teile. Plötzlich verselbstständigte sich seine Sprache, und er hörte sich sagen: »Also gut.«

Diese Worte hatten nichts mit dem zu tun, was er vor sich erblickte: Anna war klein, und etwas Finsteres umgab sie wie ein Kokon. Etwas lag in ihrem Blick, dass härter wirkte als alles, was Youri vorher je gesehen hatte. Härter als er selbst, härter als Granit, härter als der Selbstmord seiner Frau.

»Sie ist sehr gut.« Ihre Mutter rollte das r in »sehr«, als wollte sie so Annas Qualitäten betonen.

Youri konnte sich nicht vorstellen, dass dieses kleine Mädchen überhaupt jemanden an sich heranließ, ohne nach demjenigen zu schnappen. Sie wirkte völlig anders als ihre Mutter. Hätte er es nicht besser gewusst, hätte er vermutet, sie könne Produkt seines damaligen Übergriffs sein. Er vermochte es sich nicht vorzustellen, dass ein Mann überhaupt Gefallen an diesem düsteren Wesen finden konnte.

Aber dann dachte er an Neva, die ebenfalls klein und dunkel war. Neva war sehr gefragt. Männer hatten verschiedene Vorlieben, so seltsam das manchmal auch anmutete.

Diese Anna glich ihrer Mutter nicht. Sie war ihr Gegenteil. Youri war der Glauben an Zufälle früh abhanden gekommen. Deshalb verstand er, warum ihm einmal eine Frau gefallen hatte, die seiner verstorbenen Frau ähnlich sah. Maja besaß Galinas blondes Haar und ihre wohlgeformten Augen. Sie war etwas schmaler gebaut, nicht ganz so groß wie seine tote Frau. Auch schien Majas Wesen verträumter, naiver, weniger stolz. Das Alter und das Heroin hatten tiefe Linien in ihrem Gesicht hinterlassen, die auch sorgfältiges Make-up nicht mehr ganz verbergen konnte. Youri war sich bewusst, dass es von Nachteil war, wenn eine andere ihn an Galina erinnerte, weil genau das immer sein wunder Punkt sein würde. Das Lindenblatt zwischen seinen Schulterblättern. Er zog an seiner Zigarette, als ginge es darum, ihr alles Leben auszusaugen.

»Ich bitte dich.«

All diese Bitten, diese Unterwürfigkeit! Youri hatte dem nichts entgegenzusetzen, während sein Blick zwischen Mutter und Tochter hin und her wanderte.

»Es wird nicht wieder passieren.« Maja schlug die Augen nieder. Youri wusste, was sie meinte, denn es hatte sich bis zu ihm herumgesprochen, dass ihre Tochter Anna bereits getötet hatte. »Sie war noch klein und handelte in Notwehr«, sagte Maja hilflos.

Youri mochte wehrhafte Frauen. Bis zu einem gewissen Punkt. Es reizte seinen männlichen Stolz. Seinen Ehrgeiz. Es animierte ihn, seine Überlegenheit zu demonstrieren.

Aber er sah dennoch keinen Grund darin, irgendetwas für diese Frau zu tun, die für sein Bordell zu alt war. Auch nicht aufgrund einer alten Verbundenheit. Oder für ihr Kind, das nachweislich gefährlich war.

»Sie ist doch erst fünfzehn«, sagte Maja.

Fünfzehn. Nur ein Jahr älter als Dima, sein geliebter Sohn, der auch in der Pubertät steckte. Ob die beiden Freunde werden konnten? Youri fand in dem Gedanken Trost und Schrecken zugleich. Anna war nicht die Art von Spielgefährtin, die Youri sich für seinen Sohn vorstellte, obwohl sich Dima schon immer sonderbar benahm und es ihm schwerfiel, Freundschaften zu knüpfen. Er räusperte sich. Jemand musste seinen stillen Hilferuf gehört haben, denn es klopfte an der Tür. Youri zwang sich zur Konzentration. Er rief: »Herein.«

Auf der Schwelle stand Neva und bekam den Mund nicht mehr zu. Vielleicht sah sie gerade einen Geist. Maja sog überrascht die Luft ein. Nur das Mädchen Anna schien von alledem völlig unberührt.

Maja hauchte tonlos, als sie es, Schreck im Blick, erkannte: »Sie sieht genauso aus wie du.« Das sagte sie zu ihrer Tochter.

Youri nickte, blies einen Rauchring in die Luft. Er wusste es bereits: Neva und Anna glichen sich wie ein Ei dem anderen. Sie sahen aus wie Zwillinge.

Und Neva rief aus: »Das kann nicht sein!« Sie drehte sich um, lief hinaus und schlug die Tür zu.

In Youris Kopf formte sich eine Idee. »Ich nehme euch.« Plötzlich fiel es ihm ganz leicht.

»Jetzt weiß ich nicht mehr, ob ich es noch will.« Maja sprach leise. Kaum hörte man sie noch. Sie sah aus, als habe jemand ihr Gesicht weiß getüncht. Sie griff nach der Reisetasche und wandte sich zum Gehen.

»Ihr könnt heute anfangen.«

»Nein. Ich möchte nicht, dass …«

Youri streckte seine Hand aus. »Eure Pässe.«

Der Moment der Auslieferung kam unweigerlich. Maja zögerte, dann gab sie nach und suchte in der Tasche. Sie fand die Dokumente, reichte sie Youri unwillig, hielt sie noch fest, als Youris Hand bereits danach griff.

»Du musst aufhören zu konsumieren.« Youri warf Maja einen durchdringenden Blick zu. Er duldete keine Drogen in seinem Haus.

Maja ließ die Pässe los. »Ich …« Maja sah zu Boden.

»Und du musst aufhören, Menschen zu erschießen«, wies Youri Anna zurecht. Er verstand es keineswegs als allgemein gültiges Gesetz oder Gebot, nur als gute Empfehlung in seinem Bordell, wenn man Ärger mit ihm vermeiden wollte.

Anna schaute ihn emotionslos an.

Nachdenklich blätterte Youri in den Ausweisen. »Bis ich mich davon überzeugt habe, dass ihr meinen Regeln folgt, werdet ihr das Haus nicht verlassen.«

Die ersten Worte, die Anna sprach, richtete sie direkt an ihn: »Versuch doch, mich daran zu hindern. Und jetzt mach endlich deine Scheißkippe aus!«

Maja zuckte zusammen, und Youri zog die Augenbrauen hoch. Annas Stimme war rau wie ein Feile. »Was ist da drin?«, fragte er und zeigte auf den Kasten aus Holz, an den sich Anna klammerte.

»Gar nichts.«

Youri hätte schwören können, dass sie log. Er zog ein letztes Mal an dem, was von seiner Kippe übrig war, und drückte sie sorgsam aus. Youri mochte wehrhafte Frauen. Bis zu einem gewissen Punkt. Er lachte: »Mit dir habe ich etwas Besonderes vor.« Plötzlich machte alles einen Sinn.

Youri witterte ein Geschäft. Der Zufall hatte es ihm beschert, und jetzt, da Youri den Kniff verstand, griff er mit Vergnügen zu.

* * *

»Kalender.« Youri war völlig überzeugt.
»Wie bitte?« Lale sah ihn fragend an.
»Die Monate des Jahres.«
»Verstehe ich nicht.« Ayla schüttelte den Kopf.
»Die Kalendermädchen. Es gibt sie überall. Aber nur auf dem Papier.«

Seine Töchter sahen ihn beide ratlos an.

»Ihr beide seid Januar und Februar, Greta und Petra sind März und April, Sara und Tara Mai und Juni.«

Lale sagte nach einer Weile: »Da will doch jedes Mädchen lieber ein Sommermonat sein.« Als ginge es um ein Kinderspiel. Sie klang enttäuscht.

Ayla unterstützte sie: »Ich mag den Sommer auch viel lieber.«

Aber Youri schüttelte den Kopf. »Nein. Ihr seid Winterkinder und seht auch so aus.« Ayla und Lale kamen sehr nach ihm: Dunkelbraune Haare umrahmten ihre scharfkantigen Gesichter. Sie waren hochgewachsen, von massiver Statur. »Im Übrigen schätzt jeder andere Jahreszeiten.« Youri mochte den Herbst. Zumindest, seitdem er Witwer war. Noch hatte er seine Töchter nicht überzeugt. »Wir gestalten die Zimmer den Jahreszeiten entsprechend. In den Wintermonaten wird es kühl in den Zimmern sein. Es gibt viel Pelz, Eis und künstlichen Schnee.«

»Du spinnst.« Lale meinte es wörtlich.

»Die Sommerzimmer werden überheizt sein, fast schon schwül. Mit Sand und Pina Colada und viel nackter Haut.«

»Früher oder später sind wir immer nackt«, sagte Ayla desillusioniert.

»Die Männer werden es lieben.«

Alle schwiegen. Bis Lale laut überlegte: »Aber wir haben nur zehn Zwillinge. Was wird aus den letzten beiden Monaten?«

Youri lächelte, denn er wusste längst, was alles möglich war. »Was wäre das Jahr ohne zwölf Monate?« Der Plan erheiterte ihn. »Wir werden einfach ein wenig schwindeln. Und ich weiß auch schon, wie.«

4.

»Hör auf damit!«

»Womit?« Maja versuchte, sich auf das Gesicht ihrer Tochter zu fokussieren. Nur kurz, bevor sie sich wieder ihrer eigentlichen Aufgabe zuwandte. »Womit, Anna?«

»Nenn mich nicht so!«

»Okay. Tut mir leid. No-vem-ber«, betonte sie. Dann endlich drang die Nadel in die Vene ein. Sie hatte sich mindestens zehn Minuten lang Gedanken gemacht – konzentriert nachzudenken fiel ihr zunehmend schwer –, wo sie noch eine brauchbare Stelle an ihrem Körper finden konnte. Die Ader an ihrem linken Fuß eignete sich. Wo und wie? Zwei Fragen, die Majas gesamte Existenz beschrieben.

November hieb mit der Faust gegen die Wand. »Hör auf damit!«, wiederholte sie.

Jemand im Nachbarzimmer beschwerte sich. Zu ihnen herüber drang nur ein Murmeln. Alle Zimmer waren gut schallisoliert.

»Ach, Schätzchen. Nur noch ein Mal.«

November kannte das letzte eine Mal und das allerletzte eine Mal und das *absolut* letzte Mal. Einmal war keinmal, und das immer wieder, bis es sich wiederholte in Unendlichkeit.

Auf Majas Gesicht stellte sich der gewünschte Effekt ein. Die Züge entspannt, lehnte sie sich zurück. Die Spritze fiel ihr aus der Hand. »Gib mir das!« Maja zeigte auf das zerfledderte Exemplar *Die Brüder Karamasow*.

November griff nach dem Buch, um es Maja zu reichen.

Und Maja murmelte: »Das Leben ist ein Paradies, und alle sind wir im Paradiese, wir wollen es nur nicht wahrhaben; wenn wir es aber wahrhaben wollten, so würden wir morgen im Paradiese sein.«

November wusste, dass ihre Mutter jede Zeile auswendig kannte. Dass sie sich an dem Buch nur noch festhielt, es aber nicht mehr las. Sie wusste außerdem, dass ihre Mutter süchtig war. Aber sie war schon so lange krank, dass es fast als normal durchgehen konnte. November hob die Spritze auf und wickelte sie in ein Taschentuch. Es war nicht leicht, sie unauffällig zu entsorgen. »Wenn Youri dich damit findet, schlägt er dich tot.«

Maja sah ihre Tochter mit einem Lächeln an. »Die Mühe macht er sich nicht mehr.«

November wusste, dass Youri sich gern Mühe machte. Er machte sich Mühe mit seinen Frauen, mit Maja und mit November. Er hatte sich vom ersten Tag an sehr viel Mühe gemacht.

»Ich möchte weg von hier. Mit dir.«

»Ich kann nicht weg. Wo sollte ich noch hin?«

»Wir gehen zusammen. Ich kümmere mich um dich.«

»Ich bleibe hier. Geh du allein! Keiner hindert dich.«

Youri würde November daran hindern. Er hatte es schon ein Mal getan. November hatte ihr Zimmer verlassen, war auf die Straße gegangen, hatte sich auf der Treppe in die Sonne gesetzt.

Youri zerrte sie zwei Minuten später an den Haaren zurück ins Haus. »Regeln. Du erinnerst dich? Du wirst das Haus nicht verlassen, bevor ich es dir erlaube.« Youri schlug November mit der flachen Hand ins Gesicht und, als sie nach ihm trat, noch einmal mit der Faust.

Neva war zwei Jahre älter als Anna, aber auf Anhieb konnte das niemand sehen. Sie war Annas Ebenbild, ein unglaublicher Zufall der genetischen Lotterie. Darum musste

Anna zu November und Neva zu Dezember werden. Youri hatte sie zu Zwillingen gemacht. Sie vervollständigten das Jahr. Sie trugen schwarze Wäsche, Strumpfhalter in derselben Farbe und Nerzstolen. In der Winterwelt ihres Zimmers bewegten sie sich wie kleine Pelztiere in ihrem Bau. Die Freier mochten es, unter den warmen Felldecken zu kopulieren, die sie erst nachdem sie ordentlich ins Schwitzen gekommen waren, von sich warfen. Zwischendurch gab es eiskalten Wodka in geeisten Gläsern. Auf der Fensterscheibe befand sich immer ein feuchter Film. November gefiel das, weil es die Gitterstäbe davor verbarg.

Als erster Freier kam ein behaarter Familienvater aus dem Wedding. Er hatte viel Erfahrung und einen Bart, was November ekelte. Er war ein guter Kunde, und Youri schuldete ihm noch einen Gefallen, weshalb er November und Dezember als minderjährige Zwillinge an ihn verkaufte. Besser ging es nicht. November kannte diese Strategie. Aber sie musste die Grenzen ihres neuen Arbeitsverhältnisses ausloten – und ihren Zuhälter Youri gleich mit.

November hatte Dezember zugesehen, wie sie sich an ihrem Kunden rieb. November setzte sich aufs Bett und starrte gelangweilt in die Ecke. Jeden Annäherungsversuch des behaarten Mannes ignorierte sie. Neva befriedigte ihn oral hinter Novembers Rücken, bis ein Keuchen sich seiner Kehle entrang. Der Mann erhob sich, warf November noch einen langen Blick zu, zog sich an und verließ den Raum. Später erfuhr November, dass er sich beschwert hatte. Über sie. Dass er nicht gezahlt hatte. Wegen ihr.

Das alles erfuhr November, nachdem Youri sie am Hals gepackt und zu Boden gezwungen hatte. Sie erfuhr es, nachdem er die Zigarette aus seinem Mundwinkel nahm und auf ihrem linken Oberarm ausdrückte. Sie erfuhr es, nachdem er den Familienvater nochmals eingeladen hatte.

Bevor dieser das Zimmer betrat, flüsterte Youri November zu: »Wenn du jemanden ficken willst, dann fick ihn richtig!« Der Tabakgeruch seines Atems lastete auf November wie ein schlechter Traum.

November weigerte sich noch lange, Youris Wahlspruch zu folgen. Aber ihre verbrannte Haut quälte sie. Die rohen Stellen stießen auf Dauer jeden Freier ab, sie machten November arbeits- und mittellos und gaben Youri ein Druckmittel gegen ihre Mutter in die Hand. November konnte es sich nicht leisten, rauszufliegen. Und Maja schon gar nicht.

Also wurde sie eine von Youris Attraktionen: Herbst und Winter in einer Person. Für die Freier war sie wie die letzten schönen Tage vor dem Einbruch der kalten Jahreszeit. Wenn sie November in ihrem Zimmer zurückließen, war es Winter geworden: eiskalt. Aber wie eine unwirtliche Landschaft reizte es die Männer, sie immer wieder zu erkunden. So wie Amundsen und Scott sich am Südpol ein Wettrennen lieferten, arbeiteten sich alle an ihr ab. Allein um festzustellen, dass sie sich verlaufen, verirrt hatten. Dass November der Nordpol war: nur Eis, kein Land weit und breit.

5.

Youris Sohn wurde zu einem Problem. Dima sah November auf eine Art und Weise an, die sie unangenehm fand. November machte ihren Job. Sie machte ihn anständig, duschte, bezog das Bett frisch und machte danach weiter. Sie tat es für ihre Mutter. Maja reiste mit zunehmender Geschwindigkeit auf ihr eigenes Ende zu. Sie schien es plötzlich eilig zu haben. Man brauchte nicht volljährig zu sein, um das zu sehen und zu verstehen. November war vor einer Woche siebzehn Jahre alt geworden.

Sie hatte Dima wieder einmal aus ihrem Zimmer hinausgeworfen. Er schlich im Haus umher wie ein Geist. Er schlich um November herum wie die Katze um den heißen Brei, gebärdete sich stets heldenhaft. Ständig sprang er von irgendwelchen Schränken und Bäumen herab, als wollte er November damit beeindrucken. Sie hatte ihm bereits ein Mal erklärt, dass er sich umsonst mühte. Dass er Luft für sie war, so gut wie unsichtbar. Aber er kreuzte weiter ihren Weg. Manchmal sah sie, wie er draußen über das Gelände jagte. Sein blondes Haar wehte wie ein goldener Schleier hinter ihm her. Er war ein schöner Junge, aber er war auch Youris Sohn. Für November machte ihn das zum Aussätzigen. Zum Erzfeind. Schuld und Sühne, von Generation zu Generation. Youri kam einer Seuche gleich, und sein Sohn trug dieses Erbe in sich.

Dima hatte ihr einen Strauß Blumen gepflückt. Er wartete das Ende ihrer Schicht ab. Als November vom Duschen zurückkam, war ihr Bett übersät mit bunten Blüten. Frühling hatte mit einem Mal in einer winterlichen Landschaft Einzug gehalten. Dima stand am Fenster und betrachtete sie, Verlangen im Blick.

November schaute ungerührt zurück und befahl ihm: »Mach das wieder weg! Und dann verschwinde!« Damit drehte sie sich um und verließ den Raum.

Es war nur einen Tag später, dass sie Dima im Badezimmer fand. Blut pulsierte aus seinem Handgelenk. Mit dem Rasiermesser seines Vaters mühte er sich unbeholfen und mit nachlassender Energie ab. Vorsichtig nahm November ihm das nasse Werkzeug aus der Hand, suchte nach seiner Schlagader und hielt sie zu. Dima sah sie noch einen Moment lang aus seinen blauen Augen an. In seinem Blick lagen keine Anschuldigungen, nur Unverständnis und – November konnte nicht anders, denn es rührte sie – Liebe. Wütend schalt sie ihn: »Idiot!« Sie war froh, als er seine Augen endlich schloss.

***

Youri saß am Krankenbett seines Sohnes und hatte Schwierigkeiten, dessen helles Gesicht überhaupt von der weißen Bettwäsche zu unterscheiden. Galina hatte den Todeswunsch ihrem Sohn vererbt. Badezimmer erfüllten Youri mit Abscheu. Sie entwickelten sich zu Totemplätzen seiner Familie. Youri empfand einen Hass, tief und lodernd, der ihn selbst überraschte. »Ich werde sie umbringen!«

Dima drehte ihm müde sein Gesicht zu: »Das darfst du nicht.« Seine verbundenen Hände lagen auf dem Laken wie eine Anklage. Sie galt allen, die Dimas blutleeren Körper sahen.

Youri schaute weg. Er würde das Bild nicht wieder loswerden. »Ich hasse sie!«

Dimas Hand suchte nach der seines Vaters. »Aber ich liebe sie.«

»Warum ausgerechnet sie?«

»Ich weiß es nicht.«
»Sie ist Gift für dich.«
»Ich finde sie perfekt.«
»Sie ist alles andere als das. Sie ist gefährlich. Sie gehorcht niemandem. Du musst dich von ihr fernhalten!«

Dima drückte die Hand seines Vaters und schaute an die Wand. Er antwortete ihm nicht, und Youri wusste, was das bedeutete. Dima war verliebt. Er war unglücklich und bis über beide Ohren verliebt. Youri würde nichts daran ändern können.

»Bitte tu ihr nichts!«, bat sein Sohn leise und flehentlich.

Youri schüttelte unwillig den Kopf.

»Versprich es mir!« Dima versuchte, sich aufzurichten. Es gelang ihm kaum.

»Ich verspreche es.« Youri hasste sich dafür, aber er konnte seinem Sohn einfach nichts abschlagen. Es war stets Galina, die er in ihm sah. Er konnte sich diesem Sog der Vergangenheit nicht widersetzen.

Dima sank zurück: »Danke.« Seine Gesichtszüge entspannten sich.

Und während sie beieinander waren und schwiegen, fasste Youri den Entschluss: Er würde sein Versprechen halten. Er würde November nicht nach dem Leben trachten. Sie war eine Plage, aber zu wertvoll für sein Geschäft. Niemand hinderte ihn jedoch daran, die einzige Person unter Druck zu setzen, die November etwas bedeutete. Niemand lebte ganz allein. Alle wurden verwundbar durch diejenigen, die sie liebten. Youri wusste, wovon er sprach. Ein Gerät neben Dima begann zu piepsen, aber Youri hörte es kaum, denn ein einziger Gedanke hatte von ihm Besitz ergriffen. Er war wild entschlossen, seinen Sohn zu schützen. Youri hatte einen großen Fehler gemacht, aber er würde ihn schnellstmöglich korrigieren.

6.

»Ich schmeiße sie raus!« Youri blies November Rauch ins Gesicht.

November hielt die Luft an, bis sich der Qualm verzog. »Warum?« Sie kannte die Antwort.

»Sie ist zu alt. Sie konsumiert heimlich. Sie ist abstoßend. Keiner will sie mehr.«

Novembers Gesicht blieb unbeweglich. »Wenn sie geht, gehe ich auch.«

»Dich lasse ich nicht gehen. Keiner der Zwillinge kann gehen.« Es war Youris Gesetz. Investitionen. Ware. Sein Einsatz, der sich rechnen musste.

»Dann bleibt sie hier.«

»Ich verlange etwas von dir!«

November wartete auf die Bedingung, die er stellen würde.

»Du wirst ihn nie mehr auch nur ansehen. Du wirst dich von ihm fernhalten und nicht mehr mit ihm sprechen.« Youris Finger klopften nervös auf den Türrahmen.

November wusste, dass er Dima meinte. »Was ist, wenn er mit mir reden will?«

»Du wirst dich abwenden. Er existiert für dich nicht mehr.«

»Was bekomme ich dafür?«

»Was du dafür bekommst?« Youris Stimme klang höhnisch. »Warum sollte ich dir etwas dafür geben?«

»Weil du Sicherheiten brauchst«, antwortete sie schnell.

Youri betrachtete November nachdenklich. »Ich mache mir nichts vor. Bei dir gibt es keine Sicherheiten. Keine Gewährleistung. Du bist der Dorn in meinem Fleisch. Ich bereue den Tag, an dem ich dich mit deiner verdammten

Mutter in mein Haus einließ.« Er schwieg kurz. »Du bekommst Maja dafür. Sie zieht in den Keller. Sie putzt, sie wäscht. Dafür darf sie bleiben.«

November nickte. »Ich werde nie mehr mit ihm sprechen. Er existiert nicht mehr für mich.« Youri wusste nicht, wie leicht ihr die Lüge fiel.

Er drückte seine Zigarette am Türrahmen aus. Er ging zum Fenster, zeichnete mit seinem Zeigefinger ein Kreuz auf die beschlagene Scheibe. »Am liebsten würde ich dich umbringen.«

»Wenn du mich umbringst, tötest du deinen Sohn gleich mit.«

Youri sah November direkt an. »Genau das ist ja das Problem.« Er durchmaß das Zimmer mit großen Schritten, öffnete die Tür.

»Youri?«

Youri drehte sich nochmals um.

»Vielleicht bringe ich dich eines Tages um.«

Youri lachte. »Womit? Mit deinem bösen Blick?«

※ ※ ※

Als Dima aus dem Krankenhaus zurückkehrte, betrat er das Haus wie ein getretener Hund. Alle Mädchen streichelten ihn und redeten ihm gut zu. Aber Dima verschanzte sich, verließ sein Zimmer kaum noch. Wie ein Schatten seiner selbst irrte er gelegentlich durch die Gänge.

Alle betrachteten November wie eine Verräterin.

Ayla beschimpfte sie als böses Biest.

Lale zischte: »Hexe!«

Dimas Schwestern machten ihr das Leben schwer.

November sprach nicht mit Dima, ignorierte die Tatsache, dass er überhaupt weg gewesen war. Youri war der

Einzige, der es voller Zufriedenheit registrierte. Seine Töchter flehten ihn an, Maja und November rauszuschmeißen. Aber Youri schüttelte den Kopf, was die Wut der Schwestern vergrößerte.

Ich habe ihm das Leben gerettet! November dachte es nur, denn niemand hörte ihr mehr zu.

Juli und August nahmen November auf dem Gang in ihre Mitte. Sie berührten ihre Haare, ihre Haut.

»Fasst mich nicht an!«, zischte November.

»Was findet er an dir?«, fragten sich die Schwestern verwundert.

November zuckte mit den Schultern. Sie wusste es selbst nicht genau. »Wie lauten eure richtigen Namen?«

»Ich heiße Kitty.«

»Und ich heiße Cat.«

November fand die Zwillinge wunderschön. Sie hatten leuchtend rotes Haar und milchweiße Haut. Sie waren schlank und mittelgroß. Ihre grünen Augen strahlten. Wie ein ständig laufendes Hypnoseprogramm. Jeder Mann begehrte sie.

»Und wie heißt du?«

»November.«

Kitty schüttelte den Kopf. »Du musst doch einen richtigen Namen haben.«

»Ich habe ihn wohl vergessen.«

Cat sah sie flehend an. »Du musst Dima bitten, dich zu meiden. Es bringt den armen Jungen um.«

Spöttisch erwiderte November: »Eure magischen Kräfte habe ich leider nicht.«

»Was meinst du?«, fragte Kitty unschuldig.

»Ihr schwächt die Männer. Ihr macht sie wehrlos wie kleine Kinder. Sie verlieren ihren Samen, ihre Kraft und später auch noch den Verstand.«

»Wir können nichts dafür.«

»Das ist nicht wahr. Ihr und ich, wir wissen es. Ob Dima mich mag oder nicht, das steht nicht in meiner Macht.«

»November. Was du nicht verstehst, ist, dass wir Dima wirklich mögen. Wir würden alles für ihn tun.«

»Ich mag ihn auch.«

»Du schadest ihm. Das kann jeder sehen.«

»Ihr irrt euch. Er schadet sich selbst. Und mir.«

»Du bist wie ein Fisch. Du entgleitest uns.«

»Mir gefallen eure Bilder nicht.«

»Was können wir tun, damit du gehst?«

November überlegte. »Ihr könntet den Lauf der Dinge ändern, die Planeten anhalten, die Sonne nicht mehr scheinen lassen oder nur noch von Luft und Liebe leben.«

Cat lachte: »Ich fand es lustig, bis es ernst wurde.«

Kitty weinte plötzlich. »Du bist so hart.«

»Gebt mir einen guten Grund, weich zu sein.«

Juli und August schwiegen.

November wandte sich um und ging den Gang entlang. Bis zu ihrem Zimmer waren es nur ein paar Schritte. An der Tür angekommen, schaute sie die Zwillinge nochmals an.

Sie standen nebeneinander wie zwei Engel, die gerade gelandet waren. Ihre Hände hielten sie zum Gruß erhoben. Wie Eltern am Bahnhof ihrem Kind zuwinkten, das sie niemals wieder zurückerwarteten.

* * *

Es war an einem Montagabend: November hatte frei. Es war spät, und der Mond ruhte als schmale Sichel am Himmel, als läge er auf der faulen Haut. November hatte sich auf ihrem Bett unter einer Felldecke ausgestreckt; Dezember unternahm etwas mit den anderen Mädchen. Sie mied November, fühlte sich ihr schon immer unterlegen. Keine der anderen näherte sich November. Sie taugte nicht zur Freundin, suchte ihrerseits keinen Kontakt.

November dachte schon seit Stunden nach. Es war der Tag ihres Eisprungs, und November verspürte eine ihr unbekannte Regung. Eine Hitze, eine Lust. Vielleicht auch nur das Bedürfnis, gegen das zu verstoßen, was sie versprochen hatte.

Sie stand auf, öffnete die Tür, ging den Gang entlang, die Treppe hinab, durch den Flur, durchquerte einige Zimmer, bis sie vor einer anderen Tür haltmachte. Sie klopfte an und wartete auf das Signal. Als sie eintrat, lag Dima im Schein einer alten Stehlampe auf seinem Bett, so wie sie selbst noch ein paar Minuten zuvor. November schloss die Tür, lehnte sich dagegen. Über Dimas Bett hing ein überlebensgroßes Poster. Darauf war eine Heldenfigur abgebildet, die einen roten, weiten Mantel trug, der ein Eigenleben zu führen schien. Er umwehte seinen Träger. Dessen Gesicht war grausam entstellt. November bemerkte den Stapel Comics auf dem Boden; auf mehreren Exemplaren las sie den roten Schriftzug »Spawn«.

Dima schaute mit großen Augen zu ihr auf, als habe sich der Leibhaftige vor ihm materialisiert.

November forderte ihn auf: »Zieh dich aus!« Sie hatten noch nicht einmal »hallo« gesagt.

Dima stand langsam auf. Ohne zu zögern, zog er sein T-Shirt über den Kopf, löste die Knöpfe und ließ seine Jeans fallen. November erkannte seinen steifen Schwanz unter den dunklen Shorts. An den Handgelenken leuchteten die Verbände.

»Wo ist Youri?«

»Weg.« Dimas Stimme klang wie eingerostet. Er räusperte sich und schluckte. November wandte sich um und drehte den Schlüssel im Schloss. Sie zog sich aus, ging an Dima vorbei und löschte mit einem Blick auf das Fenster das Licht. Sie umfasste seine Schultern von hinten und schob ihn zum Bett. Willenlos folgte er jedem ihrer Hinweise. November berührte mit ihrer Zunge die Wirbel an seinem Rücken, atmete Dimas Duft in seinem Nacken ein. Er roch sehr gut. Dima drehte sich zu ihr um und streifte seine Unterhose ab. November vergrub ihre Hände in seinem lockigen Haar. Dima presste sich an sie, und November ließ ihn in sich eindringen, bis sich ihre Hüftknochen berührten. Eine Viertelstunde später brachte sie Dima zum Höhepunkt. Sie ließ seinem Samen keine Zeit, auf ihrer Haut zu trocknen. Sie zog sich an. Wortlos ließ sie Dima allein zurück.

* * *

Viele Männer waren alt. Einige waren schlecht gepflegt, andere stanken zum Himmel. November fragte: »Willst du duschen?« Aber sie kannte die Antwort bereits. Diese Männer antworteten stets mit einem Nein.

Immerhin zogen die Zwillinge Kunden mit Geld an. Wobei ein hohes Einkommen kein Garant für körperliche Hygiene war. Für keine Art von Sauberkeit. Mitunter gab es auch junge und gut aussehende Männer. Sie befanden sich jedoch in der Minderheit. Leider fühlten sich ausgerechnet diese zu klassischen Schönheiten wie Mai und Juni (Sara und Tara) oder Juli und August (Kitty und Cat) hingezogen.

Aber einer von ihnen besuchte November und Dezember regelmäßig. Er war wohlhabend und besaß ein markantes Gesicht, er kam schnell zur Sache und sprach nicht viel. Unter allen Kunden war er den Mädchen der Liebste. Youri hofierte ihn. Er besaß Einfluss und den Ruf, seine Interessen mit Macht zu verfolgen. Man munkelte, er sei ein Waffenlieferant. Er ließ sich mit Vorliebe einen blasen, was November normalerweise Dezember überließ, während sie den Mann von hinten animierte. Keiner der Kunden konnte sie voneinander unterscheiden. Außer einem: er. Er zog sich wortlos aus und zeigte mit dem Finger direkt auf November. Er bedeutete ihr, was sie zu tun hatte. Er akzeptierte keine Täuschungsmanöver. November hasste Fellatio. Dass ausgerechnet ihr bester Kunde danach verlangte, war wie ein Schlag in Novembers Gesicht. Er hätte alles verlangen können, aber zielsicher forderte er das, was sie am meisten hasste.

November verweigerte sich. Sie spielte krank. Ein Mal. Sie täuschte einen Notfall vor. Das nächste Mal. Youri bestrafte sie dafür in gewohnter Weise. Bis ihr keine Ausreden mehr einfielen, bis Youri die ultimative Drohung aussprach, die Maja betraf, und November sich hasserfüllt fügte.

7.

Spawn hing an der Wand über ihnen wie der Allmächtige, und November betrachtete sein vom Tod gezeichnetes Gesicht, als Dima sich über sie beugte. »Hast du die Tür verschlossen?«

»Ja.« Dima flüsterte.

»Wo ist dein Vater?«

»Er ist weg.«

Es waren diese Sätze, die sie gewohnheitsmäßig austauschten, wenn November Dima in seinem Zimmer aufsuchte. Sie waren beide nackt.

»Erzähl mir von dir!«

»Warum?«

»Weil ich alles über dich wissen will.«

»Da gibt es nicht viel.«

»Hast du wirklich einen abgeknallt?«

November nickte.

»Aber warum?«

November dachte nach. »Er hatte es verdient.«

»Hast du noch eine Waffe?«

»Nein.« November log genau genommen nicht, denn sie besaß drei Pistolen in dem abschließbaren Kästchen unter dem Bett. Und Magazine und Munition.

»Was machst du gern?«

»Schweigen.«

»Abgesehen davon.«

»Gib mal dein Handy her.«

Dima reichte es ihr. Mit ein paar schnellen Daumenbewegungen suchte November etwas, fand es schließlich und regulierte die Lautstärke. Beide legten sich neben das Gerät und lauschten.

»Wie heißen die?«
»Black Breath.«
»Was ist das?«
»Death Metal.«
Dima betrachtete November. »Das ist schreckliche Musik.«
November zuckte mit den Schultern.
Dima stoppte den Track und suchte nach etwas auf dem Display. »Wie findest du das?«
Ein Lied ertönte, das November aus dem Radio kannte. »Was ist das?«
»Pop.«
»Das ist schrecklich.«
Dima lachte und legte das Handy zur Seite. »Frag mich was!«
November zögerte. »Was machst du gern?«
»Willst du das wirklich wissen?«
November zögerte. »Ja.«
»Parcours.«
»Was ist das?«
»Du versuchst, die Umwelt spielerisch zu überwinden.«
»So wie eine Katze. So wie du?«
»Ja.« Dima holte unter dem Bett ein Notizbuch hervor, knipste die Stehlampe an. Er blätterte in dem Buch bis zu einer bestimmten Seite, die er November zeigte. »Das mache ich auch gelegentlich.«
November betrachtete ihr Abbild, die feinen Striche. »Du hast mich gezeichnet«, stellte sie fest.
»Gefällt es dir?«
»Ich finde es gut.«
»Mir gefällt es auch. Du gefällst mir. Ich habe dich gezeichnet, ich habe über dich geschrieben. Ich denke ständig an dich.«

»Du hast etwas über mich geschrieben?«

Dima nickte. »Nur ein paar Zeilen. Aber du, November, du bist viel besser als alles, was mir zu dir einfällt.«

»Du irrst dich.«

Dima antwortete resolut: »Nein.« Vehement schüttelte er den Kopf.

Sie sahen sich an. November küsste ihn auf den Mund.

Dima nahm ihr das Buch aus der Hand, legte es zurück unter das Bett und löschte das Licht. Er streichelte Novembers Arme. »Warum willst du mir nicht sagen, wie das passiert ist?« Seine Fingerkuppen glitten über die vielen, kreisrunden Narben.

»Du weißt, wie das passiert ist.« Verachtung lag in ihrer Stimme.

Dima sah sie mit einem Stirnrunzeln an. »Ich habe keine Ahnung. Sag es mir!«

November glaubte ihm. Dima war so naiv. Sie wiegelte ab: »Die Antwort könnte dir nicht gefallen.«

»Ich mag alles, was du sagst.« Und damit legte er sich auf November, küsste sie und drang in sie ein. Er fragte: »Liebst du mich?«

November schüttelte unter ihm den Kopf.

Dimas Mund verzog sich schmerzhaft. »Wirst du mich jemals lieben?«

»Ich weiß es nicht. Vielleicht.«

Aus Dimas Mund drang ein Schluchzen: »Aber ich liebe dich doch.« Seine Bewegungen wurden stärker, schneller.

November träumte. Sie träumte davon, an einem anderen Ort zu sein. In einem anderen Haus. Mit einem anderen Mann. Oder allein. Sie träumte davon, Maja aus *Die Brüder Karamasow* vorzulesen. Sie träumte von einer besseren Zukunft, von einer anderen Zeit. Sekunden, Minuten mussten vergangen sein.

Dima atmete stärker, seine Muskulatur spannte sich an, und November befahl: »Zieh dich aus mir raus!«

Aber Dima hielt ihre Arme fest, noch ein-, zweimal stieß er zu, bis er sich in sie ergoss und danach noch elektrisch in ihr zuckte.

November entriss ihm ihre Hand. Sie schlug ihm ins Gesicht, nannte ihn miese Ratte und perverses Schwein. Als sie aufstand, spürte sie, wie sein Sperma an ihren Beinen hinablief. »Das hättest du nicht tun dürfen! *Das* nicht!« November zog sich zitternd an, mit einer unverbrüchlichen Gewissheit: Ihre Träume konnten und durften nicht wahr werden. Wie konnte es anders sein? Das Unglück klebte an ihr wie Fliegendreck an einer Windschutzscheibe. Es würde anders kommen müssen. So wie es immer anders kam.

8.

November verbarg die Schwangerschaft bis zum fünften Monat. Aber dann konnten auch die weiten, schwarzen Pullover niemanden mehr täuschen. Die Freier wandten sich angeekelt ab. Durch Novembers Anblick daran erinnert zu werden, dass aus sexueller Vereinigung Kinder entstehen konnten, galt als Bruch eines Tabus. Alle Beteiligten kannten die biologischen Tatsachen.

Youri bekam einen Wutanfall nach dem anderen. Er regte sich über alles auf. Über das Wetter, die Anwesenheit der anderen, über den Anblick einer Tasse auf dem Frühstückstisch. Aber er legte keine Hand mehr an November. Er rauchte nicht mehr in ihrer Gegenwart. Er machte einen großen Bogen um sie.

Dima hingegen umschwärmte November wie eine Drohne die Bienenkönigin, obwohl November ihn völlig ignorierte. Dass sie Youri ein Versprechen gegeben hatte, spielte dabei keine Rolle. Dass sein Sohn ihr ein Kind aufgezwungen, sie förmlich damit geimpft hatte, konnte und wollte sie ihm nicht verzeihen. Er hatte über sie verfügt. Niemals würde sie das verzeihen. November würde sich nie mehr durch die Sanftheit eines Mannes täuschen lassen.

Halbherzige Abtreibungsversuche überstand das Kind: die Pille danach, Rosmarin- und Salbeitees. Die Mädchen äußerten viele Ideen, aber das Kind zeigte sich gegen alle Stümpereien resistent. Es wollte leben, egal, wie. Für eine operative Abtreibung fehlte November das Geld und die Gelegenheit. Youri überwachte sie noch genauer als zuvor. Immerhin wuchs sein Enkelkind in ihr heran. Und Dima wollte dieses Kind. November vermutete, dass er es deshalb so sehr wollte, weil er sie nicht besitzen konnte. Er erzwang es, auf diesem Weg zumindest einen Teil von ihr zu besitzen.

November hasste die Schwangerschaft. Sie hasste die Morgenübelkeit, die eingeschlafenen Finger, die nächtlichen Krämpfe in den Beinen. Sie hasste es, dass ihr Körper sich veränderte. Sie hasste das Kind, das sich allen Tötungsversuchen widersetzte, das wie ein zukünftiger Thronfolger jedem Meuchelmord widerstand.

Da November nicht mehr arbeiten konnte und durfte, lag sie im Bett. Dezember verachtete November noch mehr als sonst, weil sie nun Dienst mit den gewöhnlichen Huren schieben musste. Sie zog ein Stockwerk tiefer. November verbrachte die Zeit zumeist bei Maja in deren Kellerverschlag. Aber sie hatte sich einfach nicht überwinden können, ihr heute gegenüberzutreten.

Maja betrachtete Novembers wachsenden Umfang nur mit Mitleid im Blick. »Alles ist nun vorbei.« Das waren ihre Worte, als November ihr von der Schwangerschaft berichtete. »Warum musstest du den gleichen Fehler wie ich machen?«

November wusste keine Antwort auf diese Frage. Begingen Töchter nicht immer die Fehler ihrer Mütter? War das nicht ein biologisches Gesetz?

»Gott muss uns hassen.« Maja blickte auf einen Punkt, der irgendwo hinter November und ihrem Kind lag.

November glaubte nicht an Gott. Sie glaubte nicht an das Schicksal oder irgendeine übergeordnete Macht. November glaubte an das Unglück und dessen Beständigkeit und Überlebenswillen. An Ursache und Wirkung, an den Zufall, der Pech in ihr Leben verströmte wie ein leck geschlagenes Bohrloch.

November zog das Kästchen unter dem Bett hervor und

öffnete mit dem Schlüssel den Deckel. Sie wog die Glock in ihrer Hand – ihre Lieblingswaffe – und zerlegte sie. Sie entfernte das Magazin, entsicherte und zielte auf dunkle Punkte an der Wand. Toc, Toc. Sie hatte das Geräusch schon lange nicht mehr gehört. Sie war völlig aus der Übung. Ein Laut auf dem Gang weckte ihre Aufmerksamkeit. Der Montag war ein toter Tag im Puff. Eine Art Ruhetag. Schwerfällig erhob sich November, schob zuerst das Kästchen und dann sich selbst unter das Bett. Sie lag auf dem Rücken, ihr Bauch berührte fast den Lattenrost. Ihre rechte und linke Hand hielten die Waffe auf ihrer Brust. Sie lauschte.

November hätte Youri aus allen Menschen auf diesem Planeten herausgerochen. Eine Rauchwolke umgab ihn stets, folgte ihm auf dem Fuß. Die Tür öffnete sich, und der strenge Geruch nach Zigarettenqualm füllte sofort den Raum.

»Du kannst dich selbst überzeugen. Sie sind nicht mehr da.« Youris gebrochenes Deutsch mit dem schweren russischen Akzent.

Derjenige, mit dem Youri sprach, schwieg. November konnte nur ein paar Schuhspitzen erkennen. Dann rückte ein weiteres Paar Schuhe, schwarz, glänzend poliert, in ihr Blickfeld: Er. Jetzt äußerte dieser sich, und sie erkannte seine Stimme.

»Mach die Kippe aus, Youri!«

November wusste, dass Youri seine Zigarette am Türrahmen ausdrücken würde. Den Stummel schnippte er wie immer auf den Flur. Eines der Mädchen würde ihn später auflesen und entsorgen.

»Ich kann sie hier noch riechen. Warum ist sie nicht mehr da?«

»Wen meinst du?«

»November. Wo ist sie?«
Youri räusperte sich. »Verreist.«
»Du lügst.«
»Sie ist einfach nicht mehr da. Gewöhne dich daran. Nimm Juli oder August. Sie sind wunderbar. Du wirst nie wieder an November denken, wenn du bei ihnen warst. Oder meine Töchter, wenn du es winterlich magst.«
»Solange sie nicht da ist, werde ich nicht wiederkommen.«
Youri seufzte. »Du bist mein bester Kunde. Ich möchte dich nicht verlieren.«
Er lachte auf. »Das glaube ich. Hör zu, Youri, wir kennen uns nun schon so lange. Vielleicht können wir unsere geschäftlichen Beziehungen ausweiten. Oder verlagern.«
Youri schwieg, und November lauschte. *Er* setzte sich auf das Bett. Der Lattenrost senkte sich weiter auf Novembers Bauch hinab.
»Ich verkaufe meine Produkte legal überall auf der Welt.«
»Mädchen?«
»Nein. Davon verstehe ich nichts.«
»Es ist das Einzige, wovon ich etwas verstehe.«
»Wir könnten voneinander lernen. Ich von dir und du von mir. Für einige meiner Erzeugnisse muss ich besondere Vertriebswege wählen. Diskretere Wege. Meine Waren sind teuer, hohe Geldbeträge wechseln den Besitzer. Ich bin auf der Suche nach einem zuverlässigen Lieferanten.«
»Von was für Produkten sprechen wir?«
»Platinen.«
»Was können die?«
»Sie sind unentbehrlich für eine präzise Steuerung.«
»Wovon?«
»Waffenlenksystemen.«
»Wen belieferst du?«

»Viele. Zum Beispiel der Konflikt auf dem Kaukasus. Russen und Georgier hassen einander. Das Militär, die Separatisten. Die prorussischen Kräfte werden immer stärker. Aber ein neuer Markt tut sich gerade in den Baltischen Republiken auf.«

Youri schwieg.

»Es gibt also durchaus einen Bezug zu dir.«

»Welche Seite belieferst du?«

Stille breitete sich aus, die nur durch das leise Rauschen des Straßenverkehrs unterbrochen wurde. November kannte die Antwort bereits, aber sie klang unnatürlich laut, als sie endlich erfolgte.

»Beide. Aber es geht nicht nur um Waffen. Es geht um Geld. Viel Geld.«

»Was habe ich davon?«

»Geld, viel Geld. Jedes Mal einen mittleren fünfstelligen Betrag. Steuerfrei.« November hörte das Lächeln in seiner Stimme.

»Wie läuft das ab?«, fragte Youri.

»Du bekommst eine Tasche mit Geld. Oder mit Ware und Geld. Du fährst an einen bestimmten Ort. Genaue Angaben und Konditionen erfährst du am Telefon zwei Tage nach Lieferung.«

»Wer garantiert mir, dass es sich bei dem Anrufer wirklich um dich handelt?«

»Niemand. Weil ich nicht anrufen werde. Warum sollte ich mich exponieren. Wir vereinbaren ein Kennwort, für dich, für mich. Etwas, das dir wirklich wichtig ist.«

»Warum?«

»Weil ich dich jedes Mal, wenn du mit mir Geschäfte machst, daran erinnern möchte, dass ich jeden Einzelnen aus deiner Familie umbringen werde, wenn du dich nicht loyal verhältst. Und danach dich.«

»Ich gehe hier nicht weg. Ich liebe Berlin. Hier will ich sterben.«

November dachte: *Du wirst sterben. An einem einsamen, traurigen Ort.*

»Ich hasse München. Trotzdem lebe ich da.«

»Warum tust du das?«

»Damit ich es genießen kann, nicht dort zu sein. Ich reise viel.«

»Du kommst nach Berlin, weil du nicht in München sein willst?«

»Ich kam nach Berlin wegen ihr.«

Youri stöhnte leise. »Fünfzigtausend?«

»Ja.«

»Gut.«

»Mein Kennwort lautet ›Marokko‹. Welches wählst du?«

November hörte nur das Atmen der beiden Männer. Es war ansonsten still, ganz still, bis Youri antwortete: »›Galina‹.«

»Gut.« *Er* erhob sich. Die Matratze wippte hoch. »Es ist seltsam. Ich habe eine wunderschöne Frau, drei perfekte Kinder. Aber ich vermisse sie.«

»Wen?«

»November.«

Youri seufzte. »Nicht zu ändern. Vielleicht kommt sie zurück. Aber rechne lieber nicht damit, Simon!«

9.

Novembers Tochter wurde in demselben Badezimmer geboren, in welchem ihr Vater versucht hatte, sich das Leben zu nehmen, und in dem ihre Großmutter damit erfolgreich war. November kroch auf allen vieren. Sie wippte vor und zurück, sie wimmerte. Maja saß auf dem Klodeckel und sprach beruhigend auf sie ein. Drei Stunden später zitterten Novembers Beine und gaben nach, sie kippte nach rechts weg, kam vor der Wanne zu liegen. November schloss die Augen, seufzte ein letztes Mal, bis das Kind schließlich aus ihr herausrutschte.

Maja öffnete die Tür einen Spalt. Dima stand davor und redete unzusammenhängendes Zeug. Maja bat ihn eindringlich, eine Schere zu holen. Als Dima zurückkam und die Tür weit aufstieß, sah er, wie Maja versuchte, Novembers nackten Körper auf ein Handtuch zu ziehen. Sie lag in ihrem eigenen Blut, ein rot verschmiertes Ding auf ihrem Bauch. Die Farben, der metallische Geruch im Raum: Dima fühlte sich zurückversetzt an den Tag, als sein eigenes Blut die Fliesen rot färbte. Angst überkam ihn und gleichzeitig eine große Freude, denn dieses Kind wollte leben. Sein Kind. Er versuchte zu helfen, aber November flüsterte nur: »Rühr sie nicht an. Rühr mich nicht an!«

Dima wich zurück. »Wie heißt es? Was ist es überhaupt?«

Maja antwortete: »Es ist ein Mädchen.«

»Sie heißt Mathilda«, sagte November glasklar.

In einem letzten Kraftaufwand schnitt November selbst die Nabelschnur durch, die ihre Tochter noch mit ihr verband. Dann sank sie zurück. Sie bekam es nicht mehr mit, dass Dima sie in ihr Zimmer trug. Dass ihre Mutter das

Mädchen in Handtücher wickelte. Dass Dima seine schreiende Tochter in den Armen hielt, bis November sie endlich das erste Mal an die Brust legte.

∗ ∗ ∗

Mathilda wuchs heran, sie lernte laufen und sprechen. Sie war klein und dunkel wie ihre Mutter, sie ähnelte ihr sehr. Im Gegensatz zu ihr lachte sie viel und laut. Genauso wie November schien sie nachdenklich und betrachtete die Dinge genau. Genauso wie Dima bewegte sie sich gern. Mit ihm erkundete sie zuerst das Haus, dann die Umgebung. Er schenkte ihr die ersten Buntstifte. Mit ihm lernte sie, zu zeichnen und ihren Namen zu schreiben.

Aber Dima wusste nicht, dass Mathilda heimlich mit dem Inhalt des geheimen Kästchens ihrer Mutter spielte. Er wusste nichts von der Existenz des Kästchens. Es hätte ihn zu Tode erschreckt. Er wusste nicht, dass Mathilda mit vier Jahren bereits alle Geheimnisse von Youris Bordell auskundschaftete.

Es war kalt, Schnee rieselte vom Himmel schon seit Tagen. Ein unbekannter Freier besuchte November und Dezember. Als er ins Zimmer kam, trug er eine winterliche Mütze tief ins Gesicht gezogen. Den Mantelkragen hatte er hochgeschlagen. Die falschen Zwillinge hatten schon seltsamere Dinge gesehen. So angezogen, stand er abwartend am Fenster. Sie zogen sich aus, aber November gefiel etwas nicht. Kaum winkte Dezember den Mann zu sich aufs Bett, zückte er ein Messer. Er zog die Mütze vom Kopf, und Dezember erkannte ihren Bruder, der Lazlo hieß. Er nannte sie Neva und Hure, was nicht abzuleugnen war. Während Dezembers Bruder seine Schwester im Namen von

Vater und Mutter, im Namen aller Heiligen dieser Welt verunglimpfte, kroch November unter das Bett und griff nach dem geheimen Kästchen. Zwei Stiche zu spät richtete sie die Pistole auf Dezembers Bruder, der plötzlich innehielt. Dezember lag auf dem Bett und stöhnte. Blut lief ihr über den Bauch und färbte die Laken.

November zwang den Bruder, die Waffe im Anschlag, auf den Flur. Er hielt das blutige Messer in die Luft und näherte sich rückwärts der Treppe. Einen Wimpernschlag später stieß November ihn mit dem Fuß hinab. Er schlug mit dem Kopf mehrmals übel auf. Erst als er ruhig am Boden lag, rannte November zurück ins Zimmer. Sie verbarg die Waffe an ihrem alten Platz. Danach drückte sie das Laken auf Dezembers Bauch. Sie rief um Hilfe: Die anderen kamen herbeigeeilt.

Die Geschwister lagen zusammen im Krankenhaus. Der Bruder wachte nie mehr auf. Dezember fiel lange aus, was Youri erheblich verärgerte.

Da es November verboten war, Dezember zu besuchen, erfuhr sie davon am Telefon. »Er kann dir nichts mehr tun.«

»Ohne dich wäre ich jetzt tot.«

»Ich habe nichts getan.« November hörte, dass Dezember leise weinte.

»Ich schulde dir was.«

»Mir schuldet keiner was.«

»Warte ab. Irgendwann wirst du mich brauchen. Und dann tue ich alles, was du willst.«

»Ich brauche niemanden.« November irrte sich.

∗ ∗ ∗

November wechselte das Zimmer und den Job. Sie gehörte nicht mehr zu den Zwillingen, hatte es de facto nie wirklich getan und arbeitete nun bei den »gewöhnlichen« Mädchen. Wenn sie die Freier bediente, passte immer eines der Mädchen oder Dima auf Mathilda auf. Nur Maja war dazu kaum noch in der Lage. Mit Anfang fünfzig hatte sie Koordinationsschwierigkeiten, Gedächtnislücken, Sprachstörungen und war überhaupt nur noch selten bei klarem Verstand.

Youri stellte ihr ein Ultimatum, was Maja nicht begriff. Sie verstand nur noch wenig und wenn, vergaß sie es sehr schnell. Ihre Enkeltochter nannte Maja manchmal Lara oder Nadja. Aber Mathilda störte sich nicht daran. Sie saß gern bei ihrer Oma im Zimmer und hörte zu, wenn sie *Die Brüder Karamasow* auswendig aufsagte. Es war die einzige Leistung, die ihr Gedächtnis noch erbrachte. Das Buch hielt sie dabei fest, um willkürlich darin zu blättern. Manchmal sah Maja ihre Enkelin direkt an, und in einem Anfall von Klarheit griff sie mit der Hand nach ihrem Kinn und adressierte das Kind eindringlich mit den Worten Dostojewskis: »Dem Hund einen hündischen Tod.«

Wenn Youri das mitbekam, nahm er Mathilda an der Hand, zog sie fort und schalt Maja eine verwirrte Alte. »Hör nicht auf sie! Es wird Zeit, dass sie selbst endlich stirbt.«

»Was ist sterben, Opa?«, fragte Mathilda.

Und Youri antwortete: »Das Ende aller Qual.«

* * *

November rüttelte an Maja. Sie regte sich nur noch schwach. »Maja, hörst du mich?!«

Majas Mund öffnete sich und schloss sich wieder. Ein Spuckefaden zog sich bis zu ihrem Kinn.

November verstand etwas wie: »Nur noch das eine Mal.« Unter dem Bett fand sie, was sie neben ihrer Mutter vermisste, obwohl es immer in ihrer Nähe lag. So, wie sie das Gesicht auf der Oberfläche des Mondes vermisste, wenn einmal Neumond war. Die Spritze war alt und gebraucht. November fluchte, weil Maja einen Fehler nach dem anderen beging. Sie suchte nach etwas, in dem sie die Überreste von Majas Konsum verbergen konnte. Sie hörte die Schritte auf dem Flur bereits und beeilte sich. Als die Tür sich öffnete, verbarg sie das Utensil hinter ihrem Rücken. Schnell, aber nicht schnell genug.

Youri stand auf der Schwelle und erkannte die Situation mit einem Blick. Langsam betrat er den Raum, während Novembers Kopf hektisch arbeitete. Es gab kein Zurück. Keinen Ausweg aus dieser Situation. Niemand konnte Youri entkommen. Er streckte seine Hand aus. November legte die Spritze hinein. Kurz dachte sie darüber nach, ihn mit der Nadel zu infizieren. Es würde ihn nicht unbedingt umbringen. Das einzige Ergebnis, das für November akzeptabel war.

Youri betrachtete das Instrument, um es dann achtlos wegzuwerfen. Er sah die beiden Frauen an, holte aus und traf November mit der Faust im Gesicht. November taumelte nach hinten; aus ihrer Nase lief Blut. Youri versetzte ihr einen Tritt in den Unterleib, der sie zusammenklappen ließ. Noch zweimal trat er zu, November spürte, wie einer der Knochen in ihrem Brustkorb brach. Ein letzter Schlag gegen ihren Kopf ließ alles um sie herum kurz leuchten. Im diffusen Zwielicht, das darauf folgte, erkannte November Youris Gestalt, die schemenhaft über ihrer Mutter kniete.

Youris Hände pressten ein Kissen auf Majas Gesicht. Er stieß jedes Wort einzeln aus: »*Dem – Hund – einen – hündischen – Tod.*«

Maja zuckte noch ein paarmal mit den Beinen, dann lag sie endlich still.

November mühte sich, aufzustehen, aber sie schaffte es nicht mehr. Youri erhob sich von Majas Bett, versetzte November noch einen letzten Tritt gegen den Kopf, was endgültig für Ruhe im Zimmer sorgte.

10.

Es gab Leichensäcke mit und ohne Reißverschluss. So viel hatte November bereits gelernt. Ihre Mutter wurde in einem schwarzen Plastiksack mit Reißverschluss abtransportiert. November konnte das nur wissen, weil sie sich zum Fenster schleppte, als Majas Leichnam über den Hof zum Transporter geschoben wurde.

Juli und August hatten November notdürftig zusammengeflickt. Jetzt lag sie in ihrem Zimmer unter der Felldecke und versuchte, sich möglichst wenig zu bewegen. Die abgeknickte Rippe knirschte unter dem Brustverband. Mit der Hand umklammerte sie ein Buch.

Dima klopfte an die Tür. Obwohl November ihn nicht bat, kam er herein. Er saß an ihrem Bett, aber er wagte nicht, ihre Hand zu halten. »Den Typen, der das gemacht hat, bringe ich um.«

November ahnte, was Youri seinem Sohn erzählt hatte. Nur er selbst war in der Geschichte nicht vorgekommen. »Das glaube ich nicht«, sagte sie leise, weil sogar das Sprechen schmerzte.

Dimas Gesicht war wutverzerrt. »Jetzt sag doch endlich, wer es war. Ich schwöre dir: Ich bringe das Arschloch um.«

November dachte: *Ich werde ihn selbst umlegen.* Laut sagte sie: »Du solltest jetzt lieber gehen.«

Dima schaute sich um. Er wirkte verloren, wie nicht von dieser Welt. Beschwörend wandte er sich an November: »Wir gehen fort. Wir nehmen Mathilda mit und lassen alles hinter uns. Wir ziehen weg. Wohin du willst. Ich habe Geld.«

»Dafür ist es zu spät.«

»Es ist nie zu spät. Ich will mit dir zusammenleben. Wir könnten eine ganz normale Familie sein.«

November schwieg. Sie hatte nichts dazu zu sagen.

»Vielleicht lernst du noch, mich zu mögen«, sagte er hoffnungsfroh.

»Ich kann das nicht. Ich konnte es noch nie.«

»Du hast es doch noch nie versucht.«

»Glaub mir. Du kannst mit mir nicht glücklich werden. Such dir eine andere! Und pass gut auf Mathilda auf.«

»Wir kümmern uns gemeinsam um sie.«

November wusste, dass es kein »wir« mehr gab. Sie wusste, dass Dima immer an das Unmögliche glauben würde. Und sie wusste, dass das, wovon Menschen träumten, zum Scheitern verurteilt war. Deshalb sagte sie: »Ich möchte allein sein.«

Dima sah sie an. Sein Gesichtsausdruck verbarg die Enttäuschung, die jahrelange Kränkung nicht. Langsam erhob er sich. »Überleg es dir noch mal. Ich bitte dich.«

Aber November überlegte nicht. Sie hatte ihre Entscheidung bereits getroffen. Jetzt, da es nichts mehr gab, was sie hielt, verschwand sie. In der nächsten Nacht verließ sie, das Kästchen unter dem Arm, Youris Haus, nur noch eine Aufgabe, ein Ziel im Kopf.

> Sie haben geweint und sich daran gewöhnt.
> An alles kann sich der Mensch,
> dieses Schwein, gewöhnen!
> **Fjodor Dostojewski,**
> *Schuld und Sühne*

DANACH

DU HAST EIN HIGH, DANACH HAST DU EIN LOW.

1.

»Lassen Sie mich sofort los!«

Aber der Mann packte noch fester zu. Kamilla kannte ihn noch nicht einmal. »Wie heißen Sie?«

Jetzt lächelte er, sein Mund blieb jedoch stumm.

»Und Sie?« Kamilla sah den anderen an und versuchte, das hier hinauszuzögern.

Der andere sprach ebenfalls kein Wort. Ihre Gesichter: unbewegt.

»Ich bin Polizistin«, versuchte sie mit Nachdruck zu sagen. Diese Männer glaubten ihr nicht. Eine Unverschämtheit! Sie würde sich ausweisen. Aber es war ihr unmöglich, an ihre Marke heranzukommen. Sie hielten sie an den Handgelenken fest wie Schlangen in einem Würgegriff. Kamilla versuchte sich umzuschauen. »Fragen Sie doch Herrn Horst!« Kamilla stemmte ihre Absätze in das Linoleum.

»Bitte, Frau Rosenstock! Machen Sie es uns nicht so schwer.«

Sieh da! Einer konnte sprechen; dennoch zerrte er an ihr genauso wie der andere. Wie selbstgewiss sie handelten, in ihren weißen Trachten. Sie wollte zurück zu Horst. Sie hatten doch noch so viel miteinander vor. All diese Mörder, die es zu fangen galt.

Jetzt zwang einer der beiden Riesen sie zu Boden. Ein Stoß in die Kniekehlen reichte, um sie zu Fall zu bringen. Kamillas Körper lag in der Horizontalen, genauso wie ihr Gesicht. Sie wehrte sich, obwohl sie sich müde fühlte und erschöpft, am Ende ihrer Kraft. Jetzt presste man sie nach der Unbill der vergangenen Tage einfach auf den Fußboden des Münchner Uniklinikums. All diese Zeit, die vergangen war und immer noch verging! Und mittendrin ihre lächerliche Existenz. Kamilla musste plötzlich kichern: ein peinlicher Impuls. Bis ein Folterer ihre Arme noch fester hinter ihrem Rücken zusammenbog und sie vor Schmerz aufschrie. Es war klar, dass diese beiden Barbaren von der anderen Seite geschickt worden waren. Die weiße Kleidung, die grobschlächtigen Gesichter, das einfältige Grinsen, das die schmalen Münder umspielte – Kamilla hatte es sofort geahnt. Man beschäftigte *dort* zwielichtiges Personal. Söldner, gedungene Mörder, Wegelagerer. Wenn Horst nicht so nutzlos herumläge, sondern ihr helfen könnte. Wieder einmal war sie auf sich selbst angewiesen, weshalb sie strampelte und zuckte, in der Hoffnung, dass die Griffe sich lockern würden.

Jemand bat, sie möge endlich stillhalten. Sie erkannte die Stimme ihres Chefs.

Kamilla fühlte Wut in sich aufsteigen. Sie sprach mit dem Boden, ein Fusel verirrte sich dabei in ihren Mund: »Sie Wicht!« Ihr Chef war deutlich größer als sie selbst, aber hier ging es um innere Werte, die Kamilla bei ihm immer vergeblich gesucht hatte.

»Jetzt geben Sie doch nach!«, flehte er. Er betastete ihren Mantel, als ob er etwas suchte.

Die Waffe: Kamilla wusste, dass sie nun auch noch das letzte Insigne ihrer Macht verlor.

Die Stimme ihres Chefs klang enttäuscht: »Dass Sie Ihre Dienstwaffe einfach aus meinem Schreibtisch entwendet haben, war ein schweres Dienstvergehen. Alles andere: Amtsanmaßung mindestens. Kooperieren Sie doch endlich, Frau Rosenstock!«

Kamilla wand sich hin und her, Gesicht im Dreck, Staub, kleine Krümel, feinkörniges Granulat, das den Lappen, den Desinfektionsmitteln widerstand – kein Wunder, dass

Menschen in Krankenhäusern starben. Hinter jeder Verschmutzung lauerte der Infekt, danach der Tod. Und jetzt lag sie inmitten der Bakterienkolonien, atmete die Krankheit ein. Die andere Seite kämpfte mit allen Mitteln gegen sie. So tief war sie gesunken, viel tiefer ging es kaum. Aber selbst am Boden galt es, Würde zu bewahren. »Ich will meinen Job zurück! Ich bin die Beste, die Sie jemals hatten.«

War das ein Seufzer? Warum seufzte er? »Sie kommen bald zurück, Frau Rosenstock! Wenn Sie sich behandeln lassen. Therapie statt Strafe, das war der Deal, den ich Ihnen offerierte. Sie haben Ihren Mann mit der Waffe bedroht. Er hatte den Lauf Ihrer Pistole im Mund, und der Abzug war gespannt, woran ich Sie nur ungern erinnere.«

Kamilla blendete seine Stimme einfach aus. »Wer hätte Horst gerettet, wenn nicht ich? Ohne mich läge er noch immer auf diesem Parkplatz im Nirgendwo. Vielleicht wäre er tot.«

Nun hörte sie seine Stimme ganz nah an ihrem Ohr.

»Horst hat ein gutes Wort für Sie eingelegt. Hat betont, wie sehr Sie die Ermittlungen unterstützt haben. Wie geistesgegenwärtig Sie handelten. Es war das Letzte, was er gesagt hat, bevor er das Bewusstsein erneut verlor. Bitte, Frau Rosenstock. Tun Sie es für ihn! Gehen Sie einfach mit. Man kümmert sich dort gut um Sie.«

Aber Kamilla hatte nicht vor, noch einmal etwas für einen Mann zu tun. Schon gar nicht für einen Mann, der ohnmächtig war, während sie seine Hilfe brauchte. Männer verloren ständig das Bewusstsein. Nur sie konnte sich diesen Luxus nicht leisten. Von ihr erwartete immer jemand, dass sie etwas tat, was sie nicht wollte. Also sagte sie einfach: »Nein!«

Kurz wurde es ganz still. Kamilla hörte eine Uhr ticken,

danach Sohlen, die über den Boden rieben, leises Tuscheln. Mit einem Ruck riss etwas sie herum, noch sah sie nur Umrisse, denn plötzlich schien das Licht so hell, vielleicht das Jenseitige, so wie Kamilla es erwartet hatte, das einen Riesen anstrahlte, der das Licht verdunkelte und sich mit vollem Gewicht auf sie setzte, sodass die Luft aus ihren Lungen entwich. Etwas zerrte an ihrem Ärmel, bis er riss. Sie konnte ihren Arm nicht mehr bewegen, weil jemand ihre Hand auf den Boden drückte. Etwas Kühles strich über ihre Armbeuge, Kamilla trat nochmals verzweifelt aus, bevor sie den Stich spürte, der ihre Vene perforierte. Sie schrie »Schweine, Vergewaltiger!«, bis etwas sie hinunterzog. Mit ihrem nachlassenden Widerstand rückte auch der Riese von ihrer Brust herunter, sie atmete ein, konnte es aber kaum, weil sich jeder Gedanke in ihrem Kopf in Auflösung befand und dieser Vorgang auch den Atmungsapparat befiel. Luft verwandelte sich in Wasser, das sie eng umschloss und in sie eindrang, ohne dass sie sich dagegen wehren konnte. Während sie still ertrank, standen die Männer schweigend um sie herum. Einer ging und kam nach gedehnter Zeit mit einem Rollstuhl zurück, dessen Metall Kamilla als seltsam verbogen empfand. Es war ein langsamer Tod. Sie wollte sich äußern, eine Beschimpfung oder eine Bitte, aber sie vermochte es nicht mehr. Man zog sie aus dem Meer heraus und setzte sie in den Stuhl hinein wie eine überlebensgroße Puppe, nun deutlich sanfter als zuvor, und sprach mit ihr wie mit einem Kind.

Jetzt haben sie mich doch gekriegt, dachte Kamilla resigniert. *Weil sie einen früher oder später immer kriegen.* Das Letzte, was sie vernahm, war das Quietschen der Gummiräder auf dem Boden, auf dem sie gern noch liegen wollte.

2.

»Du bist gefickt!«, sagte ich zu mir. Ich hatte Verantwortung auf mich geladen. Ich hatte mich eingemischt, Schicksal gespielt aus purer Leidenschaft, und jetzt starb sie mir einfach unter den Händen weg. Verzweiflung war nur ein Wort, aber das Gefühl eine Welt, die ihre Bewohner immerwährend folterte. Ich hatte es versaut. Ich würde meines Lebens nicht mehr froh werden. Ein paar Stunden lang fühlte ich mich nur nervös, unruhig und überlegte fieberhaft. Aber ich lebte in der Gewissheit, dass ich das Richtige tat. Dass einer es tun musste.

Ich peitschte den Wagen wieder einmal den Berg hinunter, nahm die Kurven eng. Wenigstens das hatte ich von Slick gelernt: Wenn das Gewicht des Wagens auf zwei Rädern ruhte, musste er nicht zwangsläufig kippen. Ich hatte mit dem Glücksspiel angefangen, jetzt wurde ich die Sucht nicht mehr los. November war hinten auf die Trage geschnallt. Ich überlegte hin und her: Der Parkplatz war klein, er lag zu dicht am Baumbestand. Einen Landeplatz für den Hubschrauber gab es nur viel weiter oben am Berg. Oder weiter unten Richtung Tal. Der Anruf, die Fahrt, das alles würde noch mehr Zeit kosten. Es galt, bis München durchzuhalten. Und ein paar Dinge zu regeln und zu entsorgen. Wir konnten hier nicht bleiben, warten. Mit einer Schussverletzung benötigte November ein gut ausgestattetes Klinikum. Ich war in meinem Element und gleichzeitig Kilometer weit davon entfernt. Ich würde in den Knast wandern für unzählige Delikte. Es würde nicht mal für Bewährung reichen. Vorausgesetzt, sie überlebte das.

Der Regen hatte schlagartig aufgehört, aber immer noch

rauschte Wasser in Bächen den Berg herab. Auf den wenigen geraden Strecken schwamm der Wagen und riss seitlich aus. Zweimal musste ich anhalten. Nicht wegen der Straßenverhältnisse, sondern um zu überprüfen, ob November überhaupt noch atmete und lebte. Ob der Druckverband gelockert werden musste. Eine Morphininjektion sorgte dafür, dass sie weder schlief noch wachte.

Ich schaltete das Radio an, nur um Gesellschaft zu haben. Ich hörte gar nicht zu. Ich dachte nach. Und fuhr und fuhr, schnell, wie getrieben, sodass die Zeit, die mir zum Überlegen blieb, zu knapp ausfiel. Es war noch dunkel und die Autobahn ganz frei. Kurz vor München hatte ich mir einen Plan zurechtgelegt. Als ich das Traumazentrum Innenstadt erreichte, dudelten die Hits der Neunzigerjahre im Hintergrund, als sie November, Beatmungsmaske über dem kalkweißen Gesicht, endlich ins Innere der Klinik schoben. Ich stand neben dem offenen Schlag des Wagens, dessen Kühler noch laut summte.

Vielleicht waren es nicht nur rein fachliche Erwägungen, die mich dazu bewogen, November nach München zu bringen. So konnte ich sie in meiner Nähe behalten. Irgendwie.

Ich ließ den Wagen einfach stehen, der Schlüssel steckte noch, nur um ihr zu folgen. Aber eines durfte ich nicht vergessen: die schwarze Tasche. Ich schulterte sie. Jemand vom Personal rief mir etwas nach. Manche aus der Ambulanz kannte ich, aber nicht jeden, der gerade seinen Dienst versah. Ich ignorierte die Aufforderung und folgte den Hinweisen zu den Operationssälen. Der Wagen war mir scheißegal. Im Wartebereich, der leer wie ein Geldbeutel am Monatsende war, nahm ich auf einem der Stühle Platz.

Ich sortierte mich kurz und suchte eine Toilette auf. Was oder wer mir da im Spiegel entgegensah, war nicht klar. Das müde, ausgemergelte Wrack mit den tief liegenden Augen glich mir. Ich spritzte mir Wasser ins Gesicht, wusch meine blutverschmierten Hände, trank direkt am Wasserhahn und steckte mir Traubenzucker in den Mund. Beinahe mit neuem Leben erfüllt, kehrte ich zum Wartesaal zurück: Noch immer leer, kein Mensch schien heute krank zu sein.

Eine Krankenschwester löcherte mich mit Fragen.

Nein, ich kannte sie kaum, hatte keine Krankenkarte, die auf ihren Namen lautete. Ich wusste zwar einen Namen, der aber vielleicht nicht ihr eigentlicher Name war. Fragen und Erläuterungen ermüdeten mich.

Ob das mein Wagen sei?

Ja. Nein. Nicht ganz, nur temporär.

Warum ich ihn nicht wegführe? Er könne dort nicht bleiben.

Ich war erschöpft, am Ende angekommen. Jemand sollte sich darum kümmern, aber nicht ich. Ob sie einen Kaffee habe, vielleicht auch noch etwas zu essen? Weil ich Hunger hatte und Nahrung brauchte.

Eine Kollegin kam dazu. Ihr Gesichtsausdruck war genuin überrascht.

»Mensch, Laser, was machst du denn hier?«

Endlich jemand, den ich kannte. »Schwer zu erklären.«

»Ich habe das Video gesehen. Du bist wieder frei? Das gibt's doch nicht.«

»Nee, alles okay. Aber ich muss dringend etwas essen.«

Marion nickte. Wir kannten uns schon ewig aus der Ambulanz, hatten früher die Schulbank zusammen gedrückt. Sie wusste, dass ich Zucker hatte. Sie war nett und groß und in Teilen platinblond. »Komm!«, sagte sie zu mir.

Ich schüttelte den Kopf. Ich musste hierbleiben, um zu wissen, wie es November ging.

»Jemand, den du kennst?«, fragte Marion mitfühlend.

Gute Frage. Kannte ich November überhaupt? Vorsichtshalber nickte ich.
»Wie heißt er denn?«
»Sie.«
Marion zog die Augenbrauen zusammen. Sie sah mich zweifelnd an. »Hast du sie gebracht?«
Ich nickte.
»Okay. Hör zu. Ich sag dir sofort Bescheid, wenn es Neuigkeiten gibt. Jetzt hol ich dir erst mal was zu essen und Kaffee.« Marion lächelte vorsichtig.
»Danke«, hörte ich mich sagen. Dann lehnte ich mich zurück, bis sie wiederkam. Auf dem Stuhl neben mir stellte sie ein volles Tablett ab.
Dankbar sah ich sie an.
»Du siehst echt scheiße aus. Vielleicht brauchst du selbst einen Arzt.«
»Nee, danke. Ich warte nur.«
»Dann lass ich dich jetzt mal allein. Das war kein regulärer Transport, oder?«
Ich schüttelte den Kopf.
Marion sah besorgt aus. »Das klingt, als ob du Ärger hättest.«
»Ist mir egal. Ich hatte schon jede Menge davon in den letzten Tagen.«
»Glaube ich sofort. Ich habe nachgefragt: Es wird wohl länger dauern.«
Ich zuckte mit den Schultern. Ich hatte plötzlich Zeit.
»Ist sie das? Die, die in dem Video geschossen hat?«
»Könnte sein.«
»Brutale Frau.«
»Brutale Situation«, ergänzte ich.
Sie sah mich an, bis sie sich endlich auf dem Absatz umdrehte und ging.

»Hör mal, Marion. Kannst du mir noch einen Gefallen tun?«

Marion wandte sich um. »Na klar.«

»Diese Tasche hier. Könntest du die in eine Tüte stecken und ein paar Tage im Schwesternzimmer für mich aufbewahren? Das muss aber unter uns bleiben.«

Marion sah mich an. Sie überlegte. Dann sagte sie: »Okay. Ich mach's.«

Ich dankte ihr und aß und spritzte mir etwas später in der Toilette, auf dem Klodeckel sitzend, Insulin. Danach telefonierte ich zweimal.

TELEFONAT NR. 1

Ich benutzte das Handy, das Novembers Ex in seiner Jacke getragen hatte, mit den weißen Katzen auf der rosa Schutzschale. Ein unfassbares Dekor für einen Mann. Der Akku war fast leer. Ich legte ein Taschentuch über den Lautsprecher und ließ es klingeln. Zweimal, dreimal, bis ich die Stimme meines Vaters hörte, die ernst klang: »Hallo?«, fragte er kurz angebunden.

Ich holte Luft, dachte an Betty, an alle Gangsterfilme, die ich je gesehen hatte, und senkte meine Stimme: »Ich habe deine Ware und dein Geld. Ich habe deine beiden Boten umgelegt. Das Gleiche mache ich mit dir, wenn du auch nur die geringsten Anstrengungen unternimmst, etwas davon zurückzufordern. Hast du mich verstanden?«

»Welche Boten?«

»Betty und die kaputte Vogelscheuche, die du hinter Youri hergeschickt hast, weil du ihm nicht mehr trautest. Sie sind so was von tot. Toter geht es nicht.«

Mein Vater zögerte.

»Du musst nachdenken? Ich sag dir was. Ich kenne deinen Sohn. Ich bin so nah an ihm dran, ich könnte ihm in den Nacken atmen. Wenn du nur daran denkst, die Polizei einzuschalten oder deine Freunde zu kontaktieren, ist er tot. Ich buchstabiere es mal für dich: T – O – T.«

Mein Vater antwortete schnell: »Natürlich. Kein Wort zu niemandem.«

Und weil ich gerade in Fahrt war und weil ich Simon noch nie so devot erlebt hatte und weil es mir gefiel, setzte ich noch einen drauf: »Für den Fall, dass du das jemals vergessen solltest: Laser ist nur der Erste. Dann schnappe ich mir Apple, Pax und deine Frau. Und dann lasse ich dich zusehen. Lies die Zeitung! Schalte die Glotze an! Dann siehst du, was von den Brenners übrig bleibt.«

Die Stimme meines Vaters überschlug sich fast. »Es wird niemand etwas erfahren. Bitte verschonen Sie meine Familie. Niemand wird …«

Ich legte einfach auf. Mein Vater tat mir leid. Aber Panzerabwehrsysteme waren kein Kinderspiel. Mein Vater hatte sich schon immer verhalten wie ein Arsch. Angst war das Mindeste, was er ausstehen sollte.

Ich entnahm die SIM-Karte, zerbrach sie, warf das Handy weg. Der beige Plastik-Mülleimer mit dem blauen Müllsack war so leer wie das Wartezimmer, bevor ich angekommen war.

TELEFONAT NR. 2

Diesmal rief ich mit meinem Handy an. Wieder hörte ich die Stimme meines Vaters. Diesmal klang er hörbar verstört. »Hallo?«

»Hallo, Simon.«

»Laser. Bist du das?«

»Ja.«

»Geht es dir gut? Ist alles okay mit dir?«

»Na ja. Ich glaube, ich stecke in Schwierigkeiten.«

»Was für Schwierigkeiten?«

»Kann ich dir jetzt nicht erklären. Aber es könnte sein, dass ich einen Anwalt brauche.«

»Bist du wirklich gesund? Spritzt du regelmäßig?«

»Simon ...«

»Bist du in Sicherheit?« Die Sorgen sprudelten nur so aus ihm heraus.

»Ja. Sage ich doch. Es ist sonst alles okay.«

»Wo bist du?«

»In München.« Wo sonst sollte ich sein? Mein Vater wusste von meiner Reise nichts.

»Ich rufe Dr. Dresen an.«

»Danke, Simon. Mach dir keine Sorgen! Ich melde mich dann noch mal. Könnte sein, dass Dr. Dresen zum BKA kommen muss.«

»Zum BKA? Warum?«

Ich legte auf. Langsam bekam ich Übung darin, meinen Vater in der Leitung hängen zu lassen.

Ich überlegte kurz, ob ich etwas vergessen hatte, und legte mich danach über vier Besucherstühle. Ich dachte an November. Erschöpfung übermannte mich. Ich schlief tief und traumlos, bis die Polizei mich weckte.

3.

»Jetzt hören Sie doch bitte mal auf, an mir rumzufummeln.« Horst verlor langsam die Geduld.

»Ihr Blutdruck muss gemessen werden, ob Sie wollen oder nicht.«

Widerwillig hielt Horst still, obwohl er sich nur Ruhe wünschte. Ein Zustand, der genau eine Nanosekunde angehalten hatte. Denn als er erwachte, leuchtete ihm ein Arzt mit einer Taschenlampe in die Augen, als suche er nach außerirdischen Lebensformen in seinem Gehirn.

Horst hatte den nächsten Versuch, auch noch sein anderes Auge zu durchleuchten, mit der Hand abgewehrt. »Ich bin schon wach, vielen Dank.«

»Das freut mich sehr.« Der Arzt.

Doch meistens waren Schwestern da. Allesamt in unförmigen weiten, weißen Kitteln und ebensolchen Hosen.

Horst hatte sich nicht viel von Krankenhäusern erhofft, und viel gab es tatsächlich nicht zu sehen.

Fertig war die Schwester noch lange nicht.

»Lassen Sie mich! Sie haben vorhin schon danach geschaut.«

»Jetzt benehmen Sie sich doch nicht so störrisch! Eine Entzündung an ihrem Ohr müssen wir auf alle Fälle vermeiden.«

»Das Ohr ist weg.«

»Wir wollen doch keine Haare spalten.« Die Schwester sprach nur im Pluralis Majestatis, wie sich schon früh herausgestellt hatte.

»Was? Wie bitte?«

»Verzetteln wir uns nicht.« Damit fuhrwerkte sie an seinem Kopfverband herum, der Horst fürchterlich störte.

Weil er drückte, kratzte und Horst mit der Bandage noch weniger hörte als zuvor.

Horst fluchte und biss die Zähne zusammen. Seine linke Kopfhälfte stach und brannte.

»Brauchen wir noch ein Schmerzmittel?«

»Wie bitte?«

Aber die Schwester antwortete nicht. Sie schüttelte nur resigniert den Kopf und drehte an einem Rädchen der Infusion. Horst bemerkte wohl, dass es nun schneller in ihn hineintropfte. Was hatte sie doch gleich gesagt?

»Besuch für Sie, Herr Horst.« Sie stand ganz nah vor ihm und schrie ihn förmlich an.

»Ja ja. Ich habe Sie schon verstanden«, murmelte er. Entweder zu leise oder zu laut; eine moderate Stimmlage kannte sie wohl nicht. Dann verschwand sie, und ein Mann trat ein. Horst wusste, dass er nun Rede und Antwort stehen musste. Es machte ihn nervös.

Horsts Chef war alt und früh ergraut. Er liebte braune Flanellhosen und Pullunder in der gleichen Farbe. Er gab sich sehr milde und stets leicht verwirrt. Jetzt zog er den einzigen Stuhl im Raum an Horsts Bett heran. Mitleidig betrachtete er ihn. »Horst. Wie geht es Ihnen?«

»Wie bitte?« Horst zeigte auf seine verbundene Kopfhälfte.

»*Wie es Ihnen geht?!*« Jetzt sprach der Chef endlich laut genug.

Horst sah an sich hinab, bewegte unter der Decke seine Beine, horchte in sich hinein. »Besser als gestern.« So viel stand fest. Auch wenn diese Tatsache den Maßstab drastisch senkte. »Wie viel Uhr ist es?«

Sein Chef sah auf seine Armbanduhr: »Sechs Uhr. Dienstagmorgen.«

Keine lange Nacht. Horst hatte es geahnt.

Sein Chef kratzte sich am Kopf. Er holte Luft, verschränkte seine Arme vor der Brust, um sie kurz darauf wieder auf die Knie zu stützen. Er sah an die Decke, dann zu Boden, rieb sich die Hände, atmete ein und hörbar wieder aus.

Horst sah ihn fragend an. Hatte er akustisch etwas Entscheidendes verpasst?

Jetzt sah sein Chef ihn an, als müsse er für etwas Anlauf nehmen. »Nun. Wie, zum Teufel, *wie*, verdammt noch mal, wollen Sie mir das alles erklären?!«

Horst traute sich kaum, aber er tat es doch: »Was genau meinen Sie?«

Der Blick seines Chefs war weiterhin auf ihn gerichtet, starr, neutral. Noch war das Unheil vielleicht abzuwenden. Jetzt stand er auf, ging zur Tür, trat lautstark dagegen, kam zurück, stieß den Stuhl um, dass es nur so krachte, warf Horsts Krankenkarte zu Boden, sodass das Brett zerbrach, trat die Stücke mit dem Fuß unter das Bett, riss sich den Pullunder vom Leib, knüllte ihn zusammen und warf ihn an die Wand, brüllte etwas Unverständliches, reckte die Hände zum Himmel, raufte sich die Haare und ging zur Tür, die sich plötzlich öffnete.

Die Schwester sah sich ungläubig um.

Horsts Chef verbeugte sich vor ihr, grüßte galant mit der Hand an der Stirn, lächelte und sagte – Horst las es von seinen Lippen ab –: »Ich komme wohl besser später wieder.« Er verließ das Zimmer. Zurück blieb nur sein Leibwärmer.

4.

Die Polizei steht in Uniform vor dir, und du bist plötzlich wieder ängstlich wie ein Kind.

»Sie werden sich erkennungsdienstlich behandeln lassen müssen.«

Ich nickte. Orientierte mich. Erkennung. Dienst. Was sollte ich schon sagen? Etwa: nein? Es war vier Uhr am Morgen, wenn ich den Zeigern der Uhr an der Wand trauen wollte. November wurde noch immer operiert. Der Bulligere der beiden machte mir ein Zeichen, aufzustehen.

Ich schüttelte den Kopf. Langsam, müde, wie verzögert. »Ich muss wissen, wie es ihr geht.«

Der Ältere der beiden, dessen Uniformjacke an ihm schlackerte, erwog mein Argument.

Der Bullige blieb kategorisch: »Unmöglich. Wir sorgen dafür, dass Sie verständigt werden.«

»Nein.« Ich musste all meinen Mut zusammennehmen, aber das hier bedeutete mir viel.

Die beiden besprachen sich leise. Der Bullige wandte sich erbost ab. Im Weggehen hörte ich ihn »Scheiß-Stockholm-Syndrom« murmeln.

Der Alte setzte sich neben mich, zog einen Block heraus. Mein Name, mein Alter, meine derzeitige Adresse.

Ich antwortete mechanisch und stellte fest, dass diese Angaben auf einmal nicht mehr viel mit mir zu tun hatten.

Wo hatte das eigentlich angefangen und wie? Der Alte sah mich interessiert an.

»Auf einem Parkplatz«, antwortete ich.

Er schrieb mit. Sein Stift kratzte über das Papier. Der Block rutschte auf seinen Beinen hin und her. »Wo genau?«

Es fiel mir schwer, in meinem Kopf zurückzureisen, aber da hörten wir beide Schritte auf dem Gang. Simultan erhoben wir uns. Ich kannte den Arzt. Er war ein guter Mann. Sofort verstand dieser die Situation, nickte den Polizisten zu. Der Bullige, der Alte, sie nahmen mich in ihre Mitte. Wer hier den Ärger hatte, war spätestens jetzt jedem klar.
»Das Mädchen mit der Schussverletzung?«
Ich nickte.
»Sie sind kein Angehöriger.«
»Nein. Aber ich bin ihr Freund.«
»Was?!« Der Bullige starrte mich von der Seite fassungslos an.
Ich fand es selbst völlig verrückt, das zu behaupten.
»Sie sind mir nie wirklich aufgefallen, Brenner, aber jetzt liefern Sie uns Stoff für interessante Unterhaltungen«, erklärte der Arzt selbstvergessen. »Es geht ihr so weit gut. Sie ist stabil, liegt auf Intensiv. Wir haben sie in ein künstliches Koma versetzt. Sie kennen das. War nicht die letzte Operation, wie ich jetzt schon sagen kann. Schussfraktur des Oberschenkels, Trümmerbruch von Arm und Hand, zahlreiche Prellungen am Oberkörper. Durch einen Milzriss starker Blutverlust. Nur ein wenig später, und sie hätte es nicht mehr geschafft. Wir gaben ihr eine Transfusion. Jetzt heißt es abwarten. Hoffen, dass es keine Infektion gibt. Noch ist sie nicht über den Berg.«
Über den Berg. Wir waren nie über den Berg hinausgekommen. Wie ironisch in meiner, in dieser Situation. Ich wusste, was er damit meinte.
»Wie ist das passiert?« Er sah mich durchdringend an.
Und ich erinnerte mich. Wie ich auf sie gezielt und auch getroffen hatte. Wie sie strauchelte und fiel. »Ich weiß es nicht«, log ich unverfroren.
Zweifelnd sah er mich an.

»Ich will sie sehen.«

Der Arzt zuckte mit den Schultern und sagte mir die Nummer der Station. Er strich sich müde über die Augen, wandte sich zum Gehen.

Der Bullige sagte es lauter, als es eigentlich nötig war: »Sie muss unter Polizeischutz gestellt werden, weil sie gefährlich ist.«

»Jetzt nicht, wie ich Ihnen versichern kann.« Der Arzt formulierte es mit ironischer Gelassenheit. »Aber tun Sie, was Sie tun müssen. Sie kennen das Prozedere.«

Ich kannte das Prozedere nicht, aber es war wohl allen anderen hier vertraut. Ich strebte zu den Aufzügen, doch der Bullige hielt mich fest und schüttelte den Kopf. Der Alte telefonierte.

Unter permanentem Polizeischutz wechselte ich endlich zur Intensivstation. Überall starrten uns die Schwestern nach.

Ich durfte ihr Zimmer nicht betreten. Also drückte ich mir die Nase an der Scheibe platt. Sie lebte – so weit mein Glück. Bis zu diesem Moment hielt ich mich wacker. Aber als ich sie dort sah, umgeben von Maschinen, die sie am Leben hielten, von Metallstäben, die sie zusammenflickten, mit dem Atemschlauch im Mund, verließ mich jede Tapferkeit und jeder Lebensmut. Meine Schuld. Ich heulte. Erst leise, dann laut und hemmungslos. Bis mein Gesicht an der Scheibe abglitt. Bis die Bullen mich wegzerrten, bis ich in einem weißen Zimmer landete, bis jemand mir etwas zur Beruhigung verabreichte.

Ein Hoch auf die Chemie! Beruhigungsmittel, Schmerzmittel, dieses Sprühzeug, mit welchem sie nach Schmauchspuren auf meinen Händen, auf meiner Kleidung suchten. Jemand hatte unter meinen Fingernägeln herumgekratzt, mich fotografiert und meine Kleidung in Papiertüten verpackt. Man wollte mein Handy einbehalten. Auch das erlaubte ich.

Mittlerweile trug ich wieder meine eigene Kleidung, von einem Boten meiner Eltern überbracht. Ihren persönlichen Besuch hatte ich abgelehnt. Vor mir stand eine Tasse Filterkaffee mit dem roten Aufdruck: Münchner BKA – eine tolle Truppe. Danach ein Punkt. Es hatte nicht mal für ein Ausrufezeichen gereicht. Der Tisch war rechteckig und die Platte sauber. Meine Hände lagen in meinem Schoß, damit niemand sah, dass sie zitterten. Neben mir saß Dr. Dre, wie ich ihn nannte. Nicht *der* Dr. Dre, sondern Dr. Dresen, der Anwalt meines Vaters. Ein »völlig überbezahlter Strafverteidiger«, wie mein Vater bei den wenigen Gelegenheiten, da er auf seine Dienste angewiesen war, nicht zu betonen unterließ. Ich hatte Dr. Dre vorher noch nie getroffen, aber es beruhigte mich, dass er für meinen Vater nie einen Fall verlor. Mein Vater betonte, dass Dr. Dre Vergleiche im Keim erstickte. Eine fast unmögliche und bewundernswerte Leistung in unserem Rechtssystem. Er galt als Schwarz-oder-weiß-Typ, womit er zu Novembers und meiner Situation passte, wie ich fand. Schwarz und weiß war auch seine Kleidung. Er trug den Pony seiner blonden Haare lang wie ein Mann, der in seiner Freizeit gern alle Hüllen fallen ließ, um hemmungslos headzubangen. Tatsächlich benahm sich Dr. Dresen sehr kultiviert. Er spielte Golf mit einem Handicap, um das selbst Bernhard Langer ihn beneidet hätte.

»Ich …«

»Nein.« Damit begann unser Gespräch beim BKA. Über das erste »ich« kam ich nicht hinaus, weil Dr. Dre sich alles Weitere verbat. So lauschten wir den Vorwürfen, dem mutmaßlichen Tathergang der letzten drei Tage, den Motiven und traurigen Ergebnissen einer Reise, die in Berlin angefangen hatte und in München enden musste. Ich war nur Zeuge des Geschehens, ein zufälliges Opfer, das in Notwehr handelte. Mehr musste ich laut Dr. Dre nicht wissen. Er würde für mich sprechen. Ich sei traumatisiert, sediert, schwer zuckerkrank und ohnehin nicht zu gebrauchen.

»Aber ...«

»Nein.« Dr. Dre hatte bereits eine Strategie entworfen. Dass ich sprach, etwas erklärte, gehörte nicht dazu. Seine bevorzugte Redensart war: Das ist überhaupt kein Problem.

Mir war innerlich nach Schreien zumute. Kein Problem? *Kein Problem?!* Menschen waren gestorben, ich hatte die Frau angeschossen, die ich liebte. Mutwillig und ganz bewusst. *Kein Problem?* Ich mochte Dr. Dre, solange er erfolgreich war. Ich wollte nicht reden, insoweit gefiel mir seine Strategie. Schwarz oder weiß. Schnauze halten. Und hoffen, schweigen, zittern.

5.

Tag drei im Krankenhaus. Horst zählte die Stunden, bis er sich selbst entlassen konnte. Wenn ihn nur diese elenden Gleichgewichtsstörungen nicht ständig daran hindern würden. Sobald er das Bett verließ, schwankte er wie ein Seemann auf Landgang und griff nach jeder Lehne, dem Rand des Waschbeckens oder nach der Fensterbank. Also legte er sich wieder hin. Besuch kam und ging. Horst kannte nicht viele Leute. Am Tag eins waren es Breugel und Bosch, zwei Kollegen vom BKA.

Breugel, der Gewichtigere der beiden, hielt sich nah am Fenster auf. Er verabscheute offensichtlich sowohl Kranke als auch Krankenhäuser.

Bosch setzte sich neben Horst auf den Besucherstuhl.
»Der Chef ist mächtig angepisst.«

Horst nickte. Er hatte es erlebt: live und in Farbe, hier vor seinem Bett.

Breugel: »Mensch, Horst. Was ist das für ein Scheiß? Die Rosenstock war auch noch mit dabei? Die ist doch längst nicht mehr im Dienst und außerdem auch nicht ganz dicht.«

Horst tat so, als verstünde er nicht richtig. Jedes Mal, wenn er Kamillas Namen vernahm, überschwemmte ihn Traurigkeit wie eine hohe Welle den Nichtschwimmer im Meer.

Bosch: »Wusstest du, dass sie die Trennung von ihrem Mann nicht verkraftet hat?«

Horst wusste es.

»Der Typ hat sie so oft betrogen, dass man schon den Überblick verlor.«

Breugel: »Aber dass sie zurückkommt, das hat mich

überrascht. Ausbruch, dann noch mal rein ins BKA, nur um sich ihre Waffe zu holen.«

Bosch: »Plötzlich ermittelt 'ne Verrückte, und keiner kann was dagegen tun.« Er schüttelte den Kopf. »Keine gute PR für das BKA.«

Breugel: »Weißt du, warum ihr die Sicherungen durchgebrannt sind, der Rosenstock?«

Horst kam nicht dazu, zu reagieren. Niemand schien zu erwarten, dass er etwas sagte oder tat.

Bosch: »An den Schwerenöter hatte sie sich wohl irgendwann gewöhnt, bis er etwas mit ihrer besten Freundin anfing.«

Breugel: »Die hättest du mal sehen sollen! Im Vergleich zur Rosenstock total uninteressant.«

Bosch: »Graue Maus. Kurze Beine, schlechte Haut. Männer! Einer verstehe die.«

Breugel: »Die Rosenstock hatte 'nen Burn-out: Der Job, die Kinder und dann auch noch das. Sie hat es nicht verkraftet. Sie haben sie sicher weggeschlossen.« Er flüsterte: »Völlig wahnsinnig, die Frau!«

Bosch: »Viele Verrückte in diesem Fall, die kleine Killerin liegt nur ein paar Zimmer weiter. Wusstest du das?«

Horst schüttelte den Kopf. Das wusste er noch nicht. Obwohl er sich mehrmals unauffällig erkundigt hatte, hatte man ihm dieses Detail verschwiegen.

»Nicht, dass sie irgendwohin gehen könnte, aber sie wird trotzdem gut bewacht.«

Horst fragte nur: »Wo?«

Bosch: »Die Koslowa? Auf Intensiv. Wird erst Ende der Woche verlegt.«

Horst: »Wie geht es ihr?«

Breugel: »Mittelmäßig wäre wohl ziemlich übertrieben.«

Horst versetzte das den nächsten Stich.

Wieder Breugel: »Der Spinner, den sie entführt hat, sitzt immer noch bei uns auf dem Revier. Der hat den Dresen an der Hand. Und sein Vater besitzt mehr Geld als ein Scheich. Da ist wohl nichts zu holen.«

Horst lächelte innerlich, denn Dr. Dresen war ein überregional bekannter Anwalt, und viel Geld war ein guter Schutz. Wenigstens eine gute Nachricht, die seine Laune aufhellte. Nach außen hin versuchte er, betroffen auszusehen.

Bosch: »Haben sie dir echt das Ohr abgeschnitten?«

Horst nickte.

Breugel: »Nähen sie dir jetzt wieder ein Neues an?«

Horst schüttelte den Kopf. »Das will ich nicht. Ich lasse mir einfach die Haare drüberwachsen.«

Bosch: »Mensch, Horst. Tut uns echt leid.«

Horst tat es auch leid. Aber nicht so sehr wie Anna Koslowa.

Das Ende der Woche war gekommen, langsam wie in einem Film, der rückwärts lief und nie zum Ende kam, aber jetzt saß Horst an ihrem Bett und wartete auf ein Lebenszeichen. Noch immer stand sie unter starken Schmerzmitteln, hatte sich kaum gerührt. Sie hing nicht mehr am Beatmungsgerät, aber dennoch sah sie schrecklich aus. Wie aufgehalten zwischen Leben und Tod. Er wollte weinen, aber wem hätte er das erklären können? Gleich würde er den Kollegen draußen wieder belügen müssen: Dies war sein Fall. Er musste sie befragen. Vielleicht wäre sie gerade wach.

Sein Fall war es schon lange nicht mehr. Es war eigentlich nicht mal mehr ein Fall für das BKA. Der Anfangsverdacht war offenkundig vom Tisch. Organisiertes Verbrechen: nein. Ebenso das Thema Auftragsmord: ein klares

Nein. Das hier war eine Rachefehde. So privat und einfach wie sein Einzelzimmer hier im Krankenhaus.

Es gab nur einen Gedanken, an dem er sich festhielt: Sie lebte noch. Aber seine Tochter so zu sehen, das überstieg fast seine Kräfte. Nachdem er sie endlich gefunden hatte. Sie würde sich verantworten müssen, würde jahrelang ins Gefängnis wandern. Die kurze Zeit mit ihrer Mutter erschien ihm nun wie ein gemütlicher Spaziergang, verglichen mit dem, was aus ihrer gemeinsamen Tochter geworden war. Maja. Anna. Das Unglück potenzierte sich von Generation zu Generation. Wenn Gott einen Masterplan hatte, war er nur sehr schwer zu durchschauen. Oder Gott war depressiv.

Horst arbeitete gerade selbst an einem neuen Plan. Er brauchte andere Verbündete, denn Kamilla fehlte ihm. Das Leben war eine einzige Enttäuschung, die es zu verwinden galt.

6.

»Fick dich!«

Sie flüsterte, weil sie noch keine Stimme hatte, aber ich freute mich über ihre Worte mindestens so sehr wie über mein erstes Geburtstagsgeschenk.

Ich lächelte sie an. »Wie geht es dir?«

Anstatt einer Antwort versuchte sie aufzustehen, was aus verschiedenen Gründen unmöglich war. Ihre rechte Seite war komplett unbrauchbar, ihr verschraubter Arm, das mit Metall verstärkte Bein. Die Erklärungen überließ ich lieber dem Arzt. Obwohl das künstliche Koma aufgehoben worden war, erwachte sie zunächst nicht. Erst vor Kurzem hatte man die Beatmung abgestellt. November hustete und kämpfte mit ihrem Atemreflex gegen den Schlauch an, bevor es ihr gelang. Ich fand es schwierig mit anzusehen. Endlich wechselten sich Schlaf- und Halbwachphasen ab. Sie bewegte ihre Lippen und die gesunde Hand. Manchmal öffnete sie die Augen, erkannte mich aber nie.

Sobald sie sich rührte und ihr Blick klar erschien, wurde die Polizei nervös. Sichere Fixierung war angeordnet worden. November wurde mehrfacher Mord vorgeworfen. Man würde vor dem Prozess nichts mehr riskieren. Und jetzt, da es ihr besser ging, wollten alle eine Verhandlung und ein Urteil. Möglichst drastisch, möglichst schnell und möglichst hart. Also hatte man ihre linke Hand mit einer Handschließe an das Bettgestell gefesselt. Der Schlüssel wurde im Schwesternzimmer verwahrt, falls eine Untersuchung oder ein Notfall die Verlegung nötig machte. Aber November ging es den Umständen entsprechend gut, weshalb ihr niemand, der bei Verstand war, über den Weg traute.

November rüttelte mit ihrer Hand am Gitter. Sie sah an

sich hinab und versuchte zu begreifen, was mit ihr geschehen war.

Und ich erklärte ihr: »Wenn du verlegungsfähig bist, bringen sie dich in die Krankenstation der Justizvollzugsanstalt Stadelheim. Und jetzt hör bitte damit auf!« Ich drückte vorsichtig ihre Hand und empfand es als Zeichen ihrer Zuneigung, dass sie mir diese nicht entzog.

Tatsächlich war ich nicht der Einzige, der in Novembers Zimmer saß. Zwei Tage vorher hatte ich ihn getroffen.
»Was machen *Sie* denn hier?«

Er zeigte auf seinen Kopf, der weiß verbunden war, und sagte nur: »Wie bitte? Mein Ohr.«

Und ich, etwas lauter: »Was ist damit?«

Er sah mich schweigend an, eine ganze Weile lang, dann erklärte er: »Ach, ich will Sie damit nicht langweilen.«

»Bitte langweilen Sie mich.«

Er winkte ab. »Was machen *Sie* denn hier?«

»Ich komme wegen ihr.« Blöde Bemerkung. Was hätte ich wohl sonst hier in Novembers Krankenzimmer zu tun? »Und Sie? Sind Sie tatsächlich Polizist?« Das zu glauben fiel mir immer noch schwer. Im Vergleich zu den Uniformierten, die ich in den vergangenen Tagen kennengelernt hatte, nahm sich dieser Mann nach wie vor seltsam aus.

Er nickte und suchte nach seinem Ausweis. Er saß hier in einem Morgenmantel und holte tatsächlich ein Portemonnaie aus der Tasche, in dem er schließlich ein grünes Dokument fand.

BKA las ich und seinen Namen: Horst Horst. Es klang immer noch wie ein schlechter Witz.

Er stand auf und sagte: »Ich wollte ohnehin gerade gehen. Bitte!« Damit wies er auf den Stuhl, den er für mich frei gemacht hatte.

»Was wollten Sie bei ihr?«

Er ging zur Tür. Sein Morgenmantel hatte blaue Streifen und war ihm viel zu groß. »Die Ermittlungen. Sie zu sehen, das hilft mir beim Nachdenken.«

Ich setzte mich. »Welche Ermittlungen? Das ist doch alles längst vorbei.«

»Nicht für sie.« Er zeigte auf November. »Für sie noch lange nicht.« Jetzt legte er seine Hand auf die Klinke. Ein Gerät piepste. Die Sauerstoffsättigung. Ich hasste das Geräusch. Es machte jeden wahnsinnig. Dann nahm ich Novembers Hand, die zuckte. Ihr Gesichtsausdruck wirkte immer noch komatös und leer, wie abwesend. Ich streichelte Novembers kühle Haut. Horst hatte ich bereits vergessen, als er nochmals näher kam.

»Sie mögen sie?«, fragte er mich verstohlen.

Ich flüsterte: »Sehr sogar.«

»Gut. Rutschen Sie mal. Ich kann noch nicht lange stehen.« Damit quetschte er sich neben mich auf den Besucherstuhl. Zusammen sahen wir November schweigend an. Bis Horst anfing, leise vor sich hin zu reden. Zuerst hörte ich nicht richtig zu, aber als ihr Name häufiger fiel, konzentrierte ich mich ganz genau.

»Was sagen Sie dazu?«

Mir stockte der Atem. »Und das soll funktionieren?«

»Mir ist noch nichts Besseres eingefallen.«

»Mir auch nicht.«

»Wir brauchen viel Geduld. Und Geld.«

»Wenn das alles klappt, kümmere ich mich um das Geld. Aber wieso tun Sie das?«

»Weil Anna meine Tochter ist.«

»Wer ist Anna?« Wir redeten aneinander vorbei. Oder Horst war verrückt, wie ich von Anfang an vermutet hatte.

»Das ist Anna. Es ist der Name, den ihre Mutter und ich ihr gegeben haben.« Er zeigte auf November.

Dieser Spinner war Novembers Vater? Ich hatte nie darum gebeten, aber nach und nach lernte ich ihre gesamte Familie kennen. Wahrscheinlich kannte ich sie mittlerweile besser als November selbst.

»Unter welchem Namen kennen Sie sie?«

»Ich nenne sie November.«

Horst wirkte nachdenklich. »Auch hübsch. Gefällt mir irgendwie.«

»Weiß November, dass sie einen Vater hat?«

»Jeder hat einen Vater.«

Unwillig korrigierte ich mich: »Weiß sie, dass Sie ihr Vater sind?«

»Vielleicht hat sie es erraten.«

»Warum sagen Sie es ihr nicht?« Diese Unterhaltung bekam einen absurden Dreh.

Aber Horst schüttelte den Kopf, als sei mein Vorschlag unsittlich. »Kann ich mich auf Sie verlassen, Herr Brenner? Sind Sie mit von der Partie?«

»Woher kennen Sie meinen Namen?«

»Spätestens seit diesem Video sind Sie ein sehr bekannter Mann.« Horst lächelte. »Und?«

»Okay. Ich mache mit. Obwohl das alles völlig unwahrscheinlich klingt.«

»Nicht unglaublicher, als diese ganze Geschichte jetzt schon ist.«

Er hatte recht.

»Rufen Sie mich nicht an. Ich kontaktiere Sie.«

Ich nickte, sah ihn von der Seite an. Diese Ähnlichkeit. Zwischen ihm und November. Erst jetzt fiel sie mir auf. Ob es noch verrückter werden konnte? Diese Geschichte besaß ungeahntes Potenzial.

Er erhob sich, und meine linke Körperseite wurde plötzlich kalt. »Passen Sie gut auf sie auf!«

Ich lachte gequält. »November passt selbst auf sich auf. Sie braucht leider niemanden.«

»Wir brauchen alle jemanden.« Horst griff nach der Türklinke. Er sah sehr müde aus. »Ich muss mich heute selbst entlassen, weil sogar ich gebraucht werde.«

»Von wem?«

»Von Mathilda, meiner Enkelin.«

7.

Der Prozess gegen Anna Koslowa begann ein halbes Jahr später in einem hellen und modernen Saal des Münchner Landgerichts. Frühling. Draußen schien die Sonne. Ich verpasste keinen einzigen Termin.

November sah mich niemals an. Sie sprach kein Wort.

Als Dr. Dre ihre Verteidigung übernahm, sagte er nur: »Das ist überhaupt kein Problem.« Als er erfuhr, dass sie zu allen Vorwürfen schwieg, war er begeistert. Als er herausfand, dass sie zu keinem Deal bereit war, sagte er: »Auch kein Problem.« Er trug in jeder Verhandlung ein weißes Hemd und einen maßgeschneiderten schwarzen Anzug. Er strahlte Souveränität und Gelassenheit aus. November nahm sich an seiner Seite aus wie ein dunkler Planet.

Dr. Dre verdiente mit diesem Fall unglaublich viel Geld. Ich bezahlte ihn in bar, und er ließ mich bluten. Aber das störte mich nicht. In der schwarzen Reisetasche befand sich mehr Geld, als ich je würde ausgeben können. Aber Simons Platinen hatte ich zerstört. Daran würde niemand mehr verdienen.

Dr. Dre machte mir nichts vor: Der dreifache Mord – an Youri und seinen Töchtern – war eine heikle Sache. Bei ihrer Verteidigung ging es um mehrmals »lebenslänglich«. Schadensbegrenzung nannte es Dr. Dre. November hatte ein Motiv oder gleich mehrere. Leider hatte sie kein Alibi. Aber niemand konnte ihre Anwesenheit am Tatort nachweisen. Was die Staatsanwaltschaft über Novembers Vergangenheit ausgrub, verschlug mir fast den Atem. Für die Presse war dies alles ein Fest. Erst jetzt fand ich heraus, wer Youri war und was er getan hatte. Dass November für ihn in Berlin gearbeitet hatte, jahrelang. Warum er mit seiner Familie in die Berge gekommen war, hatte November mir bereits teilweise erklärt. Das Gericht hatte versucht, weitere Zeugen zu laden. Novembers Vorgeschichte galt als wichtig und als Schlüssel in dem Prozess. Man wollte die Berliner Jahre in Youris Bordell verstehen und Zeugen laden. Die Rede kam auf ein Zwillingspärchen, aber der Richter winkte ab. Er habe ihre Bekanntschaft bereits ein Mal gemacht und sich danach ganz schwach gefühlt. Bei jeder weiteren Enthüllung hätte ich gern hysterisch gelacht. Stattdessen bewahrte ich ein unbewegliches Gesicht und nahm vor jeder Sitzung des Gerichts einfach Beruhigungsmittel ein.

Aber ob November die Morde begangen hatte, konnte nicht zweifelsfrei nachgewiesen werden, weil es keine Zeugen gab. Wen auch, wenn nicht mich? Die Kronzeugin, Mathilda, schwieg nach wie vor. Ein Kind, von dem man sich mehr erhofft hatte. Nur ich wusste, dass ihr Großvater vermutlich entsprechend auf sie einwirkte. Alle warteten auf Horst, der Licht in das Dunkel bringen sollte.

Niemand trat in einer Verhandlung glaubwürdiger auf als der gefolterte Polizist. Ein Beamter, der für die Ermittlungsarbeit mit seinem Ohr bezahlt hatte.

Horst sagte aus: Ja. Man habe Anna Koslowas Fingerabdrücke in einer Berghütte unweit des Geschehens sichergestellt. Am Tatort seien jedoch keine Spuren von ihr nachweisbar gewesen. Er halte das für zwei völlig verschiedene Sachverhalte, die sich rein zufällig in unmittelbarer Nähe abgespielt hatten. Aber bestand das Leben nicht aus einer Aneinanderreihung von unglaublichen Zufällen? War die Entstehung des Weltalls mehr als ein unmöglicher Zufall und die Entstehung menschlichen Lebens ebenso?

Er, Horst, habe von Anfang an in Dima Ismailov den Täter vermutet. Dieser habe ein Motiv, Mittel und die Gelegenheit dazu gehabt, sich an seiner Familie zu rächen, habe jahrelang im Schatten seines kriminellen Vaters und seiner übermächtigen Schwestern gestanden. Sei es nicht vielmehr *er* gewesen, der Anna Koslowa nach dem Leben getrachtet habe, weil sie ihn nicht liebte?

Dr. Dre bemühte sich kaum noch, ein siegessicheres Lächeln zu unterdrücken.

Die Mordwaffe wurde nicht gefunden. Wie auch? Ich hatte sie auf der Rückfahrt nach München in der Isar versenkt. Nur ein Zufall würde sie zutage fördern.

Bei Dimas Tod plädierte Dr. Dre auf Notwehr. Ein Duell? Das war dem Gericht kaum ernsthaft zu verkaufen. Aber ab einem bestimmten Zeitpunkt erwartete niemand mehr, dass irgendetwas an dieser Geschichte glaubwürdig erschien.

Betty und Slick waren jedoch ein anderer Fall. Bettys Tod wurde als tragischer Unfall eingestuft, und insoweit stimmte das ja auch. Dass Slick durch die Waffe einer Polizistin zu Tode gekommen war, fand zwar Eingang in die Prozessakten, aber die Polizistin galt als unzurechnungsfähig, weshalb sie schon lange in Behandlung war. Dass sie aus der »Geschlossenen« fliehen konnte und dennoch Zugang zu den laufenden Ermittlungen fand, bedeutete ein Makel an der sowieso nicht mehr ganz weißen Weste des BKA. Niemand ließ verlauten, dass vielleicht ein Kind den Abzug ihrer Waffe gedrückt hatte. Niemand, der diesen Abend in den Bergen überlebt hatte, hatte ein Interesse daran, etwas Derartiges zu behaupten. Manche Fragen blieben offen, so ärgerlich das für die Öffentlichkeit auch war.

Doch da blieb noch die Entführung als Tatbestand. Das Video zeigte unwiderlegbar, was November an diesem Abend vorgehabt hatte. Sie bedrohte mich mit der Waffe, hielt mich als Geisel und entführte mich. Sie hatte auf einer

Party um sich geschossen. Das machte sieben Jahre mindestens.

Anna hatte ihre Tochter schmerzlich vermisst: So viel ließ das Gericht strafmildernd gelten. Totschlag im Fall von Dima Ismailov: fünf Jahre mindestens. Es wurmte die Staatsanwaltschaft, dass die drei Morde an Youri und seinen Töchtern November nicht zweifelsfrei angehängt werden konnten. Zu Recht, weil sie es mit großer Wahrscheinlichkeit getan hatte. Aber ob sie ihre Peiniger tatsächlich erschossen hatte, konnte nicht einmal ich mit Sicherheit behaupten.

Das Gericht verkündete ein Jahr später das Strafmaß: Zehn Jahre. Bewährung ausgeschlossen. Strafmildernd erkannte der Richter an, dass Anna Koslowa ihr Leben lang misshandelt worden war, dass man ihr die Tochter vorenthalten habe. Dr. Dre erwähnte mindestens hundertmal, dass sie schwer verletzt worden war. Physisch und psychisch. Er bestand darauf, dass seine Mandantin bei der ersten Verhandlung im Rollstuhl in den Gerichtssaal geschoben wurde. Dr. Dre galt nicht umsonst als der König der Effekthascherei. Später saß sie auf der Anklagebank mit Gipsverbänden. Sie gab ein erbärmliches Bild ab. Dr. Dre betonte gebetsmühlenartig, welch schweres Schicksal Anna Koslowa erlitten hatte. Nachteilig wirkte sich allerdings aus, dass sie keinerlei Reue zeigte.

Anna, November, nahm das Urteil unbewegt entgegen. Obwohl sie immer noch an einer Krücke ging, wurde sie an einen Beamten gefesselt abgeführt. Bevor sie den Saal verließ, sah sie mich zum ersten Mal seit unzähligen Monaten direkt und lange an.

Sie drehte sich um und wanderte für viele Jahre in den Bau.

EPILOG

VIER JAHRE SPÄTER

Es war stockfinster bis auf das Glühen der letzten Scheite im Kamin. Der Wind rauschte um das Haus. Ein Fensterladen klapperte gelegentlich. Einer der Verschlüsse hatte sich gelöst. Ich lag auf einer Matratze am Boden und war seit einer Stunde wach. Ich wartete. Ich wartete seit Monaten. Seit über vier Jahren hatte ich nichts anderes getan. Tag für Tag und Nacht für Nacht. Es schien fast unerträglich, aber ich musste mich gedulden. Ich durfte nichts einfordern oder erzwingen. Sie musste von sich aus kommen – so viel hatte ich gelernt.

Ich dachte an Corinne und dass sich das Verlangen nach ihr ganz anders angefühlt hatte, obwohl meine Situation nicht grundlegend anders war. Corinne und ich kommunizierten nicht mehr miteinander. Ich hatte eine ihrer Arbeitskolleginnen getroffen, die mich auf den neuesten Stand brachte: Corinne lebte jetzt mit einer Frau zusammen. Novembers Kuss hatte einen bleibenden Eindruck hinterlassen. Bei Corinne und auch bei mir.

Die Tür des Schlafzimmers öffnete sich: Ich ruckte hoch.

November kam zu mir und blieb einen Moment vor meiner Schlafstatt stehen. Sie hielt etwas in der Hand. »Du hast es mir zurückgebracht«, sagte sie rau und tief, wie immer völlig unbewegt. Ein Schauer zog über meinen Rücken, als ich sie hörte.

»Weil es dir wichtig war.«

Wir versuchten, im Dunkel unsere Gesichter zu erraten.

Ich hob meine Decke an, bis sie die Einladung akzeptierte und vorsichtig darunterkroch. Unsere Körper berührten sich. Kaum zu glauben, dass es endlich geschah.

November öffnete das Buch. Sie sprach Russisch, und ich verstand kein Wort. »Was machst du da?«

»Ich lese dir etwas vor.«

Aber sie las nicht, weil sie gar nicht auf die Seiten sah. »Du kennst es auswendig?«

»Jedes Wort.«

Ich nahm ihr *Die Brüder Karamasow* aus der Hand, blätterte kurz in dem abgegriffenen Exemplar. Die krakelige schwarze Schrift auf der ersten Seite ließ mich innehalten. Ich studierte die Widmung, die dort kaum lesbar stand. *Für Maja und Anna. In Liebe. Horst.* »Dein Vater hat es dir geschenkt.«

Sie nickte nur. »Liest du Comics?«, fragte sie.

»Nein.«

»Sehr gut.«

Wir erkundeten uns mit Blicken, betrachteten uns mit den Fingerspitzen. Keiner von uns konnte sich auf diesen Moment vorbereiten. Nackt und feucht und voller Gier. Wir küssten uns und leckten uns mit zunehmender Ungeduld. Ich berührte jede ihrer Narben. Wir nahmen uns erst von vorn, danach drängte ich mich von hinten an sie heran und hielt mich an ihren Schulterblättern fest. Während ich den Rhythmus beschleunigte, schaute ich auf ihren schmalen Rücken hinab. Ein oder zwei Orgasmen später ritt ich auf ihren Hüftknochen. Als unsere Spannung in Wellen abebbte, zog ich ihre Arme um mich herum. Wir holten die letzten Jahre einfach nach. Wir sagten nichts, wir schwiegen. Keuchten nur und atmeten einander an den Hals. Weil es nichts zu sagen gab, was wir nicht bereits voneinander wussten. Nachdem ich das dritte Mal gekommen war, fühlte ich mich zu erschöpft, um noch einen Knoten in das Kondom zu machen. Wir schliefen aneinander, ineinander ein.

Am Tag davor hatte der Wind der vergangenen Nacht wieder einen Haufen Blätter von den Bäumen gerissen und jagte sie vor sich her. Es war Herbst. Ich hatte den Kragen meiner wattierten Jacke hochgeschlagen und trieb den Spaten in den feuchten Boden, drehte eine Scholle um. Das letzte Gemüse hatte ich schon lange geerntet. Im Schuppen lagerte es mit den Äpfeln ein. Jetzt bereitete ich die Beete für den Winter vor. Es war genau das, womit ich in den vergangenen Jahren meine Zeit verbracht hatte: säen, pflanzen, gießen, ernten, umgraben. Den Winter verbrachte ich hauptsächlich im Haus. Ich las. Im Sommer wanderte ich und bestellte den Garten. Ich hatte ein paar Kilo abgenommen und Abstand zu meiner Familie gewonnen. Simon überschrieb mir das Haus. Mehr als diese Erbschaft wollte ich nicht haben. Mein Job war schon lange gekündigt, und ich vermisste nichts. Fast nichts.

Um mich herum zerrte nur der Wind an meinen Haaren. Das einzige andere Geräusch kam von der Schaukel hinter dem Haus. Die Angeln quietschten immer noch, obwohl ich sie bereits zweimal eingeölt hatte. Bis ich etwas anderes hörte.

Ich trieb den Spaten nochmals in die Erde und ließ ihn dort stecken. Danach drehte ich mich um und stapfte langsam vor das Haus. Der Wind blies mir ins Gesicht. Die frische Bergluft umwehte mich wie eine Vorahnung. Ich kannte den Duft der Kiefern und Fichten, den harzigen Unterton, das Aroma feuchter Erde und den nahenden Frost, den diese Eindrücke ankündigten. Ich sog all diese Möglichkeiten mit dem Atem ein und erschauderte, obwohl ich von der

Arbeit schwitzte. Weil meine Hände vor Aufregung zitterten, versteckte ich sie in meiner Jackentasche.

Der Wagen parkte rückwärts ein. Ich atmete unregelmäßig. Ich las die Schrift auf der Längsseite des Sprinters: »Textilwäscherei Weiß – Weißer als Weiß.« Ich war noch dabei, mir vorzustellen, wie weiß wohl weißer als weiß sein konnte, als der Motor des Sprinters stotterte und dann erstarb. Die Fahrertür öffnete sich, und Horst stieg aus. Ich hatte mich immer noch nicht daran gewöhnt, dass er jetzt längere Haare trug. Graue Fäden hatten sich in das Schwarz gemischt. Er sah aus wie ein Hippie, der alt geworden war. Er lächelte mir zu. »Hallo, Brenner!«

»Du wolltest doch Laser sagen«, erinnerte ich ihn.

»Also gut: Hallo, Laser! Alles klar?«

»Wird sich gleich rausstellen.«

Horst lachte.

Er öffnete den Schlag des Wagens weit. Im Inneren sah ich mehrere Gitterwagen, die mit weißen Stoffen gefüllt waren. Horst hatte jede Menge schmutzige Wäsche einfach in die Berge gefahren. Jetzt zog er eine Laderampe heraus, die auf den Boden rumpelte. Mein Mund fühlte sich trocken an wie nach einer Schnelldurchquerung der Wüste Gobi. Ich trat zum Wagen. Horst schob einen der Gitterwagen nach vorn und danach heraus. Ich half ihm dabei, sah ihn fragend an. Er schüttelte nur den Kopf.

Wieder zurück im Wagen, griff er nach einem anderen Wäschecontainer, den wir zusammen die Rampe hinunterrollten. Ich fühlte einen kurzen Schwindel, dachte an mein Insulin, wusste aber, dass ich nur nervös war. Ich hatte auf diesen Augenblick so lange gewartet, dass ich vor der Erfüllung meines Wunsches plötzlich Angst bekam. Horst öffnete zwei Metallschellen, das vordere Gitter löste sich. Handtücher und Laken quollen heraus. Auf einem Bezug las ich den blauen Schriftzug »JVA Stadelheim«. Ganz unten inmitten der Stoffe hockte sie. Die letzten Handtücher, die sie noch bedeckten, warf November selbst heraus. Steif kletterte sie aus dem Gitterwagen. Ich reichte ihr meine Hand, die wie bei einem Alzheimerpatienten bebte. November sah sie nur an und schlug sie aus. Auch ihre Haare waren länger geworden. Aber ansonsten sah sie genauso aus, wie ich sie in Erinnerung behalten hatte. Die dunklen Augen, das helle Gesicht. Sie trug wie immer schwarze Kleidung, eng und schlicht. Als sie vor uns stand, schaute sie mich verächtlich an, spuckte kurz auf den Boden und ging an uns vorbei, als seien wir nur Gaffer bei einem Verkehrsunfall. Sie hinkte immer noch.

»Schlecht gelaunt«, stellte Horst neben mir fest.

»Wie immer«, gab ich zurück.

»Manche Leute brauchen eben länger für ein Dankeschön.«

»Und manche ewig«, gab ich zu bedenken.

»Anna!«, rief Horst seiner Tochter zu.

Sie drehte sich um.

»Sie ist dort hinten.«

»Wer?«

Ihre Stimme, rau und hart. Ich erschauderte, weil es mir so gut gefiel.

»Mathilda«, sagte Horst.

Lächelte sie? Das Quietschen der Schaukel war verstummt. Jetzt kam Mathilda um die Ecke, stoppte und sah ihre Mutter an. November ging auf sie zu und nahm etwas aus ihrer Tasche, das sie ihr gab. Mathilda ergriff ihre Hand und zerrte sie mit sich. Gemeinsam gingen sie zurück, bis die Hauswand sie unseren Blicken entzog.

Wie in Zeitlupe wandte ich mich an Horst. »Wie haben Sie das gemacht?«

»Sie erinnern sich an Frau Rosenstock? Ich traf ihren Vater. Er besucht seine Tochter auf der ›Geschlossenen‹ genauso regelmäßig wie ich. Er arbeitet in der Justizvollzugsanstalt Stadelheim. Er half mir gern. Ein sehr ruhiger und überlegter Mann.«

Ich staunte. Väter. Manchmal taten sie sogar das Richtige.

»Ich mache einen kleinen Spaziergang, danach nehme ich Mathilda wieder mit. Am Wochenende bringe ich sie zurück, wenn du magst.«

Ich nickte. »Prima. Vielen Dank.«

»Hier oben wird sie keiner finden«, sagte er. Er meinte Anna, die ihn nicht hören konnte.

»Zumindest nicht in diesem Winter«, sagte ich.

»Keiner denkt mehr an das Haus.«

»Niemand dachte je daran.«

»Sie würde nie so dumm sein, hierher zurückzukehren.«

»Nie.« Wir wiederholten mantraartig, woran wir uns in den vergangenen Jahren immer wieder festgehalten hatten. Es machte keinen Sinn, und wir logen uns etwas vor. Jeder wusste von dem Haus. Es stand in den Akten des BKA und in den Akten des Gerichts. Aber dieses Haus war das beste Versteck, das ich zu bieten hatte. Manchmal war wenig besser als nichts.

Ich seufzte: »Sie hasst dieses Haus. Die Abgeschiedenheit.«

»Warum?«

»Sie hat es mir gesagt.«

Horst machte eine wegwerfende Handbewegung. »Sie hasst so viele Dinge. Ich würde das nicht überbewerten.«

»Sie sagte mal, sie wäre lieber im Gefängnis als hier oben auf dem Berg.«

Horst lächelte verschmitzt. »Ich könnte mir vorstellen,

dass sich ihre Ansichten zu diesem Thema in den vergangenen vier Jahren erheblich geändert haben.«

Ich lächelte zurück. Vielleicht hatte er ja recht.

»Sie sollte sich erholen. Es geht ihr nicht besonders gut.« Horst sprach von unserem Versteck wie von einem Sanatorium auf dem Gipfel dieses Zauberbergs.

»Immerhin gibt es hier oben nur mich, den sie erschießen kann.«

»Keine Sorge« – Horst zeigte auf seinen Arm –, »mit rechts kann sie nicht mehr schießen.«

»Dann sollte ich ihr besser keine Gelegenheit geben, es mit links zu lernen.«

Horst lachte und schlug mir mit der Hand auf die Schulter. »Bis nachher!«, rief er etwas zu laut. Er schlenderte in den Wald hinein.

»Horst!«, rief ich ihm nach.

Er drehte sich nochmals um, zog fragend die Augenbrauen hoch.

»Wie geht es Frau Rosenstock?«

Er rang sich ein Lächeln ab. »Sie malt viele großformatige Bilder dort.«

»Schöne Bilder?«, fragte ich.

Horst dachte nach, zuckte dann mit den Schultern. »Explosionen, Vulkanausbrüche, die Oberfläche der Sonne.«

Ich suchte nach etwas Positivem, das ich darauf erwidern konnte. Endlich fiel mir etwas ein. »Gelb und Rot: Farben der Zuversicht.«

Horst wirkte nicht so, als sei er davon überzeugt. »Vor zwei Tagen hat sie mit mir Schach gespielt.«

»Das ist doch gut, oder?«

Traurig sah Horst mich an. »Als sie mich fast schon matt setzte, hat sie den schwarzen König einfach runtergeschluckt.«

Betreten bemerkte ich: »Sie braucht vielleicht noch Zeit.«

Horst sah müde aus. »Die Wege des Herrn sind …«

»Unergründlich?«, ergänzte ich.

»Verworren«, korrigierte mich Horst. »Übermorgen werde ich sie wieder besuchen.«

»Grüßen Sie sie von mir!«

Horst nickte. »Mache ich.« Er zog sich den Mantel enger um die Schultern, klappte den Kragen hoch, winkte kurz und verschwand im Wald.

Ich ging mit wackeligen Beinen zurück zu meinem Beet und legte die Hand auf den Spaten. November saß mit Mathilda auf der Bank hinter dem Haus. Sie unterhielten sich.

Ich sah mich um. Der Winter würde sicher kommen. Es gab noch viel zu tun.

DANKSAGUNG

Dieser Roman entstand zu einem Zeitpunkt, als ich es noch nicht wagte, mich Schriftstellerin zu nennen. Zu einem Zeitpunkt, als mir ein erster Buchvertrag den Mut gab, frei und ohne Rücksicht auf Konventionen zu schreiben. Zuspruch und Verständnis in einem Meer von Skepsis fand ich in der Bayerischen Akademie des Schreibens bei Zoë Beck und Thomas Wörtche. Bei Peter Hammans und meinem Verlag. Katrin Lange eröffnete mir im Literaturhaus München eine neue Welt.

Dank gebührt außerdem:
Petra Hermanns, meiner Agentin;
Ilse Wagner, Fachfrau für das richtige Wort;
Edda Bauer, die mit Zweifeln und Sachkenntnis Spielraum für Verbesserungen schuf. Und für ein Zuhause in Berlin;
Cornelia Pietsch, Ärztin, Ratgeberin;
Annette Conrad und Erik Lins, Administratoren meiner digitalen Existenz;
Armin Bohnet und Cornelia Fuchs, die alles lesen und reflektieren;
Stef, der nichts liest und doch alles kennt;
»The Fast and Furious«, die sich meine Zeit mit den Figuren teilen müssen;
den Büchern, Filmen, Songs, die den Soundtrack der Neunzigerjahre prägten;
diesem verfickten Manuskript, das mich zwang, seine Geschichte aufzuschreiben. Widerstand zwecklos. Keine Gegenwehr.

Ein heißer Berliner Sommer, ein Serienmörder und das Ermittlerduo Viktor Saizew und Rosa Lopez

KATJA BOHNET

KERKERKIND

THRILLER

Eine Hitzewelle liegt über Berlin. Im Wannseeforst findet man die verbrannte Leiche einer schwangeren Frau. Wer erstach die Türkin und zündete sie dann an? Rosa Lopez und Viktor Saizew sollen unter Hochdruck für das Landeskriminalamt ermitteln. Aber Lopez erwartet bald ihr drittes Kind, und Viktor leidet unter den Spätfolgen seines Hirntumors.

Der Verdacht fällt auf den Mann des Mordopfers, der kein Alibi vorweisen kann. Doch dann tauchen weitere männliche Leichen auf, unter ihnen auch der Verdächtige, die Köpfe abgehackt und zur Schau gestellt.

»Katja Bohnet entwickelt einen Sog, der den Leser immer tiefer in die Geschichte hineinsaugt.« FAZ

Sniper-Morde in Berlin und Moskau: der dritte außergewöhnliche Thriller von Katja Bohnet mit den Ermittlern Rosa Lopez und Viktor Saizew vom LKA Berlin

KATJA BOHNET

KRÄHENTOD

THRILLER

Viktor Saizew vom LKA Berlin gönnt sich einen seltenen Urlaub in Moskau, als in seiner unmittelbaren Nähe ein Mann per Kopfschuss liquidiert wird. Der Tote war ein bekannter Schriftsteller, und absurderweise wird Viktor als Tatverdächtiger vernommen. Kurz darauf stirbt in Berlin eine russische Journalistin, erschossen auf offener Straße. Rosa Lopez erkennt Gemeinsamkeiten zwischen den Taten – und muss eilends nach Moskau reisen, als Viktor mit einer Waffe in der Hand, aber ohne Erinnerung an die letzten Stunden in einer riesigen Blutlache aufgefunden wird …

»Viktor Saizew und Rosa Lopez, eines der sympathischsten und schillerndsten Ermittlerteams, dem man je zwischen zwei Buchdeckeln begegnete.« Welt am Sonntag